O JOGO DA VIDA

© 2019 por Mauricio de Castro
© iStock.com/master1305
© iStock.com/g-stockstudio
© iStock.com/Gearstd

Coordenadora editorial: Tânia Lins
Coordenador de comunicação: Marcio Lipari
Capa e projeto gráfico: Equipe Vida & Consciência
Preparação e revisão: Equipe Vida & Consciência

1ª edição — 2ª impressão
2.000 exemplares — agosto 2020
Tiragem total: 4.000 exemplares

**CIP-BRASIL — CATALOGAÇÃO NA PUBLICAÇÃO
(SINDICATO NACIONAL DOS EDITORES DE LIVROS, RJ)**

S274j

    Saulo (Espírito)
    O jogo da vida / Maurício de Castro ; pelo espírito Saulo. - 1. ed. - São Paulo : Vida & Consciência, 2019.
    352 p. ; 23 cm.

    ISBN 978-85-7722-640-5

    1. Romance espírita. I. Título.

19-59576   CDD: 808.8037
                                   CDU: 82-97:133.9

Todos os direitos reservados. Nenhuma parte desta edição pode ser utilizada ou reproduzida, por qualquer forma ou meio, seja ele mecânico ou eletrônico, fotocópia, gravação etc., tampouco apropriada ou estocada em sistema de banco de dados, sem a expressa autorização da editora (Lei nº 5.988, de 14/12/1973).

Este livro adota as regras do novo acordo ortográfico (2009).

Vida & Consciência Editora e Distribuidora Ltda.
Rua das Oiticicas, 75 – Parque Jabaquara – São Paulo – SP – Brasil
CEP 04346-090
editora@vidaeconsciencia.com.br
www.vidaeconsciencia.com.br

MAURÍCIO DE CASTRO

Romance ditado pelo espírito Saulo

O JOGO DA VIDA

MAURÍCIO DE
CASTRO

Romance ditado pelo espírito Saulo

O JOGO
DA VIDA

CAPÍTULO 1

O ônibus finalmente parou no pequeno e precário terminal rodoviário da cidade de Monte Santo, interior da Bahia.

Algumas pessoas foram descendo e seguindo seus rumos até que, uma jovem, aparentando cerca de 30 anos, desceu também e, carregando duas pequenas malas de viagem, deu alguns passos. Depois, colocou uma das malas no chão, pôs a mão direita sobre a testa para proteger os olhos, observou parte da cidade e, resignada, disse para si mesma:

— Creio que escolhi o lugar certo. Tenho certeza de que tudo vai sair como quero.

A moça, percebendo que o ônibus seguiu viagem, pegou a mala que deixara no chão e dirigiu-se a uma pequena lanchonete anexa ao terminal rodoviário. Algumas pessoas lanchavam, enquanto outras conversavam alegremente com um senhor magro e idoso, que ficava atrás do balcão e parecia ser o dono do estabelecimento.

Percebeu que sua aproximação causou estranheza naquelas pessoas. Talvez por suas roupas. Embora fosse um fim de tarde, fazia muito calor, mas ela estava trajando um vestido longo de algodão grosso e uma blusa de lã. Seus cabelos, embora loiros e bonitos, estavam presos numa espécie de coque que a deixava com a aparência de, no mínimo, dez anos mais velha.

Vendo que a conversa cessara com sua aproximação, ela resolveu perguntar:

— Alguém pode me informar onde há um hotel em que eu possa me hospedar?

O homem magro sorriu gentil, mostrando as inúmeras falhas na dentadura ao dizer:

— Me desculpe, moça, mas aqui não tem hotel. Só existe a pensão de Dona Gilda. É bem simples, mas muito limpa, serve café da manhã, almoço e janta.

A moça ia perguntar como fazer para chegar lá, mas o homem, excessivamente gentil, continuou a conversar enquanto eram observados pelos demais:

— Que mal lhe pergunte, o que a moça veio fazer nesse fim de mundo? Veio visitar algum parente? Pelo seu jeito, veio do sul, né? Como é seu nome?

Percebendo que todos a olhavam, entre homens, mulheres e até crianças que estavam ali presentes, mesmo constrangida, ela teve que falar:

— Meu nome é Lurdes. Sou do sudeste, de São Paulo, e resolvi escolher um lugar mais sossegado para viver. Não conheço ninguém aqui, mas espero fazer muitos amigos. — Lurdes demonstrou tristeza no olhar, mas resolveu contar parte de sua história, pois percebeu que as pessoas dali eram demasiadamente curiosas e sabia que não haveria como fugir daquilo. Fez pequena pausa e prosseguiu: — Na verdade, sofri uma grande decepção amorosa e sei que só conseguirei me curar longe de tudo e de todos.

Uma mulher morena, idosa e magra, com longos cabelos pretos e lisos amarrados para trás num rabo de cavalo, deixou o resto do sanduíche que comia sobre a mesa e, aproximando-se de Lurdes, disse:

— Então escolheu o lugar certo. Nossa cidade é muito tranquila e, apesar da seca que enfrentamos agora, todos são alegres e hospitaleiros. Acredito que vai gostar de viver aqui. Se quiser, posso levá-la à pensão de Gilda.

— Agradeço muito.

A mulher, que se chamava Regina, pegou no braço da moça que, depois de agradecer aos demais, seguiu com ela por ruas largas e cheias de casas, umas coladas às outras.

Finalmente chegaram em frente a uma casa grande e antiga, cheia de janelas e portas. Regina disse:

— Esta casa era de parentes de dona Gilda. A família era grande, mas cada um ganhou seu rumo e ela, solteira, foi ficando por aqui. Sentindo-se sozinha, resolveu transformar a moradia numa pensão. Vamos entrar.

Lurdes, acanhada, acompanhou Regina. Logo se depararam com uma senhora gorda, branca, de cabelos lisos e soltos, que as interpelou:

— Veio trazer hóspede nova, Regina?

— Sim. Lurdes acabou de chegar do sudeste e precisa de um lugar para se hospedar.

Gilda olhou-a atentamente como se a observasse bem e perguntou:

— E o que uma moça como você veio fazer aqui? Veio visitar algum parente?

— Ela sofreu uma desilusão amorosa e veio se curar aqui — adiantou-se Regina, feliz por ter contado em primeira mão o que a outra veio fazer ali.

— Desilusões amorosas... Feliz de você que teve uma, pior é quem passou pela vida e não as viveu, como eu. Não sei como é o gosto de um beijo de amor.

Um silêncio pairou entre as três, mas logo Gilda estava novamente falando:

— Venha, vamos ao balcão para fazermos sua ficha.

Lurdes informou seus dados e logo a ficha foi feita. A pensão era tranquila, limpa e havia poucos hóspedes. Alguns estavam vendo televisão na sala, outros estavam na varanda observando o movimento da rua naquele fim de tarde.

Regina despediu-se, e Gilda pediu que Lurdes a acompanhasse a fim de lhe mostrar o quarto.

Lurdes gostou do que viu. Havia uma cama de casal, um guarda-roupa e um banheiro. Ao lado da cama, havia um criado-mudo e em cima dele um abajur.

— Pelo visto gostou, né?

— Sim. Precisava mesmo de um lugar sossegado para ficar e me restabelecer da viagem. Foi muito cansativa.

Gilda perguntou:

— Você veio do sudeste. De onde exatamente?

— De São Paulo. Sofri muito por lá. Resolvi deixar tudo de lado e me refugiar num lugar tranquilo para me recuperar.

— Por que escolheu nossa cidade? É muito longe de lá.

— Nem sei por que escolhi aqui. Fui num mapa e passei minhas mãos pelos estados e pelas cidades. Parei na Bahia com o dedo em cima de Monte Santo. Pesquisei um pouco sobre a cidade e resolvi vir.

— Mas como vai fazer para se manter? Você diz que abandonou tudo e aqui não tem emprego.

Lurdes sorriu:

— Não se preocupe, minha família sabe onde estou, e meus pais vão mandar-me dinheiro todos os meses pelo correio. Não saí fugida.

Gilda estava mais curiosa, contudo, resolveu não perguntar mais nada. Quando ela ia saindo do quarto, Lurdes pediu:

— Gostaria que a senhora me fizesse um pequeno favor.

— Diga, ajudarei no que puder.

— Preciso de uma casa para alugar. Pretendo ficar por algum tempo e quero ter minha privacidade. Se a senhora souber de alguma, de preferência num bairro distante, me avise.

— Por que um bairro distante? Eles costumam ser perigosos.

— Desculpe-me dizer isso, mas já notei que as pessoas aqui são muito curiosas e quero manter discrição e privacidade em minha vida.

Gilda corou:

— Tudo bem. Assim que souber, venho lhe informar.

A mulher saiu, e Lurdes ficou sozinha. Tomou banho, trocou de roupa, deitou-se e pensou: "Aqui é o lugar ideal para realizar o que desejo. Tenho certeza de que no dia que partir daqui minha vida jamais será a mesma".

Ela sentiu sono e dormiu. Sonhou que estava numa sala cheia de crianças sendo cuidadas por babás. Uma delas aproximou-se e disse:

— Venha comigo, veja aquela criança.

Lurdes aproximou de um menino loiro, de olhos claros como os dela e emocionou-se.

A criança, ao vê-la, deixou a babá que o assistia e, chorando, correu para abraçar a moça:

— Mamãe, mamãe! Minha linda mamãe! Que dia a senhora vai me levar?

Lurdes deixou-se levar pela emoção e, chorando, abraçou com força a criança.

— Logo! Logo mamãe vai levar você para casa.

A assistente que os acompanhava interrompeu o momento e pediu que a babá levasse a criança. Voltando-se para Lurdes, falou:

— Vocês são muito apegados. Será que, dessa vez, conseguirão viver sem o mesmo apego de antes?

— Tenho certeza de que sim — Lurdes abaixou a cabeça, sentiu vergonha.

Captando-lhe os pensamentos, a assistente disse:

— Está se sentindo culpada, pois sabe que o que vai fazer é errado. Mas procure ir trabalhando isso. Do seu erro nascerá um grande acerto. Só não pode mais uma vez se deixar levar pelo orgulho, pela vaidade e, principalmente, pela maldade.

— Mas o que farei é maldade.

— Sim, é. Mas seu espírito não saberia esperar os meios naturais da vida. Aqui, no astral, você prometeu que ia esperar, mas de volta ao mundo já esqueceu essa promessa.

— Por que lá não me lembro de tudo? Seria mais fácil.

— Seria mais fácil, mas você não usaria seu livre-arbítrio. Agiria certo apenas pelo medo de errar e não por ter tomado consciência do que seja o verdadeiro bem. Por isso, o esquecimento na Terra é necessário, para que o homem possa agir com total liberdade e responda pelos seus atos, aprendendo a discernir entre o bem e o mal. Vá com Deus.

Lurdes queria falar mais, contudo, a conversa havia se encerrado e ela precisava voltar.

Sentiu-se entrando em um túnel escuro e logo acordou assustada. Lembrou-se de que havia sonhado com uma criança pedindo que ela o levasse logo para casa. De onde conhecia aquele menino que lhe despertara tanto amor? Sonho estranho...

Procurou não pensar mais no assunto e foi arrumar suas roupas.

***

Poucas horas mais tarde, Gilda bateu na porta avisando que o jantar estava na mesa. Lurdes sentia fome, e aquela comida viera na hora certa.

Contando com ela, só havia quatro hóspedes na pensão. Eram dois homens e uma mulher de meia-idade. Um deles olhou muito para

Lurdes durante a refeição e, quando todos terminaram, e ela estava voltando para o quarto, ele puxou-a pelo braço:

— Gostaria de conversar um pouco comigo lá na varanda? A noite está quente para dormir cedo.

Lurdes sentiu-se incomodada:

— Obrigada pelo convite, mas quero me recolher cedo. A viagem foi longa e cansativa.

— Soube que veio do sudeste e quer se instalar aqui na cidade. Podemos ser amigos?

— Por enquanto, não desejo criar muitos vínculos.

— De qualquer forma, gostei muito de você. Meu nome é Amílton.

— Prazer, mas agora preciso me retirar.

De volta ao quarto, Lurdes sentia-se irritada e falava alto consigo mesma:

— Era só o que faltava! A última coisa que desejo nesta terra horrorosa é ter um namorado caipira ou um admirador ousado. Se Amílton insistir, precisarei tomar minhas providências.

Ela deitou-se e, como estava muito cansada, logo adormeceu. Dessa vez, sem sonhos perturbadores.

***

No outro dia, no café da manhã, Josefa, a hóspede de meia-idade, disse para Lurdes:

— Gilda comentou comigo que você deseja alugar uma casa num bairro mais distante do centro. Tenho uma amiga que possui uma casa pequena, mas muito boa, num bairro que você vai gostar de morar.

Lurdes interessou-se:

— A senhora pode me levar até lá?

— Com todo o prazer. Assim que terminarmos o café, poderemos ir.

Quando terminaram a refeição, Lurdes e Josefa saíram da pensão e seguiram andando. O bairro era um pouco distante, mas elas não quiseram esperar a Kombi que levava os moradores que trabalhavam no centro para o referido bairro. Aproveitaram para conversar:

— Soube que teve uma desilusão amorosa e veio se curar aqui. Acha que vai conseguir?

— Sim. O que não podia era ficar lá, vendo tudo sem poder fazer nada. O homem que eu amo vai se casar com outra depois de anos de namoro e noivado comigo.

Josefa fez pequeno silêncio, depois disse:

— O sofrimento não vai embora porque mudamos de lugar. O máximo que conseguimos com uma mudança de ambiente é aliviar nossa dor, mas ela ficará conosco aonde quer que estejamos.

Lurdes tornou:

— Tem razão, dona Josefa, mas aqui, pelo menos, não o vejo casar-se com outra. Depois de tudo, voltarei.

— Não lhe ocorreu pensar que o que lhe aconteceu foi o melhor?

— O melhor? A senhora está maluca? Perdi o homem que amo, ele está de casamento marcado com outra, e a senhora ainda diz que foi o melhor!

— Tudo que nos acontece na vida é para nosso melhor. Nós é que não queremos aceitar. Já pensou que esse moço poderia não estar no seu destino, nem seria ele quem faria sua felicidade?

— A senhora não sabe o quanto o amo. Tenho certeza de que seria muito feliz com ele.

— Uma coisa que ainda não aconteceu abre as portas para a fantasia. Só a vivência é que mostra a verdade.

— Me desculpe, dona Josefa, mas não quero mais falar sobre o assunto.

Josefa desculpou-se:

— Como queira. Desculpe-me se invadi sua privacidade.

O assunto foi encerrado, e então Lurdes passou a observar melhor as casas e as ruas do caminho. Como o nordeste era diferente! As ruas eram muito largas, e as casas praticamente todas coladas umas às outras. As crianças brincavam livremente junto com os animais, e as pessoas, principalmente as mulheres, ficaram nos batentes das janelas conversando e observando quem passava. Ela perguntou-se intimamente se aquelas pessoas não tinham o que fazer.

Finalmente, depois de meia hora, Josefa disse estarem no bairro onde sua amiga morava. Mesmo assim, ainda tiveram que andar mais até chegar à casa de Maria.

11

Josefa bateu na porta, que dava diretamente para a rua, e Maria atendeu. Era uma senhora negra, de meia-idade, muito simpática, que as convidou para dentro da residência.

Já na sala, Josefa explicou a situação, e Maria disse alegre:

— Estava com duas casas para alugar na mesma rua. Felizmente, um casal alugou uma, e a outra, embora eu tenha colocado placa e avisado a muitas pessoas, nunca foi alugada. Vamos até lá?

As duas aquiesceram e a seguiram. Não demorou muito, e estavam em frente à casa. Maria explicou:

— Esta é a casa, a outra que aluguei é a vizinha. Herdei ambas de meu marido, que Deus o tenha! — persignou-se.

Abriu o imóvel, e todas entraram. A residência possuía uma sala, dois quartos pequenos, uma cozinha, um banheiro e um quintal. Era pequena, mas confortável e bem zelada. Lurdes achou perfeita para o que ela queria. Disse resoluta:

— Vou alugar. Pretendo pagar seis meses adiantados. Qual o valor?

Após Maria ter informado o preço, as mulheres retornaram para a casa da proprietária a fim de que Lurdes assinasse o contrato. A moça estava com os documentos necessários e com dinheiro, o que facilitou tudo.

— Essa quantia paga os três primeiros meses — disse Lurdes, com o rosto alegre. — Não quis trazer muito dinheiro comigo. Assim que mudar, trarei o restante do pagamento.

Maria quis saber:

— Quando vem?

— Vou procurar uma loja no centro, comprar os móveis básicos e logo virei. Creio que daqui a dois dias estarei aqui.

— Tenho certeza de que vai gostar. O bairro é distante, pouco frequentado, mas muito tranquilo.

— Tenho certeza de que sim.

Elas se despediram e, no caminho de volta, Lurdes pediu que Josefa fosse com ela a uma boa loja de móveis e eletrodomésticos para ajudá-la a comprar o necessário. As mulheres passaram na pensão, Lurdes pegou um maço grosso de dinheiro, e seguiram para a loja. Josefa estava muito feliz por ajudá-la.

***

À noite, depois do jantar, Lurdes e Josefa foram sentar-se na varanda para conversar. Lurdes logo notou que Amílton, assim como ocorreu durante o jantar, continuava olhando disfarçadamente para ela, agora do outro lado da varanda. Ela fingiu não vê-lo e perguntou a Josefa:

— Hoje a senhora me falou algumas coisas interessantes sobre a vida. Fiquei curiosa. Segue alguma religião?

A senhora respondeu com simpatia:

— Sigo a Doutrina Espírita, que não é propriamente uma religião, mas uma filosofia que nos proporciona muita religiosidade e tem consequências morais muito profundas.

— Já ouvi falar dessa doutrina. É a do médium Chico Xavier?

— Sim. Chico Xavier é um médium maravilhoso, que reencarnou na Terra para dar continuidade ao trabalho que Allan Kardec fez na França, no final do século 19.

— O que essa doutrina ensina além da vida após a morte? — perguntou Lurdes, visivelmente interessada.

— O Espiritismo ensina que todos nós somos responsáveis por tudo que nos acontece. Ensina que existe a lei de ação e reação, na qual recebemos sempre e invariavelmente tudo aquilo que damos. Mas seu maior ensinamento é que temos livre-arbítrio, ou seja, Deus nos deu liberdade de escolha, e é através dela que os fatos acontecem em nossa vida. O Espiritismo mostra, por meio da experiência, que ninguém é vítima, que somos nós que construímos nosso destino. Com ele, aprendemos que Deus não julga, não castiga, não condena, somente dá a cada um o resultado de suas obras por meio de leis perfeitas, eternas e imutáveis.

Lurdes, inquieta, remexeu-se na cadeira de balanço.

— Você quer dizer que tudo o que aconteceu em minha vida e que me fez vir para cá, fugir de tudo, foi culpa minha?

— A palavra culpa é muito forte e não representa a verdade. Você não foi propriamente culpada, mas sim responsável por tudo o que lhe aconteceu. Assim também como será responsável por tudo que lhe acontecerá daqui para frente.

— Como assim? Aparentemente, não fiz nada para ter sido traída e trocada por outra.

Josefa meditou por segundos e disse:

— Você disse bem: aparentemente. Mas nossas ações não se resumem apenas ao que fazemos na prática. Na verdade, nossa maneira de pensar, nossas crenças profundas e nossas necessidades espirituais criam e atraem todos os acontecimentos em nossas vidas. Você disse que não fez nada para que isso acontecesse, mas tenho certeza de que dentro do seu coração há crenças negativas ou uma necessidade muito grande de assimilar uma lição que atraíram isso.

— Pelo pouco que sei, o Espiritismo fala sobre vidas passadas. Não teria sido um erro meu na outra vida que fez com que tudo isso acontecesse?

— Um erro de vidas passadas projeta, para o futuro, sua reparação que, realmente, pode vir através de muita dor e muito sofrimento, contudo, esse não é o único meio de reparar nossos erros. Antes que a dor bata à nossa porta, Deus, que é pai amoroso, envia-nos várias possibilidades de reparação pelo amor que, se forem seguidas, evitarão a reação negativa de nossos erros pretéritos. Tenho certeza de que, antes de você passar por tudo que passou, a vida lhe deu outras formas de agir, mas que não foram seguidas.

Naquele momento, Lurdes lembrou-se de sua amiga Raquel. Ela sempre a orientava com bons e sábios conselhos. Se os tivesse seguido, tinha certeza de que nada do que passou teria acontecido. Viu que Josefa tinha razão.

— Gostaria de aprender mais sobre o Espiritismo. Como faço?

— Posso lhe emprestar um exemplar de O Evangelho Segundo o Espiritismo, de Allan Kardec. Você pode lê-lo integralmente ou abrir ao acaso, em seus momentos de dor e angústia, ou até mesmo nas horas de indecisão. Esse livro costuma responder às nossas questões íntimas com muita sabedoria. Minha filha, que mora em Salvador e frequenta a casa espírita Mansão do Caminho, manda-me muitos livros bons pelo correio ou traz pessoalmente quando vem aqui. Há romances lindos que gostaria que você lesse.

— Quero aprender mais. Quem sabe não mudo minha forma de pensar?

— Quem conhece o Espiritismo, muda completamente se aplicá-lo na vida diária. Não perca essa chance.

Lurdes olhou para Josefa e viu que ela, embora morasse numa pensão, não tivesse um companheiro e a filha residisse em outra cidade, era uma pessoa feliz. Os olhos nunca enganavam, e ela via em Josefa olhos de uma pessoa feliz. Curiosa, perguntou:

— A senhora não é infeliz por morar aqui sozinha? Por que não está em Salvador com sua filha? Por que não tem um marido? É viúva?

Josefa sorriu.

— Você quase me sufocou de tantas perguntas.

— Desculpe, não quis ser indiscreta.

— Não tem problema. Meu marido morreu há 15 anos, depois de um bom tempo de convivência feliz. Nós nos casamos por amor e nossa relação foi muito harmoniosa. Quando Olívia conheceu Jorge, numa festa junina aqui, iniciou um namoro. Não apostei muito na relação, pois ele era um moço da capital, muito rico, não acreditava que fosse levar minha filha a sério. Mas eles continuaram se correspondendo por cartas até que voltaram a se encontrar, e os encontros foram se repetindo, até que um dia ele apareceu aqui com os pais para pedir a mão dela em casamento. Foi uma felicidade para nós. Olívia queria muito se casar com ele, pois o amava, e também queria estudar, fazer um curso superior. Então ficaram noivos e se casaram. Lá em Salvador, ela cursou Pedagogia e hoje leciona em duas escolas. Ela é muito feliz com o marido e já tem dois filhos. Fiquei só, morando numa casa grande e, como sempre gostei de movimento, tomei a decisão de alugar a casa e vir morar aqui na pensão da Gilda. Somos grandes amigas, e me sinto muito feliz aqui. Adoro conversar, fazer amigos, sair, passear, ir a festas e, onde eu morava, embora fosse uma casa grande e confortável, era distante do centro, e eu não podia vir sozinha para ver meus amigos.

— A senhora devia se sentir muito solitária, por isso veio para cá.

— Não, absolutamente não. A solidão não é uma questão de companhia, mas sim um estado interior. Nunca me senti solitária. Aproveito bem meu tempo, faço sempre as coisas de que gosto. Nunca faço algo só para agradar os outros. Por isso, não sei o que é solidão. O problema é que sou muito ativa, gosto de estar com muitas pessoas, adoro estar em vários lugares, ir a boas festas, bater papo, sorrir, e lá ficava muito longe. Sabe, quem se sente solitário pode morar com muitas pessoas, ter um marido, filhos, mas ainda assim aparecerá um vazio interior, como se algo tivesse faltando. Só quem realiza os anseios mais profundos da alma é que está preenchido e não sente essas coisas.

— Não concordo com a senhora. Ninguém nasceu para viver só! — protestou Lurdes.

— Também concordo com você. Nós somos seres essencialmente sociais. Aliás, nosso progresso espiritual só se realiza se vivermos em sociedade. Mas isso não significa que todas as pessoas do mundo devam obrigatoriamente ter uma pessoa amada ou formar uma família. Muitos, por questões de programação reencarnatória, não vieram aqui para isso. Mas nem por essa razão devemos nos isolar e deixarmos de viver em sociedade. Eu mesma fiquei viúva jovem, e as pessoas querem me empurrar um novo marido a todo custo, como se uma mulher sem homem não fosse feliz. Mas eu não sinto essa necessidade, sou muito feliz como sou e vivo muito bem, sem deixar de estar na sociedade e conviver com as pessoas.

— A senhora pensa diferente de muita gente.

— A vida ensina. Agora vamos entrar? Já está começando a fazer frio, e ainda tenho que terminar um ótimo romance que estou lendo.

Lurdes aquiesceu e levantou-se. Quando foi entrando, notou mais uma vez que Amílton a olhava. Percebeu que aquele homem podia ser um empecilho para seus planos. Tinha que encontrar uma forma de livrar-se dele. Mas como?

Naquela noite, ela demorou a adormecer. A conversa com Josefa não lhe saía do pensamento. Ela afirmara que havia a lei de ação e reação e que tudo que fazemos volta para nós. Mas ela estava ali com um objetivo. Não fora justo o que acontecera, e ela precisava fazer o que era necessário para ser feliz. Deus haveria de perdoá-la.

CAPÍTULO 2

Dois dias depois, Lurdes já estava instalada na casa que alugara. Dispôs os móveis com simplicidade e, depois de tudo arrumado, sentou-se no sofá e disse para si mesma:

— A partir de agora, é só começar a busca. Tenho certeza de que encontrarei o que preciso!

De repente, assustou-se e pensou alto:

— Faz dias que cheguei e ainda não liguei para ele. Como pude ser tão displicente?

Lurdes foi até o quarto, abriu a primeira gaveta da cômoda, pegou a bolsa e jogou o conteúdo sobre a cama. Não achou o que queria. Teria que sair e comprar. Mas quem poderia ajudá-la? Lembrou-se dos vizinhos. Sabia que havia um casal que morava ao lado. Era domingo, talvez não os encontrasse em casa, mas resolveu tentar.

Foi até a pequena casa que, assim como a sua, só havia uma porta e uma janela simples que davam direto para a rua. Bateu. Logo uma mulher jovem, loira, cabelos lisos e olhos claros e alegres veio atendê-la:

— O que deseja? É a nova vizinha?

— Sim. Desculpe incomodá-la uma hora dessas, sei que deve estar fazendo o almoço, mas você poderia me dizer onde há um bar ou uma mercearia?

A jovem sorriu.

— Primeiro, quero me apresentar. Sou Maria do Amparo, e este é meu marido José Carlos.

O jovem homem havia aparecido e sorriu para Lurdes, que correspondeu com simpatia.

— Há o bar do Antônio na próxima esquina e a mercearia da dona Joana, na pracinha pouco mais à frente. Basta seguir e dobrar a primeira à esquerda.

Lurdes balançou a cabeça. Aquele lugar parecia mais uma roça. Será que conseguiria o que queria? Perguntou:

— Vocês sabem me dizer se eles vendem fichas telefônicas por lá?

— Sim, vendem. Mas onde você vai telefonar?

— Neste orelhão da rua.

— Esse está quebrado faz algum tempo. Terá que ir mais longe se quiser fazer uma ligação — tornou Maria do Amparo. — Se desejar, posso ir com você.

— Não, não precisa deixar seus afazeres de lado para me acompanhar. Me arranjo sozinha.

Maria do Amparo insistiu:

— Deixe-me ir, você não sabe nada daqui e posso ajudá-la. Meu almoço já está pronto, e o José não se importa que eu saia.

José se manifestou:

— Vá mesmo e ajude a moça. Ela pode ter dificuldades.

Lurdes aceitou, e as vizinhas foram conversando amenidades. Felizmente, encontraram fichas no bar de Antônio e seguiram para a pequena praça, que ficava mais à frente. Quando se aproximaram do orelhão, Lurdes pediu:

— Gostaria que você ficasse o mais longe possível. Preciso conversar com meu pai, e nossa conversa é muito particular. Não estou dizendo que você não é de confiança, mas são coisas íntimas, e não gostaria de me expor. Me compreende?

Maria do Amparo sorriu sem graça e respondeu:

— Não tem problema, vou bater papo com dona Joana na mercearia. Assim que você terminar, passe por lá.

Maria seguiu para a mercearia e lá Joana perguntou, enquanto despachava outros clientes:

— Quer dizer que você veio acompanhar sua nova vizinha e ela te mandou ficar longe do telefone?

— Sim, parece que quer ter uma conversa particular com o pai.

Joana franziu o cenho:

— Uma moça dessas, tão nova, ter vindo morar sozinha numa cidade pequena e distante de onde nasceu. Não acha estranho, não?

Maria do Amparo deu de ombros:

— Dona Maria me disse que ela veio se curar de uma desilusão amorosa. É muito nova, acho que da minha idade, estava noiva e foi trocada por outra. Não acho estranho. Gostei dela.

— Se eu fosse você, não facilitaria tanto. Essa gente da capital é estranha e perigosa, principalmente esse povo do sudeste.

— Nossa, dona Joana, a senhora é muito desconfiada. Vamos mudar de assunto. Me conte como andam as coisas.

As duas foram conversando amenidades até que, quase meia hora depois, Lurdes chegou à mercearia com o semblante muito pálido e os olhos inchados. Logo se percebia que havia chorado. Maria do Amparo perguntou:

— O que houve?

— Nada demais, é que falar com papai me deixa assim, emocionada.

Joana a olhou de cima a baixo e perguntou:

— Quer dizer que você veio curtir sua dor amorosa aqui, é?

— Desculpe, senhora, mas não desejo falar sobre isso.

Joana continuou sem se importar:

— Não havia um lugar mais perto para você ir se curar dessa desilusão?

Lurdes olhou para Maria do Amparo e pediu:

— Vamos? Quero ir pra casa.

Maria a seguiu, e Joana, deixando o balcão, foi atrás dizendo alto:

— Cuidado, Maria! Não dê confiança para essa aí. Algo me diz que tem uma coisa muito errada com ela.

Maria do Amparo corou e, olhando para Lurdes, tornou:

— Não ligue para dona Joana, ela é assim mesmo. Gosta de fazer encrenca com as pessoas.

— Não vou dar importância. Vamos.

As duas percorreram o caminho de volta em silêncio. Quando chegaram, Lurdes agradeceu e entrou. Foi para o quarto, guardou as fichas que sobraram e deitou-se. Havia comida pronta no fogão, ela mesma cozinhara, embora não tivesse quase nenhum talento para isso. Contudo, não sentiu vontade de comer. O que ouvira ao telefone fora suficiente para acirrar ainda mais sua vontade de fazer o que lhe levara ali. Rolou na cama até que relaxou e adormeceu.

Quando acordou, sentia seu estômago doer. Olhou para o pequeno relógio em cima da cômoda e viu que já passava das três horas da tarde. Como pudera dormir tanto?

Foi para a cozinha, esquentou a comida e comeu com gosto. Mesmo estando malfeita, ela ingeriu tudo como se fosse um manjar dos deuses, tamanha era sua fome.

Não havia o que fazer, e ela se incomodou. Sempre fora uma moça ocupada. Quando não estava estudando, estava ajudando a mãe com os arranjos da casa, dando ordens à governanta, aos empregados. Não estava acostumada a não fazer nada. Um grande tédio a invadiu e ela resolveu abrir a porta e ver o movimento da rua.

Surpreendeu-se quando viu José e Maria sentados em duas grandes pedras que havia na frente da casa conversando animados. Quando a viram, chamaram-na:

— Sente-se aqui conosco. Vamos conversar para o tempo passar mais rápido.

Lurdes se aproximou, e Maria trouxe uma cadeira para que ela se sentasse. Não havia muito o que ver naquela rua. Havia algumas crianças brincando, pessoas conversando nas portas das casas e nos batentes das janelas e alguns animais comendo aqui e acolá. O jeito era conversar.

José perguntou:

— Deve estar sendo difícil para você se acostumar aqui, não é?

— Sim, está! Mas fiz uma grande amiga lá na pensão, a dona Josefa. Quando não aguentar de tanto tédio, vou lá lhe fazer uma visita.

Maria do Amparo tornou:

— Nós podemos nos tornar amigas, e você pode vir bater papo comigo. José trabalha o dia todo, e eu fico aqui sozinha.

Lurdes perguntou curiosa:

— José, trabalha em quê?

— Sou pedreiro. A situação não está boa para ninguém, mas sempre consigo serviço.

— Pedreiros não ganham tão mal. Vocês não pensam em comprar uma casa?

— Na verdade, já estou construindo a nossa — disse José orgulhoso. — É aqui mesmo nesse bairro, pois os terrenos do centro são caros, não dá para comprar.

Maria do Amparo completou:

— Acredito que daqui a dois anos já estaremos morando lá.

Lurdes sorriu. Havia simpatizado com o casal.

— Vou torcer para que vocês sejam muito felizes. Vejo que se amam. Eu não tive sorte.

— Sei que não gosta de falar desse assunto. Vamos falar de outras coisas. Você gosta de novelas?

— Acompanho de vez em quando.

— Pois venha aqui todas as noites acompanhar conosco a novela das oito. Ninguém perde. Sempre fui apaixonada por novelas, tanto que o José gastou muito de nossas economias só para comprar uma televisão para mim. Não é em cores, mas pega bem, não tem chuvisco.

— Será bom para distrair-me um pouco. Virei sim, só não quero incomodar. Afinal, um casal sempre quer ter sua privacidade.

— Você não vai atrapalhar, será um prazer.

Lurdes mudou de assunto:

— Vocês não têm parentes próximos? Hoje é domingo, pensei que vocês tivessem ido visitar a família ou que receberiam alguém.

Maria do Amparo ficou triste ao dizer:

— O José é filho único, e meus sogros morreram há alguns anos. Ele só tem um tio idoso, mas não mora aqui. Vive num asilo na capital. É um solteirão e não aceitou ser cuidado por nós.

Lurdes penalizou-se.

— E você? Onde estão os seus?

Maria do Amparo explicou:

— Também não tenho pais. Os meus morreram num acidente. Estavam em uma excursão religiosa para a cidade de Candeias quando o ônibus virou. Muitos morreram, inclusive meus pais. Eu e minha irmã Renata ficamos sozinhas no mundo, pois nossos parentes são do sul, só meus pais vieram morar na Bahia.

— Mas quem criou vocês? Eram muito pequenas na ocasião do acidente?

— Eu tinha sete anos, e Renata, nove quando o desastre aconteceu. Uma vizinha nossa, a dona Florinda, nos acolheu e cuidou de nós como se fosse nossa mãe. Mas ela também já morreu. Tempos depois, numa festa junina, Renata conheceu Humberto Duarte, filho de um rico empresário do sudeste e se apaixonaram. Ela casou-se com ele e moram lá. Nunca mais deram notícias.

Lurdes estava impressionada com as coincidências. O mesmo acontecera com a filha de Josefa, que havia conhecido um rapaz da capital e se casado.

Sorriu ao dizer:

— O que um rapaz do sudeste estava fazendo aqui?

— Você está por fora! — disse Maria do Amparo já com o rosto alegre. — O pessoal de lá adora festa junina. Aqui em Monte Santo é tradição realizarem a festa de São João com muitos dias de festejos e *shows* com cantores famosos. Muita gente vem.

— Nunca fui a uma festa junina. Mas se estiver aqui ainda no mês de junho, farei questão de ir.

— Vai adorar — disse finalmente José, que permanecera calado até então. — Agora vamos entrar e fazer um lanche?

— Desculpe, mas tenho que recusar, pois acabei de almoçar. Deitei para relaxar quando cheguei em casa e acabei dormindo até as três horas. Quando acordei, esquentei meu almoço, por isso, estou sem fome.

José insistiu:

— Então entre, venha nos acompanhar.

Lurdes entrou e, enquanto o casal lanchava pipoca com suco, contando os planos para o futuro, ela se sentiu alegre e em paz.

Quando entardeceu, e ela entrou em casa, sentou-se no sofá e relembrou pouco a pouco o que lhe aconteceu. Uma onda de raiva a acometeu, e ela esmurrou com força a parede.

Queria ter se casado com Pedro e sido tão feliz quanto Maria do Amparo era com José. Não invejava o casal, mas era aquele tipo de felicidade que sempre sonhara para sua vida. Claro que jamais seria feliz vivendo naquela tamanha pobreza como seus vizinhos viviam. Não entendia como podia existir gente tão feliz vivendo em meio àquela miséria.

Contudo, ela não poderia demonstrar sua aversão pela pobreza. Tinha que parecer o mais simples possível para conseguir realizar o que queria ali. Ninguém poderia desconfiar de que ela era muito rica, pois seria fácil depois encontrá-la. Sua família era conhecida e não podia vacilar.

Lembrou-se do que iria fazer naquela cidade e sentiu uma pontada no peito. Ouviu em sua mente dona Josefa dizendo: "tudo o que fazemos volta depois para nós". Será que era verdade? Já tinha visto muita gente ruim fazer maldades e nada acontecia com elas. Resolveu não pensar mais no assunto e foi para o quarto. Havia ainda algumas gavetas para arrumar, pois, embora tivesse trazido pouca roupa, havia comprado algumas com Josefa dias antes. Queria organizar tudo. Entretida, não viu o tempo passar até que a fome novamente apareceu, e ela foi esquentar o que sobrou do almoço.

Comeu com rapidez e, quando já estava deitada, ouviu alguém bater na porta. Quem seria uma hora daquela? Pensando ser um dos vizinhos, levantou-se e abriu. Surpreendeu-se ao ver a figura de Amílton e tentou fechar a porta outra vez, mas ele era mais forte e, empurrando a porta, conseguiu entrar.

— Se você não sair daqui agora, eu grito — disse Lurdes apavorada.

— Calma, não vim lhe fazer nenhum mal. Estou aqui para conversarmos — disse Amílton calmo.

— Não temos nada para conversar, por favor, vá embora.

Amílton fingiu não ouvir o que ela disse, fechou a porta à chave e sentou-se no sofá.

Completamente indignada, Lurdes, com voz que fez o possível para tornar baixa, disse:

— Você não tem nada para fazer aqui, vá embora.

— Você é esperta, sabe que estou interessado em ter um relacionamento contigo. Por que não me dá essa chance?

O rosto de Lurdes cobriu-se de rubor:

— Não vim aqui para me relacionar com ninguém, muito menos com você.

— Só porque sou pobre?

Aquela pergunta a fez corar. Não podia de forma alguma mostrar sua aversão à pobreza. Tentou disfarçar enquanto sentava-se na poltrona ao lado:

— Não é isso, Amílton. Vim aqui para me curar de uma desilusão amorosa. Ainda amo o homem que me fez sofrer e, talvez por isso, não estou aberta a nenhum tipo de relação. Também não sou rica e nem tenho nenhum preconceito contra a pobreza. Meus pais são empresários em São Paulo, mas não são ricos, batalham para sobreviver. Não quero me envolver com ninguém, e espero que você entenda.

Amílton fingiu:

— Tudo bem. Vou respeitá-la e não irei insistir. Mas você não pode me servir nada? Um suco, um café?

— A essa hora da noite?

— O que tem de mais?

— Está certo, vou passar um café para nós, mas peço que em seguida vá embora.

Lurdes foi para a cozinha sentindo a raiva dominar seu ser. Que homem atrevido! Fez o café o mais rápido que pôde e depois de servir Amílton, serviu-se também.

O homem começou a falar sobre a vida na cidade e, de repente, de maneira proposital, virou o conteúdo da xícara na camisa.

— Poxa! Que desastrado que sou. Olha o que fiz.

Lurdes, sem perceber as intenções dele, disse preocupada:

— Tire logo a camisa, pode queimar.

Ele tirou a camisa rapidamente deixando o peito bem definido e cheio de pelos curtos à mostra. Não lhe passou despercebido o olhar de desejo de Lurdes, porém, Amílton fingiu não perceber.

— Preciso esperar que seque um pouco antes de vesti-la novamente. Você não tem nenhuma camisa masculina aí, não é?

Ela, perturbada pela visão, disse:

— Claro que não, mas posso passar no ferro para secar mais rápido.

— Faça isso, por favor.

Lurdes pegou a camisa e se dirigiu à mesa da cozinha. Pegou o ferro elétrico que estava em cima de um armário, ligou-o, esperou esquentar e foi passando a camisa.

De repente, Lurdes sentiu os braços peludos de Amílton envolverem sua cintura e ela não mais resistiu. Foi cedendo às carícias mais ousadas e logo foi conduzida para a cama, onde Amílton tirou toda a roupa dela e a amou com intenso desejo.

A noite passou, e eles, repetindo o ato de amor, só se cansaram e dormiram quando o dia estava começando a clarear.

Eram dez horas da manhã quando Lurdes acordou sobressaltada com Maria do Amparo batendo na porta.

Quando ela viu Amílton nu, dormindo em sua cama, assustou-se com a loucura que se deixou fazer. Vestiu-se rapidamente e foi abrir a porta para a vizinha.

Maria do Amparo entrou com o rosto assustado. Havia visto Amílton entrar na casa da nova amiga e ficou preocupada. Lurdes parecia ingênua, sofrida, e a cidade, embora pequena, também oferecia perigo como os grandes centros urbanos. No lugarejo, havia pessoas bem intencionadas, mas existiam também os que tentavam se aproveitar das almas mais simples.

— Lurdes, você está bem? Precisa de alguma coisa? — perguntou a moça, buscando não ser indiscreta.

Lurdes respirou profundamente, franziu a testa e buscou tornar o olhar vago.

— Minha querida, às vezes, me sinto tão enfraquecida. Amei tanto que desaprendi a viver sozinha, sem um afago, sem um ombro amigo. É muito difícil para uma mulher viver só. Pequenas coisas se transformam em verdadeiras batalhas. Ontem mesmo, fui obrigada a pedir ajuda para um morador da cidade. O bocal de uma lâmpada estava em curto. Pensei em chamar você, mas não quis incomodar. A minha sorte é que um hóspede da pensão passou por aqui na hora e acabei pedindo ajuda. As pessoas daqui são muito gentis, não é mesmo?

Maria do Amparo tranquilizou-se. Sentia por Lurdes profunda simpatia e gostaria que ela superasse a dor da desilusão. Mesmo assim, alertou:

— É verdade, Lurdes. As pessoas por aqui gostam mesmo de ajudar. Mas tome cuidado. Pode ser perigoso deixar qualquer um entrar na sua casa. Quando tiver qualquer problema, bata lá em casa. Vizinho serve pra isso, ouviu?

Lurdes sorriu com doçura para Maria do Amparo. "Como as pessoas são tolas!", pensou. Tratou de se despedir da nova amiga com delicadeza. Rezava para que Amílton não acordasse e aparecesse na sala.

— Amparo, agora preciso cuidar das minhas coisas. Tenho algumas roupas para arrumar ainda. Que tal conversarmos à noite?

Maria do Amparo sorriu para Lurdes.

— Vou esperar você com um café bem gostoso e um bolo. José saiu para fazer um bico, mas daqui a pouco, chegará. Se precisar de alguma coisa, é só chamar.

Lurdes fechou a porta da sala e correu para o quarto. Amílton estava enrolado em uma toalha e dirigiu a ela um olhar malicioso. Lurdes estremeceu. Não queria e não podia pôr todo o seu plano a perder por causa de um caipira.

Amílton levantou-se da cama e deixou propositadamente a toalha escorregar de seu corpo. Apanhou um cigarro no bolso da calça, que estava largada no chão, e acendeu, baforando a fumaça para o alto em pequenos círculos. Lurdes abaixou e entregou-lhe a calça, tentando evitar olhar para o corpo musculoso de Amílton.

— Apague este cigarro. Detesto esse cheiro! Vista sua roupa. Você precisa sair daqui sem ser visto. Não quero disse me disse na vizinhança. Estou tentando recomeçar minha vida. Esqueça o que aconteceu a noite passada. Não me procure mais!

Amílton vestiu-se calmamente. Depois de fechar o último botão da camisa, puxou Lurdes pelo braço e beijou-a de forma ardente. A mulher ficou paralisada, com o coração aos saltos. Com esforço, desvencilhou-se dos braços do homem e apontou a porta.

— Espere aqui. Vou dar uma olhada para ver se você pode sair.

Olhou no entorno da rua. Àquela hora, as mulheres estavam ocupadas com os afazeres domésticos, e os homens estavam trabalhando. Apenas algumas crianças brincavam na rua. Amílton poderia sair sem ser notado.

— Vá embora e não volte! Não tente espalhar por aí que passou a noite comigo porque vou desmentir! Nem tente!

Amílton sorriu cinicamente.

— Não sou homem de ficar apresentando meus troféus. Você será minha! E, se é verdade mesmo que você está aqui para se recuperar de uma desilusão amorosa, encontrou a pessoa certa. Somos muito parecidos, não acha? — perguntou malicioso.

Lurdes corou.

— Saia daqui, Amílton! Não me pareço com você! Quero ficar em paz. Saia daqui.

O homem ganhou rapidamente a rua. Acendeu um cigarro, jogou a fumaça para o alto e olhou para trás. A decisão estava tomada: Lurdes seria dele. Ela poderia tentar enganar a todos, mas ele jamais se enganava a respeito das pessoas. Lurdes era exatamente como ele. O tempo comprovaria isso.

CAPÍTULO 3

Lurdes passou o resto do dia pensando em Amílton. Não conseguia esquecer a noite que passara com ele. "Preciso me livrar do cheiro desse caipira!", pensou. Olhou para a casa e, embora tudo estivesse limpo e organizado, resolveu comprar mais alguns móveis. Escolheria modelos bem simples, mas que pudessem lhe dar mais conforto. Teria que ficar na cidade um bom tempo para conseguir levar seus planos adiante. Necessitava também abastecer a casa com alimentos e produtos de limpeza.

Tomou um banho e arrumou-se rapidamente. Chamaria Maria do Amparo para fazer-lhe companhia. Não conhecia nada daquele lugar, e a vizinha mostrava disposição em ajudar. Certamente não iria se negar a acompanhá-la. Já à porta do casal de vizinhos, bateu palmas. Maria do Amparo chegou à janela e afastou a cortina florida. Sorriu quando avistou Lurdes.

— Lurdes, precisa de alguma coisa? Espere aí! Já vou abrir a porta.

Lurdes observou a alegria de Maria do Amparo. A vizinha era jovem e muito bonita. Estava sempre sorrindo, alegre, bem-disposta. Mais uma vez, a inveja apertou-lhe o coração.

Maria do Amparo abriu a porta da sala e convidou Lurdes para entrar. Secou as mãos com um pano de prato, colocou-o sobre o pequeno sofá da sala e abraçou Lurdes.

— Almoce comigo. José só volta mais tarde.

— Não quero atrapalhar, Amparo. Preciso mesmo é de companhia. Quero comprar mais alguns móveis para minha casa. Você pode ir comigo?

— O que você quer comprar, Lurdes? Por aqui o comércio é pequeno. No centro, vamos encontrar mais lojas. Não tem nada de muito luxo, mas conheço uma lojinha que tem uns móveis até bem bonitos, iguais a esses que você comprou.

Lurdes se entusiasmou.

— Então vamos comigo! Quero comprar roupa de cama, toalhas de banho e alguns utensílios de cozinha. Preciso também de um colchão novo. Acordei com dor nas costas.

— Que bom, Lurdes! Que bom você ter vindo morar aqui! Tenho muitos amigos aqui no bairro, mas sinto que já a conheço há muito tempo. Vou gostar de escolher as coisas com você. Eu estava mesmo precisando de uma amiga. Espera um pouquinho aqui. Vou trocar de roupa e já volto.

Lurdes ficou sentada no sofá olhando tudo em volta. A casa de Maria do Amparo era bem simples, porém, tudo era muito limpo e bem cuidado. De um pequeno jarro pendia uma folhagem verde intensamente escuro. Nas pontas, flores miúdas coloriam o ambiente. Amparo logo retornou. Havia colocado um vestido que lhe cobria as pernas na altura dos joelhos. Lurdes ficou por instantes observando a nova amiga: ela era uma mulher bonita. Maria do Amparo interrompeu os pensamentos de Lurdes.

— Pronto! Não falei a você que não demorava? Vamos logo. Daqui a pouco, passa uma lotação para o centro. Se perdermos essa, só daqui a duas horas.

As duas saíram conversando. Seguiram até a praça e pararam para esperar a lotação. Os ônibus chegavam apenas para trazer viajantes de outras cidades e outros estados. Paravam na rodoviária e de lá retornavam, sem circular pelo lugarejo. Apenas duas Kombis faziam o transporte dos moradores entre os bairros e o centro. A maior parte da população estava acostumada a percorrer longas distâncias a pé. Maria do Amparo avisou a Lurdes.

— A lotação já deve estar chegando. Se você quiser, podemos ir a pé. Que tal?

Lurdes não teve tempo para responder. Ouviu a voz de Joana de dentro da mercearia e sentiu imediata aversão.

— Maria! Aonde vão as duas? Não acham que o sol está muito quente?

Lurdes sentiu vontade de responder que aquilo não era da conta dela, mas se conteve. Não poderia e não queria causar má impressão. Já havia percebido a antipatia de Joana por ela. Precisava parecer simpática. Representar no meio de toda aquela gente tola não era tão difícil assim.

— Bom dia, dona Joana. Como vai a senhora? — perguntou Lurdes.

Joana tornou a perguntar a Maria do Amparo o que as duas iriam fazer, ignorando completamente o cumprimento de Lurdes.

— Vamos ao centro comprar algumas coisas para a nova casa de Lurdes, dona Joana.

Lurdes mordeu o lábio inferior com raiva e logo disfarçou o gesto impensado com um sorriso largo e amistoso.

— Preciso comprar algumas coisas para minha casa, e Amparo vai me ajudar. A senhora precisa de alguma coisa? Quer que eu traga algo para a senhora? Será um prazer ajudar. A senhora quase não deve ter tempo para sair daqui por causa da mercearia. Se quiser, posso ajudar no que for preciso.

Joana permaneceu com a cara emburrada e dirigiu-se a Maria do Amparo. Fazia questão de deixar bem claro a antipatia e a desconfiança que nutria por Lurdes.

— Vá com cuidado, Maria. Vá com cuidado.

Maria do Amparo avistou a lotação contornando a praça e puxou Lurdes pelo braço.

— Lurdes, nossa condução chegou. Vamos! Até mais tarde, dona Joana. Fique com Deus.

As duas entraram na velha Kombi e acomodaram-se no banco desconfortável. Maria do Amparo segurou as mãos de Lurdes. Tentou justificar a falta de educação de Joana.

— Não liga pra dona Joana não, Lurdes. Ela é desse jeito, mas é boa gente.

— Ligar para o quê? Ela está certa. Mal me conhece. Deve ficar com receio de que eu seja mau caráter e queira me aproveitar de você,

Amparo. Com o tempo, ela vai ver que não é nada disso e vai passar a me tratar melhor, você vai ver.

Lurdes abriu a janela da Kombi. O cheiro de suor do motorista estava fazendo com que ela ficasse enjoada. As ruas esburacadas obrigavam o motorista a andar em velocidade reduzida, o que tornou o percurso mais demorado. Maria do Amparo percebeu o desconforto da amiga e brincou.

— Está vendo só porque eu queria tanto ir caminhando?

As duas acabaram rindo da situação, e Lurdes completou:

— Da próxima vez, iremos a pé!

O motorista estacionou a Kombi próxima à rodoviária e recolheu o dinheiro das passagens. Lurdes entregou algumas moedas ao homem e saltou, puxando o braço de Maria do Amparo para que ela também saísse. Sentiu um aperto no coração ao recordar o dia em que chegou a Monte Santo. Lembrou-se da conversa com Josefa e, por segundos, pensou em desistir e voltar. Maria do Amparo percebeu os olhos perdidos da amiga e chamou-a à realidade.

— Olha, Lurdes! A loja fica logo ali naquela esquina. Vamos até lá?

Lurdes sacudiu levemente a cabeça e respondeu:

—Vamos, Amparo. Vamos sim. Quero logo escolher minhas coisas e voltar para casa.

—Você não quer dar uma passada na pensão depois? — perguntou Amparo.

Lurdes saiu andando na frente em direção à loja sem responder. Não queria encontrar-se com Amílton.

Na loja, comprou dois jogos de lençóis e algumas toalhas de banho. Em seguida, foi com Amparo para a loja de móveis, a mesma que fora dias antes com Josefa. Escolheu um colchão, um pequeno armário para a cozinha, alguns objetos decorativos e um rádio. Não queria deixar transparecer que possuía muito dinheiro. Se quisesse comprar mais alguma coisa, faria isso em outra ocasião. Maria do Amparo demonstrava alegria em acompanhar Lurdes.

— Vamos tomar um suco?

Lurdes efetuou o pagamento na loja, marcou a entrega para o dia seguinte e dirigiu-se à amiga:

— Vamos beber alguma coisa sim. O calor está insuportável. Falando em calor, Amparo, preciso comprar um ventilador também. Onde posso encontrar uma loja para isso? Aqui eles não vendem, e eu detesto o calor e os mosquitos também! — completou rindo. Mas primeiro vamos tomar o refresco.

As duas foram andando de braços dados e passaram pela porta da pensão. Amílton estava na varanda, mastigando um palito de fósforo. Lurdes avistou o homem e apressou Maria do Amparo.

— Vamos, Amparo. Onde fica a lanchonete?

— Logo ali, na próxima esquina, tem uma lanchonete.

Amílton riu do nervosismo de Lurdes. "Ela vai ser minha. Ah! se vai...", pensou o homem.

As moças sentaram-se a uma mesa na lanchonete. Lurdes pediu um refresco de caju para o rapazinho que estava atrás do balcão. Quando ele dirigiu-se à mesa para servir os refrescos, Lurdes olhou a cena com nojo. O rapaz era franzino, segurava os dois copos com as mãos engorduradas e as unhas sujas. Um avental encardido amarrado na cintura e um pano de prato manchado jogado displicentemente no ombro causaram-lhe uma repulsa que não conseguiu esconder.

— Você poderia pelo menos lavar as mãos antes de nos servir! — falou arrogante.

O rapaz corou de vergonha e se desculpou.

— Desculpa, senhorita. Eu estava limpando o depósito quando chegaram. Larguei tudo para atender vocês. Vou lavar as mãos e volto logo.

— Leve os refrescos de volta e traga outros, em copos limpos, por favor. Esses chegam a estar embaçados de tão sujos — ordenou Lurdes.

Maria do Amparo ficou estática, observando a reação da amiga. Mentalmente procurou desculpá-la. Achava, no fundo, que Lurdes tinha razão. Ela própria, apesar de estar acostumada com algumas coisas, não admitia a sujeira e o descuido. Sabia que a amiga, embora muito simples, levava uma vida diferente em São Paulo.

— Você está certa, Lurdes. Algumas pessoas são descuidadas mesmo. Acham que a falta de dinheiro é desculpa para a falta de limpeza. Mas não liga não. Vamos tomar nosso refresco e comprar seu ventilador. Depois, voltamos para casa. Daqui a uma hora, a Kombi volta para nosso bairro.

O rapaz retornou com as mãos lavadas e com os copos brilhando. As amigas beberam o refresco gelado. Maria do Amparo abriu a bolsa para pegar algumas moedas, mas Lurdes impediu que ela pagasse a conta. Puxou uma nota da carteira, pagou as despesas e deixou o troco com o rapaz.

— Tome. Fique com isso para você, mas da próxima vez não se esqueça de lavar as mãos, os copos e o avental.

Maria do Amparo considerou o gesto da amiga como um reflexo de sua imensa gratidão.

— Garanto que ele nunca mais vai esquecer você e a lição. As pessoas aqui não estão acostumadas com essas coisas de gorjeta. Todo mundo paga, mas confere o troco direitinho. E ai do comerciante que se esquecer de devolver uma moeda! — brincou Maria do Amparo.

— Onde fica a loja para comprar o ventilador, Amparo? — perguntou Lurdes.

Maria do Amparo apontou para um casebre localizado em frente à praça.

— Ali. E não é loja não. Muitos turistas passam por aqui e acabam deixando aparelhos na pensão ou nas casas que alugam. Seu Marcos recolhe os aparelhos, limpa, conserta e vende. Ficam novos, você vai ver.

Maria do Amparo bateu palmas na frente do casebre. Um senhor de baixa estatura, usando um macacão, chegou e cumprimentou-a.

— Menina Amparo! Quanto tempo!

— Faz muito tempo mesmo, seu Marcos. Como o senhor está?

— Estou bem. Até que a velhice não está me castigando tanto — brincou o homem. O que você quer, menina?

Maria do Amparo apresentou Lurdes a Marcos.

— Seu Marcos, esta é minha amiga Lurdes. Ela está precisando comprar um ventilador. O senhor tem algum para vender?

Vagarosamente, o homem abriu a porta de um barracão na lateral da casa, demorou alguns minutos lá dentro e retornou com um ventilador de modelo bem antigo, mas em boas condições. Dirigiu-se para Lurdes e falou:

— Veja, moça. Este modelo é antigo, mas funciona que é uma beleza. Consertei, limpei e pintei. Parece até novo.

— E quanto custa? — perguntou Lurdes.

O velho escancarou um sorriso desdentado para responder.

— Custa o que a senhora achar justo pagar.

— Não tenho muita noção do preço de algumas coisas por aqui, mas acho que essa quantia é suficiente. É o valor que considero justo — disse Lurdes, puxando algumas notas da carteira.

O homem recebeu o dinheiro com alegria, colocou o ventilador em uma sacola de juta e entregou-a a Lurdes. Maria do Amparo tomou o saco das mãos da amiga e despediu-se de Marcos.

— Até outro dia, seu Marcos. Fique com Deus.

O homem franziu o cenho e olhou para Lurdes de forma enigmática.

— Cuidado, menina Amparo! Muitas vezes, o dia esconde a escuridão. Tome muito cuidado e abrace José em meu nome. Vá com Deus.

A Kombi que as levaria de volta para casa já apontava na lateral da praça. Lurdes apenas acenou para seu Marcos. Não havia gostado dele também. As duas entraram no veículo e seguiram numa conversação animada. A viagem de volta transcorreu sem grandes problemas para Lurdes.

"Acho que o motorista tomou banho", pensou, aliviada por não sentir o mesmo cheiro de suor de antes.

Ao chegarem à praça do bairro, saltaram e novamente se depararam com Joana.

— Já estão de volta? E você? — perguntou voltando-se para Lurdes. — Vai mesmo se recuperar da tal decepção por aqui?

— Já disse a senhora que não quero falar sobre isso, não disse? — respondeu Lurdes de forma áspera.

Maria do Amparo chamou Lurdes para voltarem para casa.

— Vamos, Lurdes. Já está ficando tarde. Daqui a pouco, José estará de volta, e prometi a ele fazer um bolo para tomarmos com café. Vamos embora.

No caminho, mais uma vez, a moça pediu que Lurdes não desse atenção a Joana.

— Ela é assim mesmo — sentenciou Amparo.

Lurdes nada respondeu. Chegou em casa, colocou o ventilador sobre uma velha cômoda e ligou. Ficou sentada na cama por um bom tempo, sentindo o vento bater em seu rosto. Revisou item por item todo o seu plano de ação. Nada poderia dar errado. Ali, naquele fim de mundo, certamente nada daria errado. Levantou-se, apanhou um vestido florido no armário e decidiu tomar um banho. Depois resolveria o que fazer e de que maneira passaria o tempo.

***

Quando José chegou, Maria do Amparo estava na cozinha preparando o bolo. Ele parou e ficou alguns segundos admirando a beleza da esposa. Sentia-se privilegiado por ter conseguido se casar com Maria do Amparo. Ela era linda, caprichosa, dedicada a ele e ao lar. Algumas vezes chegava a se perguntar o porquê de Maria do Amparo ter aceitado casar-se com ele. Aproximou-se em silêncio e abraçou-a carinhosamente. Maria do Amparo virou-se e afagou-lhe os cabelos encaracolados e negros.

— Como foi seu dia? — perguntou José.

Maria do Amparo continuou a bater a massa do bolo com vigor.

— Vá tomar um banho e venha. Vou lhe contar tudo. Hoje, saí um pouco de minha rotina. Vá, José! Vá logo tomar esse banho que tenho muita coisa para contar!

José beijou-lhe o rosto e encaminhou-se para o banheiro. Barbeou-se, tomou um banho demorado e colocou apenas uma bermuda. Voltou para a cozinha e sentou-se para conversar com a esposa. O cheiro do bolo, já no forno, impregnava a cozinha. Maria do Amparo serviu café ao marido em uma caneca de ágata. José sorriu e começou a soprar a bebida quente.

— Vamos, Maria, o que tem pra me contar sobre o dia de hoje?

Maria encheu uma caneca com café para ela também e sentou-se ao lado do marido.

— Hoje saí com Lurdes. Ela precisava comprar algumas coisas para a casa e me chamou para ir com ela. Ela é diferente, José. É fina. Dá pra sentir. Quis comprar um ventilador, e fui lá na casa do seu Marcos.

— Ela deve ser fina mesmo. Tanta coisa pra comprar e ela compra um ventilador. Isso é coisa de quem não aguenta muita coisa da vida não! — falou José.

Maria do Amparo sentiu certa contrariedade nas palavras do marido. Estava acostumada a falar sobre tudo com José. Não escondiam um do outro nenhum sentimento, nenhuma atitude. Decidiu ser direta e perguntar de forma sincera.

— Você até parece que não gosta dela. Conversamos tão bem aquele dia. Por que está falando desse jeito?

José bebeu lentamente um gole de café. Olhou para a esposa com carinho e respondeu de forma evasiva:

— Tenho medo que ela mude sua cabeça. Sei lá. Disse que sofreu uma decepção, que veio aqui para esquecer um amor, mas não tem cara de que está sofrendo. Tenho medo dessa gente que vem de cidade grande. São diferentes, e você sabe disso.

Maria do Amparo colocou-se em defesa de Lurdes.

— Até parece a dona Joana e o seu Marcos falando. Ela é diferente sim, mas é boa pessoa. Tem bom coração. Eu sinto isso.

José levantou-se e abraçou carinhosamente a esposa.

— Tudo bem. Se você fala, eu acredito. Vamos comer o bolo? Você sabe que adoro bolo quente!

Maria do Amparo segurou a mão do marido e levou-o para o quarto.

— Nada disso! Vai colocar uma camisa. Convidei a Lurdes para a merenda da tarde. Ela já deve estar chegando.

José ouviu quando Lurdes chamou o nome de Maria no portão. Vestiu rapidamente a camisa e foi para a cozinha. Lurdes e Maria entraram de braços dados como se fossem velhas conhecidas. A esposa parecia uma criança que havia acabado de ganhar um presente. "É bom mesmo que ela tenha uma amiga! Assim se distrai mais um pouco", concluiu em pensamento o marido.

José levantou-se da cadeira e cumprimentou Lurdes com um aperto de mão.

— Como vai, Lurdes? Está gostando do lugar?

Lurdes ensaiou um sorriso comedido para responder.

— Estou sim, seu José. As pessoas estão me recebendo muito bem. Acho que não quero nem mais voltar para São Paulo. Tudo aqui é mais calmo. Até o relógio parece que anda mais devagar. Estou gostando sim. E Amparo tem sido uma amiga e tanto.

José sorriu orgulhoso do elogio feito à mulher. Maria era muito atenciosa mesmo.

Maria do Amparou encerrou a conversa quando tirou o bolo do forno.

— Chega de conversa agora. O bolo já está pronto. Vamos nos sentar e prosear comendo, que é bem melhor. Depois, a novela "com chuvisco"! A novela das oito é uma novela arretada de boa!

Os três permaneceram conversando por algumas horas. Lurdes mostrava-se interessada nas histórias contadas pelo jovem casal. Ria de forma descontraída, principalmente quando Maria do Amparo erguia as sobrancelhas demonstrando espanto nos exageros contidos nas narrativas de José.

— Olha, Lurdes, corta a metade da boiada e três árvores dessa história! José é um exagerado — justificava Maria do Amparo.

— Não sou exagerado! Só gosto de florear um pouquinho. Que graça tem contar que enfrentei uma cabra? Qualquer um faz isso. Conto a história direitinho do jeito que aconteceu. Só tiro a cabra e coloco o boi no lugar.

Lurdes gargalhou. Ela também preferia os extremos. Jamais conseguira conviver com o meio-termo.

— Maria do Amparo, seu José está certo. O povo gosta de histórias bem contadas. É por isso que as novelas fazem tanto sucesso no Brasil.

José serviu-se de mais um pedaço de bolo e se dirigiu a Lurdes.

— Tire o "seu" da frente de meu nome. Me chame apenas de José. Não sou tão velho assim, não é, Maria?

Maria do Amparo concordou com o marido:

— É isso mesmo, Lurdes! Somos amigos. Agora você faz parte de nossa família. Pare com esse negócio de "seu" e "senhor".

Lurdes simulou um sorriso envergonhado para responder.

— Isso é muito difícil para mim. Fui criada de forma muito rígida e tenho medo que pareça falta de respeito. Ele é seu marido, Amparo.

Maria do Amparo respondeu fazendo graça:

— Vixe! E vai deixar de ser se você chamar ele de José?

Todos riram. Lurdes passou as mãos pelos cabelos e ironizou em pensamento: "Até eu me surpreendo com o que digo".

José levantou-se da mesa e foi para a sala ligar a televisão. O chiado se fez ouvir da cozinha. José voltou para pedir à esposa um pedaço de palha de aço.

— Maria, me dê um pedaço de palha de aço. A imagem hoje está muito ruim. Vou tentar ajeitar porque daqui a pouco começa a novela. Quero ver o telejornal também. Ouvi dizer que vão mudar o nome do nosso dinheiro. Não sei, mas é esquisito isso, não acha?

Maria do Amparo estava terminando de lavar a louça e apontou para Lurdes onde ficava o que José havia pedido. Lurdes abaixou-se, pegou o pacote e esticou o braço para entregá-lo a José. A mão de

Lurdes, delicada e fina, tocou a mão áspera e máscula de José. Lurdes sentiu um arrepio percorrer-lhe o corpo e assustou-se com isso.

— O senhor, desculpa, você vai consertar a televisão com isso? — perguntou.

— Vou sim — respondeu José. — É só colocar um pedacinho na ponta da antena e pronto: acabo com a interferência.

José sentou-se na sala, numa cadeira de vime, e colocou os pés sobre um pequeno banco de madeira. O telejornal já havia começado, e foi com certa dose de vaidade que o homem ouviu a confirmação sobre as mudanças no cenário econômico brasileiro, a começar pela troca da moeda, que passaria a ser chamada de Cruzado. Maria do Amparo e Lurdes entraram na sala conversando, e José levou o dedo aos lábios, pedindo silêncio. As duas acomodaram-se no pequeno sofá e ficaram olhando estáticas para a tevê. A vinheta da novela entrou no ar após a despedida do âncora do telejornal. Maria do Amparo olhava orgulhosa para o marido.

— Sabe, Lurdes, José adora acompanhar essas notícias sobre política. Eu não entendo nada, mas ele diz que precisa prestar atenção porque é o nosso futuro que está em jogo.

José coçou o rosto demonstrando extrema preocupação.

— É o nosso futuro mesmo, Maria. Eles trocam o nome do dinheiro, mas a verdade é que ele continua valendo a mesma coisa em nosso bolso: nada!

Lurdes achou graça da discussão: "desde quando o que eles possuem é dinheiro?".

— José está certo, Amparo. Eu não entendo muito dessas coisas, mas precisamos ter atenção nessas mudanças. Isso pode prejudicar o pouco que conseguimos juntar.

Os três voltaram à atenção para a tevê. Uma cena cômica entre alguns personagens da novela fez com que José e Maria do Amparo gargalhassem. Lurdes acompanhava o desenrolar das cenas sem muito interesse. Em um dos intervalos, Maria do Amparo foi até a cozinha e trouxe mais bolo com café. O calor era intenso, e José levantou-se para afastar as cortinas em busca de ventilação. Voltou à cadeira onde estava sentado e desabotoou a camisa, deixando o peito coberto por negra pelugem à mostra. Lurdes fixou de imediato seu olhar no homem. Sem graça, tentava em vão desviar o olhar de José. A televisão,

37

estrategicamente colocada perto da cadeira de José, funcionou como uma aliada para os olhares de Lurdes. Nem Maria do Amparo nem José perceberam que a nova amiga não acompanhava a novela. No último intervalo, Lurdes resolveu despedir-se do casal. Estava com calor e entediada. Necessitava voltar para casa antes que os dois notassem seu desinteresse.

— Amparo, vou embora. Estou bastante cansada. Amanhã chegam meus móveis e quero estar bem descansada para arrumar o pouco que consegui comprar com você e com dona Josefa — disse.

Maria do Amparo insistiu para que Lurdes ficasse mais um pouco.

— Mas logo agora, Lurdes? Vai passar uma cena tão boa...

Lurdes agradeceu afirmando que no dia seguinte retornaria para assistir à novela com os dois. José estendeu a mão para despedir-se e, mais uma vez, ao apertar a mão calejada do homem, Lurdes arrepiou-se.

Já em casa, tomou um banho e colocou uma fina camisola verde esmeralda: uma das poucas peças mais delicadas que havia trazido de São Paulo. Ligou o ventilador e sentou-se na cama colocando o antebraço sobre o rosto. Não gostava de olhar para o teto do quarto de onde pendia um fio com o bocal da fraca lâmpada. Maria do Amparo havia comentado que a luz havia chegado há pouco tempo ao bairro de Coronel Sarmento e, por essa razão, ainda era muito precário o serviço de energia elétrica. Pensou em quanto tempo precisaria ficar naquele lugar e viver naquelas condições. Suspirou profundamente e puxou o lençol para cobrir as pernas. Ouviu quando bateram na janela do quarto. Por um momento, pensou que fosse Maria do Amparo com mais uma de suas tentativas de ser gentil. Levantou-se contrariada da cama e abriu a janela num ímpeto. Estava certa de que iria dar de cara com a amiga carregando um pratinho com bolo ou algo similar, quando visualizou o sorriso sarcástico de Amílton.

— Você vai abrir a porta da frente ou prefere que eu entre pela janela como fazem os amantes por aqui?

Lurdes estremeceu.

— Você é abusado demais! Saia ou vou gritar por socorro! — ameaçou.

Amílton soprou a fumaça de seu cigarro no rosto de Lurdes, que se mostrou mais irritada.

— Já disse para você sair! Não quero mais vê-lo! Vá embora!

Amílton apoiou o braço no batente da velha janela de madeira. Atirou o cigarro no chão e perguntou:

— A senhorita quer que eu entre por bem ou por mal? Porque vou entrar de qualquer jeito. Você é a dona da casa. Você escolhe.

Lurdes afastou-se da janela e Amílton pulou sem grande dificuldade. Segurou uma das pontas da camisola de Lurdes entre os dedos, deixando o tecido, em seguida, escorregar por suas mãos.

— Parece que você estava esperando alguém muito especial. As mulheres desiludidas daqui não costumam se vestir tão bem para dormirem sozinhas — falou debochadamente.

Lurdes não quis responder absolutamente nada. Amílton a atraía. Tinha o corpo marcado pela virilidade. Abraçaram-se e foram consumidos pelo desejo durante toda a madrugada. Quando, exaustos, entregaram-se ao sono, um vulto soltou sinistra gargalhada.

CAPÍTULO 4

Antes de amanhecer, Amílton abriu a janela do quarto e pulou para o quintal. Certificou-se se havia alguém nas imediações da casa, abriu o portão que dava para a rua e saiu, colocando a camisa sobre um dos ombros. O tempo estava muito seco, e a cada passo que dava, uma nuvem de poeira sujava-lhe a botina. Caminhou lentamente o longo percurso até a pensão. Sabia que não poderia entrar àquela hora. Gilda era zelosa e rígida com relação à ordem em seu estabelecimento.

Quando chegou à cidade, o sino da igreja já chamava os fiéis para a missa das seis horas. Ele parou, sentou-se no banco da praça, limpou superficialmente as botinas de couro envelhecido com uma folha de amendoeira e resolveu participar da missa. Estava em Monte Santo há pouco menos de um ano e sabia que não poderia voltar para sua cidade natal. Deixara por lá muitos desafetos e um número grande de problemas para resolver. Não gostava de trabalhar e sonhava em viver melhor. "Quem sabe um milagre não me acontece?", pensou.

Entrou na igreja, fez o sinal da cruz de forma contida e pôs-se de joelhos em um dos bancos à frente do altar. Tentava se concentrar. Pretendia fazer uma oração sentida e emocionada com a finalidade de pedir um auxílio direto aos santos de Deus. Entretanto, a única coisa que conseguiu foi acompanhar de forma mecânica a missa. No momento do ofertório, sentiu vontade de rir. "Não tenho nem para mim, vou dar para a igreja?", desculpou-se em pensamento. Novamente se benzeu e saiu. A pensão já estava com as portas abertas. Tomaria o café da manhã e descansaria.

Gilda estava no balcão localizado à porta de entrada da pensão quando viu Amílton entrar. Perguntou sem entremeios:

— Dormiu fora a noite passada, Amílton?

Amílton apenas gesticulou afirmativamente com a cabeça e seguiu para a copa onde era servido o café da manhã. Encheu um prato com pedaços de macaxeira besuntados com manteiga, colocou em uma caneca café com leite e apanhou algumas fatias de pão. Comeu com lentidão pensando em Lurdes. "Que diacho essa mulher veio fazer por aqui?", questionava-se. Em seu íntimo, sabia ser mentirosa a história contada por Lurdes. O comportamento dela não era nem um pouco condizente com a suposta desilusão. Prometeu a si mesmo desvendar esse mistério em pouco tempo. Ficou por ali, distraindo-se com os possíveis motivos que pudessem ter levado uma mulher como Lurdes a se enfiar numa cidade como Monte Santo. De uma coisa tinha certeza: não era a desilusão amorosa que ela carregava na bagagem.

Amílton despertou de seus pensamentos com a voz de Gilda.

— Amílton, já terminou? Quer mais alguma coisa.

Amílton agradeceu, levantando-se.

— Não, dona Gilda. Obrigado. Já estou satisfeito. Vou para o meu quarto. Se alguém me procurar, por favor, a senhora me chame. Estou esperando trabalho. Preciso pagar a pensão, lembra?

— Como posso esquecer, Amílton? — falou Gilda bem-humorada. Pode deixar que eu chamo você.

Amílton entrou no quarto, arrancou as botinas, lavou as mãos e o rosto no banheiro, colocou num saco a roupa empoeirada e atirou-se na cama. Uma série de pensamentos desordenados invadiu-lhe a mente. Lembrou-se de quando precisou fugir às pressas de sua cidade.

Naquele dia, havia chegado cedo ao bar que gerenciava. Conferiu as mesas, conversou com os garçons e cozinheiros, verificou pessoalmente a sala que ficava no subsolo do bar: tudo precisaria estar perfeito para aquela noite. Um grupo de políticos se reuniria para jogar pôquer, e ele sempre ficava com um percentual do ganhador. Na sala, havia ainda uma roleta viciada, que ele manejava com destreza. Nessas ocasiões, costumava ganhar grandes quantias em dinheiro e, quando os jogadores já haviam esgotado todas as possibilidades de pagamento, recebia joias, aparelhos eletrônicos e roupas de marcas conhecidas. Tinha uma personalidade voluntariosa e era ambicioso. Havia estudado apenas o suficiente para unir o pouco do conhecimento adquirido à sua esperteza nata.

Quando o relógio do bar marcou sete horas da noite, Amílton ordenou que o estabelecimento fosse aberto ao público. O grupo de políticos e empresários entrou e ocupou a mesa reservada. Aqueles homens ficariam ali por algumas horas, jantariam e, depois, sairiam separadamente para não chamar a atenção dos outros frequentadores. Reunidos no subsolo do bar, deixavam cair a máscara de seriedade que usavam diariamente: tiravam os paletós, afrouxavam as gravatas, arregaçavam as mangas das camisas e começavam a jogar. Estrategicamente, Amílton liberava a roleta quando percebia que os recursos do grupo estavam ficando na mesa de pôquer. Fazia questão de afirmar que a roleta do bar era usada apenas pelos amigos, evidenciando o favor e a delicadeza que prestava ao grupo em nome da amizade. Os homens, embriagados pelo prazer do jogo e por algumas fartas doses de uísque, entusiasmavam-se com as primeiras vitórias. Depois, habilmente manipulando a roleta, Amílton começava a fazê-los perder. Sagaz, encerrava a jogatina quando percebia os ânimos mais exaltados. Mandava servir água e café a todos, comandava uma conversação amena e despedia-se a pretexto da hora avançada. Quando todos saíam, ele ficava contabilizando os lucros da noite. Separava a parte que cabia ao dono do bar em dinheiro e guardava o que lhe pertencia. Garantiu sua sobrevivência dessa forma por alguns anos, até a noite que mudaria seu destino.

O mês de março apresentava-se tipicamente chuvoso. Amílton chegou ao bar à hora de sempre e organizou tudo da mesma forma. Receberia naquele dia um grupo de ricos empresários de São Paulo e precisava causar boa impressão. Combinou com o dono do estabelecimento que ofereceria o jantar como cortesia da casa. Os homens, acompanhados de belas mulheres apresentadas por Amílton, jantaram e, depois, como de costume, se dispersaram em direção à sala de jogos. A noite transcorria como ele estava acostumado: bebida, pôquer e roleta. Um dos empresários, exaltado pela bebida e pelos altos valores que havia perdido, pediu para examinar a roleta. Amílton mandou que servissem mais uísque ao homem, mas ele insistia em dizer que a roleta estava sendo manipulada pela casa. Uma rápida discussão se iniciou, e o empresário sacou um revólver da cintura. Todos os outros tentaram em vão desarmá-lo. Amílton, temeroso de um desfecho mais trágico, atracou-se com o homem para tomar-lhe a arma. Na briga, o gatilho disparou acidentalmente, e o empresário caiu ferido mortalmente. O tiro foi ouvido pelos frequentadores do bar e por quem passava pela rua. Amílton raciocinou rapidamente: ficaria na desvantagem de qualquer forma. Se fosse pego, seria de uma só vez acusado de vários crimes. Com agilidade, apanhou no pequeno cofre todos os valores que conseguiu e fugiu. Primeiro foi para o Rio de Janeiro, mas, como o caso teve grande repercussão, decidiu procurar uma cidade menor para viver. Em Monte Santo tinha a certeza de que jamais seria descoberto. Os únicos jornais que circulavam pela cidade eram elaborados em pequenas gráficas e por amadores, poucos moradores possuíam televisão, e ele havia cortado o cabelo e abandonado a barba que usava antes. Ali, num lugar pacato e interiorano, ninguém o encontraria.

    Amílton adormeceu em meio a uma conflitante mistura de sentimentos. Contorcia-se durante o sono carregado de pesadelos. O homem que assassinou cobrava-lhe agressivamente o dinheiro perdido, mulheres embriagadas, trajando roupas provocantes, despejavam sobre ele uísque e cerveja, um policial de arma em punho o perseguia por ruelas escuras. Uma batida na porta do quarto fez com que ele acordasse assustado. Levantou-se da cama abruptamente e passou a mão pelo rosto ensopado de suor. Ouviu a voz de Gilda chamando-o.

— Amílton! Tem uma pessoa querendo falar com você.

Com dificuldade, ele conseguiu responder ofegante:

— Já vou, dona Gilda. Peça para a pessoa esperar um pouco.

Foi para o banheiro e abriu a torneira do chuveiro. Despiu-se e deixou que a água caísse sobre sua cabeça: queria livrar-se daqueles sentimentos e esquecer a sensação de medo experimentada durante o sono. Assim que se sentiu mais aliviado, vestiu-se e saiu do quarto. Na porta da pensão, avistou um jovem rapaz. Gilda o apontou para Amílton.

— Bom dia. Quer falar comigo?

— Sim. Você se chama Amílton, não é? — perguntou o rapaz. Me informaram que você está procurando trabalho.

Amílton olhou-o de cima a baixo e respondeu:

— Sim. Meu nome é Amílton e estou procurando emprego. Mas quero um emprego informal. Não quero carteira assinada. Não pretendo ficar aqui por muito tempo.

— Melhor assim — disse o rapaz. Estou abrindo um pequeno restaurante e preciso de alguém para me ajudar. Seu Marcos disse que você tem jeito para isso. Não posso pagar muito, mas o que tratarmos, eu vou cumprir.

Amílton respondeu com um ar de seriedade.

— Sem problemas. Eu quero mesmo é trabalhar. Posso conhecer o estabelecimento?

— Claro que sim. Meu nome é Júlio. Vamos até lá.

Amílton colocou um palito de fósforo no canto da boca e piscou para Gilda.

— Viu, dona Gilda! Já tenho como pagar a pensão. Hoje é meu dia de sorte.

Júlio e Amílton andaram algumas quadras até chegar ao restaurante. Era uma singela construção colonial, com um jardim bem-cuidado na frente. Mesas bem dispostas evidenciavam bom gosto. Amílton ficou surpreso com o que via.

— Foi você que arrumou dessa forma? — perguntou curioso.

Júlio assentiu com a cabeça.

— Espero que dê certo. Este terreno pertencia a meus pais e estava abandonado há muitos anos. Decidi fazer uma reforma no que havia restado da casa onde fui criado e transformar o espaço em um restaurante. O turismo tem crescido muito pelas redondezas. As pessoas que vivem nas capitais gostam de lugares sossegados, e Monte Santo não tem muitas opções de lazer. Mas vamos ao que interessa: você está disposto a trabalhar comigo? Não posso pagar muito.

A ideia de voltar a trabalhar não agradava Amílton, entretanto, o dinheiro que possuía já estava no final e ele guardava as joias para uma possível emergência. Precisava pagar a pensão e comprar roupas decentes. Não relutou em aceitar.

— Estou disposto sim. Preciso trabalhar. Quando começo?

— Se você puder, hoje mesmo. Mais tarde, farei uma reunião com as duas cozinheiras e o garçom que contratei. Você poderá tomar conta dos pedidos, e eu ficarei no caixa — explicou Júlio.

Conversaram por mais alguns minutos e despediram-se. Amílton comprometeu-se em voltar à hora marcada. Retornou à pensão na hora do almoço. Gilda saudou-o com alegria.

— Então temos mais um trabalhador empregado por aqui? Vai trabalhar com Júlio?

Amílton passou as mãos pelos cabelos e respondeu brincando:

— Pode ficar tranquila, dona Gilda. A senhora não corre mais o risco de ficar com um hóspede em débito com a pensão.

Josefa estava sentada vendo tevê e chamou Amílton.

— Vamos almoçar? A comida hoje está caprichada!

Amílton e Josefa dirigiram-se para a copa e sentaram-se em uma mesa ao lado da janela. A comida fumegante foi devorada em pouco tempo por Amílton. Josefa o observava de tal forma que ele percebeu.

— Por que me olha tanto, dona Josefa?

— Porque gosto de conhecer as pessoas. Muitas vezes, as aparências enganam. Ninguém é apenas aquilo que deixa transparecer. Todos nós somos muito mais do que permitimos que os outros vejam. Só por isso.

Amílton evidenciou desconforto com as palavras de Josefa.

— A senhora já me conhece muito bem, dona Josefa. Convivemos aqui há mais de um ano.

Josefa sorriu de forma carinhosa.

— É verdade, Amílton. Quase todos os dias, nos encontramos durante as refeições. Conhecemos os hábitos um do outro, mas isso não significa que conhecemos um ao outro.

Amílton desconversou. Achava Josefa bastante gentil, porém, não estabelecera nem com ela nem com nenhum outro morador da cidade laços mais estreitos. Permanecia em Monte Santo por se sentir seguro. Seu objetivo principal era não ser encontrado pela polícia. O crime que cometera havia sido acidental, mas sua atuação no jogo clandestino não. Seria certamente condenado caso fosse preso.

— Dona Josefa, sabia que vou começar a trabalhar em um restaurante aqui na cidade?

— Sim. Gilda comentou por alto que você havia conseguido emprego. Fico feliz por você. Trabalhar é muito bom e afasta de nossas vidas os pensamentos ruins — respondeu Josefa.

— Então, dona Josefa, preciso me preparar para começar com o pé direito. Vou para o meu quarto — concluiu Amílton encerrando a conversa.

Amílton colocou um palito de fósforos no canto da boca e afastou-se, resmungando em pensamento: "Essa velha não passa de uma chata! Está achando que vou cair nessa conversa maluca de espíritos. De gente assim o inferno está cheio!".

No quarto, deitou-se na cama. Sentia falta da vida que levava: do bar, da jogatina, da roleta e, principalmente, do dinheiro. Deveria estar satisfeito pelo emprego conquistado, já que suas economias estavam se esgotando, porém, o trabalho árduo, sem qualquer possibilidade de ganhos extras e de emoções fortes, não lhe atraía. Em Monte Santo, entretanto, não enxergava qualquer outra possibilidade. Sem saber direito o porquê, a imagem de Lurdes cutucou-lhe os pensamentos. Parecia que algo apontava a mulher como uma saída para o caminho preferido por ele: o dinheiro fácil, fruto da ligação entre a ausência de esforço e a esperteza. Sentia-se terrivelmente atraído pela sensualidade voraz de Lurdes e mais atraído ainda pela tentativa dela de disfarçar sua real personalidade. Tinha certeza de que Lurdes não estava na cidade para se curar de coisa alguma, muito menos de uma desilusão amorosa. Ainda não conhecia os objetivos da mulher. Sentia nela o cheiro característico das pessoas que carregam nos olhos a marca da maldade. Ela carregava essa marca.

Amílton adormeceu em meio a esses pensamentos. Sonhou com Lurdes e com um menino. No sonho, Lurdes agarrava-se ao bebê de forma histérica enquanto era perseguida por um grupo de pessoas. A criança chorava bastante, e ele tentava, em vão, fazer com que aquele choro cessasse. Os dois, ele e Lurdes, corriam por ruas escuras e afundadas em espessa neblina. Acordou sobressaltado, guardando a sensação de que tudo aquilo era muito real. Olhou para o relógio e saltou da cama: estava atrasado. Havia marcado com Júlio por volta das sete horas da noite. Tomou um banho rápido e vestiu uma camisa de mangas compridas de cor clara e uma calça de brim azul-marinho. Nos pés, a velha botina de couro. Nenhum outro calçado garantia conforto e segurança para andar por aquelas ruas. Seguiu para o restaurante um pouco mais animado. Depois, iria procurar por Lurdes. A certeza de que a misteriosa mulher o receberia mais uma vez em seus braços deixou-o excitado.

À porta do estabelecimento, Amílton foi recebido por Júlio com alegria e entusiasmo. As cozinheiras e o garçom contratados já se encontravam no local. Júlio expôs seus planos, determinou como as coisas funcionariam e instruiu os colaboradores sobre a função a ser desempenhada. Amílton acatou às ordens disfarçando o tédio sentido.

"O melhor cardápio seria uma roleta... Quem sabe?", interrogou-se em pensamento.

Amílton ainda permaneceu na companhia de Júlio por algumas horas. O patrão interpelou-o sobre suas ocupações anteriores e o empregado, habilmente, narrou histórias sobre sucesso e fracasso. Alegou que seu último empregador havia falido e deixado todos os empregados em situação financeira delicada. Júlio apiedou-se de Amílton.

— Não se preocupe, Amílton. Por aqui você não encontrará problemas.

Amílton estendeu a mão para cumprimentar Júlio, num gesto de agradecimento.

— Só agradeço, Júlio. Só agradeço. Agora preciso ir. Tenho um compromisso — disse, examinando a hora no relógio de pulso.

— Nos encontraremos amanhã para a inauguração — despediu-se Júlio.

Amílton ganhou a rua a passos largos: queria logo encontrar Lurdes. Ela certamente já estaria em casa esperando sua visita. Guardava a certeza de que Lurdes também estava ansiosa para reencontrá-lo. A atração entre eles era muito forte, e a moça em nada se parecia com uma casta e reservada mulher sofrida. Ela era uma amante experiente e calorosa. Não ficava para trás em relação a nenhuma das mulheres que ele havia conhecido na vida.

Os pensamentos de Amílton impulsionaram seus passos. Ofegante, entrou na rua onde Lurdes morava. De longe, avistou as luzes da casa apagadas. Sentiu o coração oprimido pela raiva.

— Onde será que ela se meteu?— perguntou-se em voz alta.

Parou encostado em um poste e olhou para a lâmpada de luz desbotada. Tirou do bolso da camisa um cigarro, riscou um fósforo e tragou com volúpia a fumaça. Estava decidido a não esperar muito. Caso ela se demorasse, pularia o muro e a esperaria no quintal. Uma conversação animada em frente à casa de Lurdes despertou-o de seus pensamentos. Amílton reconheceu a silhueta de Lurdes e resolveu, cinicamente, juntar-se ao grupo. Caminhou vagarosamente em direção a eles, para demonstrar ser obra do acaso sua presença por aquelas bandas. Lurdes gelou ao reconhecê-lo: sabia que ele seria capaz de fazer sua máscara cair por terra e resolveu cumprimentá-lo.

— Veja só, Amparo. Este é o hóspede da pensão que me salvou outro dia, quando o bocal da lâmpada entrou em curto. Como vai, seu Amílton?

Amílton se deu conta do quanto a amante era perspicaz. Sorriu com timidez e estendeu a mão para cumprimentá-la.

— Como vai, dona Lurdes? Vejo que já fez amigos por aqui, e isso é muito bom.

Lurdes correspondeu ao cumprimento. Amílton saudou José e Maria do Amparo, apresentando-se.

— Meu nome é Amílton. Sou hóspede da pensão de dona Gilda. Muito prazer.

Lurdes tentou desvencilhar-se da conversação alegando cansaço, porém, foi impedida pelo excesso de atenção de Maria do Amparo.

— Lurdes, vamos ficar mais um pouco aqui. Vamos apanhar umas cadeiras e conversar um pouco mais. Está muito abafado para entrar agora.

José também se animou com a presença de Amílton. Queria conversar um pouco sobre futebol e política.

— Vamos nos sentar um pouco sim, Lurdes. Você e Maria ficam falando sobre novelas e artistas, e eu e Amílton vamos conversar sobre coisas de homem: futebol e política.

Lurdes contrariou-se: "Desde quando gosto de conversar sobre novelas? Só me faltava essa!". Sorridente, puxou uma cadeira e sentou-se ao lado da amiga. Vez ou outra, cruzava o olhar com o de Amílton. Nesses instantes, tinha a certeza de que havia se tornado refém daquele homem.

A conversa seguia animada, mas Lurdes mal conseguia disfarçar a inquietação. Irritava-a ficar de braços dados com Maria do Amparo, como se as duas fossem velhas amigas. Definitivamente, precisaria exercitar muito a própria paciência para conseguir alcançar seus propósitos.

48

Olhou rapidamente para Amílton e voltou-se de maneira doce para Maria do Amparo e José.

— Já está tarde e estou cansada, Amparo. Amanhã quero acordar cedo para arrumar algumas coisas. Até amanhã, José. Até mais, seu Amílton.

José fez sinal para que a esposa também entrasse. Não gostava que ela participasse de conversas masculinas. Maria do Amparo conhecia bem o marido: José era liberal, inteligente, apesar da pouca instrução, mas era, igualmente, muito conservador em relação a determinados assuntos. Desde os tempos de namoro, deixava claro que, quando ele estivesse conversando com outros homens, ela desse um jeito de se afastar. Amílton percebeu a troca de olhares entre José e a esposa. Estava louco também para encerrar a conversa. Queria encontrar Lurdes. Tratou de levantar-se da cadeira e despedir-se.

— Foi muito bom conversar com você, José. É difícil encontrar pessoas que saibam conversar sobre tantos assuntos importantes em Monte Santo. Quando se trata de política, então, nem pensar encontrar alguém para trocar ideias. Voltarei mais vezes. Agora preciso ir. Foi um prazer.

José sentiu-se importante. Já havia ouvido falar que Amílton era de cidade grande e um elogio vindo de alguém de uma capital era muito bem-vindo.

— O prazer foi meu, Amílton. Quase não encontro gente para conversar sobre esses assuntos. Apareça mais vezes.

Amílton tomou o rumo do centro da cidade. Esperaria as luzes da casa de José serem apagadas e voltaria para se encontrar com Lurdes. Ficou esperando na esquina até que a escuridão tomou conta de toda a rua. Apenas a fraca lâmpada do poste permaneceu acesa. Em segundos, Amílton já estava batendo na janela do quarto de Lurdes, que não hesitou em abri-la. Por mais uma noite, os dois amaram-se com loucura para, depois, Amílton sumir rapidamente antes de a vizinhança acordar.

49

CAPÍTULO 5

Os encontros entre Amílton e Lurdes tornaram-se rotineiros. Estrategicamente, o rapaz não aparecia na casa da amante diariamente. Suas intenções eram claras: deixar Lurdes apreensiva com sua ausência. Quando isso acontecia, Lurdes recebia-o com a cara amarrada, enraivecida e disparava ofensas contra ele. Ele apenas ria e ficava esperando que a raiva desse lugar ao desejo. Amílton sempre buscava saber os reais motivos da permanência de Lurdes na cidade, e ela sempre desconversava.

— Já disse mais de mil vezes quais foram os motivos que me trouxeram até aqui. Não vou repetir! Se você não acredita, o problema é apenas seu.

Amílton ironizava.

— Você parece um disco arranhado na vitrola: repete sempre o mesmo trecho, mas convencer que é bom, nada!

Quando Amílton não tocava no assunto, era Lurdes quem buscava saber mais detalhes da vida do homem por quem ela sentia extrema atração.

— Me diga uma coisa — indagava Lurdes —, como vão as coisas no restaurante?

Ele encerrava a conversa de forma brusca. Gostava de Lurdes, contudo, não confiava nela.

— Estão como devem ser: eu trabalho, recebo meu dinheiro, pago a pensão. Só isso. Não tenho grandes objetivos por ali não.

Em uma determinada noite, Lurdes e Amílton adormeceram profundamente até o início da manhã. Haviam se excedido nas doses do uísque furtado por Amílton do restaurante. Lurdes despertou com o falatório das crianças brincando na rua. Um som alto de um rádio fez com que ela sacudisse o homem para acordá-lo.

— Amílton, acorde! Hoje é domingo, e essa raça já está toda de pé. Parece que não encontram nada de melhor para fazer além de barulho!

Amílton espreguiçou-se na cama de forma demorada e ajeitou os negros cabelos.

— Lurdes, não vejo motivos para me esconder. Você não veio para se curar de uma decepção amorosa? Pois bem, diga a todos que você está curada. Eu faço milagres...

Lurdes inquietou-se:

— Essa gente fala demais. Para eles, só existem dois tipos de mulheres: as casadas e as safadas.

Amílton respondeu debochadamente:

— Você fará parte do segundo time até me assumir publicamente. Um vestido branco, véu e grinalda ficariam muito bem em você.

— Não brinque, Amílton! Isso é sério. Quero sossego na minha vida, e esse povo é muito atrasado.

Um bater de palmas seguido por uma voz de mulher chamando Lurdes fez os dois se calarem.

— Vá ver quem é. Prometo ficar por aqui. Dormirei mais um pouco.

Lurdes vestiu-se rapidamente, ajeitou os cabelos num coque, saiu e fechou a porta do quarto com a chave. Não pretendia correr riscos com o companheiro. Abriu a janela da sala vagarosamente e avistou o rosto sereno de Josefa. Procurou falar alto para que Amílton ouvisse e permanecesse em silêncio no quarto.

— Dona Josefa, que prazer a senhora por aqui! Há quanto tempo!

Josefa recebeu com alegria a reação de Lurdes.

— Pois é, Lurdes. Resolvi fazer uma visita a você. Pensei que fosse aparecer mais vezes na pensão, mas como isso não aconteceu, bateu a saudade. Estou incomodando?

— Claro que não, dona Josefa! A senhora nunca vai me incomodar. Vamos entrar e tomar um café.

Lurdes passou os olhos pela casa com o intuito de verificar se havia alguma peça de Amílton espalhada. O cheiro de cigarro estava

51

impregnado no ambiente e certamente seria percebido por Josefa. Antes de abrir a porta, correu até o banheiro, pegou um perfume sobre a bancada da pia e borrifou nos cômodos. Resolveu sair pelos fundos para ganhar tempo. No portão, recebeu um demorado e sincero abraço de Josefa.

— Há quanto tempo, Lurdes! Fiquei preocupada com você. Como anda esse coração?

Lurdes enterneceu-se com o carinho de Josefa e desarmou-se intimamente.

— Vamos entrar? Arrumei a casa com capricho!

Lurdes resolveu ficar na cozinha com Josefa. Era um hábito local receber as pessoas na cozinha e ficar conversando beliscando algum quitute. Lurdes colocou sobre a mesa o bolo de macaxeira que Amparo havia dado a ela no dia anterior e esperou a água ferver para fazer um café. Serviu Josefa e sentou-se para conversar. Sabia que Amílton havia dormido novamente e não tinha com o que se preocupar. Josefa elogiou os supostos dotes culinários da amiga.

— Vixe, Lurdes! Você aprendeu bem rápido como fazer um bolo desses. Está muito bom.

Lurdes mentiu de forma espontânea. A realidade e a fantasia se misturavam com facilidade na cabeça dela. Desde menina transitava sem problemas pelo universo da mentira. Ora para ganhar um elogio não merecido, ora para desvencilhar-se de um problema ou de uma bronca.

— Pois é, dona Josefa. É uma receita antiga de uma tia. Guardo a sete chaves.

— Então eu não vou nem me arriscar a pedir a receita. Você não capricha só na cozinha não. Sua casa também é bem cheirosa! — exclamou Josefa.

Lurdes riu das observações de Josefa. Gostava sinceramente dela, porém, gostava muito mais dos elogios recebidos. Jamais tivera aptidões na cozinha ou na casa. Mantinha as coisas limpas e organizadas para sobreviver de forma digna naquele lugarejo, e a amizade com Maria do Amparo possibilitava-lhe refeições simples, mas sempre fartas. Não dispensaria a oportunidade de ser elogiada.

— Que bom! Fico feliz por ter gostado do bolo e de minha casa. Vamos até a sala para a senhora ver como ficou. Só deixei o quarto fechado porque ainda não arrumei do meu jeito. Em outra visita, mostro para a senhora.

Sentaram-se no sofá da sala e Josefa segurou-lhe as mãos.

— Lurdes, não sei o porquê, mas gostei muito de você. Lembra-se da conversa que tivemos na pensão? Pois bem, trouxe o livro para você. Espero que aproveite bem a leitura. Podemos aprender bastante e muitas das nossas perguntas são respondidas mesmo antes de serem feitas.

— A senhora acredita mesmo que espíritos podem nos orientar e nos ajudar em algumas coisas? — perguntou Lurdes interessada.

Josefa respondeu com satisfação. Gostava do interesse de Lurdes sobre o assunto.

— Não só acredito, querida. Já comprovei este fato. À época do desencarne de meu marido, fui orientada para aceitar a separação. Sofri com a morte dele, mas procurei seguir adiante sem transformar a dor em descontrole.

Lurdes levou a conversação adiante. Por mais que as afirmações de Josefa fossem convincentes, ela custava a acreditar na possibilidade de ser vigiada o tempo todo por seres invisíveis.

— Dona Josefa, me explique uma coisa: será que os mortos nos vigiam o tempo todo como a senhora está dizendo?

Josefa riu da aparente ingenuidade de Lurdes.

— A morte não existe, Lurdes. O que existe é a transição, o retorno do espírito à dimensão espiritual quando o corpo material é atingido pela doença, pela idade ou por alguma outra circunstância. Estamos aqui apenas para aprender algumas vezes e ensinar outras. Os mortos continuam vivíssimos. Muitos nos auxiliam e outros, ainda encarcerados pelas experiências pretéritas vividas na Terra, também podem exercer influência sobre nossas atitudes.

— Como assim? — interrogou Lurdes.

Josefa tentou ser mais clara.

— Quando morremos, na maior parte das vezes, continuamos a agir conforme os conceitos e as crenças que acumulamos na vida material. Carregamos conosco o pesado fardo dos maus sentimentos como a raiva, a vingança e a mágoa ou, então, a consciência pesada pelos atos praticados. Ninguém muda apenas porque morreu. Muitos irmãos desencarnados conseguem se livrar desse fardo, perdoando a

53

si próprios e aos que algum mal lhe causaram. Livram-se da culpa e libertam também os possíveis culpados. O caminho desses espíritos é o progresso através do trabalho contínuo.

— E os outros? Os que Deus não perdoa? — arguiu Lurdes.

— Deus não entra nessa história. Somos nós os únicos juízes atuantes em nossas vidas. A sentença é sempre atribuída por nossa consciência. É ela a nossa única e constante balança reconhecida pelo Universo. Atraímos exatamente aquilo que pensamos. Atraímos o sofrimento equivalente causado a outras pessoas. A felicidade ou a ausência dela é de nossa inteira responsabilidade. É a lei da Ação e Reação. E isso vale tanto para as ações negativas quanto para as positivas. Isso justifica muito os sofrimentos que experimentamos na carne. Se Deus fosse responsável por tudo o que somos, que explicação você me daria para o nascimento de crianças com doenças mentais e outros tantos males? Seria Ele um Pai injusto?

Lurdes silenciou. Tudo aquilo parecia fazer sentido. Aprendera, entretanto, que Deus era o grande responsável por tudo em nossas vidas: pelas doenças, pela vida, pela morte. E que, depois da morte, Deus perdoaria a todos os seus eleitos. Procurou desviar-se do assunto, não queria pensar sobre aquilo. Estava prestes a realizar um sonho. Um sonho que, certamente, levaria sofrimento para a vida de alguém. Mas tinha motivos de sobra para agir daquela forma e levar seus planos adiante. Não iria se deixar impressionar pelo discurso de Josefa. O Espiritismo era uma religião de pessoas estranhas, com atitudes igualmente estranhas. "Onde já se viu? Mortos interferindo e decidindo no caminho a seguir?", pensou.

Josefa percebeu a intenção de Lurdes em mudar de assunto. Como espírita, sabia não ser necessário nenhum ato de conversão ou convencimento de ninguém. Cada um ocupava um degrau compatível à própria evolução. Cada um estava exatamente onde deveria estar e fazia exatamente o suficiente para a própria vida. Puxou outros assuntos com Lurdes, e a conversa seguiu animada até Josefa se dar conta da hora.

— Veja, Lurdes! A prosa está tão boa que perdi a hora. Preciso ir. Daqui a pouco vão pensar que fugi da cidade.

Lurdes levou Josefa até a porta e despediu-se, prometendo ir visitá-la na pensão. Observou Josefa afastar-se com alívio. Já passava de meio-dia, e Amílton deveria estar enraivecido dentro do quarto. Quando entrou, avistou o livro sobre o sofá. Pegou-o e colocou sobre a mesa da sala. Devolveria a Josefa quando fosse ao centro da cidade. Pegou a chave guardada no bolso lateral da blusa e abriu cautelosamente a porta do quarto. Amílton ainda dormia profundamente, e ela decidiu acordá-lo.

— Amílton, acorde. Dona Josefa já foi. A rua está quase vazia. Devem estar todos almoçando. Daqui a pouco é Amparo que vai bater por aqui. Sempre almoço com ela aos domingos. Vamos, acorde!

Amílton levantou-se ainda sonolento e agarrou-a pela cintura.

— Será que tenho direito pelo menos a um café? Sou capaz de desmaiar no caminho de tanta fome.

Lurdes saiu do quarto e voltou com uma xícara de café e entregou-a a Amílton.

— Beba e vá embora. Não quero problemas, já avisei.

Amílton bebeu o café num só gole e avisou rindo:

— Não se preocupe, porque hoje volto mais cedo. Venho conversar com meu amigo José.

Lurdes nada respondeu e apontou-lhe a porta dos fundos. Amílton saiu mais uma vez sem ser visto por ninguém. Seguiu para a pensão em um caminho oposto ao de Josefa. Não queria encontrá-la. Não gostava dela.

Lurdes jogou-se no sofá pesadamente. A conversa com Josefa e a presença clandestina de Amílton em sua casa pareciam afastar-lhe a cada dia de seus objetivos. Sentia suas energias roubadas pelo amante e, após a visita de Josefa, passou a se sentir ameaçada por forças sobrenaturais. Decidiu arrumar o quarto para afastar os pensamentos confusos que lhe assaltavam a mente. O cheiro de cigarro e os copos com resto do uísque consumido na noite anterior causaram-lhe náuseas. Arrancou com raiva fronhas e lençóis para lavar e abriu a janela do quarto para livrar-se daquele cheiro. Colocou roupa de cama limpa e encaminhou-se para o quintal para lavar as peças retiradas. Deixou tudo de molho em uma pequena bacia e parou por instantes, extenuada pelo cansaço imposto pela manhã. Com as mãos na cintura, olhou para o céu infinitamente azul. Poucas eram as vezes em que Lurdes perdia tempo olhando para o alto. Sentiu fome e deixou a roupa para mais tarde. Entrou para preparar alguma coisa para comer. Estranhou o fato de Maria do Amparo ainda não ter aparecido, convidando-a, como de costume, para o almoço. Cansou-se apenas com a ideia de precisar ir para a cozinha. Resmungou em voz alta:

— Bem que a santa titia, dona da receita do bolo, poderia aparecer por aqui e me convidar para almoçar.

Lurdes ouviu a voz de Maria do Amparo no portão e alegrou-se: "aturo esse casal de chatos, mas não aturo a cozinha".

— Lurdes, Lurdes! Venha! O almoço está pronto!

Lurdes saiu vagarosamente em direção à porta da sala e simulou surpresa e indisposição ao avistar a vizinha.

— Que boa surpresa, Amparo. Que bom, minha amiga! Que bom você ter me chamado para almoçar. Recebi uma visita pela manhã e estou me sentindo tão indisposta que não teria coragem de fazer nada na cozinha hoje.

Maria do Amparo abriu os braços para aconchegar Lurdes.

— Você acha mesmo que eu, Maria do Amparo da Silva, deixaria de chamar minha amiga para o almoço de domingo? Nunca eu faria isso! Vamos, José já está esperando com fome. E rápido, porque ele tem uma fome que só!

Lurdes, em instantes, fechou a casa e venceu a pequena distância que a separava da casa de Maria do Amparo. José, como sempre, foi gentil e solícito. Levantou-se e puxou uma cadeira para Lurdes.

— Pensei que a vizinha tinha desistido de almoçar com os pobres! — exclamou.

Lurdes surpreendeu-se mais uma vez com José. Ele conseguia sempre uma maneira de ser gentil e educado. Mesmo vivendo distante do requinte e da sociedade, guardava traços de refinamento.

Ela ajeitou-se na cadeira e desculpou-se:

— Não gosto de incomodar, José. Vocês têm sido bons demais para mim. Não quero abusar. E vocês estão se esquecendo de que de rica eu não tenho nada. Sou tão pobre quanto vocês. Apenas tenho umas economias guardadas por meu pai, com muito sacrifício e muito trabalho. Mas olhem só como fui indelicada! Já me acomodei e me esqueci de perguntar a Amparo se ela precisa de ajuda!

Maria do Amparo, com uma travessa fumegante nas mãos protegidas por um pano de prato, dirigiu-se a Lurdes, ordenando:

— Mas deixe de besteira, mulher! Sente aí bem quietinha e espere eu terminar de fazer meu serviço!

Lurdes gargalhou com o jeito despachado com que Maria do Amparo se dirigiu a ela. Os três almoçaram com apetite o frango caipira acompanhado de arroz, farofa de milho e suco de caju. Mais de uma vez, Lurdes e José cruzaram seus olhares por acaso.

Lurdes levantou-se para retirar os pratos da mesa, e Maria do Amparo tentou tomar-lhe a louça das mãos. Quando Maria finalmente segurou a louça com firmeza para dispensar o auxílio da amiga, sentiu uma leve tontura e apoiou-se na pia. Os pratos que segurava espatifaram-se no chão. José pulou e conseguiu segurar a esposa, impedindo sua queda.

Lurdes puxou uma cadeira para que José a acomodasse.

— Maria, Maria... O que você tem, mulher? — perguntava José aflito.

Maria, pálida, tentava, em vão, acalmar o marido.

— Nada não, José. Já passou. Foi só uma tonturazinha de nada.

— Ninguém tem uma tontura por nada, Amparo — interferiu Lurdes, abanando a amiga com o pano de prato.

José concordou com ela.

— Isso mesmo, Lurdes. Amanhã, Maria, vamos ao médico logo cedo. O doutor Luiz atende logo cedo.

Maria do Amparo tentou acalmá-los.

— Isso não é pra tanto, gente! Já está passando.

— É melhor você sossegar, Amparo. Deixe a cozinha por minha conta. José, leva a Amparo para o quarto — determinou Lurdes.

José saiu com a esposa, amparando-a pela cintura. Amava-a sinceramente e ficava preocupado sempre que ela apresentava algum problema de saúde. Abriu as janelas do quarto, puxou a colcha que forrava a cama e colocou Maria do Amparo deitada. Em seguida, dirigiu-se à cozinha e ficou observando Lurdes lavar a louça de forma desajeitada.

— Deixe isso, Lurdes. Depois termino. Você não parece ter muito jeito pra essas coisas não: é fina demais da conta! — brincou José.

Lurdes franziu a testa, demonstrando-se ofendida.

— Não sei onde vocês encontram fineza em mim. Só vim de uma cidade diferente, onde as coisas são mais rápidas, e o ritmo é outro. Só isso. Que mistério existe em lavar uma louça?

José riu com a resposta de Lurdes. Achava-a realmente refinada e muito diferente das outras pessoas com as quais estava acostumado a conviver. Muitas vezes, percebia em Lurdes um grande esforço para se adaptar àquela vida interiorana. Quando a conheceu, apostou que ela não ficaria muito tempo na cidade, porém, na convivência diária surgida através da amizade entre ela e Maria do Amparo, admitiu o engano. Chegava a sentir falta da vizinha à hora das refeições e da novela, quando, por algum motivo, ela não aparecia.

Lurdes terminou de organizar a cozinha e pediu a José que ficasse de olho em Amparo.

— José, fique atento a Amparo. Qualquer coisa é só me chamar. Mais tarde, eu volto.

Lurdes saiu, e José ficou observando-a pela janela da sala.

— Deve ser muito triste para uma mulher tão bonita como ela viver sozinha, sem o braço forte de um homem para proteger e amparar — balbuciou.

Lurdes entrou em casa e foi direto para o quarto. Ligou o ventilador e recostou-se na cabeceira da cama. Mentalmente, reelaborava os planos traçados inicialmente. Ela mantinha-se na certeza de que tudo correria bem e, em breve, estaria saindo daquela cidade horrível. Sentiria falta de Amílton, mas nem sequer pensava em levá-lo. Quando tudo estivesse concluído, ela o descartaria como sempre fazia com todos os que cruzavam seu caminho. Remexia-se na cama na mesma proporção em que remexia os próprios pensamentos. Confusa pelo desfecho dos acontecimentos, aos quais tanto ansiava, foi até a cozinha beber um pouco de água para tentar se desvencilhar daquela ansiedade. Na casa, havia um pequeno filtro de barro que garantia a pureza da água. Do corredor, olhou para a sala, avistando o livro esquecido por Josefa. Encheu um copo com água e apanhou o livro. O título despertou a atenção de Lurdes: *O Evangelho Segundo o Espiritismo*.

— É o livro que dona Josefa falou... Será que é mesmo interessante? — perguntou-se.

Acomodou-se no sofá e começou a folhear as páginas do livro até se deter na mensagem intitulada "Parábola da Figueira Seca". Ficou olhando para a página decidindo se iria ou não ler o texto. Lembrou-se de Josefa afirmando que as páginas do livro poderiam ser lidas ao acaso. Fixou os olhos em duas frases: "A figueira seca é o símbolo das pessoas que só têm a aparência do bem, mas na realidade não produzem nada de bom".

"Besteira!", pensou. "O que isso tem de importante para minha vida?".

Largou o livro sobre a mesa. Quando retornasse à cidade, devolveria para Josefa. Gostava de ler, mas preferia os romances, as histórias com sentido. Não perderia tempo em ler o que não lhe interessava. Não era religiosa. De família católica, participou de uma turma de catequese sem se ater muito aos ensinamentos. Durante as aulas, só pensava na cerimônia do catecismo e na roupa a ser usada. A mãe escolhera um lindo vestido bordado, e o pai havia comprado um terço de ouro e pérolas para a ocasião. Toda a família estaria presente. Riu quando relembrou seu sacrifício no confessionário: contava ao padre travessuras infantis, e ele determinava o número de orações a serem feitas para a remissão dos pecados cometidos. Ela, no máximo, cumprira as orientações do religioso uma ou duas vezes. Jamais contara, entretanto, a aversão nutrida pela mãe. Não conseguia explicar o porquê daquele sentimento, mas ele existia e, a partir da adolescência, Lurdes quase não conseguia disfarçá-lo. Com o pai tinha um relacionamento melhor. Os dois se pareciam bastante e sempre foram bons companheiros. Ele jamais identificara na filha qualquer defeito. Sempre encontrava um jeito para desculpá-la, declarando-a perseguida e invejada pelos amigos. Depois da primeira comunhão, entrara em templos religiosos apenas para cumprir obrigações sociais, apresentando um comportamento sentido e emocionado.

A tarde transcorreu lenta, e a ansiedade de Lurdes deixava-a sufocada. Resolveu caminhar pelas redondezas para passar o tempo. Passou perto da mercearia de Joana e arrepiou-se só de pensar que poderia encontrá-la. A antipatia entre as duas era clara. Apenas Lurdes tentava evitar tamanha evidência. Olhou para o orelhão e pensou no pai. Sentiu vontade de voltar para pegar as fichas telefônicas, mas desistiu quando contou o número de pessoas que aguardavam na fila para usar o telefone público. "Ligaria em outra oportunidade", pensou. Sentou-se no banco da praça sob uma amendoeira, e pensamentos conflitantes iam e vinham. Lurdes não se permitia parar de produzir cenas mentais atormentadoras. Seu rosto era marcado por essas imagens: ela franzia o cenho, sorria, levantava as sobrancelhas e apertava os lábios conforme as cenas eram descortinadas por seus pensamentos. Num repente, ela sentiu um baque nas costas e levantou-se de forma brusca para reagir. Quando olhou para trás, viu apenas uma bola de futebol e um pequeno menino abaixando-se para pegar a bola. Os olhos de Lurdes ganharam um brilho excepcional.

— Qual é seu nome? — perguntou, afagando os cabelos da criança.

O menino, assustado, tratou de se desculpar.

— Desculpa, dona. É que meu chute é forte.

Lurdes procurou responder com simpatia.

— Que seu chute é forte eu sei. Estou sentindo isso nas minhas costas. Mas não foi isso que perguntei. Como você se chama?

— Meu nome é Roney, mas todo mundo me chama de Nico — respondeu o garoto agarrando-se à bola.

Lurdes sentia o coração disparado. "Como seria de verdade ter um filho?", indagava-se silenciosamente. Tentou dar continuidade à conversa com Roney.

— Mas que nome tão diferente e bonito!

O menino segurou a bola com uma das mãos, apoiando-a na cintura e respondeu orgulhoso.

— Foi mainha que escolheu. Misturou o nome dela com o de painho: Roberta e Vanderley. Aí ficou Roney. Com uma letra diferente mesmo no final. Gosto mais de Nico. Todo mundo me chama assim. Até ela.

Roney colocou a bola no chão e chutou para frente, onde um grupo de crianças o esperava para continuar a brincadeira. Lurdes apenas murmurou:

— Esse povinho adora misturar nomes e criar apelidos...

Ela ainda permaneceu mais um pouco na praça observando as crianças brincando. O entardecer deu ao céu uma tonalidade avermelhada. Nuvens escassas preparavam-se para receber a noite quando ela sentiu a mão de José tocando-lhe o ombro.

— Procurei por você para dar notícias de Maria, e uma vizinha me apontou a praça. Está há muito tempo aqui?

Lurdes sentou-se na ponta do banco para que José pudesse se acomodar. Tentou mostrar interesse sobre a saúde de Amparo.

— E como ela está? Melhorou?

José correu os dedos pelos cabelos e ajeitou-os para trás.

— Não sei. Ela anda um pouco estranha por esses dias. Amanhã, pergunto ao doutor tudo. Maria nunca foi de ter essas coisas. E você? Por que não foi lá pra casa no lugar de ficar vagando por aqui? Maria gosta de sua companhia.

Lurdes manteve-se em silêncio, e José levantou-se do banco, puxando-a pelo braço.

— Vamos, mulher! Deixe de besteira! Vamos que Maria prometeu um cuscuz salgado pra mais tarde.

Joana estava à beira da calçada, do outro lado da rua, e gritou por José:

— Zé, cadê Maria do Amparo que não está aqui proseando com vocês? Trancou ela em casa, Zé? Olha que estou de olho!

— O seu mal é este: a senhora só vive de olho na vida dos outros! Não me aperreie não, dona Joana. Vá cuidar de suas coisas que da minha vida cuido eu! — respondeu José carrancudo.

Lurdes impressionou-se com a forma decidida como José respondeu para Joana. Soltou um riso contido. Havia gostado da resposta. Sentia verdadeira repulsa por Joana.

José se deu conta da grosseria cometida e buscou desculpar-se com Lurdes.

— Sabe o que é, Lurdes, dona Joana é muito intrometida. A culpa é da Maria que dá conversa pra ela. Não gosto que se metam na minha vida. Não dou trela pra fofoqueiro, e essa daí é demais. Vamos. Maria já deve estar com o cuscuz pronto. Falei pra ela que vinha procurar você.

Em silêncio, os dois caminharam o curto espaço que separava a praça da casa de José em silêncio. Uma satisfação grande encheu o coração de Lurdes de sincera gratidão. Sentia-se bem ao lado de José. Sentia-se bem ao lado de Amparo. Gostava dos dois, embora os considerasse tolos e caipiras, entretanto, gostava da companhia deles.

A noite transcorreu sem grandes novidades para Lurdes: as conversas de sempre, a comida, os comentários apropriados de José sobre política. Maria do Amparo preparou um suco e levou um copo para o marido e outro para Lurdes. José bebeu o refresco e avisou que iria tomar banho. O calor insuportável fazia-o transpirar de forma abundante.

— Deixe para tomar banho na hora de se deitar, homem — pediu a esposa.

José irritou-se:

61

— Mas estou encharcado de suor. Sabe que não gosto de vestir camiseta em casa.

Maria do Amparo foi direta.

— Tire a camiseta. Lurdes já é de casa, não vai achar falta de educação! Vamos, José, tire logo essa camiseta e vamos terminar de ver o filme.

José tirou a camiseta, deixando à mostra os músculos bem definidos e os pelos loiros que desciam pela barriga. Lurdes corou de imediato. Mal conseguia tirar os olhos de José. Maria do Amparo percebeu o olhar de Lurdes e ficou satisfeita e orgulhosa pela amiga ter notado a beleza do marido.

— Mas meu marido é bonito demais, não é Lurdes?

Lurdes ficou desconcertada com o inusitado da situação.

— É... Vocês dois formam um belo casal. Você e José realmente são muito bonitos.

Lurdes sentiu pena da ingenuidade da amiga e tentou agir naturalmente. Pensou em Amílton e julgou já ter problemas suficientes para arrumar mais um. Não se deixaria perder apenas por um belo corpo. Esperou o filme terminar e foi para casa. Naquela noite, Amílton não apareceu, e ela sonhou novamente com o mesmo menino das vezes anteriores. No sonho, ouvia nitidamente uma voz estimulando-a a desistir de seus planos. Ao acordar, lembrou-se da conversa com Josefa e rezou. Tinha certeza de que Deus sabia que suas intenções eram as melhores possíveis e a ajudaria a realizar tudo com êxito.

***

O cansaço das noites intermináveis com Amílton fez Lurdes dormir até bem mais tarde. Quando chegou à cozinha e olhou para o relógio, surpreendeu-se, pois já passava das dez horas da manhã, e ela precisava dar uma volta pelas redondezas, para verificar a existência de mulheres grávidas. Já fazia tempo que havia chegado a Monte Santo e não deveria esperar mais. Tomou banho rapidamente e vestiu-se. Quando penteava os cabelos em frente a um pequeno espelho, ouviu a voz de Amparo.

— Lurdes! Lurdes! Venha logo, mulher! Tenho novidades.

— Que novidades alguém por aqui pode ter a esta hora da manhã? — reclamou para si.

Sorrindo, abriu a porta da sala e deu de cara com José e Amparo esbanjando alegria. A pergunta foi sarcástica:

— O que foi? Algum programa novo na tevê hoje?

Amparo esperou que Lurdes abrisse o portão e a abraçou efusivamente. José também se juntou ao abraço e anunciou emocionado:

— Vem um menino por aí, Lurdes! O mal-estar de Maria é um menino!

Lurdes sentiu o corpo todo gelado. Disfarçava com dificuldade a ansiedade e a certeza de que estava certa quando escolheu Monte Santo para realizar seus planos. Não gostaria de machucar Amparo e José. Eles eram realmente bons para ela, e a amizade entre eles era a mais pura experimentada por Lurdes. Mas se o destino estava mostrando aquele belo casal como os pais de seu filho, é porque Deus estava permitindo. Seria muito mais fácil do que ela imaginara a princípio. Amparo e José jamais desconfiariam da proximidade dela com a criança, e ela poderia acompanhar de perto a gravidez para garantir o nascimento de uma criança saudável. Foi despertada daquele semitranse pela vizinha perguntando se ela gostaria de ser a madrinha do bebê.

— Lurdes, você aceita ser a madrinha de nossa criança? Eu tenho certeza de que você chegou aqui para ficar e que vai ser muito boa madrinha. Aceita?

Lurdes abraçou Amparo sentidamente. Estava realmente agradecida pela ocorrência daquela gravidez. Teve certeza de que era protegida por Deus.

— Claro que aceito, Amparo. Vocês serão meus compadres, e eu serei muito mais que uma simples madrinha. Serei muito mais.

José explicou todos os procedimentos do médico. Disse que ele havia colhido a urina de Maria do Amparo apenas para se certificar da gravidez e que o resultado sairia em uma semana, pois em Monte Santo ainda não havia um laboratório para a realização de exames. Mas que a experiência dele garantia a gravidez. Lurdes preocupou-se com o fato. Precisava preparar-se para qualquer situação apontada pelo futuro a partir daquele momento. Perguntou sem rodeios.

— E como Amparo vai fazer o pré-natal? Como vamos saber se tudo está bem com o bebê?

José respondeu com um sorriso simples e escancarado:

— Ué! Sempre que precisar vamos ao doutor. E a criança vai nascer por aqui mesmo. As parteiras existem pra quê?

— É isso mesmo, Lurdes — explicou Maria do Amparo. — As mulheres aqui da terra são todas parideiras. As crianças nascem em casa mesmo. O doutor só vem se acontecer algum problema. O resto é com a mãe e a parteira. E, no nosso caso, com a madrinha também. E muito cuscuz salgado para dar força pra mim e pro meu bacuri.

José pegou Maria pela mão e chamou por Lurdes.

— Vamos, comadre. Vamos lá pra casa comemorar isso. Eu queria que a criança chegasse apenas quando já estivéssemos na casa nova, e eu com um emprego fixo. Mas se Deus quis assim, é assim que vai ser. Vamos comemorar!

Os três reuniram-se na cozinha como de costume. Maria do Amparo e José faziam planos para o futuro, e Lurdes tentava acompanhar a conversa. No seu íntimo, porém, os planos eram completamente diferentes. Precisaria fazer contato com o pai o mais rápido possível. Iria também acompanhar Amparo em todas as suas consultas ao médico. Não poderia perder de vista nenhuma das informações a partir daquele momento. Ficaria atenta a todo e qualquer movimento do casal. Assustou-se com a possibilidade de a irmã de Amparo querer estar por perto para acompanhar a gravidez da irmã.

— E Renata, Amparo? Será que ela também ficará feliz com a novidade? De repente, ela resolve vir para Monte Santo pra ficar mais perto de você durante a gravidez.

José descartou a possibilidade. O marido da cunhada era um homem rico e cheio de ocupações. Certamente não iria perder tempo em Monte Santo apenas para acompanhar a esposa. Eles tinham uma vida bastante diferente da que ele e a esposa levavam, e essa rotina certamente não seria alterada.

— Que é isso, Lurdes? Ela ficará feliz com a notícia sim, mas leva vida de gente rica. O Humberto é empresário e não pode se afastar dos negócios. Devem passar por aqui no fim de junho para a festa junina, mas não vão ficar por muito tempo não. Têm mais o que fazer. E Amparo tem a mim para cuidar dela.

Lurdes completou, animada com a informação de que Renata não poderia acompanhar a gravidez de Amparo:

— E a mim também! Afinal, eu sou a madrinha!

A conversa durou por toda a tarde. A noite chegou, e eles nem sequer acompanharam a novela. Lurdes, José e Maria do Amparo comemoravam e traçavam planos para o futuro da criança que chegaria.

CAPÍTULO 6

Lurdes passou a acompanhar Maria do Amparo em todos os lugares aonde ela ia. Havia resolvido ligar para o pai apenas quando tivesse o resultado do exame de urina. Não queria criar expectativas falsas e precisava calcular tudo de forma exata. Saber o tempo de gravidez de Amparo era primordial para que tudo desse certo. A presença de Renata já havia sido descartada pelo casal diversas vezes. Isso oferecia a Lurdes certa tranquilidade. Contava com a ingenuidade de Amparo e sabia que Renata havia ganhado perspicácia morando na capital. Segundo Amparo, a irmã já havia feito, inclusive, viagens ao exterior. Tinha receio de que a experiência da irmã de Amparo estragasse seus planos.

A semana que antecedeu o resultado do exame que confirmava a gravidez passou de forma agitada. As duas não se largavam, e José ficava observando de longe. Amílton tentou, sem sucesso, alguns encontros com a amante, porém, ela estava demasiadamente eufórica para perder tempo com ele. Dispensou-o sem muitas explicações nas três tentativas que ele fizera de tê-la nos braços. Alegou indisposição e cansaço, e Amílton preocupou-se:

— Por que você não procura um médico? Não é possível que seu desejo tenha desaparecido. Você não é mulher de negar fogo.

Lurdes, sentada na cama, mostrou um sorriso complacente:

— É isso que vou fazer amanhã. Vou ao médico com Amparo, pode ficar tranquilo.

Amílton buscou mentalmente uma explicação para o desinteresse repentino de Lurdes.

"Deve ser coisa de mulher", pensou.

Vestiu-se rapidamente e, antes de amanhecer, lançou-se à rua para retornar à pensão. Lurdes agradeceu pela saída de Amílton. Não estava com paciência e nem com tempo para os jogos de amor. Preferia manter-se voltada para seus objetivos. Esperaria o amanhecer para ir com Amparo à cidade. O resultado do exame já havia chegado, e ela queria fazer perguntas ao médico. Às sete horas, chamou animadamente por Amparo.

— Amparo! Já estou aqui! Vamos que a lotação passa daqui a pouco.

Maria do Amparo saiu sorridente em direção a Lurdes e, como de costume, abraçou-a.

— Minha amiga querida, não sei o que seria de mim sem você. José saiu cedo para trabalhar, e eu fiquei com medo de que você não quisesse ir comigo.

Lurdes retribuiu o abraço também de forma carinhosa.

— Mas eu não iria mesmo deixar você sozinha numa hora dessas. Vamos que a lotação já vai passar!

As duas seguiram de braços dados até a praça para esperar a Kombi. Maria do Amparo ainda sugeriu que fossem a pé, mas Lurdes quase enlouqueceu.

— Você está maluca, Amparo? Você não pode ficar fazendo esforço. Nem pensar andar a pé uma distância tão longa e debaixo desse sol. Você está grávida, esqueceu?

Amparo riu da irritação da amiga.

— Vixe! Ela agora ficou arretada mesmo! Que madrinha boa arrumei pro bebê! Gravidez não é doença não, Lurdes!

A Kombi parou, e Lurdes colocou Amparo para dentro, ajudando-a a subir.

— Não é doença, mas é preciso tomar certos cuidados — murmurou fazendo um sinal de silêncio para que o motorista não as ouvisse.

Amparo apertou a mão de Lurdes, e as duas seguiram em silêncio até a cidade. Ao saltarem da Kombi, Lurdes avistou Josefa na varanda da pensão. Acenou alegremente para ela, e Josefa correspondeu ao cumprimento.

***

No consultório do médico, Lurdes sentiu arrepios de pensar em ser atendida por aquele velho baixinho, com o bigode grisalho amarelado pela nicotina e um jaleco encardido pelo tempo.

Doutor Luiz recebeu Maria do Amparo com simpatia.

— Como vai, Maria? Como tem passado? Quem é essa jovem tão bonita?

— Tenho passado muito bem, doutor Luiz, e esta é minha comadre Lurdes. É de São Paulo, mas um anjo bom colocou-a pra morar bem ao lado da minha casa.

O médico esticou a mão direita e cumprimentou Lurdes. Em seguida, puxou duas cadeiras de madeira para que as mulheres se sentassem. Tirou da gaveta da escrivaninha um envelope ainda lacrado e o abriu lentamente. O coração de Lurdes parecia querer saltar de seu peito. A ansiedade tomou conta das duas, e Maria do Amparo não se conteve.

— Valha-me Deus, doutor Luiz! Me diga logo o resultado desse exame! Estou nervosa demais!

Luiz riu da agonia de Maria do Amparo e observou o rosto tenso de Lurdes.

— Vejo que a senhorita Lurdes também está explodindo de tanta curiosidade!

Lurdes buscou naturalidade na resposta.

— Maria do Amparo é como uma irmã para mim, e eu serei a madrinha dessa criança. Também estou nervosa. Ela está ou não está grávida, doutor?

— Mais grávida impossível, Maria do Amparo! Mais grávida impossível! — respondeu o médico após analisar o exame.

Lurdes desmanchou-se em lágrimas. O rosto contraído deu lugar à emoção desmedida. Trêmula, abraçou a amiga. Maria do Amparo emocionou-se muito mais com a reação de Lurdes do que com o resultado. Tinha certeza de que estava grávida e, para ela, a gravidez era uma consequência natural do casamento. Crescera sabendo que um dia iria se casar e ter filhos.

— Ih, doutor! Veja que comadre mais mole fui arranjar! Isso aqui é terra de mulher parideira, Lurdes. Um dia, você também vai emprenhar e ter seus filhos, e eu vou ser a madrinha de todos eles!

Lurdes tentava em vão conter as lágrimas que escorriam por seu rosto. Procurou retornar à razão. Precisaria fazer algumas perguntas ao médico. Suspirou e secou as lágrimas com um pequeno lenço tirado da bolsa. Voltou-se para o médico e o crivou de perguntas.

— Quero que Amparo tenha uma gravidez tranquila e que o bebê nasça saudável. Qual o tempo da gravidez dela, doutor?

O médico fez alguns cálculos mentalmente e consultou uma pequena tabela de papel antes de responder.

— Bom, pelos meus cálculos e pela data da última menstruação de Maria do Amparo, ela está com mais ou menos seis semanas de gestação. O bebê deve chegar no final de janeiro. Ela precisará de algumas vitaminas apenas. Tem uma saúde de ferro.

Lurdes voltou-se para Amparo.

— Hoje mesmo vou ligar para meu pai e pedir que ele mande uma antiga empregada para ajudá-la. Ela ajudou a me criar e vai ajudar você nos serviços de casa. Nada de esforço a partir de agora, Amparo.

O médico e Maria do Amparo se entreolharam, admirados com o cuidado extremo de Lurdes.

— Senhorita, gravidez não é doença. Maria do Amparo é saudável e muito forte. É lógico que, com o passar dos meses, algumas coisas precisam ser evitadas, mas, por enquanto, está tudo bem com sua comadre. Fique tranquila.

— Pode ser — admitiu Lurdes —, mas prefiro pecar por excesso que por falta. E Maria do Amparo não descansa nunca quando está em casa. Só falta subir no telhado para limpar as telhas. Prefiro contar com a ajuda de Zélia. Ela vai vigiar Amparo de perto e não vai deixar que ela faça nenhuma maluquice.

Maria do Amparo e Lurdes ficaram atentas às orientações do médico, e ele encerrou a consulta marcando um novo encontro para o mês seguinte. Entregou o resultado do exame e uma receita nas mãos de Lurdes e despediu-se brincando.

— Quero que as duas grávidas voltem no próximo mês. Se acontecer qualquer coisa de diferente, venham até aqui. Na receita, há meu telefone. Qualquer coisa, basta ligar. Mande um forte abraço para José e dê a ele os parabéns em meu nome, Maria.

As duas saíram felizes do ambulatório. Lurdes convidou Amparo para tomar um lanche. O calor era intenso, e as duas entraram na única lanchonete existente nos arredores do centro da cidade. O garçom reconheceu Lurdes imediatamente e recordou-se do constrangimento a que foi submetido quando ela esteve a primeira vez no local. Antes que as duas entrassem na lanchonete, e ele levasse outra bronca por causa do avental sujo e das unhas, largou o balcão e correu para o pequeno banheiro nos fundos do estabelecimento. Escovou as unhas, lavou o rosto suarento e trocou o avental sujo por um limpo. Quando retornou, Lurdes esperava impacientemente.

— Pensei que você tivesse abandonado a lanchonete. Dois sucos de goiaba, por favor.

Ela e Amparo escolheram uma mesa e ficaram esperando. O rapaz voltou com uma bandeja com os dois copos reluzentes de tão limpos. Lurdes nada reparou, mas Amparo percebeu a apreensão do rapaz.

— Viu só, Lurdes? Ele está com as unhas limpas, o avental bem branquinho e dá só uma espiada nos copos: como brilham! Dessa vez, ele caprichou, não acha?

Lurdes apenas balançou a cabeça afirmativamente. Seus pensamentos estavam perdidos no futuro. Já antevia a reação de Pedro quando ela chegasse com a criança. Faria com que ele abandonasse todos os seus compromissos e ficasse com ela. Sua alma registrava cada acontecimento imaginado como se os estivesse realmente experimentando naquele momento. Uma completa desorganização energética se fazia notar no perispírito de Lurdes. Sua mente já apresentava sinais de embotamento.

Maria do Amparo cutucou a amiga, fazendo-a libertar-se daquela experiência. Lurdes apertou os olhos com firmeza para voltar à realidade. A voz da amiga parecia distante fisicamente dela.

— Lurdes, olhe só quem está ali. Não é aquela sua amiga da pensão? — apontava inutilmente Amparo para a porta da lanchonete.

Lurdes só retornou à realidade quando ouviu com mais nitidez a voz de Josefa.

— Vim até aqui para abraçá-la. Fiquei com receio de que você fosse embora sem falar comigo. O que há com você que está com os olhos tão inchados?

Lurdes levantou-se para abraçá-la, e Josefa sentiu um aperto na nuca e uma leve tontura. Puxou uma cadeira para refazer-se de forma disfarçada, mas teve a certeza de que algo extremamente terrível rondava os sentimentos de Lurdes. Resolveu insistir na pergunta após observar o bom ânimo e a alegria evidente de Maria do Amparo, em contraste com o olhar perdido de Lurdes.

— O que há com você, menina? Está doente?

Maria do Amparo tomou a pergunta para si e respondeu com certa alegria.

— É que hoje tive a confirmação de que estou grávida, e Lurdes está emocionada porque será a madrinha.

— É isso mesmo, Lurdes? Você está apenas emocionada ou não está se sentindo bem? — insistiu Josefa.

Lurdes tentou dissimular o choque que os próprios pensamentos lhe causavam. Bebeu um gole do refresco e respondeu, recuperando seu equilíbrio natural.

— É isso mesmo, dona Josefa. Fiquei emocionada com a notícia de que vou ser, pela primeira vez em minha vida, madrinha. Isso mexeu um pouco com a minha emoção. É muita responsabilidade. A senhora não acha?

Josefa não se convenceu com a resposta dada pela moça. Sabia que ela estava escondendo um sentimento mais forte e que ia muito além da alegria e da felicidade por saber que uma nova criança chegaria à Terra. Não quis, entretanto, insistir em mais perguntas para não causar nenhum constrangimento a ela. Se Lurdes não queria falar sobre os próprios sentimentos, ela iria respeitá-la. Resolveu perguntar pelo livro deixado na casa da amiga no lugar de responder à pergunta feita.

— Deixei meu Evangelho em sua casa, Lurdes? Se não deixei por lá, perdi no caminho.

Lurdes lembrou-se da "Parábola da Figueira Seca" quando pensou no livro. Arrepiou-se dos pés à cabeça.

— Deixou sim, dona Josefa. Andei folheando o livro, mas ele está intacto. Sou cuidadosa.

— Pois bem! O exemplar é seu. Como eu não tinha certeza se havia deixado em sua casa ou perdido, acabei comprando outro para os estudos no centro. Fique com aquele e faça bom proveito da leitura. Ainda mais agora que você ganhou uma responsabilidade tão grande com a vinda dessa criança ao mundo. Serão de grande valor cada uma das mensagens que você receber através do Evangelho.

Lurdes apertou com força as mãos de Josefa. As palavras e o olhar daquela senhora mexiam com ela. No fundo, reconhecia alguns ensinamentos no discurso de Josefa. Muitas vezes, tinha a desconfiança de que a mulher conhecia todo o seu plano e os seus verdadeiros sentimentos. Optou, mais uma vez, pela dissimulação, imprimindo aos olhos um brilho de alegria e emoção.

— Sabe, dona Josefa, depois que recebi a notícia da gravidez de Amparo, minha vida se iluminou. Ganhei uma nova alma. Acho até que vou ficar residindo aqui em Monte Santo. Não quero viver longe dessa família que tão carinhosamente me abraçou. Todo o meu sofrimento terminou. Tenha certeza disso.

Maria do Amparo ficou com os olhos marejados. Emocionava-se com as palavras e o carinho de Lurdes. Quase não mantinha contato com a irmã e, embora vivesse bem com José, sentia falta de uma companhia com maior sensibilidade, alguém que enxergasse o mundo como ela.

— Bom, agora vamos parar com esse chororô! Eu queria mesmo uma irmã novinha em folha como você, Lurdes. José, às vezes, pensa como um tijolo — falou rindo.

Lurdes chamou o garçom e pagou a conta, deixando mais algumas notas com ele como gorjeta. O rapaz contou as notas e agradeceu.

— A senhorita é muito boa. Obrigado. Vale até a pena usar um avental limpo e escovar as unhas!

Lurdes respondeu de forma seca:

— Transforme isso em um hábito. É sua obrigação.

Maria do Amparo olhou admirada para a amiga. "Como ela é direta!", pensou. Josefa observou com certa estranheza a mudança repentina no humor de Lurdes que, minutos antes, se apresentava doce e emocionada. O aperto na nuca tornou a incomodá-la, e ela resolveu despedir-se das duas ali mesmo, à porta da lanchonete.

— Maria do Amparo, foi um prazer conhecer você. Se precisar de mim para qualquer coisa, pode me procurar. Lurdes, leia o livro. Os ensinamentos são muitos e, por vezes, nos mudam completamente. Até breve. Hoje tenho estudos doutrinários no centro e preciso me preparar.

Lurdes buscou ser rápida. Teve a sensação de que Josefa havia invadido sua alma.

— Também precisamos ir, dona Josefa. Amparo não pode ficar exposta a esse calor. Pode fazer mal a ela. Por falar nisso, Amparo, vamos passar na casa daquele senhor. Vou comprar para você um ventilador.

Maria do Amparo procurou esquivar-se. Não queria abusar da boa vontade e da amizade de Lurdes.

— Que é isso, Lurdes! Estou acostumada com o calor! Deixe de besteira e vamos para casa.

Lurdes insistiu, voltando-se para Josefa.

— Desde quando alguém se acostuma com o calor? E parece que o calor por aqui é interminável. Apareça lá em casa, dona Josefa. Vamos, Amparo. Ainda dá tempo de comprarmos o ventilador: a próxima lotação ainda vai demorar um pouco.

Josefa ouviu claramente uma voz em sua mente enquanto olhava as duas caminhando em direção à casa de Marcos: "O que é a justiça para você?"

Josefa não conseguiu compreender a mensagem que chegava até ela em forma de interrogação. Retornou à pensão para almoçar e descansar um pouco. À tarde, iria até o centro espírita e lá talvez encontrasse a resposta.

Maria do Amparo e Lurdes saltaram da Kombi por volta das onze e meia da manhã. Lurdes carregava o saco com o ventilador comprado para a amiga. Joana correu para a porta da mercearia quando avistou as duas. Por mais que tentasse, não conseguia simpatizar-se com Lurdes.

— Por que vocês duas estão tão sorridentes?

Lurdes sentiu ímpetos de responder que aquilo não era da conta dela, mas conteve-se. Era preciso manter o controle de tudo e de todos a partir de agora. Qualquer desatino poderia custar muito caro e pôr tudo a perder. Deixou que Amparo respondesse à pergunta feita de forma indiscreta.

— Fale para ela, Amparo. Joana é nossa amiga! Conte para ela a novidade.

Maria do Amparo abriu um largo sorriso para responder:

— Estou prenhe, dona Joana. O bairro vai ganhar um bebê novo! Logo, logo a criança estará rodeando a senhora para comprar doces.

Joana, desarmada pela notícia da gravidez da menina que vira crescer, atravessou a rua e abraçou Maria do Amparo.

— Até que enfim uma boa notícia, menina. José deve estar muito prosa com isso.

Lurdes intrometeu-se sem cerimônia na conversa.

73

— Está mesmo, dona Joana. Todos nós estamos muito felizes, não é Amparo?

— É verdade, dona Joana! Lurdes vai ser a madrinha. O padrinho vou deixar por conta de José — completou Maria do Amparo.

— Agora vamos, Amparo! O sol está muito quente. Até mais, dona Joana. Fique com Deus! — disse Lurdes, completando a frase dita em voz alta com a verdadeira, apresentada em seus pensamentos: "Pobre de Deus! Será que Ele aguenta mesmo fazer companhia para esse tipo de pessoa?".

Lurdes deixou Maria do Amparo em casa, verificou se o ventilador estava funcionando e avisou:

— Mais tarde, vou ligar para meu pai. Vou pedir a ele que compre uma passagem para Zélia e a mande para cá. Você vai precisar de companhia, e eu confesso que sou muito fraca para fazer o serviço de duas casas.

Maria do Amparo alertou Lurdes de que precisaria consultar o marido.

— Vou precisar falar com o José primeiro, Lurdes. Não sei se ele vai aceitar que você pague alguém para me ajudar. As mulheres aqui de Monte Santo engravidam e continuam a viver normalmente, continuam a fazer o trabalho da casa e a cuidar dos maridos. Não sei se José vai aceitar isso não. Antes de você falar com seu pai, eu preciso falar com meu marido.

Lurdes deu o assunto por encerrado.

— Deixe isso por minha conta. Eu falo com seu marido e depois ligo para meu pai.

Lurdes beijou Maria do Amparo no lado esquerdo do rosto e saiu. Precisaria organizar seus pensamentos. Tudo deveria ser muito bem planejado. A presença de Zélia na casa dos amigos seria providencial. Quando chegasse a hora, ela anunciaria uma viagem breve e deixaria Zélia na casa para esperar seu retorno. Dessa forma, nenhuma desconfiança cairia sobre seus ombros.

Antes que a tarde caísse, vasculhou o armário em busca das fichas telefônicas. Colocou-as em uma pequena sacola e dirigiu-se para a praça. Olhou em volta para conferir se havia movimento no local. Não queria ser surpreendida falando com o pai ao telefone por nenhum morador.

Colocou as fichas no aparelho e discou o número de casa. Uma das empregadas atendeu.

— Dona Marília, há quanto tempo!

Lurdes foi ríspida.

— Há quanto tempo o quê, sua inútil? Até parece que você está mesmo sentindo minha falta! Deve estar é aliviada com minha ausência. Vocês fazem o que querem nesta casa! Chame logo meu pai: tenho urgência em falar com ele.

A voz rouca de Rodolfo foi identificada de imediato por Lurdes.

— Como vai, minha filha? Será que não é melhor você voltar para casa de uma vez e esquecer esse desatino?

— De jeito nenhum, papai! Pedro irá se casar comigo! Já encontrei o que vim buscar. Minha vizinha está grávida, e o bebê nascerá em janeiro. Teremos tempo para planejar tudo até lá. O casamento de Pedro está marcado para março. Até lá, chego com a criança e acabo com essa palhaçada. Preciso que o senhor mande Zélia para cá. Ela será importante para que ninguém desconfie de mim.

— Você é quem sabe, minha filha. Farei o que for preciso para a sua felicidade. Na próxima semana, Zélia estará aí como você quer. Se cuide e não faça nenhuma besteira.

Lurdes colocou o fone no gancho e retornou para casa. Sua apreensão era grande. Pensamentos conturbados passavam-lhe pela cabeça de forma incessante. Lembrou-se de ter trazido uma caixa com calmantes quando viajou. Ao chegar, vasculhou nervosamente a frasqueira com alguns remédios e achou a caixa que procurava. Foi até a cozinha, apanhou um copo com água e engoliu dois comprimidos de uma só vez. No quarto, ligou o ventilador e logo adormeceu. Entorpecida pelo efeito dos comprimidos, tornou-se presa fácil para energias pesadas.

Sonhou que chegava a São Paulo e mandava chamar Pedro. Ela trazia uma criança no colo e, quando tirou a manta do pequenino para mostrá-lo ao amado, se deu conta de que era um boneco. Enfurecido, Pedro, aos berros, chamou-a de louca, e ela, inerte, olhava para o boneco sem entender o que havia acontecido. Procurava, em vão, por Amparo e José, ordenando que eles lhe entregassem o bebê, e os dois riam, apontando galhofeiramente para ela. O sonho deu lugar ao vazio provocado pelos comprimidos. O espírito tentava de todas as formas alcançar a liberdade fora do corpo sem conseguir. Lurdes dormiu pesadamente até ser despertada pela voz de Amparo. Sonolenta, foi até a sala e, pela janela, avisou que iria se arrumar para logo estar com eles.

Embaixo da água gelada do chuveiro, falava para si mesma:

— Tomara que Amílton não apareça por aqui hoje. Estou realmente cansada!

Arrumou-se com esmero e penteou os cabelos dourados com cuidado. Sentia falta de mais conforto, de empregados, de bons filmes. Não aguentava mais ver televisão todos os dias. Sentia-se exausta, mas certa de que estava trilhando o caminho da sua verdadeira felicidade. Abriu com intimidade o portão da casa de Amparo e dirigiu-se à cozinha, onde os dois se reuniam sempre naquele horário. Viu José com o dorso nu, envolvendo Amparo pela cintura. Lurdes permaneceu extasiada com a visão da atitude viril de José. Pigarreou algumas vezes para ser notada. Ela estava corada e excitada. Maria do Amparo avisou José da presença da amiga.

— Pare, homem! Olhe Lurdes aí na porta!

José sorriu desconcertado, e Maria do Amparo buscou desculpar-se.

— José tem me enchido de mimos, Lurdes.

Lurdes entrou sem cerimônia e limitou-se a rir. Sentia-se dona daquela casa e da vida dos dois. Queria dar continuidade aos planos iniciados a partir da confirmação da gravidez da amiga. Precisaria convencer José da necessidade da presença de alguém para ajudar nos serviços diários. Seu receio era de que José, numa atitude machista, impedisse Zélia de ficar na casa.

José manteve-se sem camisa durante o resto da noite. Riram bastante durante a novela e depois fizeram planos sobre o nascimento do bebê. A escolha do nome iniciou uma pequena discussão. Maria do Amparo sugeriu vários nomes e empacou quando lhe veio à ideia do nome de um menino.

— Mário José ou José Mário. Pronto! Já escolhi — disse resoluta.

José tentou dar a sua opinião.

— José Carlos Júnior. Um menino deve ter o nome do pai, Maria.

— José Mário da Silva: este vai ser o nome do bacuri — insistiu Maria do Amparo.

Lurdes observava a pouca criatividade do casal e, maliciosamente, alertou:

— Pois quem escolhe o nome é a madrinha. Não adianta vocês perderem tempo com tantas brigas.

Ficaram conversando até o início da madrugada. Quando Lurdes voltou para casa e abriu a porta da sala, se deparou com Amílton sentado no sofá, fumando. Ele já estava despido e recebeu a amante com uma ordem.

— Não me venha com desculpas hoje, Lurdes. Estou nervoso demais para ser posto de lado. Vamos para a cama, porque é lá que nos entendemos bem.

Amaram-se durante a madrugada, e Lurdes, com os olhos cerrados, pensou todo o tempo em José. Amílton falou sobre a desenvoltura de Lurdes.

— Pra quem andava me evitando até que você se saiu muito bem. Você é uma vadia, Lurdes.

Lurdes respondeu dando um tapa no rosto de Amílton.

— Vadia é a sua mãe! Saia daqui, Amílton! Vá embora que quero descansar.

Amílton agarrou Lurdes pelo cabelo e trouxe-a para junto de si. Ela tentou se desvencilhar, mas não conseguiu. Amílton a possuiu à força. Ele julgou agradá-la, e ela, enojada pela atitude do homem, desferiu novamente uma bofetada certeira.

— Saia daqui, Amílton. Vá embora agora! — disse Lurdes enraivecida.

Amílton saiu da cama num salto. Puxou o lençol com o qual Lurdes cobrira o corpo e jogou-o no chão. Vestiu-se calmamente e mostrou a ela um molho de chaves.

— Sua pele é de seda, mas você é uma cadela feroz. A partir de agora, entro e saio quando quiser de sua casa. Não sou um caipira burro como você diz sempre. Pode me esperar amanhã. Eu voltarei quantas vezes quiser.

Lurdes encolheu-se na cama, arrependida por ter se envolvido com Amílton. Ele poderia ser um empecilho para a vida dela. Era um excelente amante, mas era grosseiro e mau caráter. Agora sabia ser tarde demais para descartá-lo. Sabia que se fizesse isso, ele iria revelar seu verdadeiro comportamento. Iria mantê-lo em banho-maria até o dia em que abandonasse a cidade. Sabia mentir como ninguém e não seria diferente com Amílton. Receberia o amante bem sempre que ele chegasse. Trataria o homem com amor. Era para isso que ele a procurava. Usaria belas camisolas e perfumes caros. Ela dominava bem a arte da sedução e agiria como uma mulher apaixonada. Amílton iria afrouxar a guarda e sentir-se vitorioso. Faria isso.

77

CAPÍTULO 7

    O mês de junho chegou, e a cidade de Monte Santo ficou repleta de turistas vindos de todas as partes do país. Com medo de encontrar conhecidos, Lurdes limitou-se apenas às visitas à casa de Amparo e José. Amílton também escasseou as visitas durante a madrugada, pois o movimento no restaurante havia aumentado muito. Quando o casal de amigos insistia para que ela os acompanhasse a alguma festa ou apresentação de quadrilha, ela alegava indisposição ou cansaço. José aceitara a presença de Zélia na casa apenas no final da gestação de Maria, e Lurdes achou por bem não insistir.

    No final do mês, as barracas foram desmontadas, os turistas foram embora, e o dia a dia da cidade voltou ao normal. Como a circulação de dinheiro havia sido grande durante o mês de eventos, muitas famílias iniciavam obras e reparos nas casas. José aproveitou a ocasião para aumentar os ganhos. Queria fazer uma poupança para quando o bebê nascesse. Sabia que os gastos seriam grandes. Trabalhava diariamente e, quando chegava em casa, só tinha ânimo para alimentar-se e descansar. Lurdes passou a sentir falta do marido da amiga. Uma noite, ela lanchava com Amparo e conversava amenidades quando José chegou sujo de cimento. Ela não se conteve e reclamou.

— Estou sentindo falta de sua conversa. Não assiste nem mais à novela conosco!

    José mostrou os dentes brancos que contrastavam com a pele queimada pelo sol.

— Pelo menos você sente minha falta, Lurdes. Maria só fala em criança e só vive enjoada.

Maria do Amparo tentou se justificar, buscando apoio em Lurdes.

— Os homens não sabem como nós mulheres ficamos na gravidez. Quando não é enjoo, é fome, não é mesmo, Lurdes?

José replicou grosseiro.

— O enjoo, nesse caso, é por mim, e a fome é por doces. Veja como ela está engordando, Lurdes. Já mandei ela parar de comer dessa forma. Se continuar assim, vai acabar enorme e, depois, como a maioria das mulheres daqui, vai pôr a culpa na criança.

Maria do Amparo acabrunhou-se. Há dias percebia mudanças no comportamento do marido e atribuía o fato ao cansaço do trabalho pesado. Procurou disfarçar o mal-estar instalado, oferecendo um pedaço de bolo ao marido.

— Tome, José. O bolo está bom que só! É de fubá.

— Não quero bolo. Vou tomar um banho e descansar. Amanhã começo outra obra. Meu corpo está moído. Depois provo do seu bolo — desculpou-se.

Maria do Amparo lembrou que Lurdes havia mencionado um problema no encanamento da cozinha e comentou com José.

— José, sei que você está cansado, mas Lurdes está com o cano da pia rachado. Tome um café e vá até lá. Rapidinho você resolve isso.

José coçou a cabeça. Não poderia negar uma gentileza a Lurdes.

— Então, me dê um café, Maria. Depois tomo um banho rápido, só para tirar a poeira do cimento do corpo. Se entrar assim na casa de nossa comadre, vou sujar tudo.

Lurdes tentou afastar José do trabalho. Não gostaria de incomodá-lo e havia percebido contrariedade entre o casal.

— Deixa isso pra outro dia, José. Você hoje está cansado.

— Nada disso! — exclamou José. Como é que alguém pode ficar com um cano rachado em casa tendo um compadre pedreiro?

José bebeu um pouco de café, comeu um pedaço de bolo e banhou-se rapidamente.

— Agora vamos até sua casa, Lurdes. Vamos, Amparo?

Maria do Amparo rejeitou o convite.

— Vão vocês. Eu fico por aqui pra terminar de ajeitar as coisas.

José e Lurdes saíram. Ela abriu o portão e entrou no corredor que dava para os fundos da casa. Empurrou a porta da cozinha, que havia deixado encostada, e apontou para a pia.

— Veja o estrago, José. Se abro a torneira, inundo a casa.

— Pode deixar... Resolvo isso num instante. Vou em casa apanhar umas ferramentas e um pedaço de cano. Vou precisar fazer uma emenda aqui — disse José saindo pela porta da cozinha.

Em poucos minutos, estava de volta carregando uma maleta com ferramentas e um pedaço de cano. Lurdes acompanhou o trabalho do vizinho, observando a masculinidade com que fazia tudo. José iniciou uma conversação queixosa.

— Sabe, Lurdes, Maria anda muito estranha. Só vive enjoada ou comendo.

— Isso é da gravidez, José. Quando a criança nascer, tudo volta ao normal — esclareceu Lurdes.

José levantou-se bruscamente quando, após torcer o cano, um jato de água acertou-o em cheio. Lurdes desatou a dar risada vendo o homem em desespero tentando parar a água. Ela saiu calmamente e fechou o registro no quintal. Quando voltou, encontrou José ensopado. Languidamente, deslizou os dedos pela camisa molhada, e José arrepiou-se. Lurdes percebeu o olhar de desejo do homem. Ele parecia querer devorá-la com os olhos. José não se conteve. Havia sentido em Lurdes o cheiro da sedução. Estava casado com Maria há algum tempo, mas sempre mantivera romances fugazes fora de casa. Encontrou no gesto de Lurdes um convite carregado de intenção. Sem dizer absolutamente nada, puxou-a bruscamente para junto de seu corpo, e Lurdes tentou resistir ao ímpeto ardente que envolvia os dois, mas não conseguiu. Consumiram-se no chão, embriagados pela sensualidade. Lurdes suspirou. Jamais fora amada de forma tão intensa. José arrependeu-se de ter dado vazão aos próprios instintos. Por instantes, julgou ter violentado a comadre.

— Perdão, Lurdes. O que você deve estar pensando de mim? Sou um monstro!

Lurdes disfarçou o próprio gozo com lágrimas abundantes. Livrou-se dos braços de José e virou-se de costas, assumindo uma posição fetal e submissa. Sua fisionomia era angelical, entrecortada por um cínico sorriso no canto dos lábios. Ela sentiu o gosto salgado das lágrimas derramadas com facilidade. O homem entrou em verdadeiro desespero. Se Lurdes abrisse a boca para contar o que havia acontecido, ele seria escorraçado por ela e por todos os moradores de Monte Santo. Vestiu a bermuda lançada sobre a pia e sentou-se com os joelhos flexionados, apoiando neles os cotovelos e passando nervosamente as mãos pela cabeça. Lurdes percebeu o desespero de José e aproximou-se dele, segurando-o delicadamente pelo queixo.

— José, pare com isso! As paredes têm ouvidos!

— Lurdes, me perdoe. Eu tomei seu corpo à força. Minha vida está arruinada!

Lurdes aconchegou José em seu peito e acariciou-lhe a cabeça.

— José... Maria do Amparo não ficará sabendo de nada. Ninguém ficará sabendo de nada. Você me amou como nunca fui amada por outro homem. A tristeza que morava em meu coração desapareceu. Você é um homem de verdade. Pena que Amparo não saiba aproveitar.

José e Lurdes abraçaram-se. Um beijo apaixonado calou o medo e as dúvidas de José. Lurdes correspondeu plenamente à paixão carnal que os envolvia. Puxando José pela ponta da bermuda encharcada de água, trancou a porta da cozinha e o levou para o quarto. José jamais havia sido conduzido na cama por uma mulher. Naquela tarde, experimentou, pela primeira vez, a explosão do prazer em toda a extensão de seu corpo.

Anestesiados pela intensidade com que se amaram, José e Lurdes entraram na cozinha da casa de Maria do Amparo em silêncio. Amparo recebeu-os com a mesa posta.

— Então, José, conseguiu consertar o cano rachado?

— Não! Não consegui não, Maria. Vou precisar de mais ferramentas e de outro pedaço de cano. Volto lá depois.

O jantar transcorreu como sempre. José, antes irritado e de mau-humor, mostrou-se bem disposto e mais paciente com a esposa. A partir de tudo que acontecera, precisaria cuidar bem dela. Não poderia levantar nenhuma suspeita. Lurdes acariciava-o descaradamente com o pé, que estava oculto sob a mesa. Corado, José tentava disfarçar.

— Maria, e a sobremesa? É o bolo? Ainda estou com fome.

— Minha Nossa Senhora! Que homem faminto! Espere que já trago o bolo, José.

José não hesitou em também percorrer o pé pelas pernas de Lurdes e ela, naquele instante, teve certeza de que seus planos não seriam atrapalhados por ninguém.

***

Os encontros entre Lurdes e José tornaram-se frequentes. José estava preso à sensualidade da comadre. Ficava confuso ao perceber o devotamento que Lurdes dirigia à sua esposa. Observava com certa dose de vaidade o entrosamento entre as duas. A amante não parava de cercar Maria do Amparo de afeto e atenção. Ele, completamente fascinado por Lurdes, não ousava perguntar como ela conseguia agir com tanta naturalidade. Lurdes, por sua vez, divertia-se com o jogo de sedução e prazer estabelecido entre ela e José. Ele conseguia ser viril e ingênuo ao mesmo tempo. Desnudava-lhe o corpo, fazendo com que ela experimentasse sempre sensações diferentes.

Preocupada em ter seu romance descoberto por Amílton, Lurdes tentou livrar-se da relação mantida com ele. Após passar uma tarde inteira na cama com José e depois assumir a postura de amiga casta e carregada de boas intenções pela felicidade do casal durante à noite, encontrou Amílton deitado em sua cama.

— Amílton, precisamos conversar. Não quero mais que você entre na minha casa dessa forma. Aliás, não quero mais encontrar você!

Os olhos de Amílton tomaram a forma de duas lanças afiadas.

— Você não tem o que querer, Lurdes. Ou você me aceita aqui, ou espalho para todos a cadela que é. O casal de santinhos aí do lado não vai entender esse seu jeito meio torto de ser e de agir.

— Amílton, a casa é minha! Não quero mais você aqui, já falei!

Lurdes espumava de raiva. Não queria manter aquele caso por mais tempo. A relação com José facilitaria a realização de seus planos. Em compensação, o romance com Amílton poderia pôr tudo a perder. Ele era um cafajeste e não iria vacilar se tivesse que expô-la por vingança. Amílton percebeu o descontrole de Lurdes.

— Sua reputação está em minhas mãos. Você decide o que farei com ela.

Lurdes achou melhor não enfrentá-lo. Aproximou-se dele e o envolveu sedutoramente. Intimamente, ria da situação: "Cafajeste e tolo!".

Amaram-se, e ela fingiu intenso prazer. Ao final, lançou o que precisava para retomar as cópias das chaves em poder de Amílton.

— Amo você, Amílton. Sei que não deveria amar mais ninguém, mas me apaixonei por você. Ainda não posso assumir nossa relação. Meu pai me mantém em Monte Santo à custa de duro trabalho. Se ele descobrir que estou novamente apaixonada, temo que queira me levar de volta.

— E como ele vai descobrir, Lurdes? São Paulo é longe daqui, e acho que você sabe muito bem disso. A não ser que você fale, ele não tem como descobrir.

— Liguei para ele no domingo, que disse que qualquer hora aparece por aqui para se certificar de que não me envolvi com outro cafajeste. Se chegar e me encontrar com você, terei problemas.

— E como nos encontraremos, então? — perguntou Amílton.

Lurdes, como sempre, encontrava solução para todos os problemas que lhe apareciam. Lembrou-se de uma casa situada a cinco ruas da sua. José comentara que os proprietários viajaram para Salvador sem previsão de retorno e haviam deixado as chaves com ele, caso decidissem negociar o imóvel para aluguel ou venda.

— Pois eu tenho a solução. Meu compadre está com as chaves de uma casa aqui perto. Parece que os donos viajaram e não voltarão tão cedo. Dou um jeito e pego as chaves para você copiar. Lá nos encontraremos quantas noites você quiser.

— Continuo achando que apenas seu pai se engana a seu respeito. Para uma pessoa ingênua, você tem sempre soluções bem rápidas. Apanhe as chaves e me entregue amanhã à noite. Faço as cópias, e você põe no lugar.

Lurdes respirou aliviada. No dia seguinte, iria mais cedo para casa de Amparo e daria um jeito de saber onde José guardava as chaves, para apanhá-las e entregá-las a Amílton. Decidiu marcar encontros em dias certos com ele, alegando ficar muito apreensiva com a incerteza de encontrá-lo.

— Amanhã mesmo apanho as chaves. Só assim ficarei certa de ter você ao meu lado pelo menos alguns dias da semana. Marcamos os dias e aí você será obrigado a vir. É essa incerteza que me deixa com os nervos à flor da pele.

Amílton novamente envaideceu-se: "Ela deve mesmo sentir minha falta", pensou.

— Apanhe as chaves para eu fazer as cópias. O restaurante tem maior movimento durante os fins de semana. Marcaremos nossos encontros nos dias de menor movimento.

Amílton beijou Lurdes demoradamente. Ela, mais tranquila com o desenrolar da situação, aconchegou-se no peito peludo de Amílton e adormeceu. Ele, certo do amor daquela misteriosa mulher, igualmente entregou-se ao sono. A noite ainda estava silenciosa em Monte Santo quando Amílton devolveu-lhe as chaves da casa e se despediu, caminhando tranquilamente com um cigarro aceso entre os dedos. Lurdes, abatida pelo cansaço, retornou para a cama e voltou a dormir. Acordou com a claridade do sol iluminando o quarto. Banhou-se e dirigiu-se à casa de Amparo para tomar café.

— Amparo, acabei dormindo demais! Como você passou a noite?

Maria do Amparo olhou-as com lágrimas nos olhos.

— Sei não, Lurdes. José não se encanta mais por mim!

— É imaginação sua, Amparo. José só anda cansado. Já não basta o tanto que ele trabalha, ainda tem me ajudado com pequenos consertos em casa. É só isso.

— Sei não! Ele não me olha mais como antes e diz que só vivo enjoada. Tenho medo que ele não goste mais de mim como antes.

Lurdes segurou as mãos de Amparo e falou de forma sentida:

— José ama você. Essa insegurança é medo do futuro, medo das novas responsabilidades com a criança que vai nascer. Tire isso da cabeça, Amparo!

Maria do Amparo abraçou Lurdes.

— Você é uma irmã para mim, comadre. Uma irmã! Venha, vamos tomar nosso café. Essa criança me deixa sempre com o estômago vazio.

Lurdes respondeu direcionando a Maria do Amparo um olhar de ternura e meiguice.

— Você também é tudo de melhor em minha vida, Amparo.

Lurdes passou todo o dia na casa de Maria do Amparo. Enquanto a amiga andava de um lado para o outro, colocando panelas no fogo, lavando roupas no quintal e varrendo a casa, Lurdes mantinha-se na sala vendo tevê. De vez em quando, apresentava-se para ajudar Amparo, que rejeitava o auxílio ofertado.

— Já falei que por aqui mulher está acostumada a trabalhar e a servir. Fique quietinha aí no seu canto. Daqui a pouco, servirei o almoço. Hoje fiz o prato preferido de José: jerimum com carne de sol. Será que ele vai gostar?

— Vai, claro que vai. Ele gosta de tudo que encontra aqui quando chega. Disso eu tenho certeza — divagou Lurdes.

As duas almoçaram, e Lurdes não parou de elogiar a comida e todas as aptidões de Amparo nos cuidados com a casa. Percebendo que a amiga já estava enaltecida por tantos elogios, perguntou sobre as chaves da casa que José estava cuidando. Maria do Amparo não titubeou em informar à amiga onde estavam guardadas.

— Agora você vai terminar de estender as roupas no varal para aproveitar o sol, e eu lavo a louça. E isso não é um pedido, é uma ordem.

Amparo foi para o quintal, e Lurdes para o quarto do casal. Abriu a gaveta de uma velha cômoda e retirou as chaves, retornando para a cozinha sem que a amiga percebesse. Depois, diante da tevê, as duas fizeram planos para quando o bebê nascesse. Antes de José chegar, Lurdes foi para casa e avisou para Amparo que não voltaria à noite.

— Hoje vou deixar você e José sossegados. Quero escrever cartas para alguns parentes. Amanhã, virei tomar o café da manhã com você.

Maria do Amparo ficou olhando Lurdes voltar para a casa dela.

— Como ela é boa... Preciso agradecer a Deus todos os dias por colocar uma pessoa tão boa na vida de minha família.

CAPÍTULO 8

Lurdes passou a encontrar Amílton na casa que estava sob os cuidados de José. Três vezes por semana, Amílton ficava esperando por ela na varanda dos fundos. Para chegar até a casa, a moça passava no meio de um matagal. A rua era deserta e tinha apenas mais duas construções, e Lurdes entrava e saía sem ser vista. Deitava-se com Amílton, conversava amenidades e voltava para casa. Os encontros com José tornavam-se cada vez mais frequentes. O desejo entre os dois crescia à medida que a gravidez de Maria do Amparo avançava. José estava verdadeiramente apaixonado por Lurdes e passou a evitar contato íntimo com a esposa, alegando receio de prejudicar o bebê. Maria do Amparo era diariamente orientada por Lurdes para tornar-se mais atraente aos olhos do marido. Nos encontros com José, apresentava-se culpada e vitimada pelo destino. Controlava os três — Amílton, José e Maria do Amparo — como marionetes. Inteligente, sabia exatamente o que falar e quando falar para alcançar sucesso em qualquer intento. Em uma tarde, enquanto conversava com a amiga, fingiu não ouvir a voz de Josefa chamando-a à porta de sua casa. Maria do Amparo alertou Lurdes.

— Espie, Lurdes. Parece que alguém está chamando você.

Lurdes mostrou-se entediada mesmo após reconhecer a voz de Josefa.

— Meu Deus, quem será a essa hora?

Amparo olhou pela janela.

— É aquela sua amiga da pensão! Quer que eu chame ela aqui pra casa? Você está cansada, e eu posso servir um lanche.

— Será que você faria isso por mim? — perguntou manhosa.

— E o que eu não faço por você, Lurdes?

Maria do Amparo chamou Josefa e convidou-a para entrar. Lurdes a recebeu com um forte abraço.

— Há quanto tempo!

— Faz muito tempo mesmo, olhe só o tamanho dessa barriga!

Lurdes passou a mão na barriga de Maria do Amparo e, com alegria, sentiu pela primeira vez o bebê se mexer.

— Meu afilhado está reconhecendo o carinho que tenho por ele. Está dando uma cambalhota!

Maria do Amparou segurou a mão de Lurdes em sua barriga, e as duas se emocionaram. Josefa fez graça com a emoção das duas.

— Vocês são duas marinheiras de primeira viagem mesmo! Imagino como essa criança vai ser cercada de mimos por vocês.

Voltou-se repentinamente para Lurdes:

— Você já decidiu fixar residência aqui em Monte Santo mesmo?

— Sim. Já decidi. Ficarei aqui. A partir de agora, a família de Amparo é a minha família. E vou mesmo encher de mimos o meu bebê.

A resposta de Josefa saiu sem que ela se desse conta do que falava, modificando de imediato a própria fisionomia:

— Esse bebê não é seu, Lurdes! Esse filho é de sua amiga, e não seu!

Lurdes empalideceu. Parecia que Josefa lia seus pensamentos. As conversas anteriores com Josefa sobre espíritos a deixaram com a sensação de que ela conhecia suas intenções em relação à família de Maria do Amparo. Pela primeira vez, sentiu medo.

— É uma maneira de falar, dona Josefa. Sei que o filho não é meu! Não fui merecedora dessa sorte. Mas Deus foi tão misericordioso, tão bom, que pôs essa bondosa família em meu caminho. Aqui me sinto em casa.

Lágrimas brotavam de seus olhos, e ela, cabisbaixa, retirou a mão da barriga de Amparo. Josefa fechou os olhos por alguns instantes e pediu para se sentar.

— Posso me sentar aqui? Acho que fui indelicada com você, minha querida. Não tive essa intenção.

Maria do Amparo sentiu a agitação da criança na barriga.

— Olha, dona Josefa! Acho que a criança não gostou. Está pulando que só aqui dentro!

— As crianças sentem mesmo, Amparo... Sentem e muito! Me perdoem, eu não me expressei bem. Só me preocupei porque tenho receio de que Lurdes se apegue demais a seu filho. Afinal de contas, ela pode, no futuro, ter os próprios filhos. Não é mesmo, Lurdes?

Lurdes secou algumas lágrimas insistentes do rosto.

— Não tenho pretensões de me envolver com mais ninguém, dona Josefa. Pelo menos por enquanto. No futuro, quem sabe?

Amparo saiu em direção à cozinha, voltando-se para as duas.

— O futuro a Deus pertence, Lurdes. E agora, no presente, eu preciso é preparar uma merenda bem gostosa para nós três. José hoje vem mais tarde, e eu vou abusar da companhia de vocês. Fiquem por aqui conversando enquanto faço nossa merenda.

— Sua amiga é muito generosa, não é, Lurdes?

— É sim, dona Josefa. Amparo é um doce de pessoa. É uma boa amiga.

— Você, como ela, acha que o futuro é determinado por Deus?

— Não sei responder, dona Josefa. Se é determinado por Deus, Ele, às vezes, é bem cruel. Não acha? E a senhora? O que é o futuro? — indagou Lurdes.

— O futuro, na concepção que passei a adotar, nada mais é do que o resultado de nossas ações do presente. Nós somos cruéis. Deus não! No Universo transitam energias positivas e negativas. Se nós escolhermos captar as negativas, jamais iremos receber as positivas. Essa é a justiça divina de que muitas religiões falam, mas essa justiça nada tem a ver com julgamento divino.

Josefa observou o interesse de Lurdes pelo assunto e procurou ser mais clara. Da última vez que havia encontrado a amiga, ouviu nitidamente a pergunta: "o que é justiça para você?". Buscou elucidar o porquê da pergunta no centro espírita que frequentava, mas recebera apenas vagas respostas. Sabia que a questão era de foro pessoal e estava relacionada, de certa maneira, a ela e a Lurdes.

— O que é a justiça divina para você, Lurdes?

Lurdes gaguejou antes de conseguir elaborar um pensamento claro sobre o assunto.

— Acho que Deus, às vezes, é injusto, dona Josefa. Neste mundo, tem gente feliz e gente muito infeliz. Isso para mim é injustiça. Não é e nunca vai ser justiça. Que Deus é esse? Para uns, é bom; para outros, é muito ruim...

Josefa, pela primeira vez, enxergou a revolta nos olhos de Lurdes.

— Minha querida, Deus é só bondade. Nós é que acabamos por nos perder no caminho, querendo colher os frutos verdes ou, então, colher os frutos de sementes que não cultivamos. A justiça divina funciona dessa forma. Basicamente, você só pode colher aquilo que você semear e, principalmente, cultivar de forma adequada. Se você lançar boas sementes na sua vida e na vida de quem a cerca, você colherá a gratidão, a generosidade, a amizade, a saúde física e emocional. Ao contrário, se as sementes lançadas forem as da traição, do apego, da maldade, do desequilíbrio de pensamentos e sentimentos você colherá frutos semelhantes. É assim que funciona, Lurdes. É nisso que acredito.

Maria do Amparo chamou Josefa e Lurdes para a cozinha.

— Venham! A merenda já está na mesa! O meu cuscuz está muito bom!

Lurdes ajudou Josefa a se levantar.

— Veja, acho que atraio pessoas boas! Minhas sementes não são boas, dona Josefa?

Josefa, sorridente, foi enfática.

— Parece que sim, Lurdes. O seu futuro pertence a você. Apenas a você!

As três passaram a tarde saboreando os quitutes de Maria do Amparo. Ela cozinhava bem e sentia prazer em receber as pessoas em volta da mesa. Josefa preocupava-se, entretanto, com Lurdes. Não sabia explicar o porquê da necessidade de levar até ela alguns esclarecimentos. Não poupou elogios ao lanche carinhosamente preparado por Maria do Amparo, mas voltou ao assunto iniciado com Lurdes.

— Sabe, Lurdes, muitas coisas acontecem em nossas vidas porque somos invigilantes com nossos pensamentos. Cismamos e teimamos em seguir um rumo em nossas vidas muito distante de nossa proposta reencarnatória. E aí acontece o estrago que, na maioria das vezes, é grande.

Maria do Amparo lançou um olhar interrogativo para Josefa. Já ouvira falar do Espiritismo. Lembrou-se de algumas palavras da mãe, que perdera ainda tão menina.

— Minha mãe sempre dizia que a vida continuava depois da morte. Foi nisso que eu e minha irmã nos apegamos quando ela sofreu aquele acidente e morreu. Nós nos abraçávamos e repetíamos as palavras dela: "a vida não termina porque Deus é bom". Sabe, dona Josefa, eu também acho que Deus não ia perder tempo de colocar tanta gente no mundo e depois acabar com tudo!

— É isso mesmo! — exclamou Josefa. — A vida não termina, Maria do Amparo. Estamos aqui para progredir, melhorar sempre. Sua mãe era espírita?

— Que eu me lembre, não. Acho até que ela não tinha religião nenhuma. Era uma pessoa de pouco estudo, trabalhava na roça com meu pai, mas era muito sábia. Sempre tinha gente lá em casa para conversar com ela. Ela era muito alegre. Eu acho que esta era a religião dela: a alegria. A senhora é espírita, dona Josefa?

— Sou sim, menina. Hoje eu sei que só posso ter aquilo que me pertence nesta caminhada terrena. Sempre que eu tentei tomar posse de sentimentos ou situações que não me pertenciam, acabava sofrendo ou fazendo alguém sofrer. O conhecimento me livrou disso. Tenho o que preciso ter e sou feliz assim.

Lurdes acompanhava a conversa atentamente. Sentia-se mais uma vez invadida pela presença de Josefa. Desviou sutilmente a conversa para a gravidez de Amparo. Josefa não insistiu no assunto. "Tudo tem seu tempo", pensou.

O relógio já marcava dezoito horas quando Josefa se despediu de Maria do Amparo. Lurdes ofereceu-se para acompanhá-la até a praça e esperar a lotação, e as duas seguiram andando calmamente. Quando a Kombi apontou no final da rua, Josefa colocou a mão sobre o ombro de Lurdes e olhou-a fixamente.

— Lurdes, mantenha-se tranquila e procure conversar com Deus.

— E onde está Deus, dona Josefa?

A Kombi parou, e Josefa acomodou-se no banco da frente.

— Dentro de você! Deus está dentro de cada um de nós. Somos parte dele.

Lurdes encaminhou-se para a praça e sentou-se em um banco. Olhou para o céu pontilhado de estrelas e para a lua imensa que iluminava a noite de Monte Santo. Pensou nas palavras de Josefa, em Maria do Amparo, em José e em Amílton. Pensou em como estaria vivendo de forma tranquila se tudo tivesse sido diferente e nas inúmeras possibilidades ofertadas a ela pela vida. Sentiu a brisa fresca do início da noite desarrumando seus cabelos. Sua musculatura, sempre enrijecida pelas situações extremas a que se submetia, tornou-se relaxada. Por instantes, pensou em largar tudo e todos, deixar Amparo e José em paz, voltar para casa e retomar de forma diferente tudo que havia deixado para trás. A visão de Pedro explodiu em sua mente, e todos os seus músculos se ressentiram. Resoluta, levantou-se: não tinha mais condições de desistir de seu plano.

— Inferno de lugar para ventar! Meus cabelos ficam que é só poeira e nó!

Ajeitou os cabelos e, com passos firmes, atravessou a rua. A voz de Joana feriu-lhe os ouvidos, despertando-lhe a cólera.

— Falando sozinha, Lurdes?

Lurdes olhou em volta rapidamente para se certificar de que não havia ninguém por perto.

— Vá para o inferno, sua velha fofoqueira!

Joana ficou estática, atordoada com a resposta recebida.

— Você nunca me enganou, criatura! Você nunca me enganou! Vou fazer sua caveira para Maria do Amparo e José. Você me paga!

Lurdes apressou os passos até chegar em casa. Abriu o portão com violência, entrou e jogou-se na cama, repetindo para si mesma:

— Tudo vai dar certo. Vou sair daqui e tudo vai dar certo.

Ficou olhando fixamente para o teto. Levaria seus planos até o final. Naquela noite, não queria encontrar nem Amílton nem José. Queria ficar sozinha e refazer mentalmente toda a estratégia traçada até então. Em breve, Zélia chegaria para fazer companhia a Amparo. Ela iria com a amiga ao médico e apresentaria Zélia. Sabia que a velha babá tinha experiência suficiente para ajudá-la. Já havia trazido algumas crianças à vida na mesma proporção em que havia interrompido inúmeras gestações. Tê-la ao lado para fazer o parto de Amparo seria útil.

***

As semanas seguintes transcorreram de forma rotineira. Lurdes recebia José em sua casa, sempre de forma ardente e enlouquecida, e encontrava Amílton nos dias marcados. Nem um nem outro percebia o desvario e a loucura da amante. Os dois julgavam-se amados por Lurdes.

A gestação de Maria do Amparo transcorria normalmente. Com a barriga avolumada e envolvida pelos devaneios de Lurdes, ela não mais se dava conta do afastamento do marido. Zélia já havia chegado e poupava Maria do Amparo dos serviços da casa. Apenas a cozinha permanecia sob seus cuidados. Para não perder o contato com sua amada, José acomodou a velha empregada no quarto que seria da criança. Zélia quase não falava e cumpria todas as ordens da patroa fielmente. Aprendera com o tempo que no mundo há os que mandam e os que obedecem, e ela pertencia ao segundo grupo. Recebia um bom pagamento para isso. Quando via ou percebia alguma coisa, simplesmente fingia que não via ou que não percebia absolutamente nada.

A última consulta com o doutor Luiz estava marcada. Por precaução, Lurdes contratou o motorista da Kombi para pegá-las na porta de casa. Não queria pôr a vida do bebê em risco. Exigiu, quando tratou com o motorista, que ele lavasse o carro e tomasse banho antes de apanhá-las.

— Estou lhe pagando o que você não ganharia em uma semana de trabalho. Lave essa lata velha e tome um banho antes de nos apanhar.

O homem olhava fixamente para as notas que Lurdes tirava da bolsa. Se era para garantir o dinheiro, tomaria o banho logo cedo, lavaria e perfumaria a velha Kombi. Amassando um roto chapéu com as mãos, limitou-se a responder timidamente:

— Pode deixar, senhorita. Pode deixar. Vai ficar tudo limpinho, viu. Tudo limpinho...

Lurdes entregou-lhe a metade do dinheiro e combinou de pagar o restante no dia seguinte, na volta para casa. Fechando o portão, alertou-o:

— Não vá se embriagar e perder a hora amanhã! Se isso acontecer, lhe tomo a Kombi como indenização!

Quando acompanhava o carro desaparecendo na empoeirada rua, avistou José do outro lado calçada. Uma bermuda branca sublinhava a sua beleza rústica. Lurdes desabotoou um botão da blusa, deixando o colo à mostra. José percebeu a atitude da amante como um convite. Zélia estava na janela, e José pediu a ela para avisar a esposa que iria até a praça para conversar com alguns amigos. Atravessou a rua, olhou para os lados e entrou na casa de Lurdes. Encontrou-a deitada na cama de bruços, completamente nua. Um tremor sacudiu todo o corpo de José. Descontrolado por tanto desejo, puxou-lhe os cabelos dourados para cheirá-los. Estava completamente atordoado por tanta paixão. Ela não se parecia em nada com a esposa, cujos cabelos sempre cheiravam a temperos ou a sabonetes baratos. A esposa também nunca se permitia ser vista por ele completamente nua. Sempre que se amavam, a penumbra era uma regra. Lurdes era diferente, era uma fêmea intensa. José tomou-a nos braços, e ela, com gestos violentos, atiçava-o de todas as formas. Exaustos, lembraram-se de Maria do Amparo quando ouviram a voz de Zélia chamar por Lurdes.

— Dona Lurdes, dona Amparo está chamando, venha logo! A mesa está posta.

José contrariou-se:

— Se Maria do Amparo não estivesse grávida, largaria tudo e fugiria daqui com você. Não aguento mais tanta chatice! Essa mulher cheira a cuscuz! Depois que essa criança nascer, ela vai virar um balão! Você é o amor de minha vida!

Lurdes orgulhou-se. Reconhecia-se como amante excepcional, com a vantagem de não se deixar apaixonar. Assumiu sua habitual afabilidade em relação a Amparo:

— Meu amor, Maria do Amparo é minha amiga, quase uma irmã. Nosso amor não é pecado, mas o descaso com ela nesse momento é. Ela não merece sofrer. Vou me arrumar e vou para sua casa. Pule o muro dos fundos da casa e dê a volta pela rua. Assim, ninguém desconfiará, e nós não correremos nenhum risco.

José ficou estirado na cama, e Lurdes desviou o olhar da visão escultural do corpo do amante. Não queria ser tentada a se atrasar para o papel de boa amiga.

— José, vou andando.

— Hoje, passo a noite com você. A empregada ficará com Amparo. Hoje, ficaremos juntos, e você vai ver o que sou capaz de fazer para vê-la feliz e corada.

Despediram-se com um beijo demorado. José foi obrigado a esperar um pouco mais para se recuperar. Seu coração batia descompassado e parecia saltar-lhe pela boca. Alguns minutos após da saída de Lurdes, vestiu-se e pulou o muro dos fundos. Quando chegou à porta da cozinha de casa, respirou fundo e entrou.

Lurdes estava sentada ao lado de Maria do Amparo, e as duas conversavam animadamente. Zélia olhou para ele, chamando-o:

— Sente-se, seu José. Dona Amparo estava esperando pelo senhor para lanchar. Lanche tranquilo, seu José. Lanche tranquilo.

Por instantes, José julgou que Zélia tivesse tomado conhecimento de seu romance com Lurdes. Sacudiu a cabeça para tentar se livrar do medo de ser descoberto. Lurdes interrompeu seus pensamentos.

— José, o bebê está mexendo muito na barriga de Amparo. Você acha que será menino ou menina?

— O que vier, será bem-vindo. Só acho que Maria está engordando demais.

Maria do Amparo colocou as mãos na barriga.

— Vou ser mãe agora, José. A vaidade vai ficar para mais tarde.

José olhou para Lurdes e dirigiu para a esposa um ar de reprovação.

— Mulher tem que se cuidar, Maria! Você não acha, Lurdes?

Lurdes fingiu não ouvir a pergunta de José. Não queria que Amparo se sentisse inferiorizada diante dela. Estava ansiosa para ver a amiga dar à luz a criança e guardava a sensação de que o tempo havia se tornado lento demais. Não fossem os encontros mantidos às escondidas com os dois amantes, ela certamente não suportaria a vida monótona de Monte Santo.

José pigarreava inquieto à mesa. As fugas para a casa de Lurdes, às tardes, não mais o satisfaziam. Aquela mulher havia se transformado numa verdadeira obsessão para ele. Amava a esposa, mas passou a nutrir por ela apenas um sentimento fraternal. Qualquer possibilidade de contato mais íntimo era rejeitada. O modo simples de Maria do Amparo, sempre às voltas com o fogão e a casa, causava-lhe repulsa. Encontrara em Lurdes o fascínio da carne e o refinamento diário. Ao contrário da esposa, Lurdes mantinha-se cuidadosamente arrumada e perfumada, falava baixo e sabia conversar sobre qualquer assunto. Na cama, entregava-se com paixão.

Maria do Amparo percebeu o desassossego do marido.

— O que há com você, homem? Que tanto pigarro é esse?

José disfarçou ao responder:

— Deve ser do cimento, Maria. Por falar em cimento, hoje volto para a obra da estrada. Está tudo atrasado por lá e tem pedreiro de menos. Você fica com a dona Zélia.

Maria do Amparo ficou com o olhar entristecido. Desde o casamento, jamais havia passado uma noite sequer sem a presença do marido.

— Mas, José... E se acontecer alguma coisa, o que faço?

Zélia conhecia bem as artimanhas da patroa. Acreditava que, na sua condição de serviçal, não tinha o direito nem de alimentar um pensamento contrário às atitudes daqueles que a contratavam. Resolveu interferir para acalmar Maria do Amparo.

— E eu, sirvo para quê, dona Amparo? Não vai acontecer nada e, caso aconteça, ainda podemos contar com dona Lurdes e muitos outros vizinhos. A vizinhança é boa por aqui!

— É isso mesmo, Amparo! José precisa trabalhar com tranquilidade. Zélia está aqui para isso, e eu moro aqui ao lado. Um suspiro seu, e eu estou aqui! Vá trabalhar, compadre. Qualquer coisa que Amparo precise, Zélia manda me chamar — completou Lurdes, voltando-se para José.

José sorriu admirado pela desenvoltura de Lurdes em lidar com o assunto. Não se preocupava mais com o futuro. A amante sempre fazia questão de afirmar que o pai enviava-lhe dinheiro suficiente, e ela não hesitaria em auxiliá-lo com qualquer valor, desde que não o perdesse. Uma mistura de orgulho e vaidade deixava José inebriado. Crescera sabendo que deveria ser o provedor absoluto da família que viesse a constituir. Fora educado para o trabalho árduo e contínuo. Ao conhecer Lurdes, tudo o que sempre julgou ser coerente e correto foi por água abaixo.

José permaneceu na companhia da esposa e da amante por mais algumas horas. Antes do jantar, colocou numa sacola uma muda de roupa e o sanduíche preparado por Maria do Amparo. O zelo extremo da mulher fez brotar em seu coração o arrependimento.

"Ela não merece o que estou fazendo...", refletiu.

Beijou-a com ternura, passando as mãos em sua barriga. Atrás de Maria, Lurdes mordeu os lábios de forma convidativa para José, e o arrependimento deu lugar, mais uma vez, ao desejo.

— Vou andando, Maria. Tenho uma noite inteira de trabalho pela frente. Não carecia nem do sanduíche, mulher.

José saiu, deu a volta na rua e pulou o muro da casa de Lurdes pelos fundos. Ficaria no quintal esperando pela amada. Lurdes acompanhou sem interesse a novela na companhia de Maria do Amparo e Zélia. Em vão, os espíritos dos pais de Amparo tentavam harmonizar o ambiente marcado pela mentira. Lurdes, Maria do Amparo e José encontravam-se acorrentados ainda pelo pretérito.

CAPÍTULO 9

A barriga de Maria do Amparo anunciava o final próximo da gestação. Lurdes mantinha os encontros constantes com Amílton e José. Nenhum dos dois havia se dado conta das artimanhas da mulher por quem estavam apaixonados.

Amílton havia conseguido convencer Júlio a reservar uma sala para o jogo de pôquer no restaurante. A possibilidade de garantir dinheiro extra fez com que o patrão recebesse bem a proposta e a colocasse em prática. Uma pequena roleta foi estrategicamente providenciada por Amílton e ele pôs a experiência adquirida no emprego anterior a serviço de Júlio. Os frequentadores da sala eram, aos moldes do passado, escolhidos criteriosamente. Políticos e fazendeiros revezavam-se na jogatina. A ânsia por mais dinheiro e a disputa por destaque social incitavam os jogadores a perder grandes quantias, joias e propriedades. A vergonha dos jogadores de serem descobertos pela família mantinha a contravenção e os contraventores no anonimato. Amílton e Júlio recheavam semanalmente a carteira com dinheiro e os bolsos com as peças de ouro entregues pelos jogadores que já não dispunham de recursos.

Amílton passou a presentear Lurdes com frequência, confidenciando-lhe os planos de enriquecimento por meio do jogo proibido. Ela, habilmente, incentivava-o cada vez que recebia uma joia ou algum valor em dinheiro.

— Você vai longe, meu amor. Só dessa forma poderei me livrar da autoridade de meu pai. Só dessa forma poderemos viver em paz aqui em Monte Santo.

— Tenho medo de ser descoberto — revelou o amante.

— Essa gente é ignorante demais, Amílton. E quem perde não quer ser envergonhado publicamente.

Lurdes aceitava os presentes sem nenhum tipo de cerimônia e repassava o dinheiro recebido a José, evitando que ele se desgastasse desnecessariamente no trabalho pesado. Sempre que isso acontecia, ela, ao ficar sozinha em casa, ria da situação. "Nunca pensei me sair tão bem nesse fim de mundo!", orgulhava-se, admirando-se em frente ao espelho. "Vou sair daqui com o que quero e sem sofrer nenhum prejuízo!".

***

Dezembro chegou, fazendo-se marcar por altas temperaturas. Maria do Amparo, inchada, mal conseguia andar, e Zélia assumiu todo o serviço da casa. Havia aprendido a culinária regional sem grandes dificuldades e preparava os pratos sob a orientação insistente de Maria do Amparo. Lurdes passou a ficar mais tempo na casa da comadre. Temia que alguma coisa fugisse de seu controle. Para evitar qualquer imprevisto, pediu a José para ir ao centro da cidade e trazer o médico para examinar Amparo. Doutor Luiz chegou suarento, carregando uma pequena maleta, e encontrou Maria do Amparo recostada no sofá da sala.

— Como você está, menina?

— Estou bem, doutor Luiz! O bebê é que não para de mexer e de empurrar minha barriga. Parece que não está satisfeito com o espaço aqui dentro não!

José coçou a cabeça assustado.

— E tem mais como estufar isso aí? Qualquer dia Maria vai explodir como a dona Redonda!

Doutor Luiz pediu que Maria fosse para o quarto. Precisaria examiná-la mais cuidadosamente, e a sala não era o lugar apropriado.

Lurdes crivou o médico de perguntas. Queria saber a data aproximada do parto de Amparo. Precisaria tomar algumas providências, pois sabia que o trabalho de parto poderia começar a qualquer momento.

O médico explicou a Maria do Amparo quais seriam os indicativos do início do trabalho de parto. Explicou a Zélia e a Lurdes quais seriam as medidas a serem tomadas caso ele não chegasse a tempo de acompanhar o nascimento do bebê. Zélia limitou-se a ouvir. Sabia exatamente o que fazer. Já havia deixado devidamente esterilizadas bacias de ágata, chaleira, uma tesoura, lençóis e toalhas. No passado, trouxe ao mundo muitas crianças e nunca enfrentou problemas nem com as mães nem com os recém-nascidos. Mostrou ao médico todo o material devidamente embalado e falou de sua experiência como parteira, omitindo apenas o que lhe manchava a reputação: a série de abortos conduzida por suas mãos ágeis. A consciência da velha mulher não a importunava. Para ela, através do aborto, conseguia livrar alguns seres da miséria da vida e muitas mulheres de filhos indesejados. Lurdes percebeu a tranquilidade de Zélia e, diante da afirmação do médico de que Amparo estava bem, também se tranquilizou. Queria saber, entretanto, a data aproximada do parto.

— Quando deve nascer o bebê, doutor Luiz?

— Possivelmente, pelos cálculos que fiz, a partir da segunda quinzena de janeiro. Mas essa data é muito variável: a criança pode chegar um pouco antes ou um pouco depois.

Maria do Amparo levantou-se da cama bastante animada.

— Sabe, doutor Luiz, ainda bem que vou aproveitar os festejos do final do ano. Espero conseguir aproveitar também a Festa de Reis. Lurdes vai ver como é bonita a festa. Uma comilança só.

— Mas, meu Deus! Essa mulher só pensa em comer, doutor! — interpelou José gracejando do apetite da esposa.

Todos riram muito, e o médico despediu-se alegando outros compromissos.

***

Na semana do Natal, Lurdes decidiu ir até a cidade para fazer compras. Precisaria presentear Amparo, José e Amílton e divertiu-se muito com a situação. Compraria também algumas peças para o bebê e as deixaria guardadas em casa. Na rua da pensão, encontrou Josefa.

— Dona Josefa, disse que voltaria para me visitar e não voltou! Estou com saudades!

Josefa abraçou Lurdes com intenso carinho e afagou os cabelos loiros da amiga, desmanchando-lhe o coque.

— Você fica bem melhor assim, sabia? Não sei por que insiste em ficar com esse cabelo amarrado!

— O calor aqui é muito grande, dona Josefa. Não aguento ficar suada!

— Como está Amparo? O bebê já deve estar para nascer!

— Não vejo a hora, dona Josefa. Estou muito ansiosa.

— Lurdes, sei que você se apegou muito à família de Maria do Amparo, mas preste atenção à vida. Essa criança que está para reencarnar poderá ser sua amiga de forma natural. Poderá ser a sua mais fiel companhia de forma espontânea. Os laços afetivos nem sempre se limitam apenas aos laços sanguíneos.

— Tenho certeza disso, dona Josefa. O filho de Amparo será como um filho para mim também!

— Eu já disse a você em outra ocasião que o filho de Maria do Amparo não será seu filho! Vocês poderão ser bons amigos, bons companheiros. Deixe a vida decidir isso. Não force nada.

Lurdes incomodou-se com a maneira direta de Josefa. Mais uma vez, teve a sensação de que a amiga lhe penetrava a alma e os pensamentos mais secretos.

— Preciso comprar algumas mamadeiras e chupetas para o bebê. Não pretendo voltar por aqui até o final do ano. O doutor Luiz falou que o bebê só deve chegar depois do dia 15 de janeiro, mas acho melhor me prevenir e comprar logo essas coisas. Vamos até a farmácia comigo?

Josefa apoiou ambas as mãos nos ombros de Lurdes e olhou-a com brandura.

— Lurdes, Maria do Amparo não pretende amamentar o bebê? Para que mamadeiras e chupetas? Por aqui, as mulheres dão de mamar às suas crias até bem tarde. Até porque o leite para recém-nascidos é bem caro.

— Tenho receio de que o leite de Amparo não seja suficiente para alimentar o bebê. Não custa prevenir, não é? Vamos até lá comigo?

— Vamos sim. Viajo antes do Natal para rever alguns parentes e só retorno no final de janeiro. Assim, aproveito um pouco mais sua companhia.

Lurdes comprou tudo o que julgava necessário e se despediu de Josefa.

— Feliz Natal para a senhora, dona Josefa. Faça boa viagem. A senhora foi um presente em minha vida. Espero que não me esqueça nunca.

— Que é isso, menina? Vamos ficar separadas apenas por algumas semanas. Assim que eu voltar, vou lhe fazer uma visita. Quem sabe até lá o neném de Amparo já tenha chegado para enfeitar nossas vidas?

— É, esta criança vem para enfeitar nossas vidas mesmo, dona Josefa.

Lurdes despediu-se de Josefa e ficou pensativa enquanto aguardava a Kombi. Já se imaginava brincando com o bebê. Certamente, ele se pareceria com ela: seria inteligente, esperto e traria a alegria de volta para sua vida. Um sorriso largo enfeitou seu rosto, agora já bronzeado pelo sol de Monte Santo. Ela só despertou de seu transe quando ouviu a voz do motorista da lotação.

—Ei, dona! Não vai voltar não?

Lurdes respondeu com grosseria:

— Dona é a mulher do baleiro! Aprenda a falar comigo! Agora saia daí e me ajude com estas sacolas!

Já em casa, Lurdes embalou e guardou tudo o que havia comprado. À noite, José, a esposa e Lurdes acomodaram-se na calçada para conversar. O calor era intenso e a escassez de chuvas tornava o ar seco e pesado. Maria do Amparo remexeu-se na espreguiçadeira por diversas vezes, chamando a atenção de Lurdes.

— O que há com você? Está inquieta!

— Acho que a qualquer hora dessas vou parir. Essa criança já está empurrando tudo aqui dentro!

— Mas o doutor Luiz disse que é só para janeiro — tornou Lurdes com o coração aos saltos.

— Pelas contas da lua, o bebê vai chegar logo no início de janeiro, comadre. Tem uma lua cheia apontando no céu lá pelo dia de Reis!

Lurdes direcionou um sorriso complacente a Maria do Amparo.

— E o que a lua tem com isso, Amparo? Você acredita nessas coisas?

José ironizou a crendice da esposa.

101

— Ela acredita nessas tolices e em muitas outras também. Se duvidar, acredita até no lobisomem da novela!

— Acredito mesmo, José. Até a Zélia também acredita. Disse que a mudança da lua é batata pra colocar criança no mundo.

José pensou em rebater as crenças da esposa, mas avistou Amílton caminhando na direção deles.

— Veja, Lurdes! Não é aquele seu amigo da pensão que está vindo ali?

Lurdes gelou. Não havia marcado nenhum encontro com o amante, e ele não havia deixado transparecer nenhuma insatisfação em relação a ela.

Amílton chegou e cumprimentou o grupo.

— Como vão todos? E a senhora, dona Maria do Amparo, como vai? Lurdes me falou que falta pouco para o bebê nascer.

José inquietou-se enciumado.

— Quando você encontrou Lurdes, Amílton? Ela quase não sai do bairro!

Amílton colocou um palito de fósforos no canto da boca, e Lurdes apressou-se em responder:

— Nos encontramos hoje no centro da cidade, José. Amílton me ajudou com as sacolas.

José suspirou aliviado. Só em pensar na possibilidade de Lurdes ser cortejada por outro homem, sentia a ira explodir em seu peito. Seria capaz de matar qualquer homem que ousasse aproximar-se dela. Observou que Amílton estava mudado e vestia roupas novas. Olhou a pulseira dourada que brilhava no pulso dele. Foi Maria do Amparo que terminou com o silêncio estabelecido com a presença de Amílton. Ela também havia observado a pulseira e fez graça.

— Sente-se aqui com a gente, seu Amílton. José, pegue uma cadeira para o sinhozinho Malta!

José se descontraiu com a observação da esposa.

— Mulher, só você mesmo! Não ligue não, Amílton. É que somos noveleiros, e bem que você está parecido com o personagem da novela das oito que passou há pouco.

José trouxe a cadeira e ficou conversando com Amílton. As horas passaram rapidamente, e Amílton levantou-se.

— Preciso ir. O restaurante ficará fechado por esses dias de festas. Só reabrirá em janeiro, por isso, resolvi passar por aqui para conversar um pouco com você, José. O calor está muito grande para ficar trancado na pensão.

— Você passará as festas aonde?

— Na pensão mesmo. Dona Gilda sempre serve uma ceia caprichada.

— Então, dessa vez, nada de pensão! Venha passar as festas de fim de ano com a gente. A ceia aqui também vai ser caprichada. Zélia não é tão boa na cozinha como Maria, mas tudo que ela faz é bem gostoso.

Lurdes gargalhava intimamente com a situação inusitada. Era cômica a amizade entre Amílton e José. Passaria o Natal com os dois homens com os quais dividia a cama e o prazer durante dias alternados da semana. Desde criança, ela sentia forte atração pelas situações de extremo risco. A descarga de adrenalina que ocorria em seu organismo nos momentos limítrofes funcionava como uma droga na qual ela se viciara. A possibilidade de enganar e tirar vantagens de tantas pessoas deixava-a saciada.

Maria do Amparo reforçou o convite feito por José a Amílton.

— Venha mesmo, seu Amílton! O senhor vai fazer companhia pra José! Só assim, eu e minha comadre vamos poder conversar em paz sobre o bebê.

Amílton não hesitou em aceitar o convite. Era exatamente para isso que estava ali. Não tinha a menor intenção de passar o Natal na pensão. Embora não ligasse para comemorações desse tipo, queria estar perto da mulher amada, e Lurdes já havia declarado que não abriria mão de passar as festas com a nova família.

— Se eu não incomodar vocês, venho sim. Essa época do ano me causa muita tristeza. Sinto falta de minha gente, de meu povo. Mas não posso sair daqui agora. Quero juntar um bom dinheiro para conseguir ajudá-los. Trarei um bom vinho para nós dois, José. Agora preciso ir. Na noite de Natal, estarei aqui com vocês.

Amílton e José despediram-se com um aperto de mãos, e Maria do Amparo voltou-se para Lurdes.

— Ele parece uma boa pessoa, não é, Lurdes?

— Não sei. É gentil, mas nunca prestei atenção nele para responder isso.

A conversa durou mais algumas horas até que Maria do Amparo se declarasse cansada.

— José, não aguento mais essa cadeira. Preciso esticar meu corpo na cama. Estou cansada.

— Vá entrando, Maria. Eu vou ficar por aqui mais um pouco com a comadre. Acho que ela ainda não está com sono.

— Vá, Amparo! Farei companhia para José mais um pouco.

Lurdes torceu as mãos demonstrando nervosismo. Na verdade, não aguentava mais esperar pelo desfecho da história que escrevera mentalmente para sua vida. Já estava exausta da companhia de todas aquelas pessoas. Já estava exausta daquela rua empoeirada, barrenta e do calor incessante. Não suportava mais os quilos adquiridos ao redor da mesa de Amparo. Os únicos reais momentos de prazer experimentados aconteciam nos braços de Amílton e José. Esperava com ansiedade o momento de transformar Monte Santo em passado. Irritava-se com o sotaque dos moradores e enfurecia-se com ela própria ao se dar conta de que assumia, algumas vezes, a maneira de falar do povo. Com o cenho franzido, teve ímpetos de avançar no pescoço de José.

— O que há com você, Lurdes? Parece nervosa.

Lurdes se deu conta de que deixou transparecer seus sentimentos e buscou apaziguar-se. Com a postura um pouco mais relaxada, sorriu com doçura para José.

— Não tenho nada. Só estou com saudades de meu pai e triste por trair a confiança de Amparo. Só isso. Acho que não devemos mais nos encontrar. Isso é muito errado.

— Nem pense nisso, Lurdes! Não sei mais viver sem você. Sou capaz de largar tudo só para ficar ao seu lado! A única coisa que me prende a Maria é essa criança. Se ela não tivesse pegado essa barriga, já estaria longe daqui com você!

— É, José, também me sinto assim. A única coisa que me prende é essa criança. Tenha certeza disso...

***

As comemorações do final de ano transcorreram com alegria na casa de José e Maria do Amparo. Zélia preparou uma farta ceia, e Lurdes foi generosa na distribuição dos presentes. Divertiu-se com a conversação alegre e descontraída entre José e Amílton. A presença dos dois bebendo vinho amigavelmente e de Amparo transitando pela casa com cara de anjo ofereceram a ela uma cena patética. Zélia deparou-se com o riso debochado da patroa por alguns momentos. Ela conhecia bem os instintos de quem lhe pagava e chegou a sentir pena do trio mantido à mercê de toda aquela situação. Mantinha, entretanto, a mesma postura impassível e submissa. Apenas o dinheiro que recebia interessava a ela, mais nada.

O ano de 1986 foi recebido com grande felicidade por todos. Lurdes guardava a certeza de que aquele seria o ano para escrever sua felicidade definitivamente. Maria do Amparo, José e Amílton, da mesma forma, traçavam planos de realizações, prosperidade, paz e amor. José e Amílton, sem se darem conta, direcionaram para Lurdes olhares de paixão no romper do ano. A noite foi de diversão e alegria para todos. Apenas Zélia guardava a fisionomia soturna de sempre. Ela, apenas ela, tinha a exata noção do que estava para acontecer.

A chuva chegou a Monte Santo junto com os primeiros dias do mês de janeiro. Nas ruas encharcadas e lamacentas, poucas pessoas ousavam transitar. Apenas as crianças, durante as tréguas da chuva, brincavam saltando pelas poças. Lurdes mantinha-se permanentemente apreensiva e passava quase todo o dia na casa de Amparo.

À véspera do dia de Reis, após o jantar, Maria do Amparo colocou as mãos na barriga e soltou um gemido. Lurdes saltou da cadeira apavorada.

— O que foi, Amparo? O que foi?

— Acho que chegou a hora, comadre! Acho que chegou a hora! Nunca senti isso.

Lurdes voltou-se para José aos berros.

— Faça alguma coisa, José. Vá buscar o doutor Luiz!

— Doutor Luiz não está na cidade, Lurdes. O jeito vai ser contar com Zélia. As crianças por aqui nascem em casa mesmo.

Maria do Amparo tentava em vão acalmar Lurdes.

— Se acalme, comadre. Me ajude a ir para o quarto.

Maria do Amparo foi levada para o quarto, e Zélia, calmamente, organizava alguns utensílios sobre a cômoda. José voltou o olhar para Lurdes e apontou o lençol da cama molhado, que estremeceu. Ela jamais havia presenciado um parto, e a ideia de que algo pudesse dar errado deixava-a descompensada.

— A bolsa rompeu, Amparo! Zélia, troque esse lençol agora!

— Fique calma, dona Lurdes, tudo vai dar certo, e o bebê ficará limpinho. É melhor vocês dois esperarem lá fora. Essa agitação não vai fazer bem para a dona Amparo e nem para o neném. Vão lá pra sala. Se eu precisar, chamo.

José e Lurdes saíram do quarto e permaneceram na sala em silêncio. O choro estridente dos que retornam à carne brindou a claridade dos primeiros minutos da manhã. Lurdes cobriu o rosto com as mãos e chorou compulsivamente. José abraçou-a com carinho, alisando seus cabelos dourados. Sem medo de serem vistos, trocaram um beijo apaixonado, interrompido pela discrição de Zélia.

— Venham! É um menino bem grande!

José e Lurdes entraram no quarto emocionados. Maria do Amparo misturava risos e lágrimas, com o filho enrolado numa manta sobre o peito.

— Veja, José! Nosso menino é lindo!

José acariciou a cabeça da esposa e puxou delicadamente a manta que agasalhava o filho. Zélia já havia recolhido o material que havia usado e, com destreza, trocou o lençol da cama apenas movimentando Amparo para os lados. Lurdes estava estática, com o semblante pálido, as mãos trêmulas e os lábios trincados. Uma série de pensamentos passava por sua cabeça. A partir daquele momento, tudo deveria ser calculado friamente, inclusive a demonstração de seus sentimentos. Maria do Amparo se deu conta do nervosismo da amiga.

— Venha cá, comadre! Dê um cheiro no seu afilhado!

Lurdes aproximou-se da cama e olhou, visivelmente emocionada, o bebê.

— Ele é lindo, Amparo. É muito lindo!

— Pois bem, é você quem vai escolher o nome! José já deixou você escolher o nome.

Lurdes apenas balbuciou.

— Escolha você, Amparo. Escolha você.

— Então vai ser mesmo Mário José. Se sou eu quem escolhe, o menino vai se chamar Mário José da Silva.

— Gosto muito do nome Flávio, mas Mário José também é muito bonito. Você escolheu um nome muito bonito para meu afilhado.

— Que bom que você gostou, comadre. Nós três seremos muito felizes juntos. Prometa que nunca vai nos deixar.

— Ela não vai nos deixar, Maria. Tenho certeza disso — falou José enfático.

Quando Lurdes retornou para casa, o dia já estava claro. O sol havia voltado após muitos dias de chuva forte, e a vizinhança congratulava-se pelo nascimento do filho de Maria e José. Lurdes atravessou a rua vagarosamente. Estava cansada e precisava descansar. Ouviu a voz de Joana entrecortar seus pensamentos.

— Lurdes, nasceu mesmo a criança de Maria?

— Nasceu sim, dona Joana, mas não vá até lá. Ela precisa descansar!

— Você é mesmo carregada de abuso, menina! Onde já se viu dizer o que posso e não posso fazer?

Lurdes aproximou-se do rosto de Joana e sentenciou entre os dentes.

— Pois eu digo, sua velha fofoqueira: não vá até lá!

Joana começou a gesticular e a falar alto, e Lurdes deu-lhe as costas. A fama de Joana não era das melhores nas redondezas. Qualquer fato era transformado em fofoca por ela, e quase ninguém lhe dava ouvidos. Ao fechar o portão, Lurdes ironizou.

— Fale com o vento!

***

Maria do Amparo não teve dificuldades para amamentar o bebê. Lurdes procurava acompanhar tudo de perto e enchia a criança de mimos. Passava grande parte do dia com o menino no colo e só o entregava a Amparo na hora de mamar. Mário correspondia ao carinho e à dedicação de Lurdes, deixando todos surpresos. Muitas vezes, só parava de chorar quando Lurdes o pegava ou falava perto dele. José ficava embevecido sempre que encontrava a amante com o filho no colo.

— Parece seu filho, Lurdes. Ele gosta de você.

— Sei disso. Gosto dele como um filho mesmo.

Contrariando a vontade de Maria do Amparo, Lurdes passou a alternar a amamentação no peito materno com mamadeiras de leite industrializado. Acostumou também o menino com uma chupeta. Amparo tentava, em vão, manter o filho longe da mamadeira e da chupeta.

— Doutor Luiz falou que o peito é melhor que a mamadeira, comadre! Falou também que o bico pode deixar o Mário dentuço.

— Sei o que estou fazendo, Amparo! Vai ser melhor para ele. Tenho certeza disso. E não é bico, é chupeta! — respondia sempre sorrindo às intervenções da outra.

E cada vez mais, conforme o plano traçado, o filho de Maria do Amparo e José apegava-se a Lurdes.

CAPÍTULO 10

José resolveu batizar o filho o mais rápido possível. Sua intenção era fortalecer os laços entre ele e Lurdes. Tinha receio de perdê-la, e julgava ser o batismo um vínculo importante entre todos. Os encontros com ela haviam se tornados escassos com a chegada do filho. Ele atribuía isso ao cansaço oriundo do desvelo dedicado ao bebê. Anunciou à esposa a decisão de marcar o batizado para o mês de fevereiro.

— Maria, vou à paróquia marcar o batizado de Mário José.

— Não é melhor esperar mais um pouquinho não, homem? O bichinho nem fez um mês ainda! E o padrinho? Você já escolheu?

— Já. Vai ser o seu Marcos. Gosto muito dele. E já está na hora de batizar sim, senhora. Dia 6, ele fará um mês, e logo depois é carnaval. Não quero batizar meu filho na quaresma não.

— Faça o que você achar melhor então.

José marcou o batizado do filho para o dia em que ele completaria um mês. Pediria a Zélia que preparasse um almoço para uns poucos convidados. Na mercearia de Joana, escolheu as mercadorias que Zélia solicitou. Joana acompanhava as compras de José com curiosidade.

— Vai fazer festa, José? Pra quê tanta comida?

— É para o almoço do batizado de meu filho. Vai ser dia 6 de fevereiro, e a senhora está convidada. A Lurdes e o seu Marcos serão os padrinhos.

— Não vou! A comadre que vocês escolheram é uma cobra em forma de gente. Já me faltou com respeito duas vezes. Ninguém enxerga isso!

— Não fale assim de Lurdes, dona Joana. Tenho muito apreço e respeito pela senhora, mas não fale desse jeito. Ninguém aqui tem o que reclamar dela. Aliás, todos gostam muito de Lurdes. A única que não gosta é a senhora.

— Vocês estão cegos! Depois que ela der o bote, não diga que não avisei!

José pagou as compras e saiu sem se despedir de Joana. Sabia que Lurdes seria incapaz de cometer qualquer tipo de grosseria. Chegou em casa animado e colocou as compras sobre a mesa. Lurdes estava com Mário no colo.

— Já marquei o batizado. Onde está Maria?

— Está no banho, e Zélia está no quintal estendendo as roupas do bebê.

José tentou se aproximar, e Lurdes o repeliu.

— José, estou com seu filho no colo.

— Quando vamos nos ver novamente? Ando com saudades. Até parece que é você que está de resguardo.

— Ando cansada. Amparo precisa de minha ajuda. Hoje vou dormir aqui. Seu filho está com cólica e só para de chorar no meu colo.

— Puxou ao pai no bom gosto. Eu também prefiro me aconchegar em seu peito.

Lurdes corou ao perceber a chegada da comadre.

— Nossa, homem! Quanta coisa! Vem um batalhão pra cá, é?

— E desde quando na nossa casa falta comida, Maria? O povo gosta é de comer mesmo!

— A comadre vai passar a noite aqui. Não para de encher nosso filho de mimos. Ele está tão acostumado com ela que não quer nem mais ficar no meu colo.

Lurdes voltou-se para José após colocar o menino no colo de Amparo.

— Vou até em casa apanhar uma roupa de dormir. Preciso também ajeitar algumas coisas. Quase não tenho parado em casa.

Lurdes andou pela rua com pressa. Trancou o portão e dirigiu-se para o quarto. Apanhou fichas telefônicas na cômoda e tornou a sair. Tinha urgência em falar com o pai.

A praça estava vazia, e a mulher, trêmula, discou o número do telefone de sua casa. A conversa foi rápida.

— Daqui a dois dias, no endereço que você já conhece, estarei esperando. As pessoas por aqui dormem cedo, mas venha depois da meia-noite. É mais garantido. Se você falhar, estarei arruinada.

Rodolfo ainda tentou perguntar de que forma ela faria tudo, mas Lurdes desligou o telefone antes de ele concluir a pergunta.

Lurdes retornou para casa e tirou da bolsa um pequeno frasco contendo um pó amarelado. Apertou-o com a mão e, olhando para o espelho sobre a penteadeira, disse a si mesma:

— Tudo está prestes a terminar.

Um vulto envolveu-a completamente, alimentando seus planos. Ela guardou o frasco na gaveta da penteadeira, colocou um pijama numa sacola e foi para a casa de José e Maria do Amparo.

Lurdes passou a olhar as horas em seu relógio de pulso de forma repetida. Com impaciência, evitou que Amparo amamentasse o filho.

— Pare com essa mania de dar de mamar toda hora a esse menino. Já falei que a mamadeira é melhor e alimenta mais. Zélia, traga a mamadeira do Mário. Está na hora!

O bebê sugou a mamadeira com sofreguidão. Maria do Amparo queixou-se que o leite estava empedrando por amamentar muito pouco o filho.

— Lurdes, meu peito chega a ficar quente. Preciso dar de mamar ao Mário.

— Ponha uma compressa que melhora. O leite em pó é melhor pra ele.

Lurdes, cantarolando, fez Mário dormir. Maria do Amparo já estava deitada quando ela colocou o bebê no berço.

— Qualquer coisa, eu estou no quarto com Zélia. É só chamar. Aproveite que ele está dormindo e descanse. Vou ficar vendo televisão com o José. Ele também precisa de um pouco de atenção.

— Deus te abençoe, Lurdes. Eu não sei o que vou fazer para pagar tanta dedicação.

— Você não vai precisar pagar nada, Amparo. Faço por gosto e por mim. Durma e descanse.

Lurdes foi ter com Zélia na cozinha. Numa conversa rápida, anunciou o que estava por acontecer. A empregada ouviu tudo em silêncio, fazendo mentalmente as contas de quanto iria receber pelos serviços que estava prestando. Conseguiria, finalmente, liquidar todas as dívidas contraídas ao longo dos anos e teria uma velhice tranquila. Recolheu-se de imediato como Lurdes ordenara.

José via televisão na sala e seus olhos brilharam quando avistou Lurdes. Um vestido lilás evidenciava as curvas generosas da amante, e José excitou-se.

— Onde está Maria?
— Passei pelo quarto agora. Ela e o bebê dormem tranquilamente.
— E Zélia?
— Também já se recolheu. Só estamos nós dois acordados.

A conversa não foi além. José puxou Lurdes para seu colo, suspendendo seu vestido. As mãos grossas e másculas do homem contrastavam com a pele delicada dela. Com volúpia, Lurdes despediu-se da virilidade que José ofertara a ela durante os meses de sua permanência em Monte Santo. A próxima despedida seria com Amílton.

José dormiu no sofá da sala, extenuado pelo prazer e pelo cansaço. Despertou com a esposa cutucando-o.

— José, por que dormiu aqui?

Por instantes, José julgou ter sido pego nos braços de Lurdes. Demorou a perceber o que estava acontecendo de fato.

— Que bicho te mordeu, homem?

Tranquilizou-se ao ouvir a voz de Lurdes.

— O que houve, José? Acabou dormindo no sofá?
— Bom dia! Fiquei vendo tevê e não me dei conta da hora. Acabei dormindo aqui no sofá mesmo para não fazer barulho no quarto e acordar você e o bebê, Maria.
— Veja só, comadre, que marido atencioso eu arrumei.
— José é um grande homem mesmo, Amparo. Você tem mais é que apreciar seu marido.

Mário já estava acordado no colo de Zélia tomando mamadeira, e a mesa do café já estava posta. Lurdes serviu-se de maneira farta, surpreendendo Amparo e envaidecendo José.

— Nossa, comadre! Nunca vi você com tanta fome assim!

— Acordei faminta mesmo, Amparo. Preciso me recuperar.

— Então coma, Lurdes. Quero você muito bem alimentada — concluiu José.

***

Ao final da tarde, Lurdes encontrou-se com Amílton, e ele colocou em seu pescoço uma corrente de ouro.

— Conseguiu essa corrente de algum perdedor nato?

Amílton gargalhou.

— A madrinha do ano precisa andar bem enfeitada. De onde vem o enfeite, não interessa.

— Para você, os fins justificam os meios, Amílton?

— Sempre. Ou quase sempre.

— Por que quase sempre?

— Porque, nesse momento, os meios vão justificar a finalidade, minha querida.

Amílton desmanchou o coque impecável mantido por Lurdes e puxou-a pelos cabelos. Na casa usada como refúgio para os dois, Lurdes pensou despedir-se, como fizera com José, da virilidade de Amílton.

***

O dia mais importante de Lurdes em Monte Santo amanheceu carregado de nuvens. O céu estava marcado por uma mistura de nuvens cinza-chumbo e brancas. Um silêncio atípico se fazia notar na ausência do vento, companheiro constante da cidade nordestina. Lurdes arrumou alguns documentos na bolsa, separou uma frasqueira com remédios, três mamadeiras com água filtrada, uma lata de leite e uma chupeta. Uma echarpe cinza, uma calça jeans desbotada, uma blusa de seda preta e uma sapatilha foram colocadas sobre a cama. Ouviu a voz de Zélia chamando-a para o café da manhã, e ela mandou avisar que só iria à casa dos compadres à noite, para o jantar. Sussurrou as últimas ordens para a empregada e entrou. Em casa, andava de um lado para o outro. Procurou se certificar de que não estava deixando nenhuma pista na casa. O relógio de pulso foi seu único e silencioso companheiro durante todo o dia.

Para Lurdes, a noite só chegou às oito horas. Tornou a verificar tudo, trancou a porta da cozinha e saiu pela porta da sala, deixando-a apenas encostada. Encaminhou-se com passos sincronizados, como num balé sinistro, até a casa dos vizinhos. Entrou e beijou Amparo e José no rosto, marcando-os com a traição. Fartou-se à mesa da família e pegou o filho do casal no colo. Sinalizou para Zélia, e a mulher dirigiu-se para o fogão.

— Estou com vontade de tomar um chá. Quem me acompanha?

— Chá, comadre? Isso é coisa de gente chique. Onde já se viu chá combinar com jerimum?

Um raio seguido do estrondo de um trovão anunciou a chuva guardada nas nuvens de chumbo. José anunciou o óbvio.

— Parece que vai chover e muito. A chuva está à espreita desde cedo.

— A chuva é uma aliada e tanto em alguns casos, compadre.

José não entendeu a colocação de Lurdes. Nem sempre ele conseguia decifrar suas intenções. Pensou que ela pudesse estar se referindo à outra noite de amor e ficou satisfeito.

Lurdes deu ordens a Zélia para afastar-se do fogão.

— Segure o menino para mim, Zélia. Eu quero preparar o chá do meu jeito e você fica com esse olho assustado quando escuta trovoada.

A chuva caiu violentamente sobre a cidade. Lurdes preparou o chá e apanhou três xícaras no armário sob a pia. Separou duas xícaras, encheu-as até a borda, adoçou e retirou do sutiã o frasco guardado, que havia meses providenciara. O pó amarelo foi milimetricamente dividido entre as duas xícaras. "Preciso ser coerente com a medida da morte. Tem que ser igual para os dois!", pensou.

Amílton encaminhava-se para a casa de José quando desabou o temporal. Lurdes havia deixado o portão aberto quando entrou na casa, e ele, encharcado, entrou também. Sabia que José não iria se importar em dar-lhe abrigo. Estava disposto a passar a noite com Lurdes e guardava a certeza de que ela não iria impedi-lo. Esperaria na casa do amigo e depois encontraria a amada. Na porta da cozinha, pediu licença para entrar. Maria do Amparo e José já haviam sorvido o primeiro gole do chá. José alegrou-se com a presença de Amílton.

— Entre, rapaz. Venha tomar esse chá saboroso preparado por Lurdes.

Lurdes empalideceu. Amílton poria tudo a perder. Precisava pensar em algo rapidamente, mas o efeito do veneno foi imediato e a medida usada havia sido calculada com exatidão. Maria do Amparo e José levaram, ao mesmo tempo, a mão à garganta e desfaleceram. Lurdes permaneceu impassível diante da cena. Amílton apavorou-se.

— O que houve, Lurdes? O que aconteceu? Precisamos chamar um médico!

— Não há mais tempo, Amílton. Veja, eles já estão mortos.

Lurdes falava pausadamente, a respiração tranquila serviu-lhe como sentença.

— Foi você, sua insana, louca! Vou chamar a polícia!

— Fale baixo ou começo a gritar por socorro agora mesmo. Ninguém vai acreditar na sua história, Amílton. Vão acreditar em mim. Agora, sente-se aí. Precisamos conversar. Preciso sair daqui com essa criança.

— Você matou os dois para roubar o menino?

— Não posso ter filhos. Sou rica, posso lhe dar o que você mais gosta: dinheiro e boa vida. Se você me denunciar, vai ficar em maus lençóis. Ninguém vai acreditar em você. A não ser que você me mate, não tem saída. E se você me matar, também não tem saída. Toda a culpa cairá sobre suas costas. A escolha é sua.

Amílton examinou os corpos de Maria do Amparo e José. A frieza da morte já pairava sobre os dois. Horrorizado, sentou-se com as mãos segurando a cabeça.

Maria do Amparo lutava para não se desligar do corpo, confusa pelo transe violento a que fora submetida. José tentava, sem sucesso, pedir socorro para Amílton. Os dois, em espírito, viviam a agonia da morte violenta.

Lurdes examinou o relógio de pulso e voltou-se para Amílton.

— Pegue os dois e coloque-os na cama. Não suporto a visão de cadáveres entupidos de tanta mandioca.

Amílton se deu conta de que mais uma vez não tinha saída. Com sacrifício, pegou um a um os corpos inertes e acomodou-os na cama do casal. O homem teve uma ânsia de vômito e correu para o banheiro. Sempre pressentira que Lurdes não era quem aparentava ser, contudo, jamais havia passado por sua cabeça que a mulher com quem havia tido momentos de extremo prazer era uma assassina fria e cruel. Lavou o rosto e voltou para a cozinha. Zélia esperava com o bebê no colo. Lurdes deu as ordens.

— Vamos, Amílton. Preciso trocar de roupa e me livrar desse cheiro de morte. Você será bem gratificado. Daqui a meia hora, meu pai passará aqui de carro, e iremos embora deste lugar horroroso.

— Cadela! Se eu pudesse, mataria você!

— Calma, rapaz. Você tem um futuro promissor como cafajeste explorador de moças desiludidas. Vamos logo, ou deixo nas suas costas a responsabilidade desses dois crimes!

Amílton, Lurdes e Zélia, carregando o pequenino Mário, saíram para a rua protegendo-se do forte temporal. Deixavam para trás as trágicas marcas da insanidade de Lurdes. José e Maria do Amparo procuravam reunir forças para se desligarem do corpo físico.

Lurdes trocou rapidamente de roupa. Cobriu a cabeça com uma fina echarpe, apanhou o bebê e acariciou-lhe o rosto.

— Flávio, meu filho, seremos felizes. Você vai ver.

Amílton tentava compreender a extensão da loucura de Lurdes.

— O nome da criança é Mário José, Lurdes.

Lurdes debochou de Amílton, sem demonstrar preocupação ou remorso com o que havia feito.

— O nome do meu filho é Flávio, e meu nome é Marília. Para um cafajeste, você é bem amador. Acha mesmo que eu me arriscaria tanto usando meu nome verdadeiro?

O horror que tomou Amílton de assalto transformou-se em silêncio. Os minutos que separaram aquele momento da chegada do pai de Marília pareciam não ter fim. Amílton ponderou para si mesmo as possibilidades do porvir. Se ficasse, poderia ser envolvido de alguma forma nos assassinatos. Caso decidisse ir embora com Marília, teria pela frente uma nova vida. Ele próprio já havia cometido um assassinato para defender-se e agora se via envolvido em outros dois como testemunha. Diante da frieza de Marília, sabia que ela não hesitaria em denunciá-lo para proteger-se. Escolheu segui-la e esquecer a cena presenciada.

Marília ouviu o barulho do carro do pai. A chuva não dava trégua à cidade e serviu como escudo para a fuga dos três. Quando Rodolfo percebeu a presença de Amílton, assustou-se.

— Quem é ele, Marília?

— Não temos tempo para perguntas, pai. Olhe só como seu neto é lindo e parecido comigo. Vamos sair logo daqui.

Zélia foi sentada no banco da frente do carro. Amílton foi atrás com Lurdes, que segurava o bebê com extremo cuidado.

— Para onde vamos? — perguntou Amílton.

— Para um aeroporto clandestino em Salvador. Lá já existe um pequeno avião nos esperando. Logo estaremos em São Paulo. Só rezem para que esta chuva não nos impeça de levantar voo — respondeu Rodolfo.

Marília passou a mão no ombro de Amílton.

— Não disse a você que sua vida mudaria?

Rodolfo fez a pergunta cuja resposta temia.

— E os pais deste menino, onde ficaram?

Marília deu uma gargalhada entrecortada pela cínica revelação.

— Ficaram com Deus e entupidos de jerimum e mandioca.

Rodolfo calou-se. Mais uma vez, a filha tinha ido longe demais.

***

Monte Santo amanheceu com um tímido sol. O temporal da véspera causou alguns estragos na cidade, e os moradores contabilizavam o prejuízo.

Josefa acordou agoniada. Tivera a nítida sensação de ter sido chamada várias vezes por Maria do Amparo. Não acreditava muito em sonhos premonitórios, entretanto, valorizava a Intuição como a arma indispensável para qualquer médium. Julgou que a sensação era resultado da forte tempestade. Levantou-se da cama, fez uma prece pedindo orientação e proteção para o dia a ser vivido e pela população de Monte Santo. Arrumou-se e foi até a sala cumprimentar Gilda.

— Bom dia, Gilda. A chuva de ontem causou algum estrago aqui na pensão?

— Bom dia! Tirando as velhas goteiras da cozinha, nenhum outro estrago, graças a Deus! Estou apenas preocupada com Amílton. Ele saiu ontem, um pouco antes da chuva, e até agora não voltou. Disse que iria visitar o filho de José e Maria do Amparo, amigos de Lurdes.

— Com a chuva que caiu, é capaz de ele ter ficado por lá mesmo. Vou tomar meu café e ver o que o dia me reserva.

117

Josefa fez sua primeira refeição com o peito oprimido. Não parava de pensar em Maria do Amparo. Resolveu que iria fazer uma visita a Lurdes e passaria pela casa do casal para conhecer o menino. Havia chegado de viagem quando soube do nascimento do bebê. Aproveitaria seu dia da maneira como seu coração e sua mente lhe apontavam.

***

A lotação parou na praça, e Josefa entrou. O motorista da velha Kombi avisou que as ruas da cidade estavam cobertas de lama e o percurso seria mais longo. Josefa preferiu manter-se em oração. Não sabia qual era o motivo de tamanha angústia que lhe oprimia o espírito e optou pelo contato com as forças cósmicas. Quando saltou da Kombi, constatou o que o motorista tinha afirmado: lama por todos os lados. Com dificuldade, caminhou até a porta da casa de Lurdes. Gritou pelo nome da amiga algumas vezes. "Certamente ela está na casa de Amparo", concluiu em pensamento.

Josefa atravessou a rua e chamou primeiro por Lurdes; depois, por Amparo. A aflição tomou conta de seu coração e o ar lhe faltou. Encostou-se ao portão e percebeu que ele estava aberto. Decidiu entrar. Já passava das dez horas da manhã, e dificilmente eles estariam dormindo naquele horário. Encaminhou-se para os fundos da casa e viu a porta da cozinha aberta. Bateu na porta para se anunciar. Como ninguém respondeu, entrou. Leve tontura fez com que ela buscasse apoio na pia. Quando olhou ao seu redor, percebeu as cadeiras caídas e as xícaras quebradas no chão. Naquele momento, teve a certeza de que algo terrível havia ocorrido naquela casa. Começou a percorrer os cômodos e, ao deparar-se com a única porta fechada da casa, empurrou-a sem pestanejar. Um grito de pavor saiu da garganta ao avistar Maria do Amparo e José estirados sem vida. Os dois tinham os olhos arregalados, denunciando o pavor da hora do desenlace; as pernas e os braços estavam estirados na cama, como se tivessem sido jogados sobre ela; das bocas, semiabertas, escorria um líquido viçoso e sanguinolento. A morte cumprimentava Josefa de forma violenta. Os gritos de socorro sucederam-se ao primeiro impacto. Em questão de segundos, boa parte da vizinhança encontrava-se diante da cena pavorosa.

A polícia foi chamada e constatou a morte das vítimas. Josefa procurou Lurdes, Zélia e o pequenino Mário. Ninguém os encontrou.

A pequena gráfica do jornal *A hora de Monte Santo* rodou exemplares extras. Na manchete, a foto que dispensava leitura. Naquele dia, Monte Santo chorou.

***

O avião chegou a São Paulo sem dificuldades. Marília antegozava a vida que iria experimentar, e Amílton mantinha-se em silêncio. Flávio não estranhava a falta da mãe e sentia-se aconchegado no colo de Marília. Aterrissaram também sem problemas. Um luxuoso carro esperava por eles. O motorista, devidamente uniformizado, abriu a porta e cumprimentou Marília e Rodolfo com cerimônia. Rodolfo, antes de entrar no carro, entregou a Zélia um pacote com dinheiro, despachando-a.

— Isso paga pelo seu trabalho e pelo seu silêncio. E é também a garantia para que você se livre dos agiotas que vivem a cercando. Não nos procure mais e lembre-se de que a corda sempre arrebenta para o lado mais fraco.

Zélia apanhou o pacote, fez sinal para um táxi e não olhou para trás. Tinha muitas coisas para resolver. Mantinha na consciência o pensamento que sempre lhe pautara a vida e a livrara de culpas: recebia ordens e ganhava para obedecê-las. Apenas isso.

Marília, Rodolfo e Amílton seguiram em silêncio até a mansão localizada em um bairro nobre de São Paulo. Quando se deparou com a luxuosa construção, Amílton constatou que realmente havia mudado de vida.

Ao vislumbrar, novamente, os portões de sua casa sendo abertos pelos empregados solícitos, Marília, abraçada a Flávio, teve a certeza de ter conquistado a felicidade plena.

119

CAPÍTULO 11

Marília estava com a respiração ofegante. Flávio tomava sol e era observado pela avó. Leonora sorria para o pequenino com doçura. Embora não tivesse concordado com a atitude da filha para conseguir o bebê, apegara-se instantaneamente a ele. Desconhecia, entretanto, a loucura cometida por Marília. Para ela, Flávio havia nascido em uma família muito pobre e fora entregue à moça para que tivesse melhores condições de vida. Sabia que a filha apresentaria Flávio como filho de Pedro, mas isso não a incomodava. A felicidade de Marília era o mais importante para ela. Rodolfo também ocultou da esposa a verdade. Ela, fraca e preocupada com o julgamento da sociedade, certamente seria contrária aos fatos.

— Minha filha, fico feliz por você. Flávio é lindo e trouxe alegria para esta casa.

Marília olhava fixamente para os portões de entrada da casa. Havia ligado para Pedro nas primeiras horas da manhã, alegando que precisaria conversar com ele. Não havia mencionado ainda a existência do bebê. Planejara minuciosamente a conversa com o ex-noivo. Amava-o intensamente e fora rejeitada e trocada por outra mulher. Guardava a certeza de que um filho o prenderia de forma definitiva. Pedro era de uma família tradicional paulista, cujos valores morais e o medo de escândalos eram grandes.

A governanta pediu licença para anunciar a chegada do rapaz.

— Bom dia, dona Marília.

— Quantas vezes você quer receber o meu bom-dia hoje?

Mirtes limitou-se a completar a frase:

— O senhor Pedro encontra-se no portão. Os seguranças mandaram avisar.

Marília torceu as mãos.

— Mande-o entrar, sua inútil! Desde quando Pedro precisa de autorização para entrar nesta casa?

Leonora tentou apaziguar o nervosismo da filha. Mirtes acompanhava a família há bastante tempo e já havia mostrado sua contrariedade em relação à maneira como era tratada por Marília.

— São ordens de seu pai, minha querida! Os empregados devem obedecê-las. Mirtes, autorize a entrada de Pedro.

Marília avistou o luxuoso carro entrando na mansão. Pedro saiu do veículo com a elegância de sempre. Um terno azul-marinho conferia-lhe um ar de extrema seriedade e contrastava com sua fisionomia jovial. Os olhos azuis direcionaram-se de imediato para Flávio. O coração descontrolou-se no peito e ele afrouxou a gravata. Leonora levantou-se para saudá-lo.

— Como vai, Pedro? E seus pais, estão bem?

O rapaz não conseguia desviar o olhar do bebê. Leonora tirou Flávio do carrinho e colocou-o no colo de Marília.

— Meus queridos, creio que vocês têm muito a conversar. Mandarei servir um suco. Caso precisem, estarei lá dentro. Quero abrir um pouco o meu piano ou corro o risco de não mais ser reconhecida por ele.

Flávio aconchegou-se nos braços trêmulos de Marília. Pedro pressentiu a declaração que viria em seguida.

— Quem é o bebê, Marília? Filho de alguma das empregadas da casa?

— Não — respondeu secamente Marília, aumentando a expectativa de Pedro.

— Então, de quem este menino é filho? Algum parente ou alguma amiga?

Marília tirou o gorro que protegia a cabeça do pequeno. Pedro sentiu uma secura imediata tomar conta de sua garganta. Os cabelos eram ralos e negros, mas os olhos evidenciavam o azul-celeste que herdara do avô italiano. Marília percebeu o desconforto de Pedro e a

121

dúvida apresentada em seu olhar. Resolveu deixá-lo mais um pouco na expectativa. Quando fora abandonada por ele, usou de todos os argumentos possíveis. Enraivecida, recordou-se das lágrimas abundantes que escorreram por seu rosto naquela época. Pedro, insensível aos apelos de Marília, avisou antes de sair e bater a porta da mansão: "Nada me fará voltar atrás. Encontrei em Helen a ternura e a compreensão de uma verdadeira mulher. Não aguento mais suas crises de raiva. Não aguento mais sua mudança de humor! Adeus, Marília".

O semblante de Marília mostrava-se tranquilo e dócil enquanto uma explosão de sentimentos diferentes desorganizava-lhe a mente. Não sabia mais se amava Pedro ou se, na verdade, ansiava por vingança em razão da humilhação passada.

— Sente-se, Pedro. Aproveite que o sol hoje está bem generoso. Apesar do verão, a temperatura está bem agradável.

Pedro sentou-se em uma cadeira sob um guarda-sol e, cuidadosamente, tirou o paletó, colocando-o nas costas de outra cadeira. Marília levantou-se e estendeu o pequenino Flávio para o alto, para, em seguida, colocá-lo nos braços de Pedro.

— Veja, Pedro, ele se parece com você!

— Pare com essa brincadeira, Marília!

— Com quem mais ele poderia ser parecido? É seu filho, Pedro! Flávio é nosso filho, meu amor!

Pedro emudeceu. A figura de Helen ia e vinha de sua mente. Amava a noiva, e o casamento já estava marcado para o mês de maio. Desde a separação de Marília, vagas notícias sobre a ex-noiva chegavam até ele. Tomara conhecimento, através de amigos comuns, que Marília havia saído de São Paulo com destino à Europa. À época, julgou a medida providencial para que os sentimentos dela se reorganizassem e ela se fortalecesse emocionalmente. Agora, se dava conta do real motivo da viagem de Marília: ter o fruto da relação entre os dois longe da interferência maliciosa da sociedade paulistana. Enterneceu-se diante da atitude nobre e corajosa da mulher que abandonara. Balbuciou carinhosamente:

— É nosso filho mesmo, Marília?

Sagaz, Marília pressentiu as forças de Pedro se esvaírem. Escolheu adotar uma postura fria e realista, camuflando suas reais intenções.

— É sim, Pedro. Flávio é nosso filho. Mas não se preocupe. Sei que você está de casamento marcado e não tenho a menor disposição para forçá-lo a nada. Sei que não me ama. Antes de Flávio nascer, conversei com meus pais a esse respeito. Criaremos a criança sem sua presença. Chamei você aqui apenas para conhecer seu filho. A única exigência que meu pai faz é que você dê seu nome a ele. Flávio não pode ser criado como um bastardo.

Pedro ficou inerte diante da atitude de Marília. Sempre reconheceu nela um gênio forte e caráter intempestivo, contudo, jamais poderia imaginar de que ela pudesse apresentar uma reação tão corajosa. Admitiu intimamente que qualquer outra pessoa no lugar dela reagiria de outra forma, exigindo-lhe não só o registro do filho, mas, na mesma proporção, o casamento. As décadas 1960, 1970 e 1980 trouxeram às mulheres inúmeras mudanças no comportamento, mas a instituição da família permanecia intacta. Não admitiria ver o filho sendo criado sem sua presença como pai. Não permitiria que Flávio vivesse a experiência de não possuir uma família nos moldes exigidos pela sociedade. Moldes aos quais ele se enquadrava perfeitamente e julgava serem os corretos.

— Marília, sempre ouvi de meu pai que um homem deve ser digno. O amor entre nós dois foi estancado pela sua agressividade, mas ele pode ser recuperado com a convivência. Flávio será criado por nós dois.

Marília sentiu o coração acalmar-se. Havia atingido seu alvo. Realizada por mais uma vitória, colocou as mãos no rosto e simulou emoção.

— Mas você não me ama, Pedro. E sua noiva? Ela sofrerá como eu sofri quando você me deixou.

— Conversarei com ela ainda hoje. Ela será obrigada a entender. O mais importante agora é tomarmos as providências para registrar Flávio. À noite, irei até a casa de Helen para desfazer meu compromisso com ela. O amor virá com o tempo. Tenho certeza disso.

Pedro levantou-se e, com Flávio no colo, abraçou Marília demoradamente. Amílton, instalado em uma ala externa da casa destinada aos empregados, acompanhou o casal cruzar o jardim. "Preciso tirar mais proveito dessa situação. Não vou passar o resto de minha vida como um reles empregado", pensou enraivecido.

Leonora recebeu com alegria Pedro abraçado à filha.

— Vejo que vocês dois se acertaram! Estou muito feliz por isso.

Marília tirou Flávio do colo de Pedro e o entregou à mãe.

— Eu não disse que tudo iria ficar bem, mamãe?

Pedro acariciou a cabeça de Flávio e voltou-se para Marília.

123

— Apanhe os documentos necessários para que possamos registrar Flávio. Ligarei para o advogado da empresa e pedirei que ele nos acompanhe. Assim, trataremos logo de nosso casamento também.

Marília beijou o rosto de Pedro.

— Você é um homem de bem, Pedro. Eu e Flávio nos orgulhamos de você.

Pedro enrubesceu com o elogio. Para ele, tudo aquilo parecia ser um sonho. De uma hora para outra via sua vida mudar e o futuro que havia planejado habilmente se transformar em poeira. Doía-lhe o peito ao imaginar a reação de Helen. Ela era sensível e delicada, bem diferente de Marília.

— Marcaremos um jantar para meus pais conhecerem o neto. Eles são doidos por criança.

A fisionomia de Marília contraiu-se. Nutria verdadeira repulsa pelos pais de Pedro, em particular por Margareth, a mãe dele. As duas nunca conseguiram conviver pacificamente. Precisaria de um esforço muito grande para estabelecer um vínculo mais amigável com a futura sogra. Não permitiria que nada e ninguém atrapalhassem sua felicidade e seu futuro. Forjar um comportamento diferente do que mantinha antes não seria difícil depois de tudo que tinha feito para chegar até ali.

— Claro que sim, Pedro. Estou com muitas saudades de seus pais, em especial, de sua mãe. Dona Margareth sempre foi um exemplo para mim.

Pedro admirou-se com a mudança no comportamento de Marília. "Não será tão difícil assim voltar a amá-la.", concluiu intimamente.

Os documentos de Marília junto a uma declaração falsa de uma maternidade francesa foram entregues para que ele pudesse tomar todas as medidas cabíveis. Já passava das dezoito horas quando Pedro despediu-se de Marília.

— Preciso conversar com Helen esta noite. Amanhã retorno para ver nosso filho.

— Assim que sair da casa dela, me ligue. Vou ficar esperando. Posso lhe fazer um pedido, Pedro?

— Claro que pode.

— Não a maltrate. Não a faça chorar. As mulheres sofrem muito por amor.

— Não vou maltratá-la, Marília. Ela é muito jovem e encontrará um homem para amá-la. Neste momento, precisará apenas compreender que preciso cuidar de minha família. Ela entenderá. Sofrerá um pouco no início, mas é esclarecida e saberá entender meus motivos.

Pedro dirigiu-se à casa da noiva e explicou tudo o que ocorrera desde a separação de Marília, quando a conheceu. Helen, certa de que nada modificaria os fatos, limitou-se a secar algumas poucas lágrimas. Pedro despediu-se dela, e os dois nunca mais voltaram a se encontrar.

***

O casamento entre Marília e Pedro aconteceu em uma cerimônia simples e com a presença apenas dos familiares mais próximos. Um juiz de paz selou a união dos dois, e um jantar formal foi oferecido por Rodolfo e Leonora para comemorar a data. Amílton decidiu fazer as vezes de mordomo. Queria presenciar aquela encenação toda e não perderia a oportunidade de deixar Marília apreensiva com sua presença. Solicitou um uniforme a Mirtes e pôs-se de plantão em um canto da sala de jantar. O pequeno Flávio, vestido com um macacão ricamente bordado, era mantido sob o olhar vigilante de uma babá. Rodolfo propôs um brinde:

— Acho que temos um belo motivo para brindar. Vocês não acham?

Pedro levantou-se contrito e ergueu a taça de vinho. Marília também se pôs de pé ao lado do marido. Pedro posicionou a taça na direção de Flávio.

— A você, meu filho, toda a sorte do mundo! A você, Marília, a quem eu fiz sofrer no passado e que, agora, de forma tão generosa, me deu o maior e melhor presente: o nosso Flávio! Meu brinde é para vocês dois.

Amílton ouviu o tilintar das taças. Ao lado de Mirtes, esboçou um sinistro sorriso ao relembrar os corpos sem vida dos verdadeiros pais de Flávio, que foram assassinados friamente por Marília. Dois vultos, tomados pelo ódio, planejavam vingar-se da mulher que lhes tirara a vida para roubar-lhes o pequeno filho e a felicidade. Maria do Amparo e José haviam despertado do transe imposto pela morte e, apesar dos esforços travados por espíritos socorristas e das tentativas de Josefa de fazer chegar até eles o esclarecimento e o perdão, optaram pela vingança.

Margareth sentiu um estranho arrepio percorrer-lhe o corpo. Atribuiu o mal-estar temporário às últimas emoções vividas. Jurara não implicar mais com Marília, mas vendo que Flávio era alimentado com uma mamadeira, perguntou sem entremeios:

— Marília, você não acha que Flávio é muito pequeno para mamadeiras? Por que não o amamenta de forma mais natural, no peito?

Marília procurou controlar-se e voltou o olhar para o marido. Pedro, calmamente, reproduziu a história que Marília tinha contado como justificativa para não amamentar o filho.

— O leite de Marília secou, mamãe. O estresse, o nervosismo, a viagem de avião e a incerteza quanto à minha posição fizeram com que o leite dela secasse.

Marília abaixou os olhos demonstrando desgosto.

— Ah, dona Margareth! Como eu gostaria de ter conseguido amamentar Flávio...

Rodolfo intercedeu pela filha.

— O importante é que Flávio está saudável e feliz com a convivência em família. Desde que chegou, já cresceu muito.

Margareth passou a mão pela nuca, evidenciando indisposição. Sem saber o porquê, sua decisão de conviver bem com Marília em nome da felicidade do filho desaparecera. Durante o resto da noite, por diversas vezes, foi flagrada por Amílton dirigindo olhares contrariados à nora. Maria do Amparo e José divertiam-se com a descoberta de que poderiam interferir na vida dos que ali estavam.

O relógio já marcava onze e meia quando os pais de Pedro — Margareth e Cláudio — despediram-se.

— Vamos, Cláudio, amanhã temos um longo dia pela frente. Preciso terminar de arrumar minhas malas.

Pedro mostrou-se contrariado com a decisão dos pais de deixar o Brasil.

— Pai, não concordo com essa decisão. Temos diretores capacitados em nossa filial na Espanha. Eles podem tomar conta dos negócios. Mudando pra lá, não verão Flávio crescer.

Cláudio colocou a mão no ombro do filho.

— A crise por lá é grande. Não posso correr riscos num tempo desses. Aqui, tenho você para gerenciar nossos bens e conduzir a empresa. Lá, tenho apenas empregados de confiança. De uma hora para outra, podem se transformar de aliados fiéis a traidores. O mundo dos negócios não é um parque de diversões, meu filho. Virei a São Paulo sempre que puder.

Pedro abraçou os pais e prometeu levar Flávio para visitá-los assim que ele crescesse mais um pouco. Marília sentiu-se aliviada com a certeza de que Margareth ficaria distante dela por um bom tempo. Fingiu que a voz estava embargada por uma emoção que estava longe de sentir:

— Vou sentir falta de seu apoio, dona Margareth. Ainda bem que tenho mamãe para me ajudar nos cuidados com Flavinho.

Pedro ficou emocionado ao presenciar as sentidas lágrimas que saltavam dos olhos da esposa e abraçou-a com carinho. Um choro teatral não convenceu Margareth da verdadeira mudança no comportamento de Marília. Seca, abraçou-a rapidamente e arguiu:

— Esse choro é de tristeza ou de felicidade, Marília?

Marília manteve a mesma postura sofrida que assumira minutos antes.

— Que brincadeira é essa, dona Margareth? Acha que minhas lágrimas são de alegria? — perguntou soluçando.

Pedro beijou a esposa na testa e buscou tranquilizá-la.

— Acalme-se, minha querida. Logo estaremos juntos de novo. Eles só passarão uma temporada por lá para colocar ordem na empresa. Não podemos correr o risco de perder capital. É da herança de nosso filho que estamos tratando.

Marília respirou de forma profunda e sentida.

— Pode deixar, Pedro. Já estou mais calma. Vou subir para ver como está Flávio e depois descansar. As emoções foram muito fortes hoje. Preciso de uma boa noite de sono.

Marília subiu degrau a degrau a escada que levava aos aposentos no andar superior da casa. Abriu cuidadosamente a porta do quarto de Flávio. Ele dormia como um anjo. O quarto, decorado com motivos marítimos, com papel de parede em tons de azul *dégradé*, era acolhedor e silencioso. A babá dormia em uma cama ao lado e não se deu conta da presença da patroa. Marília sacudiu a jovem, e ela acordou assustada.

— O que foi, dona Marília?

— Cuide bem do meu filho, entendeu? Você é paga para cuidar dele e não para dormir e roncar como uma porca prenhe!

— Pode deixar, dona Marília. Só cochilo quando vejo que o Flávio está dormindo pesado. E, se ele acordar, eu estou logo aqui do lado. Sou treinada para ouvir choro de criança, senhora.

Marília fechou a porta do quarto. "Ainda bem que aquela múmia da Margareth vai desaparecer das minhas vistas. Tomara que o avião exploda com os dois!", pensou enquanto rangia os dentes de raiva.

Maria do Amparo e José juravam vingança.

— Ela vai pagar pelo que fez, José.

— Ela vai pagar sim, Maria. Vai sim.

Enquanto Pedro, Rodolfo e Leonora despediam-se de Cláudio e Margareth, Amílton esgueirou-se pela escada para falar com Marília. A porta da suíte do casal estava aberta. Ele entrou e trancou-a à chave. Marília achou que o marido já tivesse subido e, deitada na banheira, chamou por ele.

— Venha, meu amor. Estou relaxando um pouco.

Amílton entrou no banheiro rindo.

— Você acha mesmo que vou ficar servindo de empregado nesta casa? O seu amor é lindo mesmo, mas vai acabar como água no ralo se eu continuar a ver navios.

— Saia daqui! Pedro pode chegar a qualquer instante.

— Não vai chegar agora não, cadela! Está lá fora conversando sobre negócios com seus pais e com os pais dele. Essa gente pensa e respira dólares, e eu morando num quartinho de empregado. Ele é mesmo um banana. Aposto que não sabe como fazer você feliz!

— Saia daqui agora ou grito!

— Você grita, e eu conto a todos a sua historinha infantil. Aquela da bruxa que dá a maçã envenenada para seus desafetos. O que você acha desse desfecho?

— O que você quer? Fale logo e saia daqui!

Amílton livrou-se do uniforme e, em questão de segundos, tomou a mulher nos braços. Um suspiro de prazer contido saiu dos lábios de Marília. Amílton deixou-a cair no piso frio do banheiro e secou-se com uma toalha. Rapidamente, colocou o uniforme. Antes de sair, olhou para Marília com ironia.

— Viu como ele não sabe te fazer feliz? Quem manda nesse jogo sou eu "Lurdes" ou Marília, tanto faz. Com qualquer um dos nomes, você não passa mesmo de uma vagabunda da pior espécie.

Amílton desceu as escadas da mesma forma que subiu: sem ser visto. Marília colocou um roupão de seda e buscou na cômoda as pílulas para dormir. Não queria que Pedro a encontrasse acordada. Depois do contato íntimo com Amílton, ficara desnorteada. Pela primeira vez, durante todos aqueles meses, sentiu medo de ser descoberta. Com o efeito do calmante, pegou no sono rapidamente.

Sonhou que caminhava pelas ruas empoeiradas de Monte Santo com Flávio no colo. Perdida e maltrapilha, ela procurava, em vão, por Josefa. À porta da pensão, esperando encontrar a amiga para pedir ajuda, deparou-se com Maria do Amparo e José. Os dois tomaram-lhe Flávio dos braços e desapareceram como fumaça. Joana, empunhando uma foice, incitava os moradores de Monte Santo a espancá-la. Golfadas de sangue jorravam da boca de Marília, e ela gritava por socorro. Josefa, da varanda da pensão, chamou-a pelo nome. Aliviada, Marília rogou o auxílio da amiga e encontrou apenas uma pergunta: "o que é justiça para você?".

Pedro entrou no quarto e encontrou a esposa gemendo e revirando-se na cama. A expressão de Marília era de extremo terror. Delicadamente, o rapaz pôs a mão na fronte da mulher, temendo que ela estivesse febril. Marília acordou sobressaltada, guardando a sensação de que estava realmente vivendo aquelas cenas. Com o olhar nublado pelo pavor, respondeu ao marido a pergunta que ouviu no sonho.

— Não sei o que é justiça!

Pedro buscou acalmá-la.

— Calma, minha querida. Foi só um sonho ruim. Você tem vivido muitas emoções nos últimos meses. Eu estou aqui.

— Pedro, pegue meu calmante na cômoda. Preciso descansar.

Pedro entregou-lhe a cartela com comprimidos e um copo de água.

— Você precisa parar com esses remédios, Marília. Isso pode fazer mal. Você não tem nada a temer a partir de agora. Estamos juntos e unidos.

Com a dose duplicada do remédio, Marília dormiu pesadamente. Em um canto do quarto, Maria do Amparo e José mantinham o ambiente carregado pela energia funesta da vingança.

***

Os dias transcorriam com normalidade para Marília. Flávio crescia saudável e sob os mimos e cuidados constantes da mãe. O vínculo entre os dois crescia a olhos vistos. Pedro empenhava-se na direção da empresa do pai e conduzia Marília a festas organizadas pela sociedade paulistana. Rodolfo, a pedido da filha, transferiu Amílton para um quarto maior e bem mobiliado. Pedro estranhou o luxo com que o mordomo havia sido acomodado.

— Doutor Rodolfo, o senhor não acha que tratar Amílton de forma diferenciada pode gerar antipatia com os outros empregados?

— Pedro, Amílton é o mordomo da casa. Mirtes também tem um tratamento diferente dos demais. É preciso estabelecer uma hierarquia entre os empregados. Eu e você passamos muito tempo no trabalho e necessitamos de uma voz masculina liderando a casa em nossa ausência. Ele merece conforto.

Generosas quantias eram depositadas mensalmente na conta bancária de Amílton, e ele imaginava fazer fortuna. Sempre que podia, encontrava-se com Marília. Nesses momentos, ela se certificava de que o amor por Pedro não lhe era suficiente, precisava de muito mais. A monotonia imposta pela vida deixava-a nervosa. A presença de Flávio despertara nela o amor incondicional por um ser humano. Sentimento que ela nunca havia experimentado antes, entretanto, enganar e mentir haviam se transformado num vício impossível de vencer.

A mãe vigiava-lhe os passos e as atitudes. Leonora observava as mudanças repentinas no comportamento da filha desde a adolescência: vivia envolvida em intrigas e, com frequência, humilhava publicamente os poucos amigos que tentavam aproximar-se dela. Com os professores, seu comportamento não era diferente. Diante de repreensões e notas baixas, Marília dizia-se injustiçada e perseguida. Rodolfo, buscando o bem-estar da filha, mudava-a de colégio. Quando cursava o último ano do segundo grau, Marília, prestes a ser reprovada, roubou duas provas na mecanografia da escola e entregou-as ao pai. Rodolfo entregou as provas a um professor e pagou para que ele resolvesse as questões. Marília obteve as maiores notas da classe e foi publicamente elogiada durante a cerimônia de formatura. Visivelmente emocionada, abraçou as professoras, que estavam surpresas com o desempenho da jovem nas provas.

— Me esforcei muito para isso! Foram noites sem dormir me dedicando aos estudos...

Rodolfo, sentado em uma das poltronas confortáveis do auditório, riu-se da astúcia da filha. Leonora, contrariada, tentou expor sua opinião.

— Você acha isso certo, Rodolfo?

— Fique em silêncio. Para vencer, não existe erro. Existe a atitude certa, na hora certa. Aplauda nossa filha. Ela tomou a atitude certa!

Leonora bateu palmas sem muito entusiasmo. Não concordava com as pequenas mentiras de Marília e com a conivência do marido. O tempo passou, e Marília conheceu Pedro na universidade. Foi com alegria que Leonora enxergava a paixão nos olhos da filha. Dotada de gênio forte, Marília exercitava sua fúria com todos que a contrariavam. O desligamento de empregados tornou-se rotineiro na mansão. Qualquer deslize ou falha era punido por Rodolfo, a pedido da filha, com demissão. Quando Pedro e Leonora tentavam contemporizar, a reação da jovem passava do choro enraivecido à posição de vítima. Certa vez, aguardando um lanche à beira da piscina com Pedro, Marília mostrava-se mais agitada que o normal.

— Que demora para servir um simples lanche! Odeio gente lerda!

— Calma, meu amor. Logo o lanche chega. Você está com tanta fome assim?

— Não estou com fome. Só não gosto de gente lerda, já falei!

— Marília, não grite comigo! Não gosto de gritos!

Marília calou-se, deitando-se na espreguiçadeira e colocando o braço para proteger o rosto do sol. Os pés cruzados contorciam-se evidenciando o descontrole vivido por ela. Ouviu a voz de Pedro sussurrar:

— Veja, seu lanche está chegando.

Marília olhou a empregada com ódio enquanto ela se aproximava com a bandeja. Em mais um gesto impensado, Marília empurrou a pobre coitada na piscina. Pedro agarrou a namorada pelos braços e a sacudiu.

— Você está louca? Olha o que fez! — gritou enquanto ajudava a mulher a sair da água.

Marília não hesitou em desferir um tapa na cara do rapaz.

— Saia daqui, Pedro! Vá embora e me deixe em paz!

Nessa época, Pedro já havia conhecido a doce Helen. A diferença entre o comportamento das duas fê-lo optar por separar-se de Marília.

Leonora sacudiu a cabeça para desvencilhar-se das recordações desagradáveis. Amava a filha e tentara dar a ela a melhor educação possível. Embora Marília apresentasse um comportamento bastante diferente depois do casamento com Pedro, Leonora ainda encontrava na filha atitudes que fugiam à normalidade. Guardava a esperança de que o amadurecimento e o amor por Flávio e Pedro lhe modificassem o caráter definitivamente.

***

Flávio já contava três anos quando Pedro recebeu a ligação da morte dos pais. Os dois retornavam de uma viagem a Paris, e Cláudio optou por um trem noturno para chegar a Madrid. Um grave acidente em Orleans levou-os à morte.

Marília estava sentada na sala, brincando com Flávio quando percebeu a palidez no rosto do marido.

— O que houve, Pedro?

O marido largou o telefone sobre a mesa e sentou-se apático e sofrido.

— Meus pais...

— O que houve com eles, meu amor?

— Eles estão mortos. O trem em que viajavam descarrilou antes de chegar a Orleans. Poucos foram os sobreviventes. Eles não escaparam.

Marília abraçou o marido procurando consolá-lo. Flávio, percebendo o afastamento da mãe, choramingou.

— Quero brincar, mamãe. Deixa o papai e vem.

Marília, a contragosto, chamou por Mirtes. Não gostava de afastar-se do filho. A governanta apareceu de imediato.

— Tome conta de Flávio para mim. Mandei a babá embora ontem. Preciso ficar a sós com meu marido.

Mirtes saiu com o pequeno no colo, que chorava e sacudia as pernas sem querer afastar-se da mãe.

— Quando você viaja? Eles serão enterrados lá? — indagou Marília friamente.

— Vou trazê-los para o Brasil. Esta é a terra deles.

— Você não acha que isso vai dar muito trabalho?

Pedro perdeu a paciência. Um rubor repentino tomou conta de seu rosto. Atirando uma almofada contra a parede, gritou:

— Você é insensível! Meus pais morreram, e você pensa em praticidade?

Marília deu as costas a Pedro. Não tinha paciência para sofrimentos intensos.

— Faça o que quiser. Afinal, são seus pais.

Pedro sentiu-se sozinho quando viu a esposa encaminhar-se para a piscina com trajes de banho, carregando Flávio no colo. Por um momento, arrependeu-se do casamento. Flávio era um belo menino, mas preferia sempre a companhia da mãe ou de Amílton. Com o mordomo, Flávio apresentava uma desenvoltura bem maior do que com o pai. Brincava horas seguidas com Amílton, sorria para ele com facilidade e presenteava-o com generosos beijos no rosto ao encontrá-lo. A afinidade entre os dois era clara. Uma afinidade que Marília não rejeitava.

Maria do Amparo e José permaneciam na casa, estagnados no tempo, esperando a ruína de Marília e Amílton. Em vão, espíritos de luz tentavam fazê-los enxergar a necessidade de abandonar o desejo de vingança. Fortaleciam-se através do estado permanente de descontrole de Marília. Ali ficariam até levá-la à bancarrota.

***

Após a morte dos pais, Pedro desenvolveu forte depressão. As brincadeiras de Flávio e o carinho da sogra não mais conseguiam afastá-lo da tristeza crônica. Marília rejeitava-o claramente. Dizia-se esgotada por tantas lamentações. Ela e Amílton encontravam-se sempre que Pedro saía para o trabalho. Conversavam por horas nos jardins ou na varanda da casa. Juntos, brincavam com Flávio. Leonora passou a desconfiar da intimidade mantida entre a filha e o mordomo.

— Você não acha que dá confiança demais a esse empregado? Amílton quase não desempenha mais suas funções. Vive cercando você e Flávio.

— Mamãe, nosso mordomo gosta de Flávio. Nenhuma babá para por aqui. Só encontro incompetentes no meu caminho. Com Amílton, Flavinho fica quieto.

Numa tarde de chuva, Leonora viu quando Amílton subiu as escadas e julgou que ele fosse brincar com o neto. Subiu degrau a degrau atrás dele sem ser vista. Com o rosto tensionado, viu quando o empregado entrou no quarto da filha sem ao menos bater na porta. Hesitou um pouco antes de abrir a porta. Quando o fez, cobriu os olhos com as mãos: Marília e Amílton enrolavam-se nus sobre a cama. Leonora sentiu o ar fugir-lhe. Com os olhos fixos, levou a mão ao peito e caiu, vítima de um infarto fulminante. Amílton e Marília só se deram conta da presença de Leonora ao ouvirem o barulho da mulher caindo no chão. Amílton vestiu-se rapidamente, e Marília, com os joelhos contraídos, chorava copiosamente.

— Ela está morta, Marília! — anunciou Amílton à amante, após verificar a pulsação da senhora.

— Meu Deus! O que vou fazer agora?

— Chorar bastante. Vou descer. Você vai se vestir e gritar por Mirtes. Ou você prefere que todos descubram porque sua mãe morreu?

— A culpa é sua, Amílton! O que vou fazer com minha consciência agora?

— Quem disse que você tem consciência? Já esqueceu o passado?

***

O funeral de Leonora foi marcado pelo desespero de Marília. Pedro e Rodolfo tentavam consolá-la, sem sucesso.

— Estava na hora dela — explicava Rodolfo.

— Você não tem culpa da morte de sua mãe, minha querida! — afirmava Pedro.

Amílton ocupou-se de Flávio enquanto durou o sepultamento. Ao retornarem à mansão, Pedro solicitou ao mordomo que dormisse no quarto do filho. A esposa, certamente, não teria condições de tomar conta do pequeno.

— Pode deixar, doutor Pedro. Fico com o Flávio sempre que o senhor precisar.

Marília tornou-se irascível durante os meses seguintes. Apenas Flávio e Amílton conseguiam aplacar sua fúria. No quarto, antes ocupado pela mãe e por Rodolfo, quebrou tudo que encontrou pela frente. Foi com horror que Pedro avistou a esposa queimando as roupas de Leonora no jardim.

— Marília, pare com isso. Deixe seu pai decidir o que vai fazer com as coisas de sua mãe!

— Ela não está mais aqui! Pra quê vou guardar essa velharia toda?

A tristeza, antes companheira de Pedro, deu lugar à preocupação com a saúde emocional da mulher. Tentara conversar várias vezes com o sogro sobre o comportamento inadequado de Marília, mas ele se negava a enxergar.

— Isso passa com o tempo, Pedro. Tome conta de seus negócios. É o melhor que você tem a fazer. Deixe Marília. Ela vai terminar aceitando a morte da mãe da mesma forma que você aceitou a morte de seus pais.

Pedro aquiesceu diante do comportamento passivo do sogro. "Talvez ele tenha razão. Isso vai passar com o tempo", pensou conformado.

A agressividade de Marília aumentava dia após dia, permutando-se e confundindo-se com a energia do ódio emanada pela presença de Maria do Amparo e José na casa.

135

CAPÍTULO 12

Renata remexia nos papéis sobre a mesa do amplo escritório. Era perfeccionista. A organização e a proatividade eram características obrigatórias a todos os empregados de sua empresa. Dirigia a organização Dumont & Martins com punhos de ferro. Renata, aos poucos, conseguiu imprimir sua personalidade na empresa que havia sido dada de presente a ela por Humberto. Astuta nos negócios, ela viu a tecnologia acenar-lhe como uma grande fábrica de dinheiro assim que assumiu a empresa. A mão de obra era altamente qualificada, e a moça escolhia pessoalmente cada um dos funcionários da empresa. Os serviços gerais, como portaria, faxina e segurança foram, sabiamente, terceirizados. Quando se sentia insatisfeita, solicitava à secretária que trocasse os funcionários terceirizados. Agora, aos 45 anos de idade, ser bem-sucedida era seu maior orgulho. Humberto, igualmente visionário, mantinha seu nome ligado à engenharia naval. Engenheiro por formação, ele transitava com êxito na execução de projetos negociados com o governo.

Humberto conheceu Renata em uma das muitas de suas viagens pelo país em busca de aventuras. Naquela época, recém-formado, Humberto iniciara sua vida profissional dando continuidade ao rico patrimônio construído pelo pai. Estava em Salvador com amigos quando decidiu abandonar o grupo e seguir para Monte Santo. Ouvira falar dos festejos juninos da cidade e entusiasmou-se para conferir de perto a fama da pequena cidade. Esse era seu objetivo inicial, mas Renata cruzou seu caminho disposta a encontrar um bom partido e largar a vida carregada pela rotina e sem perspectivas. A jovem era bonita e simples, usava apenas um vestido de flores miúdas.

Humberto se deu conta dos olhares insistentes da moça. "Conquistar uma caipira até que não seria mal", pensou, aproximando-se.

— Você é de Monte Santo?

— Sim, eu sou. Agora, você, eu tenho certeza de que não é — respondeu Renata piscando-lhe o olho.

Humberto sorriu e resolveu investir no que ele pensava ser apenas uma aventura de férias. Os dois se apaixonaram. Renata havia encontrado finalmente a solução para a vida monótona que levava. Depois da união, Humberto viu seus negócios serem ampliados de forma intermitente. Com o nascimento da filha Vanessa, a família retornou a Monte Santo para reencontrar Maria do Amparo e José. O terror que invadiu o coração de Renata ao ouvir o relato dos vizinhos jamais foi esquecido pela empresária. Com a filha no colo, gravou o nome e a descrição da mulher que havia assassinado a irmã, o cunhado e roubado o sobrinho. Amparada por Humberto, Renata transformou a dor em promessa de vingança. Faria tudo que estivesse ao seu alcance para encontrar o filho de Maria do Amparo e colocar a responsável por aquela tragédia na cadeia.

***

Renata aguardava alguns diretores da empresa para iniciar uma reunião. Restava ainda meia hora para que ela revisasse a pauta da reunião. Por mais que a secretária executasse a tarefa com eficiência, ela tentava encontrar algum defeito ou alguma falha. Quando isso não acontecia, Renata chamava a funcionária, uma jovem talentosa, e procurava diminuí-la.

— Dessa vez, você conseguiu não errar! — exclamava em tom irônico.

— Obrigada, dona Renata.

— Não errou na pauta da reunião, não errou nos relatórios, não errou em minha agenda...

— Obrigada, dona Renata.

— Mas, infelizmente, querida, errou na combinação horrorosa dessa roupa. Você fica na antessala de meu escritório. É com você que os clientes da Dumont & Martins têm contato em primeiro lugar, portanto, dê seu jeito e troque essa roupa.

A jovem, acostumada a ser humilhada pela patroa, ficou ruborizada.

— Dona Renata, não tenho como trocar de roupa.

— Há um *shopping* aqui perto. Vá até lá, compre roupas novas e volte a tempo para a reunião.

— Não tenho dinheiro para isso — contemporizou.

— O que lhe pago é mais do que suficiente para que você se vista bem. Essa é apenas uma de suas inúmeras obrigações.

A jovem saiu com o coração doído. Sustentava os pais, pagava aluguel, estudava. Ganhava bem, no entanto, não poderia gastar dinheiro à toa. No corredor, encontrou a recepcionista do andar.

— Márcia, me empreste sua roupa.

— Qual o motivo para trocar de roupa com você, Ana?

— Dona Renata mandou que eu fosse ao *shopping* comprar roupas novas. mas não tenho dinheiro. Me ajuda, vai. Corro o risco de perder o emprego se não aparecer com outra roupa.

As duas fizeram a troca no banheiro do andar, e Ana retornou para a sala da patroa.

— Estou melhor assim, dona Renata?

Renata riu, apontando a caneta preta com detalhes em ouro para Ana.

— Você nunca vai ficar melhor do que isso, garota. Agora saia. Preciso ficar um pouco sozinha antes da reunião.

Sozinha na sala, Renata justificou-se com a própria consciência: "Isso vai fortalecê-la!".

Passou o *mouse* sobre alguns *links* de uma agência de viagens. Há tempos, planejava tirar férias. Sentiu as mãos geladas ao se deparar com um roteiro que incluía uma noite em Monte Santo. Estagnada pelo ódio plantado por Lurdes em sua alma, lembrou-se do sorriso largo da irmã e do seu jeito despachado e alegre. Pegou o telefone, apertou o ramal interno e tornou a chamar a secretária.

— Ana, venha até aqui.

A jovem entrou, ajeitando a roupa.

— Pois não, dona Renata.

— Preciso que você ligue para este número — disse entregando um cartão com números de telefone. — Faça isso o mais rápido possível. Marque para hoje, se ele tiver horário. Ou melhor, marque para hoje com ou sem horário. Avise que pagarei bem.

Desde a descoberta do assassinato da irmã, Renata não poupava esforços para encontrar o sobrinho e a assassina. Contratou inúmeros detetives, mas nunca conseguiram finalizar o caso. A mulher que matara a irmã e fugira com o sobrinho não deixara pistas.

A reunião transcorreu como de costume. Renata procurava estabelecer com todos os envolvidos vínculos de produtividade e eficiência. Era justa em suas relações profissionais, tratava as eventuais falhas com rigor, já que oferecia aos empregados possibilidade de crescimento e progresso. O sucesso para ela era apenas o reflexo natural da disciplina e da dedicação ao trabalho. Quando era interrogada por Humberto sobre a maneira como conduzia os negócios, ela respondia com naturalidade.

— Humberto, a vida só é difícil para quem a complica. O trabalho é a única lei imutável que conheço. Não sou injusta com meus empregados: dou a eles possibilidade de crescimento. E só cresce quem trabalha.

Humberto ficava calado. Embora tivesse nascido em berço privilegiado, passou a valorizar o trabalho após o casamento com Renata. Se não tivesse sido ela, teria perdido grande parte de seus bens ante as inúmeras crises econômicas vividas no país. No início do casamento, julgou ser um entusiasmo passageiro o interesse da esposa pelo mundo dos negócios. Ela havia levado uma vida difícil em uma cidade interiorana. Casara-se jovem e passou a viver o mundo deslumbrante da sociedade tradicional paulistana. Humberto percebia a desenvoltura com que Renata se adaptava à nova vida. Em um jantar, onde estavam presentes vários empresários acompanhados das respectivas famílias, Humberto se deu conta de que a mulher se saía melhor nas conversas sobre economia e empreendimentos que nas conversas sobre moda e festas. Nesse dia, decidiu presentear a esposa com a possibilidade de uma pequena empresa. Em pouco tempo, ela transformou o presente do marido num verdadeiro império.

***

Renata aguardava com ansiedade a chegada do detetive com o qual a secretária fizera contato. Ele apresentava ótimas referências, e ela alimentava a certeza de que um dia encontraria o sobrinho e colocaria nas mãos da justiça a assassina de Maria do Amparo e José. O homem chegou no horário marcado e foi anunciado por Ana.

— Dona Renata, o investigador já está aqui.

— Mande-o entrar, Ana. Peça a alguém da copa para servir-nos café e depois pode ir. Já está na sua hora da universidade. É bom que você termine logo seus estudos e amplie sua visão do mundo.

Ana sorriu pela maneira sempre contrastante da patroa tratá-la. No início da tarde, deixou-a nervosa, exigindo que ela trocasse de roupa. No final da tarde, estimulava-a a concluir os estudos. "Talvez, por isso, tanta gente consiga crescer dentro da empresa!", concluiu.

Renata levantou-se para receber o detetive. Os dois apresentaram-se formalmente, e ela foi direto ao assunto. Entregou ao homem algumas fotos da irmã e do sobrinho recém-nascido — que ela havia recebido de Josefa na ocasião de sua ida a Monte Santo —, a cópia do registro de Lurdes na pensão de Gilda e os relatórios feitos por outros detetives que tentaram, sem sucesso, resolver o caso. Antônio era experiente e contava nos dedos os casos marcados pelo insucesso. Examinou atentamente o material entregue por Renata, fez algumas perguntas e quis saber se ela tinha o retrato falado de Lurdes. Renata acenou a cabeça afirmativamente. Tirou da gaveta um papel amarelado e entregou ao homem.

— Esta é a única prova contra essa mulher. Esse retrato foi feito por um profissional levado a Monte Santo por um dos detetives que contratei.

— Ela está mais velha, é claro, mas passarei o retrato para um especialista. Ele poderá fazer novo retrato, modificando os traços da juventude e acrescentando outros característicos da idade com que deve estar neste momento.

— Caso encontre meu sobrinho e essa assassina, sua recompensa será grande.

— Quero receber apenas o que estou estabelecendo como preço para meu trabalho. Apenas isso.

140

Renata impressionou-se. Era a primeira vez que um investigador agia daquela forma. "É um profissional. Gosto de gente assim. Fará um bom trabalho. Encontrará meu sobrinho!", pensou satisfeita, enquanto se despedia de Antônio.

— Aguardo notícias. Ligue quando calcular as despesas iniciais para iniciar suas investigações.

— Vou estudar o caso cuidadosamente. Assim que tiver uma linha de investigação, farei contato. Até breve.

Renata perdeu-se em pensamentos. Girou a confortável cadeira e ficou olhando os prédios pelo vidro fumê da janela. Decidiu abri-la. Quase nunca fazia isso. Ficava diariamente até altas horas no escritório. Era sempre a última a sair da empresa. A visão da Avenida Paulista deixou-a extasiada. São Paulo nunca parava. O movimento de carros era intenso. As luzes do centro nervoso da cidade confundiam-se com a luz da lua cheia que enfeitava o céu da cidade, que tão bem a recebera. Relembrou as noites de Monte Santo, onde a conversa interminável era sempre amparada por um céu estrelado e pelo vento. O sentimento de culpa tomou conta do coração de Renata. Desde a morte de Maria do Amparo, vez por outra, sentia-se culpada por não ter dado mais atenção à irmã, por não ter mantido um vínculo mais forte com ela. Achava que o crime poderia não ter acontecido se ela tivesse orientado melhor Maria do Amparo. A irmã era extremamente ingênua. Crédula, achava que todos carregavam na alma as mesmas boas intenções que ela. Quando eram crianças, Maria do Amparo dividia o pouco que tinha com colegas da mesma idade. Doces e poucos brinquedos eram dados a outras crianças generosamente pela irmã, que nunca recebia a mesma generosidade em troca. O barulho do trânsito inundou a sala de Renata. Ela fechou as janelas, puxou as cortinas, trancou a sala e saiu. Ao chegar em casa, encontrou Humberto com um largo sorriso no rosto e um celular na mão.

— Boa noite, meu amor. Já chegou há muito tempo?

Humberto beijou a esposa com carinho.

— Tentei falar com você ainda há pouco, mas não consegui.

— Vá tomar banho. Espero você aqui embaixo. Tenho novidades. Contarei durante o jantar.

Renata dirigiu-se para seus aposentos, e a governanta a acompanhou em silêncio. Renata mantinha uma rotina inalterável. Sua agenda era minuciosamente checada pela governanta da casa para que nenhum compromisso fosse esquecido. Observou sobre a cama um vestido mais simples e sandálias baixas. Aquilo era sinal de que jantaria em casa com o marido. Agradeceu:

— Obrigada, Giovana. Gostei de sua escolha.

— Quando quiser, avise-me para que eu mande servir o jantar.

— Está certo. Assim que estiver pronta, mando avisá-la.

Renata tomou um banho demorado. Era vaidosa e caprichosa. Gostava de adequar roupas mais simples para ficar em casa e desfrutar dos poucos momentos de intimidade com o marido. O amor os mantinha unidos, apesar da distância imposta pela vida profissional que ambos levavam. Vestiu-se e desceu. Humberto a esperava com duas taças de vinho nas mãos.

— Se você demorasse mais um pouco e o vinho não fosse de boa safra, teríamos vinagre nas taças.

— Você nunca escolheria um vinho desse tipo e sei bem que você fica prestando atenção nos meus passos para servir o vinho. Mas, me diga. Qual o motivo dessa felicidade, meu amor? Fechou algum outro projeto para os portos brasileiros?

Humberto voltou a sorrir e entregou a taça de vinho à esposa.

— Falei com Vanessa hoje. A apresentação da dissertação dela será na próxima semana. Se tudo der certo, ela em breve estará de volta.

Renata e o marido brindaram pela conquista da filha.

— Tenho procurado não falar com ela. Sei que está na conclusão do mestrado e não quero atrapalhar com a minha saudade.

— Ela se parece muito com você. É determinada, aprende tudo com facilidade e também se interessa por tecnologia. Afirma que a grande revolução da humanidade só vai acontecer quando todos tiverem as mesmas possibilidades de comunicação e acesso ao conhecimento.

— Quando ela voltar, se quiser, poderá ficar ao meu lado na empresa. Também acredito nessa mudança imposta pela tecnologia. Me orgulho dela, Humberto. Me orgulho de nossa família!

— E eu me orgulho de você!

Os dois dirigiram-se para a sala de jantar. Giovana já estava a postos para servi-los. Humberto e Renata mantinham-se apaixonados mesmo após tantos anos de casamento. Ele atribuía isso ao fato de a mulher não ter se tornado dependente dele nem emocional, nem financeiramente. Ele era invejado pela maior parte dos amigos com os quais convivia. Todos, sem exceção, buscavam relacionamentos fora do matrimônio. Ele jamais precisara disso. Renata o completava. Durante o jantar, conversaram sobre a vida profissional e fizeram planos para uma viagem de férias. Com preocupação, Humberto percebeu na esposa certa tristeza no olhar.

— O que houve, meu amor? Você parece entristecida.

— Nada demais, Humberto — respondeu Renata, ajeitando o guardanapo no colo.

— E o que é esse nada demais?

— Contratei outro detetive para investigar o caso de Maria do Amparo. Tenho esperanças de que ele resolva o caso dessa vez.

— Renata, sei que você não se conforma com toda aquela tragédia. Eu, que pouco convivi com sua irmã, também me pego revoltado vez por outra. Mas não gostaria que você criasse novas expectativas com relação ao caso. Durante todos esses anos, tentamos em vão chegar até essa assassina. A polícia já arquivou o caso. Acho mesmo, minha querida, que só Deus poderá fazer com que você encontre seu sobrinho. Não quero ver você mais uma vez sofrendo.

— Prometo a você de que essa será minha última tentativa. Tenho esperanças sim, mas se não conseguir atingir meus objetivos, esqueço o caso e entrego para esse tal de Deus. Esse mesmo que consentiu a morte de minha irmã de forma tão trágica.

Humberto segurou a mão da esposa com ternura.

— Só não quero que você sofra.

Os dois terminaram o jantar e sentaram-se na sala, sob a guarda discreta de Giovana. Renata lembrou-se de que havia deixado ordens para mudanças no jardim. Comprara pessoalmente algumas mudas de plantas e chamou a governanta para se certificar de que o jardineiro havia cumprido suas ordens.

— Giovana, o jardineiro fez o trabalho conforme mandei?

A governanta respondeu formalmente:

— Gostaria que a senhora mesma verificasse isso.

Renata voltou-se para o marido, puxando-o pela mão.

— Vamos até lá comigo, Humberto. Pelo tom de Giovana, já sei que ele fez alguma coisa errada.

— Deixe isso pra lá. Que diferença faz uma planta em um lugar ou em outro?

— A diferença de uma ordem não cumprida. Apenas isso, meu querido.

Giovana acompanhou o casal. Sabia que Renata não aprovaria o serviço. Tentou inúmeras vezes avisar o rapaz que a patroa era perfeccionista e que gostava de suas ordens cumpridas com rigor. O jardineiro não acatou os conselhos da velha governanta. Após passar os olhos pelo jardim, pediu a Giovana para chamá-lo. O rapaz chegou sonolento, tirando o boné e colocando-o sobre o peito em sinal de falsa submissão.

— Há quanto tempo você trabalha nesta casa, rapaz?

— Há dois anos, senhora.

— Se você trabalha nesta casa há dois anos, deve saber que não fico muito satisfeita com a incompetência, não é mesmo?

— Senhora, só achei que as plantas ficariam melhor nessa posição.

— E desde quando lhe pago para que você tenha algum tipo de opinião sobre minhas ordens?

O jardineiro emudeceu. Humberto saiu sem ser notado pela esposa. Sabia que, nesses momentos, ela era soberana e não suportava ser contrariada. Achava graça no comportamento audacioso de Renata. Da varanda, acompanhava o desenrolar dos acontecimentos. Viu quando a esposa solicitou com a voz mansa e pausada que o jardineiro refizesse o trabalho.

— Pois bem, sei que seu horário de descanso deve ser preservado e é garantido por lei. Mas sei também que contratei você para fazer o que mando, o que é, igualmente, garantido pelas leis trabalhistas. Se eu não falho em relação às minhas obrigações com meus empregados, você também não pode falhar!

— Mas, dona Renata...

— Sem mais e sem menos! Amanhã, quero o trabalho refeito. Quero que tudo fique como eu determinei. Faça sua parte, rapaz, ou sua incompetência será presenteada com sua demissão. De repente, contrato até uma dessas equipes com carro de som, fogos e balões de gás para que eles entreguem a você sua carta de demissão. Seria lindo, não é mesmo?

Renata deu de costas e saiu ao encontro de Humberto. Giovana e o jardineiro ficaram conversando quando, da varanda, a governanta ouviu a ordem:

— Giovana, coloque-se em seu lugar de governanta. Não quero cochichos e muito menos compaixão por quem não faz o trabalho de forma correta. Pode ir para seu quarto.

Humberto abraçou-a.

— Você não acha que, às vezes, é dura demais com eles?

— Se eu fosse dura demais, não teria empregados trabalhando para mim durante tantos anos. Respeito ao trabalho é uma coisa a qual dou muito valor.

Humberto e Renata se recolheram. O amor entre eles era verdadeiro e intenso. Experimentavam uma intimidade e afinidade muito grandes. Admiravam-se mutuamente, e isso se refletia nos momentos de privacidade. Eram vitoriosos e prósperos. Apenas Renata ainda tinha um vazio não preenchido: a procura pelo sobrinho atormentava-a dia e noite. Antes de pegar no sono, conversou, em pensamento, informalmente com Deus: "Olha só, Deus, quero encontrar meu sobrinho. Todos vivem por aí falando de Sua bondade. Minha vida é muito boa, mas sou eu que a torno boa todos os dias. Eu queria muito que o senhor fizesse Sua parte e me ajudasse, pelo menos uma vez, a encontrar o filho de Maria do Amparo".

Renata adormeceu rapidamente. O trabalho, o amor do marido, o sucesso da filha e a lealdade dos empregados deixavam nela sempre a consciência do dever cumprido. Vez por outra, tinha sonhos que lhe apontavam soluções para os problemas da empresa. Em outros, sonhava com pessoas desconhecidas, que se dispunham a explicar-lhe sobre assuntos diversos. Desses últimos, quase não se recordava.

***

145

Marília experimentava momentos de grandes transformações. A morte do pai foi seguida pela notícia de que Pedro estava gravemente enfermo. Com a doença do marido, Marília mostrou-se cada vez mais descontrolada. Tratava Flávio com exagerado mimo. O rapaz, acostumado às facilidades ofertadas sem medida pela mãe, concluiu a faculdade com extrema dificuldade. A empresa herdada por Pedro passou a fazer parte do grupo empresarial de Rodolfo. Com a evolução rápida da doença do marido, Marília entregou-se aos desmandos financeiros, colocando a administração de seus bens nas mãos inábeis e pouco escrupulosas de Amílton. Diariamente, após a internação de Pedro para sessões de quimioterapia, Marília passou a frequentar joalherias e concessionárias de automóveis. Desnecessariamente, comprava e deixava de efetuar os pagamentos, demitia empregados sem lhes pagar as indenizações devidas, fazia viagens constantes apenas para gastar dinheiro. O amante, por sua vez, gastava tudo o que podia nas mesas de jogos. Numa noite, Amílton anunciou-lhe a sentença financeira.

— Estamos falidos, Marília!

— Como assim falidos? Isso é alguma brincadeira de mau gosto?

— Não, não é. A diretoria financeira da empresa me procurou hoje cedo. Perguntaram se você tinha mais alguma coisa em seu nome.

— Esta casa é minha. Tenho algum dinheiro guardado e sei que você também tem.

— Vamos passar a casa para o nome do Flávio. Só dessa forma não correremos o risco de perdê-la.

— O que você fez com a empresa, seu idiota?

— Os tempos mudaram muito, Marília, e a empresa não acompanhou essas mudanças. Decidi aplicar os lucros da empresa em ações que despencaram.

Marília fixou-o com os olhos vermelhos de raiva. Começou a socá-lo e a gritar, chamando a atenção de Flávio, que estacionava o carro na garagem.

— Não tem jeito e não há o que fazer. Amanhã, os advogados da empresa estarão aqui pela manhã. A casa e os carros serão passados para o nome de Flávio. Você gasta dinheiro todos os dias desde que

Pedro adoeceu. Ele era um verdadeiro banana nos negócios também. Já me entregou a empresa quase quebrada.

Flávio entrou na sala repentinamente.

— O que está havendo, tio Amílton? Ouvi você falar que estamos falidos. É verdade? Como isso pôde acontecer? Meu pai sabe disso, tio?

Marília tentou esconder a verdade de Flávio.

— Você ouviu errado, Flávio. É exagero do Amílton.

Amílton olhou para Flávio enquanto o rapaz desmentia Marília.

— Não ouvi errado não, mãe! E agora? O que vamos fazer?

Amílton pôs o rapaz sentado. Reconhecia-se tão irresponsável quanto Marília, mas o carinho e a necessidade de proteger Flávio de toda a loucura que sempre viveram eram enormes.

— Flávio, passaremos a casa para seu nome. A empresa de seu pai está devendo muito dinheiro no mercado. Não temos mais possibilidade de recuperar nosso crédito. Com a casa em seu nome, vocês terão a garantia de não perder o imóvel. Temos dívidas de todos os tipos.

Marília experimentava a sensação de derrota. Não saberia viver sem o luxo. Não saberia viver como pobre.

— Tenho algumas joias. Podemos vendê-las. Tenho dinheiro no banco também. Ah, e os carros também!

— Os únicos carros quitados são o de Flávio e o de Pedro. Os outros, ou melhor, todos os que você comprou não foram pagos e, em breve, serão tomados pelos bancos. É bom que você passe seu dinheiro em conta também para o Flávio. A empresa de Pedro está em seu nome, e ele também está sujo na praça.

Marília atirou um vaso de porcelana contra o espelho da sala.

— A culpa é da incompetência do seu pai. Ele sempre foi todo bonzinho, decentezinho, bonitinho. Agora está tomado pela podridão da doença, e nós estamos na ruína!

— Não fale assim de meu pai, mãe. Ele sempre foi um bom homem para você e agora está doente.

— Pois eu quero mesmo é que ele morra logo! Não aguento ser obrigada a fazer visitas no hospital. E o médico já falou que a doença dele não tem cura.

— Pare com isso, mãe! Pare!

— Não gosto mesmo de doentes e fracos, Flávio! Aquele cheiro de éter, maquininhas apitando, enfermeiras de caras amarradas, médicos loucos. Não aguento isso por muito mais tempo.

Amílton decidiu intervir. Não gostava que Flávio presenciasse as cenas que evidenciassem o real caráter de Marília.

— Suba, Flávio. Vá trocar de roupa. Sua mãe está nervosa. Amanhã, ela estará mais calma. Preciso que não saia amanhã pela manhã. Conversaremos com os advogados da empresa, e você entenderá tudo o que está acontecendo.

Marília serviu-se de uma dose de uísque.

— Preciso beber para tentar esquecer essa loucura toda!

— Largue esse copo! Você se entope de calmantes antes de dormir. Essa mistura não vai lhe fazer nada bem!

Marília sorveu num único gole o conteúdo do copo. Num canto da sala, Maria do Amparo e José confraternizavam-se pelo pequeno êxito. Mirtes, a única que se mantivera fiel aos desmandos de Marília, arrepiou-se ao enxergar dois vultos na sala da casa. Católica fervorosa, a mulher tentou avisar à patroa de que aquele comportamento não era apropriado.

— Pare com isso, dona Marília! Vou chamar um padre para benzer esta casa. Já estou até vendo coisas!

— E desde quando você ganha para enxergar alguma coisa aqui, sua demente? Pare com essas tolices e me deixe em paz!

— Já não recebo há muito tempo e sou a única que permanece ao seu lado.

Marília subiu as escadas e abriu a porta do quarto com extrema raiva. Engoliu três comprimidos de uma única vez, bebeu um gole de água e atirou o copo contra a parede. Amílton subiu atrás dela.

— Marília, vá tomar um banho e colocar uma roupa limpa. Você está com a mesma roupa há dois dias!

— Me deixe em paz! Me deixe em paz! Preciso dormir e esquecer esse pesadelo!

***

Em seu quarto, Mirtes se pôs a rezar diante da imagem de Nossa Senhora, que pertencera à patroa. Uma pequena luminosidade se fez em volta da velha empregada. Deitou-se na cama e logo pegou no sono. Sonhou com Leonora pedindo que ela não abandonasse a filha.

***

No hospital, naquele exato momento, Pedro experimentava a agonia da morte.

CAPÍTULO 13

Flávio acordou cedo, fez a barba e arrumou-se com esmero. As finanças da família haviam se esgotado, e ele precisava encontrar um emprego para garantir o próprio sustento e o da mãe. A casa, antes luxuosa, já apresentava as marcas da falta de zelo e do tempo. Todos os empregados haviam ido embora, exceto Mirtes, que se desdobrava para dar conta do serviço. O jardim viçoso, que funcionava como cartão de visitas, transformara-se num matagal. Amílton, obrigado também pelas circunstâncias a conseguir dinheiro, voltou a atuar no mundo do jogo, administrando um estabelecimento com inúmeras máquinas caça-níqueis.

Flávio, antes de sair, tornou a checar o endereço da empresa fornecido por uma amiga. Conhecia bem a Avenida Paulista e sabia que lá se localizava um dos maiores grupos empresariais da cidade. Olhou com desalento o frasco do último perfume comprado: estava vazio. Foi até o quarto da mãe numa tentativa de encontrar nas coisas de Amílton alguma fragrância que o agradasse. Desde a morte do pai, aceitara sem dificuldades o relacionamento entre Marília e Amílton. Sentia por ele verdadeiro carinho. Encontrou Marília com uma máscara nos olhos.

— Mãe, como você consegue dormir tanto?

Marília descobriu os olhos.

— O que você quer, Flávio? Não tenho nem mais o direito de dormir? — perguntou com a voz embargada.

— Tem, mãe. Claro que tem. Tio Amílton me disse que você tem exagerado nos calmantes. Seu sono não é natural, é induzido. Esse é o problema.

— Tenho muitos pesadelos, meu filho. Preciso dos remédios. Você vai aonde tão bem-arrumado?

— Falei pra senhora ontem. Uma amiga da faculdade me indicou para uma entrevista de emprego. Parece que a empresa é bem grande. A entrevista está marcada para as onze horas. A senhora sabe se tio Amílton ainda tem algum perfume?

— No armário, naquela primeira porta.

Flávio abriu a porta do armário e ficou surpreso: perfumes importados, relógios caros, correntes de prata e de ouro.

— Onde ele consegue dinheiro para tanta coisa?

— Ele trabalha, Flávio.

— Mas trabalha em quê? Desde que papai morreu, aceitei sua relação com tio Amílton, mas não sei nada sobre a vida dele antes disso ou a partir daí. Ele sempre sai à tardinha e só volta de madrugada. Que trabalho é esse?

— Como vigia.

— Mãe, você acredita nisso? Desde quando um vigia noturno tem dinheiro para gastar com essas coisas?

Marília começou a demonstrar insatisfação com a conversa.

— Flávio, você tem hora, não tem?

— Tenho sim, mãe.

— Então, escolha logo o perfume e vá fazer essa entrevista. O dinheiro de Amílton não é suficiente para pagar as contas da casa.

Flávio borrifou o perfume nos pulsos e no pescoço e perguntou à mãe se estava bem-arrumado. Marília desarmou-se.

— Você é lindo, meu filho. É o meu maior presente.

Maria do Amparo e José, abraçados, emocionaram-se ao ver o filho. Uma luz intensa se fez presente diante dos dois, e uma mulher apresentou-se.

— Irmãos, desistam dessa vingança. A vida vai se encarregar de cuidar das coisas. O filho de vocês é um bom rapaz. Trilhará bons caminhos. Venham comigo.

Maria do Amparo tentava aguçar a visão para reconhecer a dona daquela voz tão doce.

151

— Venha, Maria do Amparo. Venha comigo. Você e José estão acorrentados à vingança, e o único sofrimento que podem causar é a vocês. Venham. Há muito trabalho a fazer, muito a aprender. Libertem-se desse sentimento. Já está na hora. Vocês têm o direito de escolher o caminho a seguir. Há anos permanecem nesta casa esperando pela ruína de Marília. Não percebem, entretanto, que estão estacionados no tempo.

José notou Maria do Amparo fraquejar e disse:

— Maria, lembre-se de tudo que essa mulher fez com nossa família. Enganou, iludiu, tirou nossas vidas, roubou nosso pequenino.

A lembrança de toda a infelicidade provocada por Marília fez com que Maria do Amparo retomasse a revolta e o ódio. A figura de Josefa, aos poucos, foi desaparecendo diante dos dois.

***

Flávio chegou com antecedência para a entrevista. A Avenida Paulista fervilhava de gente e carros. Entrou no prédio luxuoso, identificou-se na portaria e subiu. Na antessala do escritório de Renata, Ana o recebeu com reservas, examinando o currículo entregue pelo rapaz. Às onze horas em ponto, Ana o levou até a presença da executiva.

A empresária olhou-o de cima a baixo, mantendo um silêncio interminável para Flávio. Ela se fixou na tela do computador e dirigiu-se para a secretária:

— Ana, prepare os relatórios antes do horário de almoço. Não quero atrasos. Verifique, também, a acomodação para a equipe de marketing que chegará a São Paulo amanhã. Essa equipe fará um treinamento para todos os funcionários. Pode ir, Ana.

Flávio estava gelado. As mãos suadas e inquietas denunciavam o nervosismo experimentado pelo silêncio que imperava na sala. Resolveu quebrar o gelo e apresentar-se.

— Doutora Renata, meu nome é Flávio e...

Renata não permitiu que ele continuasse a frase.

— Não sou "doutora", rapaz. Não defendi nenhuma tese e já sei qual é o seu nome. Em minha empresa, ninguém entra sem que eu saiba ao menos o nome.

Flávio tentou desculpar-se. Não queria pôr tudo a perder. Precisava do emprego para auxiliar a mãe. Manteve-se firme ante o olhar endurecido da executiva. Renata continuou sua preleção.

— Vejo que você, embora graduado, não tem nenhuma experiência no mercado. Seu currículo mostra apenas algumas incursões na empresa de seu pai. Sei, também, que esta empresa abriu falência há algum tempo. Como você deixou que isso acontecesse?

Flávio ficou envergonhado com a constatação de Renata. Por instantes, veio-lhe à mente a sensação de fracasso e inconsequência por não ter participado mais ativamente dos negócios de Pedro. Não sabia de que forma poderia responder ao questionamento dirigido a ele.

— Não sei o que responder, senhora.

Renata esboçou um sorriso irônico.

— Espero, então, que ao menos saiba trabalhar. Vou lhe dar o emprego porque você foi indicado por uma antiga funcionária da empresa. Apenas por isso. Não acredito que você consiga ou tenha capacidade para trabalhar em meu grupo. Aqui na Dumont & Martins a competência é marca registrada. Faço caridade fora daqui. Na minha empresa, eu trabalho e exijo o mesmo dos meus funcionários.

Renata chamou a secretária e pediu que ela levasse Flávio ao departamento de recursos humanos para os procedimentos de admissão. Sem olhar para ele, voltou-se para a tela do computador e avisou.

— A partir de amanhã, abandone essas roupas de adolescente eterno e venha vestido de forma mais adequada. Você atuará nas rotinas administrativas do departamento de marketing.

Ana sinalizou com as mãos para que Flávio a acompanhasse. Ele, buscando ser educado, agradeceu.

— Obrigado pela oportunidade, dona Renata.

— Não agradeça, trabalhe! A partir de agora, essa é sua obrigação.

Flávio teve ímpetos de sair e não mais voltar. Enfrentou todos os trâmites burocráticos para a admissão e percebeu o profissionalismo em todos os funcionários com os quais tivera contato. "Não sei como essas pessoas conseguem aturar essa mulher!", pensou. Saiu do prédio com uma resolução: ficaria ali apenas pelo tempo suficiente para ganhar experiência e conseguir um emprego melhor. Ficou caminhando pela avenida e pensando no quanto sua vida tinha mudado. De certa forma, julgava-se também responsável pela situação vivida pela família.

153

Jamais levara a sério os estudos e as orientações do pai para que ele participasse efetivamente dos negócios. Olhou os prédios imponentes e jurou reerguer a família.

***

Ana entrou na sala de Renata com os relatórios prontos e os colocou sobre a mesa. Jamais entrava na sala da executiva falando. Renata olhava com interesse o computador. Com o dedo indicador correndo sobre a tela, lia uma mensagem enviada pelo investigador contratado. Ao término da leitura, apoiou a cabeça com as mãos.

— O que houve, dona Renata? Posso ajudar?

Renata, desolada, voltou os olhos para a secretária:

— Infelizmente não, Ana. O investigador que contratei para solucionar o caso de minha irmã me enviou um e-mail desistindo do caso. Eu depositei muitas esperanças nele. Parecia competente. Afirma que não encontrou sequer uma pista sobre a assassina de Maria do Amparo. Parece que a assassina virou fumaça.

Ana acompanhava o drama de Renata havia bastante tempo. Começara na empresa como estagiária e, com muito esforço, conquistara a confiança da empresária, passando a assessorá-la. Muitos foram os detetives contratados, e todos, depois de certo tempo, terminavam desistindo do caso. A jovem sabia que nada na vida era obra do acaso. Nascera em berço espírita e dedicava-se aos estudos doutrinários para tentar compreender melhor a vida. Há tempos tentava analisar o caso sob a ótica do Espiritismo. Embora enfrentasse situações embaraçosas produzidas pelo gênio difícil de Renata, Ana nutria por ela grande afeto e torcia para que o passado não se transformasse num pesado fardo. Intuitiva, tomou coragem e começou a falar:

— Dona Renata, muitas vezes, vivemos situações que não conseguimos compreender.

— Compreendo muito bem a história de minha irmã: foi vítima de uma assassina fria e cruel — respondeu Renata, enraivecida.

— Sim, dona Renata, sem dúvida. O assassinato de sua irmã foi realmente uma crueldade, e é justamente disso que estou falando. Quando não conseguimos resolver uma questão, o melhor a fazer é aceitar o que nos é imposto pela vida.

— Mas isso é passividade, Ana. Não vou sossegar enquanto não colocar as mãos nessa tal Lurdes e reencontrar meu sobrinho.

— Não estou dizendo que devemos ser passivos diante da vida e dos fatos. Não é isso.

— Você está sim falando de passividade, e eu não sou passiva. Não posso ser passiva, Ana. Minha irmã foi vítima de uma louca.

— Dona Renata, a senhora tem procurado durante todos esses anos a assassina de sua irmã. Tem sido incansável também para localizar seu sobrinho. Todos os seus esforços têm sido em vão. Nenhum dos detetives contratados conseguiu uma única pista, e todos, sem exceção, abandonaram o caso, por mais que a senhora tenha oferecido recompensas altas.

— Só vou sossegar quando solucionar isso.

— A senhora sabe que sou espírita, não é?

— Sei disso. Um funcionário tentou denegrir sua imagem quando promovi você. Me enviou um e-mail falando de sua religião. Fiz a carta de demissão dele na hora. Não admito nenhum tipo de preconceito em minha empresa.

— Fiquei sabendo disso. Minha admiração pela senhora é enorme e só aumentou depois desse fato.

— Ficou sabendo como? Pela rádio-peão?

As duas riram. Renata, poucas vezes, apresentava-se descontraída no trabalho. Ana se deu conta de que poderia seguir com o assunto.

— O Espiritismo nos mostra diariamente que a vida segue caminhos muitas vezes estranhos, para nos fazer progredir. Os laços de família são muito fortes. Antes de reencarnarmos, escolhemos viver determinadas situações. A escolha é nossa. Muitas situações que experimentamos na jornada terrena não passam de reflexos das ações praticadas em vidas passadas.

— Quer dizer que minha irmã escolheu ser assassinada?

— Certamente não. Deus não permitiria a expiação de nenhuma falta por meio de faltas mais graves. Se isso funcionasse dessa forma, as atrocidades nunca teriam fim.

— Então, por que minha irmã sofreu essa crueldade? Ela era uma boa pessoa. Era inocente e ingênua.

— Talvez tenha atraído essa situação ou o ódio dessa tal Lurdes em outras experiências. Acho que tudo isso está ligado ao perdão mútuo das partes. Muitos são os casos de afastamento de familiares. Nascem e são criados num mesmo núcleo por toda a vida ou percorrem caminhos diferentes. Seu sobrinho foi arrancado de sua convivência bruscamente. O sofrimento que se abateu sobre sua família foi e é grande. Mas o reencontro é certo. Um dia ele vai acontecer, e todos vocês compreenderão melhor o que aconteceu.

— Você acha que ainda vou conseguir encontrar meu sobrinho?

— Acho não, tenho certeza. Se não for nesta encarnação, será no astral ou em outra possibilidade de contato na matéria. Chegará o dia em que tudo isso será devidamente esclarecido.

Renata ficou pensativa. No fundo, já havia perdido as esperanças de reencontrar o sobrinho e entregar Lurdes à justiça.

— Gostaria de ter certeza disso, Ana.

— Um dia, a senhora terá essa certeza. Se quiser, posso indicar alguns livros.

— Já li alguns romances espíritas. Acho-os mais próximos da ficção do que da realidade. No final, todos terminam bem e se amando.

— Os romances espíritas são o reflexo da vida. O progresso do qual o Espiritismo fala não é apenas material. É, principalmente, espiritual. E o progresso e a elevação moral e espiritual são caminhos que todos nós vamos experimentar um dia. Tudo em nossas vidas segue o caminho do bem.

— Mas muitas pessoas vivem e morrem na infelicidade. A miséria e a doença são companhias constantes na vida de algumas pessoas.

— Se a senhora entender a vida apenas como uma única passagem pelo mundo, sim. Entretanto, se tentar compreender a reencarnação como realidade, vai entender que ninguém é infeliz pela eternidade.

— Pode ser, Ana. Pode ser. Agora, vamos tratar das coisas aqui da Terra. Essas não esperam. Acompanhe de perto a atuação do novo funcionário. Não gostei dele. Há alguma coisa estranha com aquele rapaz. Só o admiti para atender a um pedido. Acompanhe de perto. Não quero surpresas desagradáveis.

Ana retirou-se da sala, e Renata iniciou uma pesquisa sobre o Espiritismo. Era prática. A vida que levava exigia essa praticidade. Tudo o que lia parecia muito distante de seu mundo, de sua realidade, de sua compreensão. Fechou as páginas de pesquisa e retomou seu trabalho.

Nada poderia lhe tirar o foco e a atenção. Uma copeira entrou para servir-lhe café. Renata fixou-se na bandeja de prata embaçada.

— Volte com a bandeja — ordenou em voz pausada e baixa.

— A senhora não quer mais o café, dona Renata?

— Dê uma olhada nesta bandeja.

A mulher examinou o objeto.

— O que tem a bandeja? É a de sempre.

— A bandeja de sempre deve ser limpa e polida. Se eu quisesse ser servida em alguma coisa fosca, compraria bandejas de plástico para a empresa. Volte para a copa e limpe a bandeja. Depois, retorne com ela devidamente polida. Por acaso, no refeitório de vocês os pratos são sujos?

A copeira ficou desconcertada. Saiu praguejando em pensamento. "Mulherzinha esnobe! Um dia ela ainda vai perder essa pose toda!".

***

Flávio estacionou o carro na garagem de casa. Entrou e encontrou Mirtes limpando a sala. Sozinha, ela se desdobrava para manter a casa organizada e preparar a alimentação da família.

— Fique tranquila, Mirtes. Comecei em um novo emprego e, em breve, vou contratar alguém para ajudá-la.

Mirtes olhou Flávio com ternura. Acompanhara o crescimento do rapaz e a maneira como fora educado por Marília. Apesar de todas as experiências vividas, Flávio era tranquilo. Sua irresponsabilidade era fruto do excesso de mimos recebidos por todos da família.

— Que bom, Flávio! Estou mesmo velha para tanto trabalho. Precisamos mesmo é de um bom jardineiro. Meu neto virá aqui este fim de semana para aparar a grama e cuidar das plantas.

— Nós não temos como pagá-lo, Mirtes.

— Ele não cobrará nada, Flavinho. Sabe que vocês estão passando por dificuldades.

— Vou separar algumas roupas que não uso mais. Será que ele se incomoda?

— Não é preciso. Ele é enfermeiro. Não ganha muito, mas do jeito que trabalha, acaba ficando com um bom dinheiro no final do mês.

— Eu não tenho jeito para essas coisas, Mirtes. Não tenho mesmo.

— Eu sei, Flavinho. Eu sei. Não se preocupe com isso.
— Onde está minha mãe? E tio Amílton?
— Sua mãe saiu ainda há pouco, e Amílton está dormindo.
— Você sabe para onde ela foi?
— E sua mãe lá avisa para onde vai, menino?

Flávio passou as mãos nos cabelos num gesto de preocupação, que foi notado por Mirtes.

— O que foi, Flávio?
— Posso fazer algumas perguntas?
— Claro que sim. Faça.
— Você trabalha aqui há muito tempo, não é?
— Trabalho, Flávio. Comecei aqui ainda solteira. Perdi meu marido no ano em que você nasceu. Dona Leonora sempre confiou muito em mim.
— E minha mãe sempre foi assim?
— Assim como?
— Desse jeito. Nervosa, irritada, impulsiva.
— Ela tem um gênio muito forte e não se conformou com a falência da família. Quem cresce acostumado à riqueza, ao luxo, dificilmente se adapta à falta de dinheiro.
— Eu sei disso, Mirtes. Eu também não me acostumo. Mas não estou falando disso. Lembro bem que, quando eu era criança, mamãe tinha o mesmo jeito. E naquela época não tínhamos problemas financeiros. Ela não pode ser contrariada que reage mal, humilha as pessoas, inventa mentiras ridículas. Uma vez inventou na escola que eu estava muito doente só para podermos viajar com meu pai. Eu tinha uns sete anos e, quando voltei de viagem, a professora veio me perguntar se eu estava melhor. Sem saber de nada, falei dos lugares que havia conhecido. A professora chamou minha mãe de mentirosa, e eu contei a ela. Mamãe ficou furiosa, foi até a escola com um atestado arranjado e exigiu a demissão da professora.

— Isso é normal para sua mãe. Ela é diferente. Fazer o quê?
— Deixa pra lá. Vou para meu quarto escolher as roupas para trabalhar. A dona da empresa disse que uso roupas de adolescente — disse rindo.

Mirtes também não achava o comportamento de Marília normal. Ela era cruel e mentirosa. Passava da gargalhada às lágrimas em questão de segundos.

***

Renata decidiu comprar roupas novas. Ela havia recebido o prêmio de empresária do ano e queria se apresentar de forma discreta e elegante. Estava, também, um pouco desanimada com a desistência do investigador e precisava se animar. Avisou a secretária que chamasse o motorista. À porta da empresa, um luxuoso carro a aguardava. Renata determinou o destino.

— Quero fazer compras longe daqui. Isso é um formigueiro. Tem gente que só vem para olhar as lojas. É um entra e sai de gente sem dinheiro. Não aguento turismo em loja.

O motorista estacionou o carro na entrada de um pequeno e requintado *shopping*. Renata saiu do veículo e começou a caminhar. Costumeiramente, não frequentava *shoppings*, mas aquele era, em particular, bastante agradável, e ela poderia fazer as compras sem problemas. Parou em frente a uma joalheria: queria um conjunto discreto. Não gostava de ostentações. Entrou e foi imediatamente reconhecida pela dona da loja.

— Renata Dumont, que prazer encontrar você por aqui! Procura por algo especial?

— Quero algo exclusivo. Não gosto de peças duplicadas, e você sabe disso.

A dona da loja voltou-se para uma das vendedoras.

— Apanhe no cofre as peças que o ourives entregou ontem.

A jovem retornou com uma caixa de veludo fechada por um pequeno cadeado. Renata ficou extasiada com as joias. Quando menina, confeccionava pulseiras e cordões com caroços de milho e fios de palha para fingir que eram joias de ouro. Examinava as peças, perdida nos pensamentos da infância, quando Marília entrou cumprimentando as vendedoras.

— Boa tarde! Vejo que chegaram novidades!

— Sim, dona Marília — respondeu uma delas apanhando um mostruário no balcão.

159

Marília esboçou um sorriso largo. Apanhara o dinheiro que Amílton tinha escondido no fundo do armário. Ele não daria falta tão cedo, e ela precisava das joias para sentir-se mais digna. Escolheu um bracelete enfeitado com minúsculas pedras. Contou discretamente as notas na carteira e, quando foi efetuar o pagamento, esbarrou em Renata.

— Perdoe-me, querida! — exclamou Marília. — Fico tão entusiasmada com as compras que me torno uma desatenta.

Renata sorriu da espontaneidade de Marília.

— Não se preocupe. Isso acontece.

Marília fotografou com o olhar a figura de Renata. Ela era rica e elegante. Precisava estabelecer amizades assim.

— Vejo que você também gosta de joias.

Renata fechou discretamente a caixa que estava examinando.

— E que mulher não gosta, não é mesmo?

Marília exultou. O primeiro contato havia sido produtivo.

— Conheço pessoas que não gostam e, quando se arriscam a gostar, não têm gosto.

Renata riu da ironia contida no comentário de Marília e simpatizou-se com ela de imediato. Gostava de pessoas inteligentes e de humor refinado. À primeira vista, Marília parecia ser assim. Tornou a abrir a caixa com as peças exclusivas e as escolheu com o auxílio de Marília. "Ela tem o gosto refinado também", concluiu a empresária. Marília convidou Renata para tomarem um chá. Ainda tinha dinheiro suficiente para impressionar alguém e resolveu investir na amizade com Renata.

As duas passaram boa parte da tarde conversando. Marília contava histórias da vida abastada do passado como se as estivesse vivendo no momento. Hábil, mudava de assunto quando Renata se referia a viagens. Não queria correr o risco de falar sobre lugares que, provavelmente, se modificaram com o tempo. Na hora de pagar a conta, Marília puxou a carteira.

— Por favor, Renata. Eu fiz o convite, eu pago.

Renata agradeceu a gentileza. Estabelecera com Marília uma afinidade incomum. Ficaram conversando ainda por alguns minutos, quando Renata se despediu.

— Fique com o número de meu telefone, Marília. Poderemos marcar mais algumas tardes como essa. Quase não tenho tempo para conversar amenidades. Passo o dia todo trancafiada na empresa. Gosto muito do que faço, mas, às vezes, preciso espairecer um pouco.

Marília anotou o número, observou Renata se afastando e sussurrou.

— Acho que encontrei a solução para meus problemas. Gostei dela... Mas que ela tem cara de otária, tem!

Marília ajeitou os cabelos e colocou a bolsa a tiracolo de maneira descontraída. À entrada do *shopping*, fez sinal para um táxi. Deu o endereço ao motorista e ficou sonhando em como seria a amizade dela com Renata. Em alguns momentos, esboçava largo sorriso. O motorista tentou iniciar uma conversação.

— A senhora está feliz, madame?

Marília tirou os óculos escuros que lhe adornavam o rosto maduro, de contornos impecavelmente preservados da ação do tempo.

— Por acaso eu disse que gostaria de conversar?

O homem limitou-se a ficar em silêncio durante o resto do percurso.

***

Flávio estava na janela do quarto quando avistou a mãe sair do carro. Ela parecia bem-disposta, muito diferente do estado de ânimo apresentado pela manhã. O rapaz encaminhou-se à varanda para receber a mãe. Marília exultava.

— Meu querido, boa tarde!

— Oi, mãe. Boa tarde. Aonde a senhora foi? Parece tão feliz.

— Fui andar um pouco, meu filho. Fico entediada por passar tanto tempo dentro de casa. Acabei fazendo uma nova amiga hoje. Essa amizade vai me render bons frutos.

Flávio sentiu o coração oprimido. Marília nunca conseguiu manter amizades por longos períodos. Quando a situação financeira da família estava estabilizada, as pessoas ainda se esforçavam para manter um convívio social com ela. Entretanto, após a morte do pai e a falência da empresa, todos que tentavam uma aproximação terminavam por se afastar. Marília não poupava ninguém de suas crises de fúria. A princípio, usou sem escrúpulos o luto e a falência para obter pequenos empréstimos e usar os cartões de crédito dos amigos. As dívidas não eram pagas, e Flávio ouvia, constrangido, a mãe simular crises de

161

choro e desespero para justificar-se pela falta de pagamento. Os que cobravam as dívidas contraídas por Marília com mais insistência eram despachados por ela aos berros e com ameaças de serem processados por constrangimento.

Flávio procurou entender o que seriam esses bons frutos. A resposta foi vaga e acompanhada por uma gargalhada, enquanto ela se jogava numa poltrona na sala.

— Os bons frutos são sempre a alegria e o prazer de uma amizade sincera, Flavinho. Já não se fazem mais amigos como antigamente. Os que aparecem são bem-vindos, meu querido. Sempre bem-vindos.

— Mãe, por favor, não se meta em confusão. A senhora quase não tem amigos.

— Não sou de fazer amizade facilmente, meu filho.

— Amizade você não faz mesmo! Agora inimizade é o seu forte, Marília — debochou Amílton entrando na sala.

Marília apanhou a bolsa e levantou-se esbravejando.

— Você parece um urubu, Amílton. Eu estou sossegada conversando com o Flávio, e você aparece como um fantasma tentando azedar meu fígado. Dessa vez, querido, você não vai conseguir. Estou tranquila demais hoje.

Amílton e Flávio permaneceram na sala. Flávio falou da entrevista com detalhes. Descreveu a dona da empresa como uma mulher elegante, mas muito antipática.

— Sabe, tio Amílton, a criatura falou que uso roupas de adolescente. Tive que procurar algumas roupas mais formais para trabalhar. Começo amanhã.

— Essa gente é assim mesmo. Acham que têm o rei na barriga. Se enchem de dinheiro com o trabalho dos outros.

— Não sei. Dizem que é muito antipática e rígida mesmo. Mas todos com quem conversei afirmaram que ela é justa com os funcionários, está todos os dias na empresa e trabalha bastante.

— Quanto você vai receber, Flávio? As coisas estão apertadas por aqui. Nem abro mais as correspondências, porque só chegam contas para pagar.

— Não vai ser muito, tio Amílton. Mas já vai dar pra quebrar um galho. Só não vou conseguir comprar os perfumes que o senhor guarda a sete chaves — brincou o rapaz.

A relação entre eles era de extrema camaradagem. Quando estavam juntos, conversavam sobre diversos assuntos, discutiam sobre futebol e falavam sobre Marília. Os dois a amavam de forma sincera e intensa e, igualmente, eram amados por ela. Flávio jamais questionara a maneira como a relação entre a mãe e Amílton havia se iniciado. Sempre tivera muita afinidade com o ex-mordomo. O pai era distante e estranhamente fraco. Amílton era o modelo que Flávio adotara para a própria vida. Era do colo de Amílton que o jovem se recordava quando se lembrava da infância. Com ele, aprendeu a jogar futebol, a nadar na grande piscina da casa. Nos primeiros anos da adolescência, foi Amílton quem o apresentou à vida sexual. Constantemente e à revelia de Pedro, os dois saíam para prostíbulos refinados. A morte de Pedro apenas serviu para colocar Amílton oficialmente no lugar que ele sempre ocupou: o de homem da casa.

Mirtes chamou Flávio para lanchar, e o rapaz foi para a cozinha. Achava desnecessário que ela o servisse na sala de refeições. A pompa havia ido embora junto com o dinheiro da família. O contato com a empresa de Renata fez o rapaz refletir sobre a própria vida e sobre o descaso dirigido à empresa do pai. Julgava-se culpado por não ter acompanhado mais de perto aquilo que seria a sua herança. Agora se via obrigado a trabalhar para alguém, com obediência a rígidos horários, disciplina e outras tantas formalidades que repudiava. A figura de Renata era nítida em sua mente e, embora tenha reconhecido nela algo familiar, o contato inicial lhe causara certo receio.

Amílton subiu e pegou Marília experimentando o bracelete comprado. Ela, apesar de todos os revezes, mantivera-se linda e sedutora. O comportamento de Marília desafiava a autoconfiança de Amílton. Conhecia bem a esposa e sabia muito bem que ela não hesitaria em criar situações para sair dos momentos difíceis vividos desde a falência da empresa. Tinha receio de que ela encontrasse algum homem pelo caminho que se dispusesse a ajudá-la. Amílton não queria ser traído.

— Como você conseguiu o bracelete, Marília? Com que dinheiro? Qual é o golpe agora?

— Essa joia estava emprestada com uma amiga. Eu esqueci que havia emprestado. Mas ainda existem pessoas honestas no mundo, querido. Ela me ligou e quis vir até aqui para me devolver o bracelete. Preferi marcar em outro lugar. Esta casa está num estado deplorável.

Num canto, o espírito de José incitava o ciúme de Amílton. Na erraticidade, durante anos em busca de vingança, tanto ele quanto Maria do Amparo aprenderam a manipular energias e intuir pensamentos com a finalidade de desestabilizar o casal. As orações sentidas de Mirtes neutralizavam aquelas ações por determinado tempo, porém, o comportamento do casal renovava a força dos dois e facilitava a influência que exerciam. Amílton puxou Marília pelo braço, virando-a de maneira brusca.

— Olha aqui, Marília, sei a cadela que você é! Não adianta tentar me enganar com suas mentiras, porque conheço melhor do que ninguém suas artimanhas. Não tente me enganar ou me passar a perna. Você não sabe o que sou capaz de fazer se descobrir que estou sendo traído!

Marília mostrou-se ofendida. Desvencilhou-se de Amílton, empurrando-o sobre a cama.

— E você, seu caipira, sabe exatamente o que sou capaz de fazer caso me sinta ameaçada por algo ou alguém! — gritou, conciliando de maneira impressionante a raiva contida na ameaça ao gesto calmo e meticuloso com que guardou o bracelete.

Amílton saiu do quarto batendo a porta. Na copa, Flávio e Mirtes permaneciam conversando já acostumados às discussões na casa.

— Daqui a pouco, mamãe começa a quebrar mais alguma coisa, Mirtes.

— Se ela continuar com esse quebra-quebra, qualquer dia não teremos mais nada em casa! Termine seu lanche e vá descansar. Amanhã você começa uma nova vida. Deixe seu Amílton e sua mãe pra lá. Depois eles se entendem.

Flávio riu. Mirtes estava certa. Embora as brigas entre Amílton e a mãe fossem constantes, as reconciliações ocorriam naturalmente. Eles brigavam, Marília gritava, quebrava algumas coisas, tomava calmantes e dormia. Amílton, por sua vez, saía de casa para evitar outros confrontos e depois retornava como se nada tivesse acontecido. O barulho de objetos sendo atirados contra a parede e no chão foi ouvido por Mirtes e Flávio sem surpresa.

— Não falei, Mirtes? Amanhã você confere o estrago que ela causou dessa vez.

— O pior, Flavinho, é que não tem quase mais nada pra ela quebrar — brincou Mirtes.

— Depois disso, vem o silêncio e a certeza de que os calmantes já fizeram efeito. Eu vou subir. Quero ouvir um pouco de música para relaxar. Amanhã preciso estar inteiro para pegar no pesado.

Flávio beijou a testa de Mirtes. Tinha por ela extrema gratidão por não ter abandonado a casa, mesmo sem receber os salários. Mirtes ocupara na vida de Flávio o lugar que seria de Leonora, e ela tinha consciência disso. Acompanhou o rapaz subir as escadas e ouviu quando ele fechou a porta do quarto. Antes de se recolher, acendeu uma vela em frente à imagem de Nossa Senhora e rezou pedindo paz e tranquilidade para a vida da família que abraçara como sua. No quarto de Marília, José e Maria do Amparo sentiram-se enfraquecidos. Para se fortalecerem, buscavam relembrar passo a passo o dia em que perderam a vida no corpo físico. Experimentavam o gosto amargo do veneno, a agonia da morte, a impotência diante da visão do pequeno Mário sendo levado nos braços daquela a que chamavam Lurdes. A memória da noite de tempestade aumentava o ódio nos dois que, dele se alimentavam. Mirtes, sonolenta, mal conseguia balbuciar para terminar a oração iniciada. Deitou-se na cama sem ao menos retirar a colcha bordada e dormiu pesadamente. Ao seu lado, envolvida por um facho de luz, Leonora acariciava-lhe a cabeça, agradecida pelos esforços da fiel servidora.

CAPÍTULO 14

    Flávio transitava pela Dumont & Martins sem grandes problemas. Era simpático e muito carismático. Procurava ser eficiente em todas as tarefas desempenhadas. Os colegas de trabalho não lhe poupavam elogios. Renata antipatizava claramente com o rapaz e, embora o chefe do departamento onde Flávio atuava não se cansasse de apresentar relatórios sobre a desenvoltura e o crescimento profissional dele, ela não se dava por satisfeita. Sempre que o encontrava nos corredores da empresa, buscava humilhá-lo publicamente. Criticava a roupa usada por ele, sua maneira de andar, a falta ou a presença de um sorriso, a caligrafia. Tudo era minuciosamente analisado pela empresária com a clara intenção de despedi-lo. Flávio tinha ímpetos de pedir demissão, mas já se acostumara com o dinheiro todo final de mês e com as vantagens oferecidas pela empresa. Prometera a si mesmo que iria reconstruir o patrimônio da família e, para isso, precisaria trabalhar. Aguentava com firmeza as humilhações sofridas, e esse comportamento exasperava cada vez mais Renata.

***

    Humberto chegou à Dumont & Martins na hora do almoço. Renata havia marcado um encontro com Marília para apresentá-la ao marido. Ela retocava a maquiagem no lavabo do escritório quando o marido entrou e o recebeu queixosa.

— Pensei que fosse se atrasar, meu amor.

— De forma alguma! Você não gosta da companhia de quase ninguém! Essa Marília deve ser muito parecida com você mesmo. Estou curioso.

— Então, vamos! Ela já deve estar nos esperando.

***

Marília estava com um vestido azul-marinho de corte reto na altura dos joelhos. Discreto cordão adornava-lhe o pescoço. Quando avistou o casal, Marília comparou de imediato Amílton a Humberto. "Ele é bem melhor que o caipira lá de casa! Sortuda essa minha nova amiguinha!".

O sorriso que emoldurou seu rosto foi utilizado para receber o casal. Renata apresentou um ao outro, e Marília cumprimentou-o formalmente, procurando disfarçar a inveja que lhe ardia no peito. Marília falava com facilidade, era divertida e bem educada, e Humberto rendeu-se ao seu carisma.

— Agora vejo o porquê do entusiasmo de Renata por você, Marília. Só uma pessoa com uma conversa tão agradável pode fazer com que minha esposa esqueça um pouco os negócios para se distrair.

— Nada disso, Humberto! Renata é que aumenta a autoestima de qualquer pessoa. Fica fácil parecer interessante diante de alguém que levanta nosso astral.

Renata ergueu a taça de vinho e propôs um brinde.

— Vamos brindar nossa amizade. Tenho certeza de que ela será duradoura.

Os três brindaram com alegria o encontro e as afinidades. Humberto gostava de ver a esposa feliz. Desde que conhecera Marília, ela havia esquecido um pouco a história da irmã e do sobrinho. Isso, por si só, já fazia com que ele simpatizasse de imediato com ela. Como tinha um compromisso marcado para a tarde, despediu-se das duas.

— Bom, fiquem conversando mais um pouco que vou embora. Tenho um compromisso profissional agora à tarde.

Voltou-se para a esposa, beijando-a.

— Meu amor, convide Marília para o jantar que vamos oferecer pela volta de Vanessa na próxima semana.

Renata acatou a ideia com satisfação.

— Que boa ideia, Humberto! Quero mesmo que Marília conheça nossa casa e nossa filha!

Marília agradeceu o convite, mostrando disposição em estreitar os laços daquela amizade tão recente e tão intensa.

— Fico satisfeita de ser convidada para uma comemoração de caráter tão familiar. Dou muita importância à família. Vamos brindar a isso também!

Humberto e Renata riram da alegria incontida de Marília.

— Viu, Humberto, porque gosto dela?

— Porque vocês duas se parecem bastante! Agora preciso ir. O trabalho me espera.

Quando as duas se viram sozinhas, Marília procurou sondar mais sobre a vida de Renata.

— Sua família é mesmo muito linda. Você e Humberto formam um belo casal, e imagino que Vanessa também seja uma boa filha.

— Eu e Humberto nos damos muito bem mesmo. Vanessa veio completar nossa felicidade: é estudiosa, tem objetivos bem determinados. Acabou de concluir um curso no exterior. Agora está se preparando para voltar e assumir a empresa comigo. É jovem e tem ideias inovadoras. Preciso disso na minha área.

— Também tenho um filho da idade de sua filha. Depois que fiquei viúva, ele se tornou meu grande companheiro.

Marília optou por omitir a relação com Amílton. Julgava-o grosseiro demais para acompanhá-la pelas rodas da sociedade paulistana. Não queria por a amizade de Renata e Humberto a perder por causa do comportamento limitado de Amílton. Também não queria correr o risco de descobrirem que Amílton era o ex-mordomo da casa. Isso, para ela, seria vergonhoso. Renata quis saber mais sobre a vida de Marília após a perda do marido.

— Depois que Pedro morreu você nunca mais teve ninguém? Não se sente solitária?

— Não, Renata. Os relacionamentos hoje são todos baseados no interesse. Eu amava muito meu marido. Não consigo me imaginar ao lado de outro homem. Sabe aquela coisa do primeiro namorado, do primeiro e único homem?

— Sei bem o que é isso. Humberto foi meu primeiro namorado também. Nunca tive nenhum outro homem na vida.

— E como vocês se conheceram? Aqui em São Paulo mesmo?

— Não! Eu morava em uma cidadezinha do interior baiano, chamada Monte Santo.

Marília gelou. Pediu que Renata repetisse o nome da cidade. Não acreditava no que estava ouvindo.

— Qual é mesmo o nome da cidade, Renata?

— Monte Santo. Vivi lá até conhecer e me casar com Humberto. Como você vê, não nasci em berço de ouro.

Marília bebeu um gole de vinho, buscando libertar-se do impacto produzido pelas palavras de Renata. Respirou fundo e, Renata, atenta, percebeu a modificação nos olhos da amiga.

— O que foi, Marília? Ficou chocada em saber que não nasci em uma tradicional família paulistana?

Marília tentou reorganizar os pensamentos. O coração, descompassado, deixou seu rosto ruborizado. Um sorriso de cumplicidade foi lançado junto com frases meticulosamente pensadas.

— Claro que não, minha amiga. Tenho pavor dessa tal sociedade paulistana. Fujo dela como o diabo da cruz! Só achei interessante porque o sotaque nordestino é muito marcante e, dificilmente, alguém consegue perdê-lo com tamanha facilidade.

— Que bom! Por um momento pensei que você tivesse ficado decepcionada com a minha origem.

— Não me decepciono nunca com as pessoas das quais me aproximo. Quando crio laços afetivos é porque tenho a certeza de que não vou me decepcionar — enfatizou, tranquilizando o deslize ingênuo de Renata. — Mas, me conte uma coisa, como você conheceu Humberto?

— Conheci Humberto em uma festa junina. Naquela época, eu morava com minha irmã. Nos apaixonamos de imediato e logo resolvemos nos casar. Saí de Monte Santo para uma nova vida, deixando minha irmã e meu cunhado para trás.

Marília tornou a sentir o coração saltar. "Meu Deus! Será que isso é só uma coincidência?", pensou, temerosa da resposta. Resolveu arriscar a pergunta que lhe tiraria toda e qualquer dúvida.

— E sua irmã? Não veio para São Paulo com você por quê?

— Maria do Amparo era uma pessoa simples, assim como o marido José. Não se acostumaria à vida em uma cidade como São Paulo.

Os nomes de Maria do Amparo e de José deixaram Marília atordoada. Com dificuldade, pediu ao garçom que trouxesse uma água mineral. Precisava ganhar tempo para se recuperar e raciocinar. Teve vontade de sair correndo dali e nunca mais voltar. Até então não havia dado seu endereço a Renata. Mudaria o número do telefone e alegaria uma viagem ao exterior. O garçom chegou com a água e as serviu. Marília observou uma lágrima discreta no rosto de Renata. Naquele momento, teve certeza de que a nova amiga era a irmã de Maria do Amparo. Ajeitou-se na cadeira e segurou as mãos da amiga.

— Renata, por que essa lágrima? Alguma recordação triste? Se não quiser, não precisa falar, eu vou compreender.

— Preciso falar sobre isso, Marília. Jurei a Humberto que não ficaria mais remoendo essa história tão dolorida de minha vida, mas, para você, eu posso falar.

— Então, fale, querida! Estou aqui para ouvir.

Renata respirou profundamente. Reconhecia em Marília a verdadeira amizade e ficou satisfeita por ela se dispor a ouvi-la. Não era dada a lamentações, mas precisava falar sobre o assunto com alguém que o desconhecesse. Dessa forma, poderia renovar suas expectativas de reencontrar o sobrinho ou terminar de vez com elas.

— Minha irmã e meu cunhado foram assassinados friamente por uma mulher que eles acolheram como amiga. Ela envenenou os dois e sumiu pelo mundo com meu sobrinho recém-nascido. Depois que Vanessa nasceu, retornei a Monte Santo para que minha irmã conhecesse minha filha. Estávamos sem manter contato havia muito tempo. Maria do Amparo não gostava da minha insistência em ajudá-la com dinheiro. Quando cheguei à cidade, recebi a notícia da tragédia. Naquele dia, senti que o mundo inteiro estava desabando sobre minhas costas.

Marília começou a chorar de nervoso, e Renata concluiu que a amiga estava emocionada e chocada com a sua história triste.

— Minha amiga, é triste demais tudo isso, não é?

— E como é, Renata. Imagino todo o seu sofrimento. E a assassina? Está presa?

— Nunca conseguimos pôr as mãos nela. Tenho tentado em vão encontrá-la, e também ao meu sobrinho. Gastei uma pequena fortuna com detetives. Nenhum deles conseguiu uma única pista. A pedido de Humberto, estou dando um tempo. Vanessa vai chegar na próxima semana, e quero ficar longe da tristeza. Um dia ainda colocarei minhas mãos nesta tal Lurdes para entregá-la à justiça. Quero também dar a meu sobrinho tudo o que ele merece. O pobrezinho deve ter crescido acreditando que a mãe é essa Lurdes.

Marília reconheceu-se inteligente e sortuda. "Gastou tanto dinheiro com investigadores, e eu estou bem aqui na frente dela!", pensou sordidamente.

— Um dia, você vai conseguir pegar esse monstro e conhecer seu sobrinho. Agora, vamos deixar a tristeza de lado e comemorar o retorno de sua filha: ela é uma vitoriosa, e você também!

Uma euforia desmedida tomou conta de Marília. Alegando alegrar Renata, convidou-a para assistir a uma comédia no cinema. Renata aceitou o convite, e as duas passaram mais algumas horas juntas. A noite já se iniciava quando se despediram. Renata ofereceu-se para levar Marília em casa.

— Depois de meu desabafo e de nossas risadas, a única coisa que posso fazer por você é levá-la em casa.

Marília negou a gentileza, justificando a necessidade de visitar uma tia doente.

— Deixe para outro dia. Preciso visitar minha tia. Ela já está bem velhinha e gosta de jogar gamão. Passarei a noite na casa dela. Amanhã nos falaremos.

Marília viu o carro de Renata distanciar-se do estacionamento do restaurante. Decidiu caminhar pela rua para colocar as ideias em ordem. A tarde havia sido demasiadamente reveladora. Ainda não sabia se a ligação com Renata poderia lhe causar lucro ou prejuízo. De uma coisa estava certa: não poria seu pescoço em risco. Ficaria atenta a partir daquele momento. A amizade com a empresária estava lhe rendendo alimentação em lugares adequados e alguns pequenos presentes. Aproveitaria ao máximo tudo o que a vida estava oferecendo a ela. Sabia que ter um inimigo por perto é bem melhor do que tê-lo longe. Próxima de Renata, poderia interferir na sua ânsia de encontrar a responsável pela morte de Amparo e José. Enquanto durasse a amizade entre as duas, ela tiraria proveito de todas as oportunidades.

Renata enfrentou o trânsito de São Paulo com paciência. A conversa com Marília fez muito bem a ela. Esperaria mais um pouco para dar continuidade às investigações. Dessa forma, poderia aproveitar a chegada de Vanessa e planejar novos investimentos na empresa. Colocou uma música para tocar no rádio do carro e tamborilava os dedos no volante acompanhando o ritmo da canção. Quando se deu conta, pingos grossos de chuva caíam sobre o para-brisa do carro. Em minutos, a noite de São Paulo foi entrecortada pelo caos no trânsito e no céu. O temporal deixava mais uma vez as ruas da cidade alagadas.

Renata não estava acostumada a dirigir. Tinha sempre um motorista à sua disposição, mas a independência e o desprendimento de Marília despertaram nela o desejo de viver de forma mais simples. Justamente naquela noite havia dispensado os serviços do empregado. Com o engarrafamento gigantesco que se formara, Renata olhou em derredor para buscar uma alternativa, pois o receio de ficar à mercê de assaltantes e a possibilidade de uma enchente eram grandes. Logo, avistou ao seu lado direito uma casa de dois andares toda iluminada. A construção era bem simples, e ela viu aliviada que havia uma pequena fila na porta. Rapidamente, estacionou o carro e abriu o vidro. Um homem de meia-idade segurava um guarda-chuva, dando abrigo para as pessoas que estavam na fila. Ela não titubeou.

— Senhor, estou um pouco nervosa com a chuva. Este é um prédio comercial?

O homem aproximou-se do carro com um sorriso no rosto.

— Não, senhora! A única coisa que não fazemos por aqui é comércio. Se a senhora quiser, começaremos nossa reunião daqui a pouco. A senhora pode entrar e esperar esse temporal passar.

Renata fechou o carro e seguiu com o homem. Uma pequena assembleia esperava numa espécie de auditório. Todos se mantinham em silêncio. Garrafas de água eram colocadas numa mesa forrada por com uma toalha branca, ao lado de pequenos cálices. O homem recomendou.

— Espere a chuva passar. É muito perigoso andar pelas ruas de São Paulo com um temporal desses.

— O que vai acontecer aqui? Alguma palestra? Tenho medo de atrapalhar.

— Sente-se ali — disse o homem. — Fique tranquila porque ninguém atrapalha ninguém aqui. Esta é uma casa espírita, mas se não for do seu agrado, há uma pequena sala lá nos fundos, e a senhora pode esperar lá.

Renata sentiu um grande alívio ao saber que poderia aguardar o fim da tormenta de forma segura e decidiu acompanhar os trabalhos de maneira respeitosa. Uma mulher, aparentando 30 anos, colocou-se à frente do auditório e fez uma rápida prece. Em seguida, um jovem se pôs a falar pausadamente sobre a necessidade do perdão. Atribuiu ao cansaço a sonolência repentina que a acometeu. Ouvia a voz melódica do rapaz falar sobre misericórdia.

— A misericórdia é o complemento da brandura... O ódio e o rancor não residem no coração dos homens elevados... Infeliz aquele que diz: eu nunca perdoarei...

Renata sentiu alguém tocar-lhe o ombro delicadamente. Sem graça, percebeu que havia cochilado e procurou desculpar-se.

— Desculpe. Acho que peguei no sono. Estou muito cansada.

— Não precisa se desculpar de nada. Vá até lá e beba aquela água. Vai lhe fazer bem — apontou uma senhora.

Renata manteve-se em silêncio na pequena fila formada à frente da mesa com as garrafas de água. Na sua vez, bebeu a água do cálice. Sentiu-se com as energias renovadas e, com alegria, constatou o fim da chuva. Procurou pelo homem que a acolheu e não o encontrou. Na porta, uma pequena placa indicava o nome do centro espírita. Ela pegou uma agenda na bolsa e anotou o número da casa. No dia seguinte, contaria à secretária a sua experiência.

***

Marília andava em casa de um lado para o outro. De frente para o espelho, sobre a cômoda, falava com sua própria imagem sem parar. Perguntava a si mesma que atitude tomaria em relação a Renata. Ter descoberto a irmã de Amparo deixara-a vulnerável. Desnorteada, desferiu um soco no espelho. Um gemido de dor foi ouvido por Flávio, que passava pelo corredor. O rapaz abriu a porta e deparou-se com os estilhaços de vidro no chão e a mão de Marília sangrando.

— Mãe! O que você fez dessa vez? Você está machucada! Olha isso!

Pegou o lençol que forrava a cama e amarrou na mão de Marília, pedindo que ela ficasse quieta por alguns instantes. Foi até o banheiro e pegou material para fazer curativo. Marília ficou apática com a presença do filho. Limitava-se a chorar. Inutilmente, Flávio perguntava o porquê da atitude tão violenta contra ela mesma.

— Enquanto você estava quebrando pratos e vasos de porcelana, tudo bem. Mas agora você se machucou. Pare com isso. Você acaba prejudicando as pessoas que a amam de verdade.

— Meu filho, eu amo tanto você. Nunca me abandone, por favor.

— Nunca vou abandonar você, mãe. Nunca.

Marília repousou a cabeça no colo do filho até adormecer. Quando Amílton chegou, encontrou a cama suja de sangue e os dois dormindo abraçados. Certo de que Marília havia tido mais uma de suas crises, dormiu no quarto de Flávio.

Maria do Amparo e José se revoltaram, vendo-os abraçados com tanto carinho. Marília passou toda a noite em estado de semivigília. Tremores por todo o corpo faziam com que ela acordasse a todo momento. Quando a luz da manhã iluminou o quarto, Flávio acordou sobressaltado: perdera a hora para o trabalho. Arrumou-se rapidamente e saiu.

***

Renata encontrou Flávio na hora em que ele estacionava o carro. Olhou para o relógio e, em seguida, para o rapaz.

— Vejo que o atraso faz parte de seus hábitos.

— Dona Renata, tive problemas com...

— Não quero saber de seus problemas, meu caro. Você aqui não ganha para ter problemas. Resolva-os fora do horário de expediente. Mais um atraso, e você vai para a rua.

Cabisbaixo e abatido, Flávio respondeu com um resignado "sim, senhora".

***

Marília acordou com a mão dolorida. Olhos inchados e vermelhos denunciaram o descontrole da véspera. Precisaria dormir mais um pouco, de maneira mais relaxada, para conseguir organizar o pesadelo que estava vivendo desde a revelação de Renata. Apanhou a cartela de comprimidos e tomou, como sempre, mais de um. O sono pesado e livre das sensações de medo relaxou pouco a pouco as áreas tensionadas do corpo de Marília. Amílton e Mirtes não ousaram tentar acordá-la. Silenciosamente, Mirtes recolheu os cacos espalhados pelo chão.

***

Flávio estava ansioso pelo horário do almoço. Quando o relógio apontou a hora de sua refeição, Renata entrou na sala para inspecionar alguns procedimentos burocráticos e o encontrou saindo.

— Você vai aonde, rapaz?

— Estou na hora do meu almoço, dona Renata.

— É isso mesmo que estou ouvindo? Você chega junto comigo na empresa, atrasado, malvestido, com olheiras, e ainda quer almoçar antes de mim? É isso mesmo?

— Dona Renata, não faço questão de almoçar. Tive problemas com minha mãe e preciso ligar para casa. Só isso. Levarei apenas um minuto para saber se ela está bem.

— Pois ligue aqui da sala mesmo. Farei uma reunião com a chefia desse departamento e vou fazer perguntas sobre você. Uma única falha que seja apontada e você vai pra rua. Conseguiu entender, garoto?

— Tenho nome, dona Renata. Meu nome é Flávio. Me chame pelo nome, por favor.

— Você é muito abusado, Flávio. Já disse a você uma vez que sei o nome de todos os funcionários de minha empresa. Se duvidar, sei o nome até dos cachorros que passam pelas redondezas. Tenho isso aqui na palma de minha mão.

Renata falava de forma pausada, quase sussurrando. Não fosse o rubor no rosto de Flávio, ninguém que passasse por perto imaginaria o que ela dizia. Quando percebeu que Flávio já se encontrava no limite da exaustão emocional, Renata entregou-lhe o telefone sem fio sobre a mesa da recepcionista do andar.

— Vá fazer sua ligação e volte para trabalhar.

Flávio pegou o telefone e digitou os números com ansiedade. Do outro lado da linha, Mirtes avisou que Marília ainda dormia.

— Fique calmo, Flavinho. Qualquer coisa, eu ligo para você.

— Por favor, Mirtes. O telefone da empresa está anotado na agenda do escritório que era de papai. Me ligue quando ela acordar.

Flávio passou o resto do dia arrastando o sofrimento pelo descontrole da mãe. No meio da tarde, Marília despertou animada e solicitou a Mirtes o café da manhã.

— Já são quase três horas, dona Marília. É melhor almoçar logo.

— Quero meu café da manhã no quarto, Mirtes. Estou cheia de planos.

— Flávio ligou preocupado com a senhora.

— Ele se preocupa à toa. Estou bem. Muito bem por sinal. O futuro está todo na minha cabeça.

Mirtes olhava desconfiada para a patroa. Um dia antes, o descontrole fez com que se machucasse e acordara como se nada tivesse acontecido. Amílton entrou no quarto cumprimentando Marília com ironia.

— O que houve dessa vez, Marília? Os lençóis estavam sujos de sangue, e você e Flávio dormiram abraçados. O que você aprontou para o menino dormir em sua cama?

— Não aprontei nada. Que mania de achar que estou sempre envolvida com coisas ruins. Você é um verdadeiro atraso em minha vida!

— E esse espelho quebrado? Vai me dizer que foi o Flávio?

— O espelho? O que você tem com o espelho? Ele é do meu quarto. Faço o que quiser com minhas coisas.

Amílton se exaltou.

— Olha, Marília, enquanto você não atingia o Flávio com suas loucuras, tudo bem. Vasos se quebram e são jogados fora, mas gente não! É para isso que você fez tudo aquilo? Para fazer o rapaz conviver com essas loucuras?

— Não fale do passado, Amílton. Você também está envolvido nele.

— Fui enganado, e você sabe disso. Não tive nenhuma opção.

— E quem vai acreditar nessa história, querido?

Mirtes estava descendo as escadas e ouviu a discussão. Sempre desconfiara da chegada repentina de Marília com o filho e das ligações que ela fazia para o pai. Ao ouvir as acusações de Amílton sobre o passado, guardou a certeza de que algo muito ruim havia sido feito por Marília com o auxílio de Rodolfo e a cumplicidade de Amílton.

***

Na Colônia Espiritual Campo da Paz, Pedro era assistido em seu despertar para a nova vida. Ficara anos embriagado pela ilusão de a morte ser o fim. Mantivera-se, em razão dessa crença, adormecido. Devidamente acompanhado por amigos e com a intervenção de Leonora, Pedro tomava a consciência de que a vida é eterna.

O homem piscou lentamente e olhou ao redor. Encontrava-se deitado em uma cama simples, mas extremamente confortável. Na cabeceira da cama, Leonora cumprimentou-o sorridente.

— Até que enfim, meu querido! Achei que não queria despertar mais!

Pedro esfregou os olhos para se certificar de que aquela visão era real. Leonora percebeu sua aparente angústia.

— O que foi, Pedro? Não gostou de me encontrar?

Pedro sentou-se na cama. Sentia-se mais leve e com as ideias bem organizadas. Recordou-se do dia em que deixou o corpo, das inúmeras tentativas de falar com a esposa, do olhar perdido de Flávio. A certeza de que havia deixado a família em situação difícil o atormentou por muito tempo. Perseguido por sua própria consciência e pela raiva incontida por descobrir as atrocidades cometidas por Marília, vagou durante algum tempo nas regiões umbralinas. Cansado, não hesitou em aceitar as mãos iluminadas de um grupo de socorristas. Naquele momento, sob o céu de nuvens de chumbo, julgou ter encontrado o descanso eterno e adormeceu, permanecendo nesse estado por longo período. Com carinho, dirigiu os olhos profundamente azuis a Leonora.

— Há quanto tempo estou aqui?

— Você está aqui pelo tempo necessário, Pedro. Não importa muito a quantidade de dias, meses ou anos.

— É a senhora que está cuidando de mim? E meus pais, onde estão?

— Seus pais estão no lugar mais adequado a eles neste momento, e eu, sempre que o trabalho me permite, venho ver você.

— Trabalho? Que trabalho, dona Leonora? Sei muito bem que a morte atingiu meu corpo através da doença. Passei muito tempo vagando por um lugar horrível. Tentei inúmeras vezes retornar à nossa casa, mas nunca consegui. Agora, trabalho depois da morte também já é demais. Fui um fracasso vivo, que dirá morto!

Leonora riu da maneira como Pedro se referia à própria condição. Para muitos desencarnados, a ideia de continuar trabalhando depois da morte era incompreensível. Aceitavam, sem muita dificuldade, a transição entre o mundo material e o mundo espiritual. Entretanto, enxergavam a nova condição como o prenúncio para o ócio eterno. Ela própria passara por aquelas interrogações.

— Pedro, meu querido amigo. Aqui a vida continua da mesma forma. Temos obrigações prazerosas a cumprir, e o auxílio ao próximo, o estudo e o progresso são nossos companheiros constantes.

A porta do quarto foi aberta por um jovem moreno, cabelos cacheados, barba semicerrada. Leonora abraçou-o amorosamente.

— Meu irmão! Veja, nosso Pedro acordou de vez. Está cheio de perguntas.

O jovem aproximou-se da cama onde Pedro mantinha-se sentado.

— Pedro, beba esta água. Trouxe também algumas flores para enfeitar seu quarto. Vou colocá-las nesta cômoda.

Pedro apanhou o copo e sorveu o líquido vagarosamente. Voltou-se para o rapaz para perguntar-lhe o nome, e ele se antecipou à pergunta.

— Muito prazer. Meu nome é Mickail e trabalho nesta ala do Centro de Recuperação da Colônia.

Pedro depositou o copo sobre a bandeja e animou-se a fazer mais perguntas.

— Seu nome é de origem russa?

Mickail acatou a pergunta sorridente.

— Sim, Pedro. Meu nome é russo.

— Há quanto tempo você está aqui, Mickail?

— Eu diria que há algum tempo, mas o tempo não importa muito, você não acha?

— Dona Leonora acabou de me dizer a mesma coisa. Mas você fala com um sotaque que combina com seu nome.

— Não nos modificamos muito por aqui. Algumas experiências vividas na carne são tão fortes que acabamos por nos apegar a nomes e sotaques.

— Você viveu na Rússia? — perguntou Pedro curioso.

Mickail coçou a barba e passou os dedos pelos cabelos compridos.

— Vivi. Nasci e renasci na Rússia várias vezes. Estou na Colônia Campo da Paz me preparando para reencarnar, em breve, no Brasil. Preciso experimentar outra maneira de viver e de ser. Escolhi o Brasil por ser um país plural, com um povo menos rígido e com ideias mais liberais. Necessito da mesma experiência que você experimentou em sua última encarnação.

Pedro dirigiu um olhar interrogativo a Leonora, e ela interrompeu a pergunta que viria.

— Mickail, nosso amigo já pode sair deste quarto. Há uma autorização para que ele comece a conhecer a colônia. Vamos?

Pedro seguiu-os e, após visitarem as praças principais, pararam frente a um imenso lago.

Leonora pediu:

— Pedro, preste muita atenção às imagens que surgirão nas águas deste lago. Você já está há muito tempo aqui, é hora de conhecer seu passado e entender todos os fatos que deram origem aos acontecimentos desta vida.

O coração de Pedro descompassou, sentiu um frio na barriga e um medo inexplicável. Ia pedir para que aquilo não acontecesse, mas, sem que pudesse mais se expressar, as águas do lago transformaram-se em imagens. Imagens essas que Pedro, tentando ganhar coragem, começou a ver...

179

CAPÍTULO 15

São Petersburgo, recém-fundada, estava em festa naquele 13 de janeiro. A chegada de um novo ano era comemorada pelos seguidores de Pedro I, o Grande. Em frente à Catedral de Pedro e Paulo, grupos de famílias nobres faziam-se distinguir dos mercadores e dos vendedores de chá. Andrei e Alexandra esperavam com ansiedade a chegada de Georgieva. Já passava da hora marcada pelos dois para que ela chegasse com a criança. Alexandra agarrou o braço do marido e apontou para o meio da multidão: Mickail e Semyon aproximavam-se com ares de nervosismo. Andrei recebeu os dois com aspereza.

— Onde está a criança? Estou aqui com o dinheiro conforme havíamos combinado.

Mickail ia começar a falar, mas foi bruscamente impedido por Semyon.

— A mulher quer o dinheiro antecipado, senhor.

Andrei respondeu colérico:

— Sem a criança, não faremos negócio e não haverá dinheiro!

Mickail compreendeu o que o amigo tentava fazer. Sabia que Georgieva havia desistido de entregar o filho recém-nascido para o casal em troca de algumas moedas de ouro, mas Semyon resolveu arriscar-se para obter algum lucro.

— Vamos para um lugar mais discreto. Parece que a senhora não está muito bem.

Alexandra chamou por Andrei.

— Vamos logo, Andrei. Não temos mais como esperar. Dê o valor que estão pedindo para pegarmos logo nosso filho. Toda a corte está ansiando pela chegada de nosso herdeiro. Não tenho mais como levar esta gravidez falsa adiante. Temo que uma das amas acabe descobrindo e nos desmascare. Você sabe muito bem que esses tártaros fazem qualquer coisa para conseguir algumas peças de ouro.

Semyon entusiasmou-se. O plano repentino dera certo. Apanharia sua parte do dinheiro e partiria com o irmão para longe de São Petersburgo. Conhecia bem a fúria dos nobres e sabia que quando o golpe fosse descoberto, ele e Mickail estariam em maus lençóis. Se contasse a Andrei da desistência de Georgieva, certamente perderia a oportunidade de encontrar outro bebê.

— Bom, senhor Andrei, sem parte do ouro, nada será feito. Georgieva precisa dessa garantia. Teme entregar o filho e não receber.

Alexandra puxou o pequeno saco de couro em que Andrei guardava as moedas de ouro e apanhou um punhado delas.

— Tome, rapaz, e volte com a criança!

Semyon agarrou as moedas e voltou-se para o casal.

— Amanhã, neste mesmo horário, trarei o bebê.

Sinalizou para o velho amigo e saiu andando com calma. Mickail advertiu-o.

— Se eles descobrem essa traição, perderemos a cabeça. Você sabe o quanto esses nobres são vingativos.

Semyon pegou uma pequena moeda e apertou-a entre os dentes.

— Veja só, meu amigo, é verdadeira. Acabamos de conquistar uma pequena parte de São Petersburgo!

— Não brinque, Semyon! Eles nos apanham num único bote! Não conseguiremos nem gastar isso tudo! Amanhã, quando não aparecermos, vão nos caçar como ratos!

Os olhos azuis de Semyon cintilaram quando ele respondeu com firmeza.

— Iremos embora hoje mesmo. Ninguém nos encontrará. Vivemos uma vida miserável por aqui.

— E para onde vamos?

— Para os Montes Urais. Dali para sairmos dos domínios do imperador é um pulo. Bons cavalos, algumas provisões para a viagem e pronto: não precisaremos mais nos preocupar com os míseros cobres com que nos pagam pelo trabalho!

Mickail animou-se com a perspectiva de recomeçar a vida em outras condições. Não conhecia Andrei, nem Alexandra, portanto, não teria motivos para guardar qualquer peso ou arrependimento na consciência e achava que, ao final, Georgieva e Nicolau acabariam vendendo o filho, pois viviam, igualmente, em situação miserável.

***

Já em casa, Andrei andava de um lado para outro no suntuoso quarto. Alexandra, sentada em uma cadeira ornamentada por filamentos de ouro, solicitou a ajuda do marido para livrar-se dos enchimentos amarrados à barriga. Haviam anunciado a chegada de um herdeiro para toda a nobreza de São Petersburgo. Todas as tentativas de Alexandra para engravidar foram em vão. Andrei a culpava pela infertilidade e colocava sobre os ombros da esposa a possibilidade de ver a herança recebida dos pais acabar nas mãos do imperador. A ideia de comprar uma criança surgiu quando encontrou Georgieva e Nicolau mendigando em frente à catedral. Seu olhar astuto se deparou de imediato com a barriga da pobre mulher. A proposta foi feita por Andrei, e o casal aceitou-a sem pestanejar. Tinham outros filhos, e a fome era companhia constante na mesa da família.

***

Na noite seguinte, à hora determinada por Semyon, Alexandra e Andrei dirigiram-se à praça. Os festejos do ano-novo Juliano já haviam terminado, e as ruas encontravam-se vazias. A longa espera terminou com a decisão de Andrei.

— Vamos até aquele casebre imundo pegar nosso filho. É chegada a hora de sua gravidez terminar, Alexandra.

Os dois caminharam pelas ruelas escuras em direção à casa de Georgieva e Nicolau. Uma lamparina com luz bruxuleante iluminava a entrada da casa. Alexandra ouviu, emocionada, o choro do bebê. Andrei, impaciente, bateu com força na porta de madeira.

— Nicolau, abra! Sou eu! Estou aqui com Alexandra!

Georgieva apertou o pequeno filho contra o peito.

— Não vou entregar nosso filho, Nicolau! Avise que não vou entregar nosso filho!

Nicolau abriu a porta com os olhos cabisbaixos.

— Senhor, mandamos avisar por Semyon e Mickail que não iríamos mais vender nossa criança!

Alexandra encheu-se de ódio.

— Como é? Meu marido pagou a quantia que vocês pediram como adiantamento a Semyon e Mickail ontem! Não há mais como voltar atrás, homem!

— Não recebemos nada daqueles dois. Ontem, mandamos recado de que não mais queríamos entregar nosso filho.

Andrei percebeu que havia sido enganado por Semyon e Mickail.

— Pois bem. Se eles levaram o dinheiro e não entregaram nada a vocês, o problema não nos pertence. Fizemos um acordo, e essa criança nos pertence! — gritou Andrei, arrancando o bebê dos braços de Georgieva e entregando-o para Alexandra.

Nicolau agrediu Andrei, tentando impedir que os dois saíssem com o bebê. Alexandra avistou um machado duplo usado para cortar lenha encostado a um canto da parede. Aproveitando-se da histeria de Georgieva diante da situação, ajeitou o pequeno menino no braço esquerdo e com o outro apanhou o machado, desferindo um golpe mortal na cabeça da mulher. Nicolau soltou Andrei quando viu a mulher arrastar-se pela parede com os olhos arregalados pela dor. Agarrou-se ao corpo de Georgieva gritando por seu nome, numa tentativa de fazê-la voltar à vida. Andrei, aproveitando-se do desespero de Nicolau, tomou o machado da mão de Alexandra e golpeou o homem. Com o bebê nos braços, Andrei e Alexandra deixaram para trás os corpos de Nicolau e Georgieva.

***

No castelo onde residiam, tudo já estava preparado para que Alexandra desse à luz o filho que esperava. Andrei trancou-se no quarto com a esposa, acomodou-a na cama junto ao bebê e, com um pequeno punhal, fez um corte na própria perna: precisaria sujar os lençóis com sangue para simular o parto de Alexandra. Tirou as vestes do franzino menino e embrulhou-o numa manta cuidadosamente salpicada também por sangue. Em seguida chamou alguns serviçais. Com alegria, todos se confraternizavam com o nascimento do herdeiro de Andrei e Alexandra.

— Como se chamará nosso filho, Andrei? — perguntou Alexandra com lágrimas escorrendo pelo rosto.

— Alexie... Nosso herdeiro será conhecido por todos como Alexie.

***

Alexie foi criado com profundo amor por Alexandra e preparado por Andrei para administrar as terras e o ouro que seriam dele como herança. Já contava 20 anos de idade quando encontrou o corpo do pai nas imediações do castelo, vítima de uma emboscada tramada por camponeses. Com a morte de Andrei, Alexandra foi tomada por intensa tristeza. Negava-se a comer e começou a definhar pouco a pouco, até que, numa madrugada gélida, a morte tirou de Alexie a mãe tão amada.

Alexandra, durante a agonia da morte, recordou-se com pavor do crime cometido por ela e por Andrei para conseguir um herdeiro. Após o desligamento do corpo, viu-se numa região desconhecida. Uma mistura de lama e gelo envolvia seu corpo, exalando um cheiro fétido. Acostumada ao brilho do ouro e ao conforto do linho e das peles usadas para protegê-la do frio, a mulher gemia desnorteada. A agonia experimentada parecia interminável. Procurava por Andrei desesperadamente. Guardava a esperança de que, ao encontrar o marido, conseguisse se livrar daquelas sensações. Sussurrava o nome dele sem parar. O amor que outrora os uniu em momentos de felicidade os juntou novamente na tristeza. Nas mesmas condições de Alexandra, Andrei vagava pelas regiões umbralinas, no espaço astral da Rússia.

Durante anos, Georgieva e Nicolau aguardavam a chegada dos algozes do passado para conseguirem vingar-se. Da mesma forma que haviam se acostumado à vida miserável quando encarnados, também se adaptaram à miséria de sensações experimentadas no umbral. Inúmeros grupos de socorristas tentaram se aproximar dos dois para conduzi-los a uma colônia de tratamento, porém, a sede de vingança os mantinha estacionados, ansiando pelo desencarne dos inimigos.

Com os pensamentos recorrentes de arrependimento de Alexandra e Andrei pelo crime praticado, foram facilmente atraídos pelo casal. Nicolau exultava cada vez que conseguia atormentar e perseguir seus assassinos...

***

Alexie caminhava pelas ruas cobertas por densa camada de neve com facilidade. Cresceu vendo o pai agir daquela forma e repetia, inconscientemente, os mesmos gestos e as mesmas atitudes. Tornou-se solitário e se angustiava com a ausência dos pais. Certo dia, observando a vegetação esbranquiçada, percebeu um pequeno arbusto de verde intenso resistir às baixas temperaturas de São Petersburgo. Num lampejo, pensou em Alexandra e Andrei. Abaixou-se ante a pequena e corajosa árvore e falou em voz alta.

— Pai... Mãe... Como eu gostaria de ter a certeza de que vocês estão bem. Como seria bom ter essa confirmação.

As palavras de Alexie ecoaram nos ouvidos de Alexandra e Andrei. Abraçados, em posição fetal, tentaram reagir para fazer a vontade do filho tão amado. Uma luz intensa se fez notar ao longe. Uma pequena caravana de socorristas se aproximava do local. Alexandra olhou para o companheiro de sofrimentos e determinou.

— Ele merece ficar tranquilo. Vamos pedir auxílio a estas pessoas.

Duas mulheres aproximaram-se dos dois.

— Vocês estão prontos para ir?

Andrei respondeu decidido.

— Precisamos ir.

Georgieva e Nicolau observavam de longe a ação do grupo de socorristas. Também já estavam cansados daquela vingança que os fazia sofrer tão intensamente. Aproximaram-se da caravana, olharam para Alexandra e Andrei e perguntaram ao mesmo tempo, numa espécie de rogativa.

— Podemos ir com vocês? Também nos cansamos de tanto sofrimento!

Os quatro abraçados seguiram para uma colônia de recuperação. No futuro, tornariam a se encontrar amparados pelo amor que sentiam por Alexie. Reencarnariam no Brasil para abraçar a espiritualidade e em condições sociais novamente distintas. Georgieva experimentaria as facilidades do dinheiro junto a Nicolau e ampararia, através da amizade sincera, Alexandra e Andrei, que receberiam Alexie como filho devido aos laços de afinidade estabelecidos entre eles na experiência terrena tão marcante. Todos estavam conscientes de que a tarefa planejada pelos quatro seria extremamente difícil, mas aceitaram o desafio, certos de que estavam com o espírito preparado. Os compromissos adquiridos no pretérito por Andrei e Alexandra os conduziriam ao desencarne precoce para que Alexie pudesse, finalmente, conviver com a mãe que lhe fora subtraída na Rússia. Essa experiência seria necessária para o progresso e desenvolvimento daquele pequeno núcleo espiritual. Todos deveriam se manter firmes nos propósitos iniciais. Se apenas um se desviasse do caminho e se distanciasse dos planos traçados, tudo se tornaria mais doloroso...

***

Pedro olhava as cenas se desenrolarem à sua frente com indescritível surpresa. Mickail ensaiou uma brincadeira diante de seu amigo de tantas aventuras.

— Veja só! Ninguém é tão anjo assim nessa história, não é mesmo, Semyon?

Pedro riu com ternura para Mickail.

— Semyon ficou no passado da Rússia. Enganei tanta gente, não é mesmo?

Leonora abraçou o genro de forma maternal.

— Enganou na Rússia e terminou por atrair e aceitar o engano no Brasil. Parece brincadeira, mas nenhuma das nossas ações se perde no universo, Pedro. Você foi corajoso por aceitar progredir dessa forma. Saiu da vida vitorioso, sem causar grandes danos a ninguém. Hoje, estamos aqui reunidos com a certeza de que nossos irmãos ainda encarnados também podem vencer. Recebi Georgieva como filha com o nome de Marília, mesmo sabendo que o rancor e a mágoa plantados por Andrei e Alexandra, nesta vida com os nomes de José e Maria do Amparo, em seu coração poderiam colocá-la em situações conflitantes. Também errei e cometi enganos, Pedro, quando não ofereci a Marília limites e discernimento.

Mickail resolveu encerrar o assunto. Não queria submeter o amigo a sentimentos perturbadores.

— Bom, já está na hora de fazermos algo de útil. O passado serve apenas para nos dar a certeza de que devemos seguir em frente. Não podemos perder tempo com lamentações ou culpas. Cada um de nós só dá aquilo que está apto a oferecer. Fizemos o que julgávamos ser o correto. Vamos que o trabalho nos espera!

— E para onde vamos agora? — perguntou Pedro.

— Para a biblioteca, meu caro. Será bom para você estudar um pouco.

— Vá, Pedro. Seu coração já compreendeu. Lendo, você registrará essa compreensão na mente — completou Leonora, despedindo-se dos dois.

Uma alameda cercada por árvores foi o lugar escolhido por Mickail para que Pedro tivesse seu primeiro contato com os estudos. Ele, o Mickail aventureiro do passado, seria agora o orientador de Pedro. Eram almas compromissadas reencontrando-se para a redenção final.

CAPÍTULO 16

    Renata e Humberto esperavam ansiosos no saguão do aeroporto. O voo estava atrasado meia hora, e as mãos aflitas de Renata evidenciavam seu nervosismo. Acostumada a manter o controle de todos e de relacionar ordens à obediência imediata, ela se desvencilhou dos braços do marido à procura de informações. Uma funcionária jovial da companhia aérea procurou tranquilizá-la.

— Senhora, os atrasos são normais nesta época do ano.

— Como assim? Você está me dizendo que não respeitar horários estabelecidos num contrato de compra é normal?

— Que contrato de compra, senhora?

— O que você acha que são as informações contidas nas passagens aéreas quando as compramos? Histórias em quadrinhos ou exercícios de alfabetização?

— Nada posso fazer, senhora. O horário é apenas uma previsão. Os atrasos ocorrem.

— E se você não pode fazer nada, o que faz vestida com o uniforme desta empresa?

— Trabalho nesta empresa, senhora.

— Em breve, não vai trabalhar mais, querida. Vou fazer meus contatos agora mesmo.

— Desculpe-me, senhora, se não posso atendê-la com mais eficiência.

— Você é uma incompetente e atrevida!

Humberto, de longe, percebeu a contrariedade da esposa e foi até ela. Sabia que Renata era impaciente com atrasos e iria descarregar sua frustração no primeiro funcionário que aparecesse na frente dela.

— Querida, vamos! O avião já aterrissou.

Renata descontraiu a musculatura rígida e retornou ao saguão de desembarque, fixando seu olhar na porta de vidro. Trazia uma echarpe enrolada no pescoço que tirava e tornava a colocar de forma repetida. A imagem da filha saindo pela porta deixou-a emocionada.

Vanessa estava linda, cachos dourados acentuavam os olhos claros. Um abraço entre os três terminou com a ansiedade de Renata.

— Você está linda, minha filha.

— Sei disso, mãe! Vocês capricharam mesmo quando resolveram me gerar.

Humberto gargalhou. A filha amada havia herdado a ironia da mãe e o bom humor dele.

— Meu Deus! Você não é nem um pouco modesta, minha querida! Parece com alguém que conheço muito bem! A sua bagagem está toda aqui?

— Está sim, pai. O senhor me ajuda?

— Nosso motorista serve para quê, Vanessa? Desde quando precisamos carregar malas? E vejo que você trouxe muitas! Humberto, chame o motorista.

— Por quê? As malas estão no carrinho e sei empurrar isso aí! — respondeu Humberto. — Quero logo chegar em casa e matar as saudades de minha filha. Vamos.

No percurso do aeroporto até em casa, Vanessa não se cansava de falar do êxito alcançado no curso. Envaidecida, repetia com detalhes os momentos da defesa de seu trabalho. Renata e Humberto crivavam-lhe de perguntas, que ela respondia com carinho.

Na chegada dos três, os empregados da casa comemoraram o retorno de Vanessa. Apesar da rigidez com a qual eram tratados, o respeito à família e o carinho por Vanessa eram grandes. A maior parte dos trabalhadores da casa participara do nascimento da jovem e acompanhara sua infância e juventude. Apesar da vida cercada pelo luxo, Humberto e Renata haviam criado a filha para que ela valorizasse o trabalho e o conhecimento. A harmonia e o equilíbrio eram a marca registrada da jovem.

Vanessa reuniu os empregados, distribuiu presentes a todos e contou detalhes da viagem. Renata sabia da predisposição da filha para a confraternização com os empregados e decidiu encerrar a conversa.

— Agora voltem aos seus afazeres. Se eu deixar por conta de Vanessa, vocês não fazem mais nada dentro de casa!

Humberto falou com a filha sobre o desejo de oferecer um jantar pelo seu retorno. Renata se lembrou de Marília para ajudá-la na organização do jantar.

— Vou ligar para Marília, Humberto. Ela tem bom gosto e poderá coordenar as coisas enquanto eu estiver na empresa. Com ela por perto, ficarei mais tranquila e certa de que tudo correrá bem.

— Meu Deus! — exclamou Vanessa. Você conseguiu arrumar uma amiga, mamãe? É verdade isso?

— Você vai entender o porquê quando conhecer Marília. Ela é especial demais, não é, Humberto?

Humberto segurou a mão da filha com firmeza.

— Renata tem razão, Vanessa. Marília é muito gentil e inteligente. É refinada como sua mãe. Você vai gostar dela.

Renata voltou-se para a filha e disse:

— Tenho planos para você na empresa.

— Mãe, acabei de chegar. Vamos deixar isso para outro dia. Quero descansar, rever alguns amigos e matar as saudades de meu quarto.

— Vou dar a você o tempo necessário. Sei que precisa descansar, mas sei também que a Dumont & Martins precisa de seus conhecimentos. Vá descansar. Giovana depois arrumará suas coisas.

O telefone de Renata tocou e, com alegria, ela identificou o número de Marília.

— Nossa, minha amiga! Que sintonia! Acabei de falar em você.

Marília sorriu do outro lado da linha.

— O nome disso é afinidade, Renata. Liguei para saber se sua filha chegou bem.

— Chegou sim. Tive um pequeno aborrecimento no aeroporto, mas a alegria de reencontrar Vanessa já me fez esquecer do desrespeito com que fui tratada.

Humberto beijou a esposa na testa e fez sinal de que iria sair. Renata afagou-lhe o rosto e continuou a conversar com Marília:

— Vou organizar um jantar para comemorar o retorno de Vanessa e gostaria que você me ajudasse. Quase não tenho tempo por causa da empresa. Posso contar com sua ajuda?

Marília exultou. Enxergou imediatamente a oportunidade que aguardava para se tornar mais próxima de Renata.

— Claro que sim. Para que servem os amigos afinal? Quando conversaremos? Preciso saber exatamente o que você quer.

— Você pode me encontrar hoje à tarde na Dumont & Martins? Lá, conversaremos.

Marília buscou uma saída rápida. Em um dos poucos momentos em que buscava saber da vida profissional do filho, descobrira o vínculo dele na empresa de Renata. Foi com dissabor que percebeu a aversão de Flávio pela empresária. Segundo ele, uma série de humilhações era direcionada aos funcionários e a ele. Julgou que a amizade com Renata não caminharia para um relacionamento mais íntimo se ela soubesse que Flávio era seu filho. Não queria pôr-se em risco e perder a chance de recuperar prestígio e dinheiro. Chegou a rir quando se deu conta de que Renata humilhava o sobrinho tão procurado.

Porém, decidiu enfrentar a situação. Tinha certeza de que tiraria Flávio de qualquer situação humilhante e ainda ofereceria para Renata a oportunidade de conviver com o sobrinho. Seria uma questão de caridade. Rindo, aceitou o convite.

— Será um prazer, Marília. Tenho até uma novidade para lhe contar. Você ficará surpresa quando souber.

Marília desligou o telefone e correu para o armário. Revirou as peças penduradas nos cabides e jogou-as sobre a cama.

— Não tenho uma roupa que preste. Vou precisar contar uma historinha triste para Renata.

Amílton entrou no quarto e pegou Marília falando sozinha.

— O que você está tramando dessa vez?

— Algo que você não tem inteligência para fazer, Amílton. Ou você acha que os trocados da jogatina compram alguma coisa? Sou eu que sempre salvo você da miséria. Você não aprendeu ainda isso?

— Marília, não tenho culpa de seu marido ter perdido tudo. Ele era muito fraco para a vida e para os negócios.

— Fraco como você! O único homem forte que conheci de verdade tive que matar.

— Você não presta, Marília! Se eu soubesse do seu envolvimento com José, jamais teria seguido você nessa maluquice! É isto que você é: louca!

Maria do Amparo olhou para José com ódio. Estava tão concentrada em se vingar de Marília que não havia descoberto ainda que sua assassina mantivera-se como amante de José por um bom tempo.

— José, isso é verdade? Por que não consegui descobrir isso antes? Você e essa mulher eram amantes! Você também me enganou, José? Dela eu ainda posso me vingar. Ela está viva e aproveitando a companhia de nosso filho. Mas e com você? O que farei com você, seu traidor sujo, imundo?

Com o ódio a movimentar seus sentimentos, Maria do Amparo ouvia as palavras de Marília como se fossem lanças em seu coração. O sofrimento da morte por assassinato, a separação precoce do filho amado, a descoberta de que a vida permanecia intacta diante do apodrecimento do corpo já faziam parte de seu estado de perturbação espiritual. Mantinha-se presa a Marília por anos a fio. Participava, como parasita, da vida de sua algoz. Alimentava-se de suas energias com a clara intenção de levá-la à loucura. Estava acostumada àquela situação e só sairia dali quando visse o fim de Marília. Tencionava recebê-la e persegui-la quando ela desencarnasse. Por diversas vezes, espíritos orientados por Josefa aproximavam-se para levar ao casal o esclarecimento e a possibilidade de redenção, mas nenhum dos dois abria mão da vingança a que almejavam.

Marília rasgou uma blusa com raiva e atirou-a contra Amílton.

— Você não é tão esperto, Amílton? Você só descobriu meu caso com José porque fiz questão de contar. Se eu não tivesse aberto minha boca, você não iria saber de nada, meu querido! Ou você pensa que eu ficava satisfeita com a cama morna que você me oferecia? José era um bronco, um caipira, mas sabia como fazer uma mulher feliz na cama. Tenho até certo arrependimento de tê-lo matado. Ele poderia ser mais útil que você!

Amílton espalmou a mão contra o rosto de Marília com fúria. Quando descobriu os encontros entre Marília e José, julgou serem parte da estratégia dela para conseguir roubar Flávio. Naquele momento, teve a certeza de que ele próprio não passava de uma peça daquele jogo.

Marília passou a mão pelo rosto e olhou-se no espelho da porta do armário.

— Você não sabe o bem que me fez com essa bofetada! Um dia, vou dar o troco, mas hoje, meu querido paspalho, vou usar essa marca vermelha em meu benefício.

Num canto do quarto, José abaixou a cabeça arrependido de tudo o que fizera. Em seu coração, a vingança já não fazia mais sentido. Ele tomara a consciência de que todos erram em algum momento da vida. Sentiu-se cansado e oprimido diante do ódio de Maria do Amparo. Não queria mais permanecer ali. Enxergou a silhueta iluminada de Josefa com alegria. Mickail e Leonora também se fizeram presentes e isolaram José de Maria do Amparo.

— Não quero mais ficar aqui, dona Josefa. Me ajude, por favor. Estou muito envergonhado.

— Você não precisa se envergonhar, José. Tudo tem seu tempo. Tudo tem seu preço.

Mickail estendeu-lhe as mãos.

— Quer vir conosco?

— Quero sim. Estou cansado. Nenhum erro é maior que o outro, não é mesmo? Marília enganou muita gente e continua enganando. Mas eu também enganei Maria do Amparo. Ela está sofrendo e com ódio de mim. Quero ir embora daqui.

Josefa dirigiu-se a ele maternalmente.

— A vingança escraviza, José, e o ser humano nasceu para a liberdade. Você, diante de sua consciência, aprendeu que todos estão em constante mudança.

Com os olhos semicerrados, José voltou-se para Maria do Amparo.

— Vamos, Maria! Vamos embora daqui com dona Josefa.

Leonora interferiu.

— Ela não mais escuta você, José.

— Mas como ela não me ouve mais?

— Porque sua sintonia mudou. É como se você mudasse a frequência de um rádio para ouvir outra estação.

— Mas Maria não vai comigo?

— Não. Ainda não.

— E o que vai acontecer com ela? Tenho medo de que nosso filho sofra por conta desse ódio todo.

— Esqueça isso por enquanto, José. Maria do Amparo também vai encontrar o esclarecimento na hora certa. Para alcançar a liberdade é preciso aprender a ser livre, e Amparo ainda não aprendeu. Vamos.

Maria do Amparo gritava pelo nome do marido, procurando-o pelos cantos da casa.

— José, seu traidor covarde! Vou me vingar de você também!

Gritou mais e mais até que, cansada, voltou a sentar-se no canto do quarto.

***

Marília aguardava ansiosa na antessala de Renata. Ana serviu-lhe café e observou as mãos trêmulas de Marília e a marca vermelha em seu rosto.

— A senhora precisa de mais alguma coisa? Está se sentindo bem?

Marília ensaiou um sorriso e ajeitou os cabelos.

— Renata ainda vai demorar, querida?

— Não. Ela está apenas terminando de assinar alguns documentos. Logo, mandará chamá-la.

Ana estranhou o modo descontraído com que a patroa abriu a porta da sala e chamou por Marília. Ela nunca agia daquela maneira. Era sempre formal e meticulosa para receber as pessoas em seu escritório.

— Marília, que bom você ter vindo! Estava ansiosa esperando por você!

As duas trocaram um demorado abraço, e Ana ficou surpresa com a cena.

— O que foi, Ana? Que bicho te mordeu? Tire já essa máscara de surpresa. Marília é uma grande amiga. Mande a copeira nos servir um chá. Não quero ser incomodada, está certo?

Renata e Marília acomodaram-se nas confortáveis poltronas do escritório. Marília fez de tudo para que Renata observasse a mancha deixada pela bofetada que recebeu de Amílton.

— O que foi isso, minha amiga? Você se machucou? Foi algum tombo?

Marília contraiu o rosto, deixando transparecer o abatimento. Com a voz embargada, fingiu querer mudar de assunto.

— Deixe isso pra lá, Renata. Não quero estragar seu dia com meus problemas.

— Você não vai estragar meu dia. Somos amigas, lembra-se disso? Ou será que você me toma como fútil? Odeio futilidades, Marília. Me importo com poucas pessoas, mas me importo. Fale o que aconteceu.

— Foi meu companheiro, amiga. São muitas histórias. Muito sofrimento.

Renata apiedava-se do sofrimento da amiga. A ausência do sorriso e da firmeza que fizeram com que ela se aproximasse de Marília deixou-a preocupada.

— Fale, Marília. O que está havendo?

— Amílton é um troglodita. Uma fera. Aproveitou-se de meu sofrimento e da minha solidão para se aproximar de mim. Agora me trata dessa forma.

— E por qual motivo você não reage? Por que não o denuncia?

— Temo pelo meu filho. Tenho medo de que ele faça alguma coisa contra Flávio.

— Qual a idade de seu filho, Marília?

— Vinte e quatro anos. Ele é um rapaz lindo. Bem-educado, sensível. Por obra do acaso, trabalha aqui na sua empresa. Não quer se submeter aos desmandos de Amílton e nem depender do dinheiro dele. Ele nem sabe que somos amigas. Acho que pediria demissão se soubesse disso. Quer crescer pelos próprios meios, entende?

Renata lembrou-se do dia em que Flávio chegou atrasado alegando problemas familiares. Arrependeu-se da maneira como tratou o rapaz. "Tomara que ele não tenha se queixado de mim ou perco a amiga!", pensou.

— Se seu filho é ambicioso e trabalhador, este é o lugar certo para ele, Marília. Aqui, os jovens são bem-vindos. Gosto de cabeças pensantes e almas dedicadas. Ele certamente alcançará o sucesso.

Marília secou discretamente uma lágrima que escorria por seu rosto. "Não preciso nem de isca, basta o anzol e esse boto cor-de-rosa é fisgado!".

— Vamos deixar meus problemas de lado e vamos falar de você. Como está sua filha?

— É sobre a chegada dela que quero conversar com você. Como eu havia dito, vamos oferecer um jantar. Quinze pessoas no máximo, incluindo você e Flávio. Quero conhecê-lo melhor. Precisarei da sua ajuda para organizar as coisas para mim. Que tal? Você aceita?

— Claro! Mas não sei se Flávio vai aceitar. Ele é do tipo que não mistura a vida profissional com nada.

Renata não se convenceu de imediato sobre as qualidades de Flávio, principalmente no que dizia respeito ao profissionalismo. Lembrava-se bem da fisionomia transtornada do rapaz dizendo que havia enfrentado problemas. Se fosse necessário, conversaria com Marília para justificar a necessidade de agir de forma rígida com ele dentro da empresa. A amiga precisaria compreender que tudo seria em benefício do filho. Ela compreenderia.

— Você se importaria de ir até minha casa? Peço para o motorista levar você. Vanessa saiu com algumas amigas, e Humberto está no trabalho. Giovana receberá você e mostrará a sala de jantar e o salão anexo. Você dá uma olhada e pensa na decoração, no cardápio, essas coisas. Que tal?

— É tudo de que eu preciso neste momento, Renata. Distrair minha cabeça vai me fazer um bem enorme. Antes de ir, preciso lhe contar um sonho.

— Que sonho, Marília? Comigo?

— Sonhei que você encontrava seu sobrinho e descobria a assassina de sua irmã. Você estava tão feliz... Usava um vestido verde-esmeralda e o colar que comprou na joalheria.

— Será que isso é uma premonição? Tenho realmente um vestido verde-esmeralda!

"Qualquer mulher tem, sua idiota!", Marília pensou e expressou um sorriso meigo.

— Por que está rindo? — perguntou Renata.

— Porque pode ser mesmo uma premonição. Como eu iria saber que você tem um vestido dessa cor? Você faria tudo para encontrar seu sobrinho, não é?

— Faria qualquer coisa, gastaria o que fosse preciso.

A conversa foi encerrada, e Marília saiu do escritório de Renata certa de que conseguiria, mais uma vez, mudar os rumos de sua vida.

***

Ao chegar à casa da empresária, Marília olhou com desconfiança para Giovana e procurou ser o mais discreta possível. Fez algumas anotações que julgou serem necessárias em uma pequena caderneta e viu, sobre uma mesa de madeira talhada, o retrato de Amparo. Discretamente, olhou para os lados para se certificar de que não havia nenhum empregado olhando e fechou o porta-retratos, virando a fotografia para baixo. "Vê se vou ser perseguida por esse fantasma agora!".

Despediu-se de Giovana e retornou para casa, recolhendo-se no quarto. Maria do Amparo recebeu-a com ódio e avançou sobre o pescoço de Marília. Uma sensação desconfortável atingiu-a imediatamente.

— Odeio esta casa! — falou em voz alta. Em breve, sairei daqui e tudo o que é de Renata será meu!

Flávio bateu à porta do quarto da mãe. Estava cansado pelo trabalho excessivo na Dumont & Martins, mas nunca se recolhia antes de conversar com Marília. Diversas vezes, Mirtes tentou alertar o rapaz sobre as crises constantes da mulher, mas Flávio, a exemplo de todas as outras pessoas que conviviam com ela, atribuía o comportamento exagerado da mãe ao gênio forte e à perda dos recursos financeiros.

— Mãe, posso entrar?

Marília ajeitou o cabelo e descontraiu a musculatura do rosto. Ao ouvir a voz de Flávio, Maria do Amparo afastou-se imediatamente da inimiga e se pôs num canto do quarto, em posição fetal, a chorar.

— Já chegou, meu filho? Entre. Preciso conversar com você.

Flávio beijou carinhosamente o rosto da mãe.

— Estava falando alto. O que houve, mãe?

— Nada não, Flavinho. São minhas reclamações de sempre.

— E essa marca no rosto? O que foi isso, mãe?

Marília passou a mão sobre o local onde levara um tapa de Amílton. Sabia que Flávio não iria tolerar uma agressão vinda do padrasto. Seu receio maior era de que, em nome do amor que nutria por Flávio, Amílton tentasse se livrar da culpa e trouxesse a verdade à tona.

— Nada demais, meu filho. Bati com o rosto na cabeceira da cama.

— Mas essa marca daí é de mão, mãe. Você apanhou de alguém?

— E eu sou mulher de apanhar de alguém, meu filho? Parece até que você não me conhece! Sente-se aqui. Quero conversar com você.

197

Flávio recostou-se na cabeceira da cama e puxou a mãe para junto de si. Marília fez menção de ligar o ar-refrigerado e foi impedida pelo filho.

— Mãe, dá para deixar pra ligar o ar só na hora de dormir? A conta de luz é um absurdo de cara. Precisamos economizar um pouco. Quero ver se consigo pagar uma parte do que devemos a Mirtes.

— Esqueça Mirtes, Flávio. Ela trabalha porque gosta.

— Todos nós trabalhamos por dinheiro, mãe. Ela continua aqui porque é grata aos meus avós, mas gratidão não paga contas. Quando receber, vou pagar a ela alguma coisa. É uma forma de mostrar que também somos gratos. Mas o que a senhora quer falar comigo? Parece animada.

— Tenho uma festa para irmos. Não quero levar Amílton. Ele não sabe se comportar em lugares mais finos, e preciso de sua companhia.

— Quando será essa festa? Ando tão cansado. A empresa exige demais dos funcionários. Não tenho um minuto de folga.

— Pois é, sei disso, meu filho. Em breve, isso tudo vai mudar. Você vai comigo? Sou eu que estou organizando o jantar.

— A senhora?

— Sim, eu. Uma amiga querida me solicitou ajuda para organizar um jantar de boas-vindas para a filha.

— Que amiga é essa, mãe? A senhora não tem amigas!

— Você é que pensa, Flávio. Me livrei das falsas amigas faz um bom tempo. Estou mais seletiva agora.

— Não vai aplicar outro golpe, vai?

— E eu lá sou mulher de aplicar golpes, Flávio? Tudo o que falam de mim é por pura inveja. Descobri que não tinha amigas. Tinha era um bando de urubus me cercando, dispostos a comer carniça. Vou dar a volta por cima, meu filho. Você vai ver.

Flávio permaneceu abraçado à mãe demoradamente, até que ela o despachou. Lembrara que havia guardado uma foto de Maria do Amparo com Flávio no colo. Em Monte Santo, fez questão de comprar uma máquina fotográfica para tirar retratos da criança recém-nascida e mostrar a Pedro. Escolhia sempre lugares neutros, que não evidenciassem a simplicidade do lugar, já que todos julgavam que ela passava uma temporada na Europa. Precisaria encontrar aquela foto.

— Agora vá descansar, Flávio. Amanhã, você tem trabalho, e eu precisarei sair cedo para organizar as coisas para minha amiga. Durma com os anjos, meu filho.

O rapaz, antes de sair, voltou-se para a mãe:

— E o tio Amílton, mãe? Quase não o vejo mais.

— Deve estar correndo atrás da sorte como sempre. O pior é que a sorte nunca corre atrás dele. Corre dele!

Flávio riu e saiu mais tranquilo. "Que bom que ela está mais calma!", pensou.

Marília começou a vasculhar o armário com ansiedade. Não sabia exatamente o porquê de ter guardado a foto de Amparo com Flávio no colo. Atribuiu à sorte essa atitude.

— A sorte me ampara mesmo. Se acho essa foto, estou feita. Renata não vai vacilar em pagar qualquer quantia para conseguir informações sobre o paradeiro do sobrinho. Ela mal sabe que ele está tão perto.

Marília falava e ia remexendo o armário, jogando no chão as roupas, as caixas e os envelopes. Um pequeno embrulho lacrado com fita adesiva caiu nos seus pés. O coração de Marília disparou.

— Aqui está você, fantasma! Eu bem sabia que mais dia menos dia você acabaria me dando muito mais que um filho!

Ela abriu o pacote cuidadosamente, tirando, uma a uma, as camadas de papel que protegiam a fotografia.

— Olha só a cara de pamonha de Amparo! Essa cara vai me render uma boa grana!

Colocou a fotografia em um envelope de carta e chegou à beira da escada, gritando por Mirtes.

— Mirtes, venha até aqui agora!

Mirtes chegou esbaforida na sala. No pé da escada, perguntou à patroa.

— O que houve, dona Marília? Quer alguma coisa?

— Quero sim! Venha até aqui.

Mirtes subiu a escada, resignada. Sabia que a euforia de Marília sempre resultava em problemas. Ao abrir a porta do quarto e se deparar com tudo espalhado pelo chão, não resistiu à revolta.

— Dona Marília, não aguento mais arrumar sua bagunça. Todos os dias sou obrigada a recolher os objetos que a senhora espalha pelo quarto. Estou sozinha nesta casa para fazer tudo! Isso é falta de respeito!

— É sua obrigação arrumar o que desarrumo! Não seja abusada!

— Seria minha obrigação se a senhora me pagasse os salários que me deve. Estou aqui em consideração ao Flávio e à memória de dona Leonora. Só por isso continuo nesta casa.

Marília gargalhou.

— Mas é abusada demais! Pode deixar que em breve acertarei suas contas, mulher! Logo, logo, as coisas vão melhorar por aqui. Agora me traga uma dose de uísque. Preciso comemorar.

— Não deveria beber, dona Marília. Os remédios que a senhora toma são muito fortes, e a bebida pode lhe fazer mal.

— O que me faz mal é olhar para sua cara de velha! Me traga qualquer bebida e agora! Ou melhor, eu vou descer e beber lá embaixo, e você arruma essa bagunça toda!

Marília saiu do quarto com o envelope na mão, e Mirtes ficou estática diante da desordem do ambiente. Começou a dobrar as roupas e a organizar os objetos espalhados pelo quarto. Ao se abaixar para pegar um porta-joias, sentiu um calafrio percorrer-lhe o corpo. À sua frente, avistou a figura cadavérica de Maria do Amparo. Mirtes levou as mãos à boca, contendo o grito de pavor que lhe subia à garganta. Maria do Amparo tentava em vão dizer-lhe alguma coisa. Mirtes fechou os olhos e começou a rezar dentro da fé católica que professava. A prece dirigida à Nossa Senhora, entretanto, não foi concluída. Maria do Amparo manteve-se na frente de Mirtes. Pela primeira vez, durante todos aqueles anos, alguém da casa conseguia enxergá-la com nitidez. Conhecia os sentimentos da velha empregada e pensou que pudesse encontrar naquela encarnada uma cúmplice para a vingança contra Marília. Mirtes insistia na oração, e Maria do Amparo deu vazão à sua ira:

— Se Nossa Senhora existisse mesmo, não teria deixado acontecer tudo aquilo comigo!

Leonora fez-se presente no quarto, atendendo aos apelos de Mirtes. A presença de Leonora fez com que Mirtes se reequilibrasse. Ao abrir os olhos, ela não mais encontrou o espírito sofredor de Maria do Amparo. Leonora intuiu-lhe um pensamento para que ela pudesse se reorganizar.

— Vá até a varanda, abra as portas e deixe o ar entrar no quarto, minha querida amiga.

Mirtes tratou de obedecer aos próprios pensamentos. Abriu as janelas do quarto e a porta da varanda. Na sacada, levantou os braços para o céu e rogou por misericórdia.

— Seja lá quem for que está por aqui, Jesus está e sempre estará me guardando com Nossa Senhora.

A brisa fresca do início da noite envolveu o corpo e alma de Mirtes. Corajosa e certa de que sempre estaria amparada pelas leis divinas, retornou ao quarto e terminou de organizar a bagunça deixada por Marília. Leonora, mais uma vez, soprou-lhe nos ouvidos.

— Não tema nada, minha fiel amiga. Seu equilíbrio é fundamental para que tudo corra bem. A paz e a luz são suas companheiras constantes. Não tema nada.

Maria do Amparo voltou a encolher-se num canto do quarto. Havia perdido energia demais com a intercessão de Leonora e o comportamento de Mirtes. Sem a companhia de José, precisava se desdobrar para espalhar a energia de vingança no ambiente. Atingir Marília era muito fácil, porém, ela precisava de aliados encarnados que nutrissem sentimentos de ódio por sua assassina.

— Depois que me vingar dessa safada, José vai ter que me prestar contas! Ah, se vai! Esses espíritos com mania de bondade não sabem o que passei para falar em perdão! Não vou perdoar ninguém! Nunca! Deus é injusto! Eu sempre fui uma mulher boa e Ele permitiu meu assassinato. Como pode ser bom um Deus que age assim?

***

Marília saboreava um drinque quando Amílton chegou. Desconfiado e arrependido pela reação de fúria contra a companheira, colocou as chaves da casa sobre uma mesa e aproximou-se da companheira.

— Marília, me desculpe. Você me faz perder a cabeça. Fiquei louco quando você falou daquela maneira sobre José.

Ela não deu importância às explicações de Amílton. Estava preocupada, planejando uma forma de extorquir dinheiro de Renata. Tinha nas mãos o envelope com a fotografia de Maria do Amparo e José.

— Veja o que achei, Amílton.

Amílton abriu o envelope e ficou atônito.

— Pra quê você está com isso nas mãos? Isso é um perigo! Qual é seu objetivo agora?

— Ganhar dinheiro.

— Como assim? Isso é apenas uma fotografia. Não tem valor nenhum.

— Você é que pensa, meu querido. Lembra que falei de uma nova amiga?

— Sim, uma tal Renata. Não é esse o nome?

— Então. Ela é nada mais nada menos que a irmã de Maria do Amparo e tia de Flávio.

Amílton estremeceu. Qualquer ato impensado de Marília poderia levá-los à cadeia.

— Não mexa mais nessa história, Marília! Afaste-se dessa mulher. Isso pode nos trazer sérios problemas.

— Isso vai nos trazer muito dinheiro, Amílton. Muito dinheiro. Ela também é a dona da empresa em que Flávio trabalha. Quantas coincidências, você não acha? A sorte está sorrindo novamente para mim, querido.

Amílton sabia que Marília seria capaz de fazer qualquer coisa para alcançar seus objetivos. Por mais que tentasse, não conseguia ter forças para fazer com que ela desistisse de nada.

— E o que vai fazer?

Marília sorriu debochadamente.

— O que nós vamos fazer! Nós dois estamos juntos nessa, meu anjo. Lembre-se sempre de que somos cúmplices e seremos até o final. Tirei a vida e o filho de Maria do Amparo, e agora nós dois vamos tirar dinheiro da irmã dela. Renata está disposta a pagar e a fazer tudo para conseguir pistas sobre o paradeiro do sobrinho.

— E se ela descobrir que Flávio é o sobrinho que ela procura e você a assassina da irmã dela? Vamos os dois parar atrás das grades, Marília!

— Ela é tão tonta quanto a irmã. Não vai descobrir nada. Flávio muito menos.

Marília colocou mais uma dose de uísque no copo. Mirtes já havia se recolhido, e Flávio dormia pesadamente no quarto. Não havia ninguém na casa que pudesse ouvi-los.

— Vou tirar algumas cópias desta fotografia e enviá-las para Renata. Quando ela estiver ansiosa a ponto de pagar por alguma informação, daremos nosso preço.

— E que informações teremos para dar a ela? De que fomos os responsáveis por aquela tragédia e pelo sequestro de Flávio?

— Ela não vai receber informação alguma, seu idiota! Vamos apanhar o dinheiro e dar uma bela surra naquela dondoca. Seria bom ela aparecer na empresa com algumas marcas pelo corpo. Dessa forma, desistirá de procurar o que está diante daqueles olhos apagados. Amanhã mesmo você vai colocar este envelope no correio. Coloque num bairro distante, para não deixar nenhuma pista. Durante as próximas semanas, enviaremos a mesma foto. Quando ela estiver enlouquecida, damos o nosso lance.

— Que lance, Marília? Que informações nós daremos?

— Parece que você não entendeu. Não daremos nenhuma informação, daremos uma surra bem dada, isso sim!

Amílton ficou estarrecido com a frieza com a qual Marília tratava do assunto, porém, a possibilidade de retomar uma vida confortável lhe avivou os sentidos, e a certeza de que não tinham mesmo outra saída fez com que cedesse. Apanhou o envelope das mãos de Marília e olhou a foto com atenção. Flávio guardava imensa semelhança com a verdadeira mãe.

— Coloque o endereço no envelope. Amanhã, compro um par de luvas e ponho a carta em outro. Nao podemos deixar pistas. Essa gente de dinheiro pode pagar para identificar até o ar que respiramos.

— O dinheiro não compra inteligência para ninguém, Amílton. E esperteza muito menos. Agora vamos subir. Quero que você se desculpe de outra forma comigo.

Os dois subiram abraçados. A afinidade entre eles era verdadeira, e Amílton se submetia com facilidade aos caprichos e devaneios de Marília. Por algum tempo, havia tentado se livrar daquela paixão quase doentia que o ligava à mulher, entretanto, o simples pensamento de ficar distante de Marília o atordoava.

***

Ana abriu o envelope destinado à patroa. Ela cuidava de todas as correspondências de Renata desde que assumira a posição de secretária. Abria as cartas e fazia sempre uma triagem daquilo que realmente a patroa precisava ler. A fotografia antiga, em preto e branco, chamou a atenção de Ana. Parecia já ter visto aquele rosto em algum lugar. Tornou a colocar a foto no envelope e bateu na porta da sala de Renata.

— Não quero ser incomodada agora, Ana. Seja o que for, deixe para depois. Estou estudando uma forma de implantar um sistema de informática melhor para a nossa empresa — disse Renata, sem tirar os olhos da tela do monitor.

— Desculpe-me, dona Renata, mas é importante.

— Já disse que não quero ser interrompida. Saia e depois nos falamos.

Ana colocou sobre a mesa de Renata a fotografia que estava no envelope. A empresária surpreendeu-se.

— Que fotografia é essa? Você está me interrompendo para me mostrar uma foto, é isso mesmo que estou entendendo?

— Veja a foto, dona Renata. Chegou pelo correio.

Renata apanhou a foto e um leve tremor em suas mãos foi observado por Ana.

— É uma foto de minha irmã! É Maria do Amparo, Ana, e esse é meu sobrinho! Você disse que essa foto chegou pelo correio. Não havia remetente no envelope? Nada estava escrito?

— Não, senhora. Apenas a foto. Por isso insisti em mostrá-la.

— Veja o carimbo da agência do correio.

— Já vi, dona Renata. É de um bairro distante.

— A pessoa que mandou essa foto deve saber o paradeiro de meu sobrinho e teve contato com minha irmã.

— Não gosto de especulações, senhora, mas a única pessoa que poderia ter uma foto como essa seria alguém muito ligado à sua irmã na época. Se essa foto não é sua e se nenhum empregado de sua casa teve acesso às fotografias que a senhora guarda, só alguém do passado pode ter enviado isso.

— Mas com que objetivo alguém me enviaria uma foto dessas?

— Não sei, dona Renata. Sinceramente, não sei. A senhora quer que eu ligue para o último detetive que cuidou desse caso?

204

— Não. Ainda não. Vamos esperar um pouco. Tenho certeza de que outro contato será feito.

Ana saiu, e Renata pegou o telefone. Sabia que Humberto estava muito ocupado e Vanessa não gostava de falar sobre aquele assunto. Pensou na amiga e resolveu ligar.

— Marília?

Marília reconheceu a voz de Renata. Sorriu com a certeza de que a foto havia chegado ao destino programado.

— Renata, que bom falar com você! Já organizei tudo para o jantar e encomendei algumas flores para a ornamentação. Será tudo muito discreto, conforme você me pediu.

— Sei que você fará tudo da melhor maneira possível. Não estou preocupada com isso. O assunto é outro.

— O que foi? Flávio aprontou alguma coisa na empresa? Fez algo de errado?

— Não, claro que não. Ele é muito discreto. É um pouco desatento, mas muito discreto. Com o tempo vai se adequar melhor à empresa.

— Então, o que houve?

— Lembra a história que contei a você?

— Que história?

— Sobre minha irmã.

— Ah! Sim! Claro que sim! Como eu poderia esquecer uma história tão trágica?

— Pois bem, hoje recebi um envelope enviado pelo correio. Chegou com a remessa da manhã. No envelope, havia um retrato de Maria do Amparo com meu sobrinho recém-nascido no colo.

— Então alguém descobriu o paradeiro de seu sobrinho. Que bom! Quem enviou a carta? Você já fez contato com a pessoa?

— No envelope havia apenas a foto. Quem enviou também não se identificou.

— Que estranho, Renata. Cuidado com isso. Sua irmã foi assassinada cruelmente. Cuidado. Você vai avisar à polícia?

— Não. No momento não. Vou esperar. Tenho certeza de que, em breve, receberei algum outro tipo de contato.

— De qualquer forma, tenha cuidado. Seu marido já sabe disso?

— Não. Ele está ocupado demais com um novo projeto. Não quis incomodá-lo. Decidi ligar para você porque sei que compreende minha ansiedade em relação a tudo isso. Por vontade do Humberto, não toco mais nesse assunto.

Marília respirou aliviada. Seria melhor para os planos dela que Humberto não se envolvesse. Quanto menos gente soubesse, melhor seria.

— Se eu estivesse em seu lugar, não comentaria isso com mais ninguém. Todos vão ser contra qualquer investida de sua parte nesse assunto, minha amiga.

Renata deu razão a Marília. Vanessa e Humberto não aprovariam uma tentativa de contato com o passado trágico. Temiam que Renata experimentasse mais uma decepção. Seguiria o conselho da amiga e não falaria sobre o assunto com nenhuma outra pessoa.

— Você está certa, querida. Não vou comentar isso com Humberto. Vanessa também não aprovaria uma nova investida de minha parte para desvendar o passado. Isso ficará entre nós. Agora preciso trabalhar. Nos falamos mais tarde.

Marília desligou o telefone sem perceber a presença de Mirtes na sala. Em voz alta, exclamou o início de seu êxito.

— Vou tirar um bom dinheiro dessa tonta. Parece que a burrice é a marca registrada dessas irmãs!

Mirtes resolveu interferir. Sabia que Marília estava tramando algo que poderia trazer infelicidade para a vida de Flávio. Sempre desconfiara de que a patroa estava ligada a um passado de delito. Temia pelo futuro.

— Dona Renata, por favor, antes de fazer qualquer coisa, pense em Flávio. Ele não merece sofrer!

Marília voltou-se para Mirtes com fúria. Com os olhos congestionados pelo ódio, aproximou-se da velha servidora e agarrou-a pela gola do uniforme.

— Olhe aqui, sua intrometida, é bom que você não tenha ouvido nada.

Mirtes não se intimidou diante da atitude de Marília.

— Mas eu ouvi, dona Marília. Há tempos, desconfio de que há algo errado com a senhora. Por favor, pense bem.

— Mirtes, você não ouviu nada e, se ouviu, se arrependerá de forma amarga!

Marília gritava e torcia com força o uniforme da mulher, deixando-a sem ar.

— Me solte! A senhora está me deixando sem ar!

— A minha vontade é deixar você sem ar de vez! Gente como você só atrapalha!

Amílton estava chegando quando ouviu os gritos de Marília. Rapidamente abriu a porta da sala e se deparou com a esposa agarrada ao pescoço de Mirtes que, pálida, estava desfalecendo. Num salto, puxou Marília pelo braço e jogou-a no sofá.

— Você está louca, mulher? Por que está agredindo Mirtes?

Mirtes recostou-se na parede para se recuperar. Sempre achou o comportamento de Marília estranho, mas nunca imaginou que a patroa pudesse chegar a agredi-la. Já havia presenciado cenas violentas por parte dela com outros empregados da casa, mas, com ela, Marília limitava-se a gritar.

Marília ajeitou a roupa, respirou fundo e assumiu uma postura de tranquilidade diante de tudo que havia acontecido. Amílton foi à cozinha e voltou com um copo de água para Mirtes.

— Beba, Mirtes. Se acalme e me conte o que aconteceu.

Mirtes sorveu a água com sofreguidão. Devolveu o copo para Amílton, olhou para Marília com firmeza e falou:

— Está tudo bem, seu Amílton. Dona Marília se descontrolou com uma ordem não obedecida. Só isso. Não houve nada. Ela só anda nervosa demais. Fique tranquilo. Obrigada pela água. Vou para a cozinha terminar meus afazeres.

Amílton tornou seu olhar para Marília. A explicação dada por Mirtes não era convincente. Ele conhecia muito bem a companheira de anos. Ela não tomaria uma atitude tão brusca se não estivesse se sentindo ameaçada.

— Vamos, Marília, fale você. O que aconteceu?

A mulher respondeu com ironia:

— Eu estava com Renata no telefone. Ela recebeu a foto.

— E por que você agrediu Mirtes?

— Acho que ela ouviu minha conversa. Só fiz uma pequena ameaça. Só queria que ela tivesse certeza de que ninguém atrapalhará meus planos.

— Você falou alguma coisa que pudesse nos comprometer?

— Nada demais.

— Marília, você só piora as coisas agindo dessa maneira. Se você não falou nada comprometedor, por que Mirtes ficaria desconfiada?

— Porque essa gente acha que pode pensar e tirar conclusões. De qualquer forma, ela, a partir de agora, já sabe que não deve se meter nos meus assuntos. E se isso acontecer, meu amor, tomarei minhas providências.

— Pare com isso, Marília! Tudo tem limite! Deixe Mirtes em paz e seja mais cautelosa com o que você fala. Principalmente quando você fala sozinha. Agora vamos subir. Quero saber qual foi a reação de sua amiga.

No quarto, Marília relatou a conversa com Renata e pediu a Amílton que enviasse outra cópia da fotografia de Maria do Amparo para a empresa.

— Vamos fazer isso duas vezes por semana. Estarei ao lado de Renata nos próximos dias e saberei a hora certa de agir.

— E se ela fizer avisar a polícia?

— Ela não vai fazer contato nem com a polícia nem com ninguém. Já disse que estarei por perto. Ela confia em mim.

— Não sei como alguém pode confiar em você. Sinceramente, não sei nem por qual motivo eu também confio.

— Porque você sabe que sempre alcanço meus objetivos, meu querido, e porque me ama.

Amílton envolveu Marília com um abraço. O que sentia por ela era muito mais que amor. Por vários momentos, tentou se livrar daquele relacionamento e reconstruir a própria vida longe dela. Entretanto, nunca conseguira levar esse propósito adiante. Era fascinado por ela e não tinha forças para lutar contra esse fascínio. Tinha esperanças de que, ao reconquistarem uma condição financeira equilibrada, mesmo que à custa de um novo golpe, eles pudessem voltar a viver em paz junto com Flávio.

***

Na Colônia Campo da Paz, Pedro já havia iniciado seu processo de aprendizagem. Tudo para ele constituía novidade. Mickail o acompanhava em todos os departamentos da colônia. A nova experiência deixava Pedro entusiasmado.

— Por que não me recordo das experiências que vivi no mundo espiritual antes, Mickail?

— Porque só recordamos do que pode nos trazer algum tipo de ensinamento, meu amigo. No momento, apenas a memória das suas últimas experiências na crosta terrestre podem trazer algum benefício para você.

— Fui um espírito rebelde, não é mesmo? Rebelde e irresponsável.

— A rebeldia e a irresponsabilidade são características dos alunos que ainda não aprenderam a lição. Não se sinta culpado por isso.

— Sim. Acho que essa lição eu já aprendi. A culpa não faz bem a ninguém. Ela nos atormenta e nos transforma em vítimas.

Mickail sorriu.

— De vítimas não temos nada, meu amigo. Nosso comportamento acaba atraindo experiências difíceis, mas não somos vítimas. Fomos aventureiros irresponsáveis no passado, mas fomos verdadeiramente amigos, e essa amizade continua por aqui. Hoje, podemos aprender juntos.

Pedro ficou com o olhar perdido no horizonte, e Mickail pressentiu as interrogações do amigo.

— O que há? Pensando em Georgieva? Você a amou de verdade, Pedro?

— Não. Acho que jamais consegui amar Marília de verdade. Mas acho engraçado quando você se refere a ela com esse nome russo.

Mickail acariciou uma rosa branca e aveludada.

— Essa experiência na Rússia dos czares deu origem a tudo isso. Você, como Semyon, despertou em Georgieva a sede pelo dinheiro. Quando a paz foi selada aqui no astral, e ela reencarnou como a filha de nossa amada Leonora, recebeu o nome de Marília. Sentiu-se amputada em relação à maternidade e, em sua memória espiritual, a sensação de que precisaria de um filho para ser feliz fez com que se desviasse do planejamento inicial. Na Rússia do pretérito, encontrou em Amílton — o lenhador Nicolau — o companheiro de outras eras. O amor entre eles é verdadeiro e baseado na lei da afinidade. Andrei e Alexandra escolheram viver na simplicidade do Brasil interiorano como José e Maria do Amparo. O véu do passado foi descortinado diante de seus olhos.

— E por que os planos iniciais não foram cumpridos, meu amigo?

— Porque o perdão não foi verdadeiro entre todos os participantes dessa história, Pedro. As marcas daquela trágica noite, em que Alexandra e Andrei assassinaram Georgieva e Nicolau para roubar-lhes o pequeno Alexie, se fixaram no espírito de Marília. Ela não teve forças para superar a dor do passado e pagou na mesma moeda, assassinando José e Maria do Amparo para, também, roubar-lhes Flávio, o filho querido.

— Às vezes, acho que a vida é uma peça de teatro, Mickail.

— Não deixa de ser, Pedro. Só que os atores nem sempre ensaiam devidamente a história que se propõem viver.

— Preocupo-me com Marília. Como será que ela está? E Flávio? Temo pelo futuro dele.

— Sua preocupação é desnecessária. Você mesmo está experimentando a certeza de que a vida é eterna.

— A vida é eterna, mas não podemos viver eternamente no erro, Mickail. Marília precisa se modificar.

— Isso é com ela, meu amigo! Podemos ajudar com orações e boas energias, mas ela só vai receber essas energias se estiver aberta a elas. Agora vamos. Quero apresentar você ao trabalho realizado pelos socorristas. Você vai gostar.

— Se eu gostar, posso trabalhar com eles, Mickail?

— Veja! Não perdemos nunca a nossa verdadeira essência. O espírito de aventura continua sendo sua marca registrada! Aqui também o trabalho é realizado de acordo com as aptidões de nossa alma. E a essência de sua alma é a aventura!

Os dois amigos se abraçaram. O trabalho no mundo espiritual não poderia parar.

CAPÍTULO 17

Renata estava radiante. Examinava com alegria todos os detalhes do jantar organizado por Marília. Tudo estava perfeito. Humberto desceu as escadas vestido elegantemente com uma camisa azul-clara. Renata elogiou a escolha do marido.

— Você está lindo, meu amor.

— Não me elogie tanto, Renata. Foi Marília quem me orientou na escolha. Estou tão acostumado aos ternos que fico me sentindo um pouco inadequado com essas roupas menos formais.

Renata achou graça do comentário do marido. Ela também escolhera o modelo do vestido baseada nas orientações da amiga.

— Marília estava certa quando nos convenceu a fazer uma reunião menos formal. Vanessa é jovem e vai receber amigos. E você sabe muito bem como é nossa filha.

— E como sei. Vanessa detesta formalidades. Depois dessa temporada na Europa, voltou mais despojada ainda.

Os dois voltaram-se para a escada quando ouviram os passos da filha. Vanessa trajava uma calça comprida de corte reto e uma blusa de seda. Estava simples e linda. Ela desceu e abraçou os pais com satisfação.

— Vejo que Marília faz milagres mesmo. Papai sem terno e mamãe sem brilho!

Renata desmanchou-se diante da alegria da filha.

— Que bom que você gostou. Mas e o colar que dei a você? Por que não está usando?

— Porque é pesado demais, mãe! Essa gargantilha é bem mais leve e mais moderna. Não gosto de ostentações, e a senhora sabe disso. A que horas chega Marília? Estou ansiosa para conhecê-la.

— Acabei de falar com ela. Já deve estar a caminho.

Giovana entrou na sala anunciando a presença de Marília, e Renata encaminhou-se para recebê-la. Olhou com admiração para a amiga e para Flávio. Ele era um belo rapaz. No trabalho, parecia apático, apagado, além de não deixar transparecer sua beleza. Abraçou Marília com gratidão e carinho.

— Minha querida amiga, tudo está maravilhosamente organizado. Muito obrigada mesmo. Até Humberto seguiu suas orientações sobre a roupa.

Marília riu envaidecida e apresentou Flávio:

— Este é meu filho. Vocês já se conhecem, não é mesmo?

Renata esticou a mão para cumprimentar Flávio e reconheceu nele algo de familiar.

— Vendo você aqui, longe da empresa, Flávio, sinto como se já o conhecesse há muito tempo. Você se parece com alguém que não consigo me lembrar.

Marília adiantou-se e respondeu à amiga:

— Não se recorda com quem ele se parece? Ele parece comigo! Será que você não consegue lembrar-se do rosto de sua melhor amiga?

Flávio orgulhou-se da maneira tranquila com que a mãe conduzia a conversa e sentiu-se mais à vontade na presença de Renata. Quando foi chamado pela mãe para acompanhá-la à festa, sentiu receio de ser prejudicado no trabalho, porém, vendo a mãe se comportar com tanta simpatia e afinidade com a executiva, ficou mais tranquilo. Renata segurou levemente na mão de Marília e levou-a para a sala onde estavam Humberto e Vanessa.

— Vanessa, esta é a famosa Marília.

A moça, que estava sentada no braço de uma poltrona acariciando os cabelos do pai, levantou-se de maneira elegante. Flávio sentiu seu coração disparar diante da beleza da jovem. Marília percebeu o leve rubor que tomou conta do rosto do filho. No que se referia a mulheres, Flávio era um aventureiro e nunca se prendera a ninguém. Vanessa também olhou com repentino interesse para Flávio. Para despistar, voltou-se para Marília.

— É um prazer conhecer você, Marília. Mamãe nunca teve uma amiga tão especial!

— Especial? Eu? — perguntou Marília colocando a mão no coração para demonstrar surpresa pela revelação feita por Vanessa.

— Especial sim. Eu estava com medo de que esse jantar se transformasse num desfile de rabos-de-peixe ultrabrilhantes e casacos de pinguins, e você conseguiu transformar esse casal nota novecentos e noventa e nove em seres arrojados. Obrigada mesmo.

Marília agradeceu o elogio e apresentou Flávio a Humberto e Vanessa.

— Este é meu filho. Como dizem os antigos, é o meu grande tesouro.

Flávio sentiu o rosto queimar diante de todos. Sem graça, estendeu a mão para cumprimentar Humberto e Vanessa.

— Muito prazer, doutor Humberto.

— O prazer é meu, rapaz. Sua mãe é realmente uma grande amiga.

Quando Flávio foi cumprimentar Vanessa, a jovem aproximou-se e beijou-o no rosto. As duas almas naquele momento se identificaram como seres afins. Os dois atordoaram-se com o descompasso do próprio coração. Renata notou a química entre os dois, mas disfarçou.

— Vanessa, os convidados já devem estar chegando. Peça a Giovana que cuide dos drinques. Paulo César vem com os pais para rever você.

Vanessa olhou para a mãe com um ar de reprovação. Conhecia as intenções dos pais de aproximá-la de Paulo César. Sabia que a união entre eles aumentaria os domínios empresariais da mãe, mas não se mostrava disposta a ceder àquele tipo de imposição.

— Quando eles chegarem, conversarei com Paulo, mãe. Ele continua daquele jeito de sempre? — indagou com um ar debochado.

Humberto aproximou-se e entregou uma taça a Marília.

— Que jeito, filha?

— De conquistador antigo. Aposto que vai trazer flores. É bem o gênero dele.

Mal terminou a frase, Giovana entrou acompanhando a família de Paulo César. O rapaz, impecavelmente arrumado, trazia nas mãos um buquê de rosas vermelhas. Vanessa piscou para Flávio e sussurrou antes de se levantar para recepcioná-los:

— Eu não disse?

Marília virou o rosto para não rir da cena. Paulo César era mesmo uma pessoa inadequada e em nada se parecia com Vanessa. Dava a impressão de ser o tempo todo conduzido pelos pais. Uma espécie de marionete pálida e inábil na arte de lidar com o sexo oposto.

A noite transcorreu com tranquilidade. Renata não perdia a oportunidade de enaltecer as qualidades de Marília, dando-lhe todos os créditos pelo encontro. Orgulhosa, a empresária via a filha discorrer sem dificuldade sobre os mais variados assuntos do mundo dos negócios. Em dado momento, chamou o marido num canto e disse:

— Veja se você consegue aproximar Vanessa de Paulo César. Uma união entre nossas famílias será muito positiva.

Humberto segurou o queixo da esposa com doçura.

— Meu amor, acho que nossa filha se interessa por gente menos presunçosa. Veja como ela e Flávio conversam com desenvoltura.

Renata segurou a mão de Humberto com firmeza.

— Gosto de Marília. Ela é uma boa amiga, mas o filho dela não me parece a pessoa mais adequada para conviver com nossa filha. Sem chance, Humberto.

— Diga isso a Vanessa. Ela não consegue dar atenção a mais ninguém, só enxerga Flávio.

Renata foi ao encontro da filha e, com discrição, solicitou que ela conversasse com os outros convidados, em especial, com Paulo César.

— Querida, sei que Flávio é encantador mas há outras pessoas querendo conversar com você. Paulo César está sozinho naquele canto. Que tal dar um pouco de atenção a ele? Afinal, todos estão aqui para comemorar seu retorno.

Vanessa desculpou-se com Flávio pela interferência da mãe.

— Desculpe-me, Flávio, mas preciso mesmo conversar com outros amigos. Fique à vontade. Daqui a pouco, conversaremos mais.

Vanessa transitou pela casa falando com um e outro, mas evitou, de maneira clara, a companhia de Paulo César. Não admitiria ser manipulada pelos interesses dos pais e julgava o rapaz extremamente desinteressante. Renata e Humberto chegaram até ela e insistiram numa aproximação com o rapaz.

— Minha filha — disse Humberto —, Paulo César está parecendo um peixe fora d'água. Dê um pouco de atenção a ele.

Vanessa riu:

— Pai, ele não parece um peixe fora d'água. Ele é um urso polar no verão de São Paulo. Nem adianta bancar o cupido do século passado. Sei escolher minhas companhias.

O casal ficou em silêncio vendo a filha se afastar em direção a Marília.

— Ela é impulsiva demais, Humberto — exclamou Renata.

— Adivinha com quem ela se parece?

— É. Acho que você tem razão. Ela se parece comigo. Chego a ficar envaidecida por isso, mas tenho receio de que Vanessa faça uma escolha ruim em relação ao casamento.

— Se ela se parece com você, saberá escolher. Ou você acha que fez uma escolha ruim?

Renata aquiesceu. Vanessa era determinada e independente. Não se encantaria por qualquer pessoa e, quando isso acontecesse, certamente não seria com um jovem como Flávio. Embora gostasse de Marília, antipatizara com Flávio de imediato. Ele era simpático, mas desprovido de qualidades que ela considerava importantes.

***

Flávio estava no jardim com o olhar perdido para a piscina. O reflexo da lua cheia na água límpida fez com que ele sentisse saudades do pai e da avó. No íntimo, perguntava-se o porquê de tantas mudanças bruscas na vida da família. Há tempos, vinha notando o comportamento modificado da mãe. Nutria a esperança de que a amizade com Renata lhe alterasse o ânimo de forma definitiva. Uma voz entrecortada por um suspiro fê-lo voltar para a realidade. Era Vanessa.

— Nossa! Vejo que você é chegado a momentos de solidão! Saudades da namorada?

Flávio desconcertou-se.

— Gosto mesmo de ficar sozinho por alguns momentos. Mas apenas isso. Não sou solitário e nem tenho vocação para a solidão.

— E a namorada? — insistiu Vanessa.

215

— Não tenho namorada. E você? Percebi a insistência de seus pais em aproximar você daquele rapaz das flores.

— Ah! O Paulo César? Nada disso, ele definitivamente não faz meu tipo.

— Mas ele trouxe flores para você. Rosas vermelhas são sinal de paixão.

— Só se for nas novelas. Na vida real, em alguns momentos, elas são é de extremo mau gosto.

Os dois jovens riram e permaneceram conversando até que ouviram a voz de Renata.

— Quanto assunto eles têm, não é mesmo, Marília? Os outros convidados foram embora, e Vanessa nem se deu conta disso.

Marília pressentiu o descontentamento da empresária com a proximidade de Flávio e Vanessa: "Ela não perde por esperar! Flavinho logo vai ter o que ostentar à custa do dinheiro dela!", pensou. Disfarçando o mal-estar, simulou também contrariedade.

— Pois é, Renata! Os dois não se deram conta dessa conversa longa. Aposto que discutiram amenidades.

Vanessa levantou-se e beijou a testa da mãe e voltou-se para Marília.

— Aposto também que as amenidades conversadas aqui não foram maiores que as abordadas lá dentro. E acho que essa aposta eu ganho.

Flávio ficou em silêncio. Estava diante de três mulheres de personalidade forte. Por outro lado, tinha medo de ser prejudicado no emprego caso falasse ou expressasse sentimentos que pudessem ser mal interpretados pela chefa. Também não gostaria que a amizade entre a mãe e Renata fosse abalada por alguma coisa. Apoiou-se no ombro da mãe e, dirigindo-se a Renata, agradeceu a acolhida.

— Obrigado pelo jantar, dona Renata. Agora, preciso ir. Foi um prazer conhecer sua filha.

Marília também achou melhor ir embora. Se Renata fizesse qualquer grosseria, mesmo que de forma sutil, para o filho, ela não aguentaria. Queria também fazer planos em casa. Mais três fotografias já haviam sido remetidas por Amílton para a empresa de Renata e, naquela semana, pretendia colher os frutos de sua inteligência.

— Está na hora mesmo, Renata. Sua casa é maravilhosa, e sua filha é um encanto. Nos falamos durante a semana.

Renata abraçou Marília e agradeceu pela ajuda.

— Mais uma vez, obrigada pela ajuda. Sem você, eu ficaria perdida para organizar e pensar num encontro tão agradável. Amanhã cedo, ligarei para você. Tenho algumas coisas para lhe contar.

Renata colocou o braço sobre o ombro de Vanessa e ficou observando Marília caminhar pelo jardim. Só aí se deu conta de que a amiga poderia estar sem carro.

— Marília, que falta de bom senso o meu. Vou pedir que o motorista leve vocês. Espere!

Flávio puxou as chaves do carro do bolso da calça.

— Não se preocupe, dona Renata. Vim com meu carro.

Vanessa olhou Flávio se afastar e sussurrou no ouvido da mãe.

— Ele é um gato, não é, mãe?

— É sim. *"Um gato em teto de zinco quente"*!

— Você e suas referências teatrais. Tome baú nessa história!

— Isso não é baú, minha querida! É cultura.

— Sei disso. Só estava brincando. Mas sei também que sua piada não foi em vão. Conheço você, mãe.

— Não sei bem o porquê, filha, mas não gostei desse menino.

— Eu gostei. Ele é simpático, inteligente e muito lindo. E não tem as frescuras e o comportamento milimetricamente ensaiado de Paulo César.

— As empresas da família de Paulo César também são milimetricamente bem-sucedidas, querida. Pense nisso.

Vanessa olhou para a mãe com extrema seriedade.

— Mãe, posso perguntar uma coisa?

— Claro que sim.

— Você casou com meu pai por amor ou foi por dinheiro?

Humberto se aproximava da varanda quando ouviu a pergunta da filha. Ele era totalmente seguro em relação ao amor de Renata e resolveu responder no lugar dela.

— Foi por amor que eu e sua mãe nos casamos, Vanessa. Renata poderia não ficar rica, mas com certeza iria trilhar um caminho próspero. Naquela época, em Monte Santo, ela representava a vanguarda do local. Foi isso que despertou meu interesse por sua mãe. Há pessoas que nascem com a prosperidade no caminho, mesmo quando têm origem humilde como a da família de Renata. Encontram um objetivo e o

217

perseguem até alcançá-lo, sem prejudicar ou pisar em ninguém. Sua mãe é assim. Nós somos assim. Você também é.

Vanessa sorriu e abraçou os pais com ternura. Agradecia permanentemente a oportunidade de ter nascido em uma família tão especial. Apesar de não abraçar nenhuma religião, conhecia, intuitivamente, a espiritualidade e suas leis. Tinha certeza de que o universo sempre correspondia às expectativas das pessoas e aos pensamentos direcionados a ele. Por esse motivo, sempre buscava conjugar o pensamento e a ação. Algumas amigas atribuíam as conquistas de Vanessa às facilidades da vida que levava. Mas ela tinha certeza de que tudo o que conquistava era fruto da firmeza de suas ideias e da determinação com que as colocava em prática. Os três entraram para descansar.

***

No quarto, aguardando que Humberto terminasse seu banho, Renata torceu as mãos com ansiedade: três cópias da mesma fotografia foram enviadas para a Dumont & Martins, e ninguém ainda havia entrado em contato. Quando Humberto entrou no ambiente, ela buscou disfarçar o nervosismo, beijou-lhe o rosto e desejou-lhe um sono tranquilo.

***

Sentada na cama, Vanessa folheava uma revista sem muito interesse: apenas os olhos profundamente azuis de Flávio vagueavam pela sua mente. Mesmo certa de que encontraria a resistência dos pais, decidiu investir naquela amizade.

***

Renata chegou à Dumont & Martins mais cedo que de costume. Ana ainda não estava na antessala do escritório, e Renata resolveu vasculhar a mesa da secretária em busca das correspondências do dia anterior. Em meio a envelopes dos mais diferentes tipos, Renata visualizou um diferente: de tamanho ofício, pardo e sem o carimbo do correio. Os outros envelopes foram descartados e, trêmula, Renata entrou em sua sala, jogando a bolsa de qualquer jeito sobre a poltrona. Sentada atrás da mesa talhada em madeira, ela ficou olhando para a correspondência por algum tempo. Sentia um inexplicável medo de abri-la. Por muito tempo, havia corrido atrás da verdade e ela, naquele momento, poderia estar dentro daquele envelope. Ana chegou e estranhou a porta do escritório de Renata escancarada e a própria mesa remexida. Sem entrar na sala da executiva, perguntou:

— A senhora já chegou, dona Renata?

Como Renata não respondeu à pergunta, Ana entrou na sala preocupada:

— Há alguma coisa errada acontecendo? A senhora chegou mais cedo, e a correspondência que fica sobre minha mesa está toda remexida. Posso ajudar?

Renata mostrou o envelope para a secretária:

— Você sabe quem entregou este envelope aqui na empresa?

— Não sei. Também estranhei pela falta de remetente e de carimbo. Interfonei para o porteiro, e ele me informou que foi entregue por um rapaz de modos bem simples. Ele chegou e disse que as flores e este envelope deveriam ser entregues à senhora. Coloquei as flores naquele jarro e deixei o envelope em minha mesa para entregá-lo pessoalmente. Não abri como faço de costume porque julguei que fosse um assunto particular.

Renata olhou para as rosas brancas que estavam sobre uma mesa no canto da sala. Eram as preferidas de Maria do Amparo. Ela sempre dizia que gostaria de cultivar rosas brancas em um jardim. Ana percebeu a palidez tomar conta do rosto da executiva.

— A senhora quer alguma coisa, quer um café, uma água?

— Me traga um café, Ana. Só preciso de um café.

Ana retornou com o café para Renata e percebeu que ela ainda não havia aberto o envelope.

— Quer que eu abra o envelope e verifique o conteúdo para a senhora?

— Não precisa, Ana. Quero apenas ficar sozinha agora. Não quero ser incomodada. Por favor, saia e feche a porta.

Renata apanhou uma espátula de prata que ficava sobre a escrivaninha e, cuidadosamente, abriu o envelope. Dele retirou uma cópia igual a enviada anteriormente e uma folha de caderno dobrada.

219

Olhou mais uma vez a fotografia da irmã e do sobrinho e desdobrou o papel. Frases curtas, redigidas com erros e talhadas por uma letra quase ilegível a lápis foram lidas. Renata ouvia o próprio coração bater descompassadamente. O autor do bilhete era claro. Afirmava conhecer o paradeiro do sobrinho e da assassina de Maria do Amparo. Para que ela recebesse as informações que tanto buscara durante anos, a quantia de cem mil dólares deveria ser deixada no endereço informado. Ao final do texto mal escrito, havia algumas informações sobre Renata e sobre Maria do Amparo. Ao ler as informações, a empresária não teve dúvidas de que pagaria um preço alto para descobrir a responsável pela tragédia que abateu sua família no passado, porém, desta vez, tinha certeza de estar bem perto da verdade. Pegou o telefone e ligou para Marília, que já aguardava ansiosamente ao lado do aparelho.

— Marília, preciso falar com você com urgência.

— É você, Renata? O que houve? Aconteceu alguma coisa com Flávio?

— Não. Nem vi seu filho hoje. É sobre aquelas fotografias das quais falei.

Marília socou o ar num gesto de vitória. Finalmente Amílton havia feito um trabalho decente.

— Fale, minha amiga. Estou aqui para ouvir você.

— Alguém deixou mais um envelope aqui. Dessa vez, acompanhado pelas flores preferidas de Maria do Amparo.

— Deixaram apenas as flores e a fotografia de sempre?

— Não. Há um bilhete muito mal escrito também.

— E o que diz o bilhete?

— Estão me pedindo uma quantia em dólares bem alta para revelar o paradeiro de meu sobrinho e da assassina de minha irmã. Não sei o que fazer. Pela primeira vez em minha vida, estou completamente desorientada. Me ajude, Marília. Por favor, me clareie as ideias.

— Fique calma, Renata. Você precisa de muito discernimento numa hora dessas. Podem estar tentando enganar você.

— Ninguém me enganaria assim. O analfabeto que escreveu isso aqui teve o cuidado de colocar informações sobre minha vida e sobre a vida de minha irmã. Gostos, preferências, episódios que somente eu e Maria do Amparo vivemos.

Marília exultava. Seu plano mais uma vez daria certo. Decidiu acompanhar Renata para a entrega do dinheiro. Dessa forma, ficaria livre de qualquer suspeita.

— Onde querem que você entregue o dinheiro? Qual o prazo que estipularam?

— Querem o dinheiro ainda hoje. O local é bem distante do centro. Tenho os dólares guardados no cofre da empresa, mas estou com muito medo. Pedem que eu vá sozinha, sem motorista.

— Pois sozinha você não vai, minha amiga. Vou com você. Vou me arrumar e estarei aí em pouco tempo. Arrume o valor que estão pedindo. Você ficará livre desse pesadelo hoje.

Renata respirou aliviada. Marília era uma grande amiga. Não saberia como pagar tantos favores a ela. Não nesta vida.

— Vou ficar devendo mais esse favor a você. Acho que vou precisar reencarnar muitas vezes ao seu lado para conseguir retribuir a amizade que você me oferece.

— Renata, você acredita mesmo nisso? Se acredita, falaremos sobre esse assunto mais tarde. Agora é hora de resolvermos logo esse problema. Me espere que já estou chegando.

Amílton estava ao lado de Marília aguardando o término da ligação.

— Mas você é muito cínica mesmo. Só o dinheiro para me fazer entrar nessa loucura toda.

— Depois disso tudo resolvido, prometo que paro com minhas loucuras, Amílton. Renata vai me render muito mais. Só precisamos sair desta penúria que estamos vivendo. Salmão, nesta casa, só em anúncio de televisão. Não aguento mais. Agora vá para o tal galpão. Daqui a pouco, chegarei lá com Renata. A surra nela deve ser bem dada. Só modere sua mão em mim ou eu me vingo depois.

— Vou ter que bater em você também? Você é mesmo louca.

— Se apenas ela apanhar, vão desconfiar, você não acha? Se eu for, garanto que não haverá polícia ou alguma outra companhia indesejável.

Encerraram a conversa e foram se preparar. Amílton achava muita loucura, mas a vontade de mudar de vida falou mais alto e ele resolveu esquecer os medos.

***

Renata abraçou rapidamente Marília e pegou a maleta com o dinheiro. Quando as viu passar, Ana sentiu um arrepio de medo.

— Dona Renata, aonde a senhora vai?

— Que é isso, Ana? Desde quando lhe devo explicações sobre minha vida particular? Cancele todos os meus compromissos. Não voltarei para a empresa hoje.

— E se o doutor Humberto ou a doutora Vanessa ligar?

— Diga apenas que saí. Apenas isso. Diga que fui passear um pouco.

Renata e Marília entraram no carro. O trânsito de São Paulo estava inexplicavelmente livre naquela tarde. Marília, em silêncio, fazia planos para reformar a casa, comprar roupas e um carro novo. Ao chegarem ao endereço apontado no bilhete, Renata pensou em voltar atrás.

— Veja, Marília. Não há uma única vivalma por aqui. Este local está abandonado. Estou com medo.

— Também estou com medo. Não sei com que tipo de gente você está lidando. Quer voltar para a empresa e deixar essa história para trás?

— Não. Vou até o final. Pela primeira vez, tenho pistas reais de que alguém sabe algo sobre essa trágica história. Fique no carro. Vou entrar no galpão como me foi ordenado. O malote com o dinheiro vai ficar aqui. Se não me derem as informações, não entrego o dinheiro.

Renata entrou no galpão onde Amílton já a aguardava encapuzado e todo maltrapilho. A visão do homem saltando à sua frente fê-la soltar um grito de horror. Amílton esbofeteou o rosto de Renata com força. Ela tonteou e caiu no chão. Gemendo, passou a mão no rosto e sentiu o sangue quente escorrer pelo nariz. Ganhou forças para falar.

— Estou com o dinheiro. Me dê as informações sobre meu sobrinho.

Pontapé e outros socos foram a resposta de Amílton. Quando ele percebeu que Renata desmaiou, arrancou-lhe os brincos e o colar. Seria muito mais fácil que a polícia julgasse como roubo aquele acontecimento. Encaminhou-se para o carro ainda com o capuz cobrindo o rosto. Marília apanhou o malote do dinheiro e entregou ao companheiro. Ele levantou o capuz, colocou um palito de fósforos no canto da boca e perguntou:

— Você tem certeza de que pretende sentir a força de minhas mãos em seu corpinho?

Marília mantinha os olhos vidrados e uma excitação ímpar tomou conta de seu corpo.

— Pretendo mais, meu amor. Acho que uma violência sexual cairia bem como pano de fundo para essa nossa história.

Amílton entrou no carro e tomou o corpo de Marília para si. Vultos rodeavam os dois. Depois de se consumirem, Amílton avisou.

— Agora é hora da surra. Não há perícia policial que vá suspeitar de você.

Amílton bateu no rosto de Marília até deixá-la sangrando. Arrancou também alguns fios de cabelo da companheira e espalhou pelo chão barrento do terreno e dentro do carro. Rasgou-lhe as roupas, apanhou o malote e saiu calmamente. Andaria o quanto fosse preciso até conseguir se desfazer das roupas que usava, vestir-se adequadamente e pegar um táxi.

No carro, Marília abriu a própria bolsa e ingeriu alguns calmantes. Dormiria e esperaria Renata se recuperar da surra e encontrá-la desacordada. O desespero da empresária iria, mais uma vez, se misturar à gratidão. Os frutos seriam doces e certos. A colheita seria farta. Amílton já estava com o dinheiro extorquido, e ela conseguiria bem mais. Balbuciou sorrindo antes de se recostar no banco e fechar os olhos para esperar o sono que logo viria:

— Sou um gênio! Ninguém pode comigo! A vida não pode comigo!

***

Renata sentiu o corpo doer. Passou a mão pelo rosto coberto de sangue e olhou ao redor. Arrependeu-se de ter ido até o lugar sem avisar Humberto. Tudo aquilo era estranho demais para ela. Num lampejo, teve certeza de que a armação e a extorsão foram frutos da mente doentia de Lurdes ou de alguém muito ligado a ela. Lembrou-se de que Marília estava no carro à sua espera. Levantou-se com custo, apoiando-se nos pneus velhos encostados numa parede imunda. Ratos andavam pelo galpão com a intimidade de moradores antigos. Com dificuldade, conseguiu chegar até o carro. Precisava saber se a amiga estava bem. Quando avistou a cabeça de Marília pendendo para fora da janela do carro, sentiu as pernas bambearem. Um grito de medo espantou alguns urubus que lutavam por restos de comida podre espalhados no terreno. Não sabia por quanto tempo havia ficado desacordada. Estava atordoada e temerosa de que algo de pior pudesse ter acontecido com a amiga. Respirou fundo e ganhou forças para chegar até o carro. Renata chorou quando viu Marília desacordada, com as roupas rasgadas e o rosto marcado por hematomas. Abriu a porta do carro com cuidado, amparando o corpo da amiga para que ela não caísse.

— Marília, acorde pelo amor de Deus. Sou culpada de tudo isso. Acorde, por favor. Nunca vou me perdoar por ter deixado isso acontecer com você.

Marília ouviu o choro de Renata. Ainda sob o efeito dos calmantes, abriu os olhos. A emoção de ter atingido êxito em mais uma empreitada fez com que ela despertasse com lágrimas silenciosas escorrendo por seu rosto. Abraçou-se a Renata e limitou-se a dizer baixinho:

— Ah, minha amiga... Você não sabe o que aconteceu comigo. Como você está? Também lhe fizeram mal, não foi?

Renata se deu conta dos indícios da violência sexual sofrida por Marília. Precisariam sair logo dali e procurar ajuda. Olhou para a ignição do carro e, aliviada, se certificou de que a chave estava no mesmo lugar. Acomodou Marília no carro, tentando deixá-la o mais confortável possível, pegou um casaco que ficava sempre no banco traseiro do automóvel e pediu para a amiga ficar em silêncio.

— Minha querida, fique calma. Vou sair daqui e levar você a um hospital.

Marília reagiu, demonstrando preocupação com o roubo do dinheiro.

— Renata, não pude evitar que o desgraçado levasse o malote com seu dinheiro. Me perdoe, amiga. Não tive forças para lutar contra ele. Estou tão envergonhada de tudo o que me aconteceu. Preciso de um banho. Meu corpo está sujo.

Renata desferiu um murro no volante do carro. O safado havia violentado a amiga como ela suspeitara.

— Marília, fique calma. Vamos para o hospital de um amigo meu. Tudo será muito discreto. De lá mesmo, faço contato com a polícia.

Marília olhou para a amiga e perguntou com a voz chorosa e terna:

— E o seu dinheiro? Levaram seu dinheiro, minha amiga!

— O dinheiro é o que menos importa agora. Procure ficar calma. Estamos distantes do hospital e, por aqui, pedir socorro seria equivalente a uma tentativa de suicídio.

Renata girou a chave na ignição e acelerou o carro. Queria buscar socorro o mais rápido possível. Temia pela saúde da amiga. Com o corpo dolorido, mas fortalecida pela fúria e pela necessidade de sair daquele local, alcançou a estrada em alta velocidade. Dirigiu prestando atenção em Marília, que cochilava ainda sob efeito dos calmantes.

— Meu Deus, Marília! Por favor, mantenha-se firme ou vou precisar parar no primeiro hospital que encontrar.

A ideia de ser socorrida num hospital público e sujo fez com que Marília se esforçasse para ficar acordada.

— Não fique nervosa, Renata. Você também está muito machucada. Esse desgraçado também...

Renata não deixou que Marília concluísse a pergunta. Sabia ao que a amiga estava se referindo.

— Não, minha querida, ele não me violentou. Mas eu prometo que o responsável por isso vai pagar muito caro pelo que fez com você.

— Por favor, Renata, não quero a polícia envolvida nisso. É um pedido que lhe faço. Se você quiser correr atrás de seu dinheiro, tudo bem. Mas não quero me envolver nessa história. É vergonhoso demais para uma mulher passar por esse constrangimento. Na polícia, vão fazer perguntas, e eu não me lembro de nada. Lembro apenas da dor que senti, do nojo e da vergonha que sinto agora.

Renata chorou novamente ao se sentir responsável por tudo aquilo. A fixação em encontrar a assassina da irmã fora levada ao extremo. Havia colocado a própria vida e a de sua melhor amiga em perigo, em razão dessa ideia fixa. Deveria ter seguido os conselhos de Humberto e deixar toda a tragédia do passado definitivamente para trás.

— Pode deixar, Marília. Fique tranquila. Minha sede de vingança resultou no mal que causaram a você. Justamente a você: a única pessoa que tem me apoiado nessa luta. Vamos ao hospital. Doutor Lima é meu amigo e compreenderá minhas razões para não chamar a polícia. Fique calma.

Marília respirou aliviada. Sua amizade com Renata se tornaria mais sólida a partir daquele momento.

Pouco depois, Renata estacionou o carro na porta do hospital, soltou o cinto de segurança do corpo de Marília e fez sinal para um segurança. Marília simulou preocupação.

— Meu Deus, minha amiga! Não tenho recursos para pagar um atendimento aqui!

— Só você, minha querida amiga! Só você para se preocupar com gastos numa hora dessas. Se fosse outra pessoa, estaria, no mínimo, me exigindo uma indenização! Fique tranquila porque sei o que estou fazendo!

O segurança se aproximou do carro de Renata, e ela solicitou contato com o diretor do hospital.

— Mande dizer ao doutor Lima que meu nome é Renata Dumont. Ele sabe de quem se trata.

O rapaz solicitou a presença de dois maqueiros quando viu o estado em que as duas se encontravam. Em seguida, usou o rádio para falar com a secretária do diretor do hospital. Os maqueiros se aproximaram, e Renata pediu que eles as conduzissem pela entrada dos fundos. Não queria correr o risco de se tornar alvo da imprensa marrom e das revistas sensacionalistas. Precisava também resguardar Marília.

O segurança apontou para o elevador de carga.

— Levem as duas senhoras direto para a sala do doutor Lima. Acabei de falar com a secretária dele. Ele já está aguardando a senhora, dona Renata. Deseja que eu chame a polícia? Pelo que vejo, as senhoras foram vítimas de algum bandido!

Renata limitou-se a dizer que faria isso pessoalmente depois. O segurança insistiu.

— Faz parte do protocolo do hospital, senhora. Vou chamar a polícia. O caso precisa ser registrado.

Renata irritou-se.

— Faz parte do seu protocolo. O meu protocolo diz que só faço contato com a polícia quando quiser. Se você insistir, me queixo com o doutor Lima.

— A senhora é quem manda, madame.

Lima já esperava por Renata na porta de sua sala. Quando viu a amiga de longa data com o corpo todo marcado, se indignou:

— O que aconteceu, Renata? Foi um assalto?

Marília antecipou-se à pergunta:

— Sim, doutor! Fomos vítimas de um assaltante! Acho que ele seguiu o carro de Renata.

O homem sinalizou para que os rapazes conduzissem as cadeiras de rodas e acomodassem as mulheres em poltronas na sala do médico. Lima deu ordens para que a secretária chamasse duas enfermeiras e reservasse um quarto para Renata e outro para Marília. O médico precisava fazer exames mais detalhados.

— Renata, o segurança do hospital já deve ter feito contato com a polícia. Mas você quer me falar o que aconteceu?

— Doutor Lima, não quero a polícia envolvida nisso. Por favor, examine Marília. Ela foi vítima de violência sexual. Estou bastante machucada, mas minha amiga precisa de socorro urgente.

Marília pediu com voz chorosa:

— Renata, quero ficar no mesmo quarto que você. Por favor, não quero ficar sozinha e nem passar por nenhum constrangimento! Preciso de um banho.

Atendendo ao pedido de Renata, Lima pediu às enfermeiras para cuidarem da higiene das duas. Tanto Renata quanto Marília tinham ferimentos por todo o corpo. O doutor acompanhou os procedimentos de perto e, depois que as duas já se encontravam instaladas no quarto, começou a examiná-las.

— Dona Marília. É esse seu nome, não é?

— Sim. Meu nome é Marília.

— Farei um exame ginecológico para saber se há ferimentos visíveis. Precisarei colher material para análise. Quero também exames de sangue. Faremos um hoje, e a senhora será acompanhada por mim durante os próximos três meses. Hoje, tomará medicamentos preventivos. Sua sorte é ter vindo para cá. Tem certeza de que não quer falar com a polícia? O marginal poderá ser identificado e pagar pelo que fez, dona Marília.

Marília contorceu o rosto e recomeçou a chorar.

— Que vergonha, doutor! Que vergonha! Por favor, tenho um companheiro, tenho um filho. Ele já é um rapaz. Não quero que saibam disso. Não terei como olhar para nenhum dos dois se eles souberem. Por favor, não quero falar com policial nenhum. O que está feito, está feito! Já aconteceu e pronto! Pra quê pensar em justiça, em vingança? Nada disso fará com que eu esqueça os momentos que passei!

Renata, também chorando, voltou-se para o médico:

— Lima, deixe as coisas como estão! Marília está certa. A maioria dos homens acaba julgando as mulheres como responsáveis pela violência sofrida. No caso de Marília, será pior. Sofremos um assalto, fui espancada, fiquei desacordada e fizeram isso com ela. Nada do que a polícia fizer vai apagar isso. Faça o que tem de ser feito por ela. Quando o senhor terminar seus procedimentos, ligarei para Humberto.

O médico concluiu os exames em Marília e acompanhou os curativos que as enfermeiras realizaram nas duas mulheres.

— Vou administrar um tranquilizante para vocês. Precisam se acalmar.

Marília ergueu-se da cama assustada. Já havia tomado remédios demais.

— Outro?

— A senhora não tomou nenhum remédio até agora, dona Marília!

Ela se deu conta do ato falho.

— Desculpe-me, doutor. É que tenho pavor de remédios. Tenho medo desse negócio de calmantes.

O médico afagou-lhe a cabeça com ternura.

— Em alguns momentos, é necessário fazer uso de calmantes. A tensão que vocês duas sofreram foi muito grande. O remédio serve para garantir o bem-estar das pessoas, dona Marília. A senhora vai se sentir melhor depois que descansar um pouco.

Marília dramatizou.

— Preferia não acordar nunca mais, doutor. Nunca mais — disse fechando os olhos e assumindo posição fetal para evidenciar seu medo.

O médico saiu do quarto, e Renata sentiu-se mais calma ao ver que Marília dormia profundamente sob efeito do calmante. Esticou o braço em direção ao telefone e ligou para Humberto, contando que ela e Marília haviam sido vítimas de um assalto. Em pouco tempo, Humberto já estava na sala do doutor Lima.

— Humberto, Renata e Marília estão dormindo agora. Ministrei para as duas uma dose de calmante. Passaram por momentos muito penosos.

— E a polícia, já foi avisada?

— Espere sua esposa acordar. Só ela pode falar sobre o assunto.

— Vou esperar, doutor. Mas chamarei logo a polícia. As duas foram agredidas e roubadas!

— Marília, a amiga de Renata, não quer que a polícia seja notificada. Ela tem motivos para isso, meu caro. Quando Renata acordar, conversará com você.

— Posso, pelo menos, ver minha esposa?

— Claro que sim. Só peço que não a acorde. As duas precisam descansar.

***

Renata esfregou os olhos e respirou profundamente. Ao se deparar com o quarto do hospital, recordou de todo o terror vivido. Reconheceu a mão de Humberto e, ao acariciar o rosto do marido, se acalmou.

— Humberto, que bom que você já está aqui! — falou sussurrando.

— O que aconteceu, meu amor?

— Resolvi fazer um passeio com Marília. Ela foi tão gentil comigo na organização do jantar que quis retribuir. Minha intenção era passar o dia no litoral. Você sabe que quase não faço esses passeios. Na estrada, fui fechada por um carro e obrigada a parar. Fui agredida, levaram minhas joias, algum dinheiro. Bateram muito em Marília também.

Humberto olhou para a cama onde Marília ressonava.

— Mas por que motivo você não quis avisar a polícia?

Renata apontou para Marília. Para ela, era penoso mentir para o marido. Entretanto, seria mais penoso ainda encarar as críticas por tentar mais uma vez e de forma tão irresponsável elucidar o caso de Maria do Amparo. Estava certa de que a mentira lhe pesaria na consciência, mas era a atitude que julgava mais correta no momento.

Humberto tornou a perguntar diante do silêncio da esposa.

— Por que não prestou queixa à polícia, Renata? Esses bandidos precisam ser punidos.

Renata tornou a olhar para a amiga.

— Marília foi violentada por aquele marginal...

Humberto enfureceu-se. O rosto vermelho denunciava sua indignação e agonia.

— Monstro! E você, Renata? O que ele fez com você?

Renata procurou tranquilizar o marido.

— Eu fui espancada, Humberto. Desmaiei no primeiro soco. Marília tentou me ajudar, e acho que essa atitude instigou ainda mais aquele safado. Quando me recuperei do desmaio, ela estava desacordada e com as roupas rasgadas. Não deixei o doutor Lima chamar a polícia por causa dela, do constrangimento e da vergonha a que seria submetida. Doutor Lima já tomou todas as medidas preventivas possíveis com Marília, mas ela está muito abalada com tudo. Acho que nós duas nunca mais vamos esquecer o que aconteceu hoje.

Humberto colocou as mãos na cabeça. A esposa tinha razão. Seria um constrangimento muito grande para Marília. A esposa estava bem, apesar dos ferimentos pelo corpo e do rosto inchado. Se essa era a vontade de Renata, seria a dele também.

— Pode ficar tranquila, meu amor. Deixaremos a polícia fora desse caso. Agora descanse. Já falei com Vanessa, e ela também está vindo para cá. Você quer que eu tome alguma providência na empresa?

— Não precisa. Tudo por lá está em ordem. Quando saí, avisei que não retornaria hoje. Não alarme os funcionários. Ana é uma pessoa de confiança, mas pode deixar escapar alguma coisa. Cada pessoa tem sempre um melhor amigo para contar segredos. Prefiro não arriscar. Vanessa poderá assumir o meu lugar enquanto me recupero. Não quero aparecer com essa cara inchada e cheia de hematomas por lá.

— Você é quem manda, meu amor. Descanse mais um pouco. Vou ficar lá fora para esperar Vanessa. Quer que eu ligue para o filho de Marília?

— Vamos esperar ela acordar. Ela decide, Humberto.

— Está bem. Procure dormir mais um pouco. Só mais uma coisa.

— Fale.

— E sua carteira com documentos? Levaram também?

— Você sabe o quanto sou cuidadosa. A carteira de documentos e cartões estava no porta-luvas do carro. Sempre tenho essa mania quando dirijo sozinha. Talvez, na pressa, o marginal não abriu o compartimento.

Humberto beijou a esposa na testa, e ela soltou um gemido.

— Desculpe-me, querido. Estou intocável. Tudo está doendo.

— Descanse. Quando Vanessa chegar, venho até aqui.

***

Vanessa chegou esbaforida ao hospital. No exterior, sempre ficava atenta às notícias sobre a violência em São Paulo. Não se preocupava, pois sabia que os pais andavam sempre cercados por motoristas que atuavam como seguranças. Eram treinados para isso. A notícia de que a mãe se encontrava no hospital em razão de um assalto fez com que ela se descontrolasse.

— Pai, quero ver minha mãe! Como ela está? Atiraram nela?

Humberto abraçou a filha.

— Calma, Vanessa. Sua mãe não foi baleada. O monstro bateu muito nela e em Marília.

— Marília? A mãe de Flávio?

— Sim. A mãe de Flávio. As duas estão bem e descansando no quarto.

— Vou ligar para Flávio. Por que não ligaram para ele ainda?

— Sua mãe pediu que esperássemos Marília acordar. Ela está sob efeito de calmantes.

— Nada disso. Vou ligar agora para ele.

— Sua mãe pediu...

— Minha mãe não tem condições de pedir nada neste momento. Vou ligar sim.

Humberto tirou o telefone das mãos da filha calmamente. Ela era impetuosa, e não seria conveniente que Marília encontrasse o filho antes de raciocinar sobre tudo o que havia acontecido.

— Não vai ligar não, Vanessa. Vamos esperar para que Marília decida isso quando acordar.

Uma enfermeira entrou na sala de espera e avisou que Renata e Marília já estavam em condições de receber visita. Vanessa se colocou na frente do pai e entrou no quarto. Ao verificar o estado de Renata e de Marília, não conteve o choro.

— É por isso que gosto do exterior! Como você está, mãe? Como isso aconteceu?

Renata estava fragilizada demais com os últimos acontecimentos. Em poucas ocasiões na vida sentira-se assim. Precisava encontrar forças não só em Humberto, mas também na filha.

— São Paulo é a cidade que me acolheu. É a cidade onde você nasceu, Vanessa. Aqui, eu e seu pai fizemos nome e somos respeitados.

231

A violência é uma rotina das grandes cidades em todo o mundo. Seja grata por eu e Marília estarmos vivas. E não quero mais falar nesse assunto. Já conversei o que tinha que conversar com Humberto. Não vou ficar repetindo a história toda hora. Quero esquecer tudo isso.

Humberto cutucou Vanessa e apontou para Marília. A jovem se deu conta de que só havia se preocupado com o estado da mãe. Dirigiu-se, então, ao leito de Marília e afagou-lhe os cabelos.

— Quer que eu ligue para Flávio, dona Marília? Ele ainda não sabe de nada.

Marília virou a cabeça com dificuldade, imprimindo uma expressão de dor ao movimento e buscou a aprovação de Renata, que assentiu com o olhar.

— Ligue para meu filho, mas diga que estou bem. Também não quero falar sobre o que aconteceu. Meu coração dispara só de relembrar aqueles momentos de terror.

— Não se preocupe, Marília. Não precisaremos mais entrar em detalhes sobre nada. Já falei com Humberto, que conversará com Flávio — interferiu Renata para tranquilizar a amiga.

Vanessa ligou para a empresa e mandou chamar por Flávio. O rapaz atendeu sem acreditar que a filha de Renata Dumont queria falar com ele. "Só pode ser um engano", pensou. A conversa entre os dois foi rápida. Vanessa deu-lhe o endereço do hospital e recomendou que não entrasse em detalhes sobre o ocorrido dentro da empresa. Apanhou a pasta sobre a mesa de trabalho, vestiu o paletó e saiu apressado, avisando que a mãe havia sofrido um acidente. Entrou num táxi e rezou para que nada de mal tivesse acontecido para Marília. Amava-a demais e temia perdê-la. O trânsito lento fez com que seu nervosismo aumentasse e ele apertava a pasta contra o peito para tentar amenizar a ansiedade. Quando chegou ao hospital e deu o nome de Marília, foi encaminhado ao andar onde ela se encontrava. Uma funcionária indicou o número do quarto. Flávio abriu a porta abruptamente e permaneceu paralisado diante de Renata e Marília. Vanessa percebeu o estado de choque do rapaz e pediu a Marília que falasse com ele. Ela aproveitou-se da emoção do filho para alimentar o sentimento de culpa em Renata.

— Meu filho, estou sentindo tanta dor. Estou com tanto medo. Me abrace, por favor.

Flávio limitou-se a repetir que a amava. Renata, Humberto e Vanessa ficaram comovidos com o carinho e a doçura com que ele tratava a mãe.

CAPÍTULO 18

CAPÍTULO 18

Marília e Renata ficaram internadas por três dias. Flávio e Vanessa se revezavam no cuidado com as duas. Numa dessas visitas, Vanessa perguntou à mãe o porquê de a polícia não ter sido notificada, e Marília, para desviar a atenção da jovem, fingiu sentir dores abdominais. Contorcendo-se na cama, pediu a Vanessa que chamasse o médico. A moça retornou com uma enfermeira e com o doutor Lima, que se pôs a examinar Marília.

— Calma, dona Marília. Não há causa aparente para essa dor. Seu abdome não está distendido. Tudo isso pode ser apenas uma reação emocional ao que aconteceu.

Marília novamente buscou a posição fetal. "Esse médico pensa que sabe tudo. Pois bem, vou bancar a vítima, porque ser vítima também é uma doença!", ironizou em pensamento. Passou a chorar baixinho, pedindo desculpas de forma repetitiva a Renata.

— Renata, me perdoe, por favor. Me desculpe, minha amiga, por tantos problemas.

Renata puxou Vanessa pelo braço e ordenou:

— Pare com essa coisa de polícia. Não vê que Marília está completamente abalada com os fatos?

Vanessa manteve-se em silêncio durante o resto da tarde. Doutor Lima mandou que a enfermeira aumentasse a dose do calmante de Marília, e ela, percebendo a administração do medicamento, modulou a voz, choramingando.

— Doutor, esses remédios não vão me causar dependência? Não gosto de tomar esses calmantes. Eles me deixam dopada. Um chá não seria melhor?

O médico riu da preocupação de Marília.

— Posso até mandar servir um chazinho para a senhora, dona Marília, porém, este remédio ajudará muito mais.

Marília não se conteve e soltou uma gargalhada, que causou estranheza em Renata e Vanessa.

Renata voltou os olhos para o amigo, e ele compreendeu a muda interrogação. Aproximou-se dela e falou baixinho:

— Fique tranquila: essas reações são normais no caso de sua amiga. Ela não sabe lidar com essa explosão de sentimentos. Assim que retomar à rotina, voltará a ter o comportamento coerente de sempre.

Marília cerrou os olhos e contraiu a musculatura do rosto, deixando-se marcar propositadamente por dois sulcos profundos na testa. Ficou dessa forma durante todo o tempo em que Vanessa permaneceu no quarto. Estabelecia, entretanto, um diálogo interno, bastante parecido com uma peça de teatro na qual ela, sem a máscara habitual, debochava de todos.

"Veja só, senhora Dumont! Como é fácil enganar todos vocês! Esse daí é um palhaço de branco e com diploma de médico. Me divete bastante quando tenta me fazer dormir com esses comprimidinhos inofensivos. E essa jovenzinha executiva então? Qualquer dia, ela vai ser executada!".

A enfermeira chegou com o chá que Marília havia pedido, e Renata alertou-a de que a amiga estava dormindo. Marília mantinha a mente fervilhando.

"Chazinho... Gente ridícula e burra! Qualquer dia vou marcar um chá com pontualidade britânica para todo esse povo aí. Amparo e José adoraram meu chá inglês, que foi servido pontualmente, e eles empacotaram!".

Novamente, Marília experimentava a alegria através de seus pensamentos desordenados e expressava um sorriso. Quando se dava conta de que estava relaxada e feliz demais para quem sofria tormentos emocionais em razão da violência, novamente franzia o cenho e deixava lágrimas escaparem.

235

"Marília, Marília... Você daria uma bela atriz! Agora chega, Marília! Vá dormir, menina levada!", exultava e ordenava a si mesma.

***

No terceiro e último dia de internação, Humberto, Flávio e Vanessa chegaram para buscar as duas. Marília percebeu de imediato que o filho e Vanessa esbarravam-se intencionalmente dentro do quarto e, em seguida, trocavam olhares enigmáticos. "Não será bom que os dois fiquem juntos nessa altura do campeonato", concluiu em pensamento.

Antes de saírem do hospital, Renata convidou Marília para passar alguns dias em sua casa. Marília, educada, rejeitou o convite.

— Obrigada, minha amiga, mas preciso ir para casa. Já imagino a desordem que vou encontrar por lá. Mirtes é uma boa e leal empregada. Serviu minha família por muito tempo, mas é desorganizada e desatenta. Preciso cuidar de minhas coisas.

Flávio, amparando a mãe pelo braço, custou a crer no que estava ouvindo e direcionou a ela um olhar de reprovação. Não gostava quando a mãe mentia e inventava histórias. Tinha medo de que um novo golpe pudesse ser aplicado na família de Renata. Se isso acontecesse, ele estaria perdido: ficaria sem o emprego e sem a amizade e o carinho de Vanessa.

Renata despediu-se de Marília com um forte abraço.

— Muito obrigada por tudo. Muito obrigada por sua amizade. Vá para casa e descanse. Pedirei ao motorista que leve algumas coisinhas para você. Pelo que sei, Mirtes deve ser mesmo uma relaxada. Já imagino a péssima comida que ela faz. Você precisa de boa alimentação e descanso. Eu e Humberto ficaremos à sua disposição.

Flávio indignou-se com a observação de Renata sobre Mirtes.

— Não se preocupe, dona Renata. Mirtes é uma ótima cozinheira. Minha mãe é que é muito exigente.

Marília brincou com o filho:

— Flávio, Flávio... Como você é bondoso! Desde quando Mirtes cozinha bem?

Flávio não quis contrariar a mãe e abriu a porta do carro ofertado por Humberto para conduzi-los para casa. Queria que a mãe entrasse logo e parasse de mentir. Acomodou a mãe delicadamente no banco do carro e foi até Humberto para cumprimentá-lo e agradecer pela gentileza.

— Muito obrigado por tudo que fizeram por minha mãe.

— Sua mãe merece, rapaz! — afirmou Humberto. Cuide bem dela e, se precisar de alguma coisa, ligue!

O rapaz despediu-se também de Vanessa formalmente, mas ela o puxou, beijando-o no rosto. Flávio sentiu-se corar. Vanessa sempre conseguia deixá-lo desconcertado.

— Até logo, Vanessa.

— Nos encontraremos na empresa, Flávio. Ficarei no lugar da magnífica Renata Dumont por alguns dias.

***

Marília chegou a casa ansiosa para falar com Amílton. Queria saber detalhes da surra que o companheiro dera em Renata. Amílton e Mirtes receberam os dois na varanda. Flávio amparava a mãe com extrema preocupação, enquanto Amílton, recostado em uma cadeira, mastigava um palito de fósforo no canto da boca. Marília mostrou indignação com a postura do companheiro.

— É assim que você me recebe, Amílton? Passo um perrengue danado e sou recebida com esse descaso? Jogue fora esse palito nojento da boca!

Amílton respondeu com uma gargalhada e estendeu o braço para segurar a companheira. Puxou-a contra si e sussurrou-lhe no ouvido:

— Você é muito cínica!

Marília fingiu beijá-lo e respondeu entredentes:

— Não fosse meu cinismo, e você não teria dinheiro nem para comprar caixas de fósforos, cafajeste!

Flávio recomendou a Mirtes que cuidasse da mãe porque precisava retornar para o trabalho. Amílton acalmou o rapaz, voltando-se, ao mesmo tempo, para Marília.

— Fique tranquilo, Flavinho. Eu cuido de sua mãe. Darei a ela todo o carinho de que precisa. Vamos subir, Marília? Você precisa descansar.

No quarto, Amílton abriu o armário e afastou algumas peças de roupa, apontando para o cofre. Marília respirou ofegante.

— Me mostra o dinheiro, Amílton. Espero que você não tenha gastado nada!

Amílton abriu o cofre e retirou uma caixa fechada por um cadeado. Pegou a chave na gaveta da cômoda e abriu a caixa, deixando à mostra os maços de dólares impecavelmente novos. Marília pegou as notas e apertou-as contra o peito.

— Veja, Amílton, como meu coração reconhece uma boa quantia de dinheiro! Está num descompasso só! Valeu a pena ter apanhado um pouco!

— Ninguém desconfiou de nada? Você não falou dormindo, falou?

— Quase nem dormi, criatura! Os remédios que o tal do doutor Lima me passou são água com açúcar! E você sabe que sou boa atriz, não sabe?

— Sei que você mente bem. Isso você faz melhor que qualquer outra pessoa. Já pensou o que fazer com o dinheiro?

— Por enquanto, nada. Renata certamente vai me gratificar pela lealdade e pela tortura a que fui submetida.

— Essa tal Renata é muito burra!

Marília guardou o dinheiro, fechou a caixa e entregou-a a Amílton.

— Burra é pouco! Ela é igualzinha à irmã! Ela e Maria do Amparo conseguiram reunir a burrice no DNA. Deve ser genético!

O espírito de Maria do Amparo despertou do sono a que se obrigou na ausência de Marília. Sem a presença de seu algoz, Maria do Amparo sentia-se enfraquecida. Quando ouviu o próprio nome e o nome da irmã, explodiu em fúria.

— Desgraçada! Se esta Renata for minha irmã, você vai se ver comigo! Vou ver você definhar na loucura! Vou perseguir você antes e depois de seu túmulo! Vou me vingar, sua peçonhenta!

Esbravejando, aproximou-se de Marília para sugar-lhe um pouco de energia. Nesse instante, se deu conta de que estava vinculada ao perispírito dela, quase grudada ao corpo material da inimiga. Passou, então, a captar todos os pensamentos e as sensações de Marília e, com satisfação, verificou que poderia transformá-la em uma marionete. Conseguiria, finalmente, se vingar de sua assassina. Marília sentiu a proximidade de Maria do Amparo através de uma leve tontura.

— Preciso dormir com dignidade, Amílton. Ligue o ar-refrigerado. Não teremos mais problemas com as contas a partir de agora.

Maria do Amparo conduziu Marília até a gaveta onde ela guardava os calmantes e soprou em seu ouvido.

— Tome quatro comprimidos. Você precisa dormir bem, sua ordinária!

Marília pediu a Amílton para pegar um pouco de água e colocou quatro comprimidos na boca. Maria do Amparo gargalhou.

— Agora vai ser mole, bandida! Você só vai fazer o que eu quiser! Quero ver se vai conseguir prejudicar minha irmã!

Amílton voltou com a água e Marília pediu para que ele fechasse as cortinas.

— Não quero luz no meu quarto, Amílton. Agora saia. Vou dormir.

Marília adormeceu rapidamente, e Maria do Amparo conseguiu fazer com que ela se desdobrasse. Dado o estado de entorpecimento, o espírito de Marília afastou-se do corpo e sentou-se na cama. Maria do Amparo começou a falar com ela:

— Lembra-se de mim, peste? Olha como estou. Você vai ficar pior.

Marília olhou para o lado e viu Amparo sentada também na cama. Usava a mesma roupa do dia em que morreu envenenada.

— Amparo? É você?

— Claro que sou eu. Não está vendo?

— Mas você está morta!

— Não estou não! Estou vivinha e vou me vingar!

— Isso é um pesadelo! Estou sonhando. Meu corpo está deitado aqui na cama!

— Pois é assim que vai ser a partir de agora: seu corpo vai dormir, e você ficará aqui conversando comigo. Você não gostava tanto de conversar comigo, sua safada? Agora vai poder fazer isso todos os dias.

Josefa, Pedro e Leonora observavam os acontecimentos sem serem notados pelas duas. Josefa pensou em interferir, mas foi impedida por Leonora.

— Você não pode fazer nada, querida Josefa.

— Mas elas duas estão sofrendo muito. Tanto Marília quanto Amparo.

— No momento, as duas se atraem como ímã e metal. Não podemos fazer nada além de pedir a interferência dos trabalhadores de Jesus através da oração.

Pedro observava tudo com os olhos atentos de um aplicado aluno. Por um momento, lamentou-se por ter envolvido as duas nas teias do ódio no pretérito. Lamentou-se por um dia ter sido Semyon. Leonora e Josefa envolveram-no num abraço.

— Vamos, meu querido. Não há o que fazer por aqui no momento. Vamos visitar Mirtes. Ela será o equilíbrio desse grupo tão equivocado.

Tentando mudar os pensamentos, Pedro as seguiu.

***

Flávio e Vanessa tornaram-se parceiros inseparáveis. Sempre que conseguiam conciliar as agendas, almoçavam juntos no restaurante da Dumont & Martins ou saíam após o expediente. Um beijo terno sempre marcava a despedida entre os dois. Flávio buscava aprimorar-se no trabalho e começava a sonhar em progredir. Vanessa estimulava-o de todas as formas. Havia assumido a vice-presidência da empresa e implantado um novo olhar sobre a gestão de Renata. Como a mãe, a moça era visionária, impetuosa e extremamente rigorosa em relação ao trabalho. Reconheceu em Flávio o talento para o gerenciamento de pessoas, já que ele apresentava inteligência emocional incomum. O rapaz, que ela julgara frágil, passou a intermediar conflitos e a motivar os funcionários, transformando-os em parceiros na busca de um único objetivo: o sucesso individual e coletivo. Renata, apesar da amizade por Marília e do crescente progresso do rapaz na empresa, rejeitava silenciosamente o namoro da filha. Marília e Amílton tornaram-se temerosos de que a relação entre os jovens se tornasse séria e desencadeasse problemas. Apesar da oposição encontrada, Vanessa e Flávio se apaixonaram intensamente.

***

Marília e Maria do Amparo se fundiram no transe doloroso da obsessão. Marília aumentava gradativamente o número de calmantes para dormir e, com frequência, queixava-se de cansaço a Flávio e Amílton.

— Não aguento mais, Amílton. Não consigo dormir nunca! Preciso trocar esses remédios.

Amílton ridicularizava Marília na frente de Flávio.

— Não dorme? Quem não dorme sou eu com seu ronco. Você deita na cama e dorme na mesma hora.

— Flavinho — apelava Marília — me leve a um médico. Não consigo dormir mesmo. Passo as noites sentada na cama. Estou ficando cansada.

O rapaz ficava sem saber em quem acreditar.

— Vocês dois precisam parar com essa implicância mútua. Ou acredito no tio Amílton, mãe, ou acredito na senhora.

Amílton exaltou-se.

— Pois acredite em mim, Flávio. Durmo com sua mãe todos os dias. Ela dorme, e dorme muito. Essa sensação de cansaço deve ser pela enorme quantidade de remédios que ela toma diariamente. Você sabia que até à tarde ela toma essas porcarias?

— Mãe, isso é verdade? Tio Amílton está com razão. Essa quantidade de calmantes não vai lhe fazer bem.

Maria do Amparo compadecia-se do filho, mas incitava Marília contra ele.

— Ele está errado, safada! Ele está errado, e você está certa! Ele é seu filho. Deve respeitar você!

Assimilando as ideias de Maria do Amparo, Marília exasperou-se com o filho.

— Eu estou certa, garoto! Sou sua mãe, e você tem que me respeitar! — gritou.

Os gritos de Marília atingiram o coração de Flávio como uma lança. Ela sempre tratava o filho com exagerado desvelo. Amílton também se surpreendeu.

— O garoto está certo! Olha só a maneira como você está falando com ele, Marília.

Maria do Amparo divertia-se com o desassossego de Marília. Estava, finalmente, muito perto de atingir seu objetivo desde que desencarnara. Não pararia mais.

— Seu nome é Lurdes. Por que estão chamando você de Marília?

Marília reagiu de imediato, dirigindo-se a Amílton:

— Meu nome não é Marília! Meu nome é Lurdes!

Amílton empalideceu. Há muito tempo vinha observando as mudanças no comportamento da mulher, mas naquele momento ela acabara de passar dos limites. Mais um pouco iria vomitar toda a verdade e toda a podridão que haviam feito. Resolveu interferir antes que isso se precipitasse.

— Vamos parar com essa brincadeira, meu amor. Flávio precisa se manter calmo. Ele tem trabalhado muito. Que tal você ir visitar Renata amanhã? Faz dias que vocês não se falam. E pode ficar tranquila que vou levar você a um bom médico para mudar esses remédios.

***

Flávio saiu desnorteado do quarto da mãe. Ela andava com uma aparência cadavérica: olheiras profundas, cabelos desalinhados, mente confusa. Esquecia-se dos nomes de pessoas próximas e de coisas bem corriqueiras.

O rapaz chegou à empresa na hora de sempre e deparou-se com Renata no elevador.

— Bom dia, dona Renata.

— Bom dia, Flávio. Tenho acompanhado seu trabalho e vejo que você tem alcançado bons resultados. Parabéns. Sua mãe merece tranquilidade. Como ela está?

— Está bem, dona Renata, ou melhor, mais ou menos.

— Mais ou menos? O que há com Marília?

— Não sei lhe dizer ao certo. Mas ela está muito descontrolada, estranha.

— Você já deveria ter me avisado. Vou ligar para ela mais tarde. Não quero que minha amiga tenha problemas.

O elevador parou no andar de Flávio, e ele se despediu da executiva.

— Obrigado pelo carinho com minha mãe. Bom trabalho.

As portas do elevador se fecharam, e Renata não teve tempo para falar com Flávio a respeito de Vanessa. Queria saber se a filha e ele estavam mesmo namorando. Apesar da amizade por Marília e da extrema gratidão por tudo que ela havia feito, achava que Flávio não estava à altura da filha, e se eles continuassem se encontrando, faria de tudo para atrapalhar.

***

Após a saída de Flávio, Marília começou a andar de um lado para outro do quarto. Maria do Amparo divertia-se com a maneira como conseguia submeter a mulher à sua vontade. Mirtes bateu na porta do quarto e entrou.

— Dona Marília, dona Renata está ao telefone querendo falar com a senhora.

Maria do Amparo, ao ouvir o nome da irmã, desligou-se de Marília, livrando-a da sujeição física. A mulher, livre da sobrecarga que Maria do Amparo lhe impunha, jogou-se sobre a cama, extenuada, sem perceber a presença de Mirtes no quarto.

— Dona Marília, a senhora está bem? Dona Renata quer falar com a senhora.

Maria do Amparo sentiu a alma oprimida pela saudade da irmã. Depois de anos num cativeiro imposto pela sede de vingança, experimentou um sentimento diferente.

Enquanto isso, na Colônia Campo da Paz, Leonora foi avisada de que as vibrações energéticas de Maria do Amparo começavam a se modificar.

— Vamos até lá, Josefa. Façamos uma oração para que nossa presença seja permitida mais uma vez na casa de Marília.

Em segundos, Maria do Amparo percebeu forte luminosidade no quarto e reconheceu a voz doce de Josefa.

— Maria do Amparo, desista dessa vingança. A perturbação que você traz a Marília permanece também em você. Vamos! A providência divina sempre nos oferece o socorro necessário.

Maria do Amparo começou a chorar copiosamente.

— Ela me roubou a vida e meu filho amado. Não posso perdoá-la.

Leonora tentou interferir:

— Escolha o perdão e você conseguirá se libertar dessas algemas que tanto a fazem sofrer.

A fisionomia de Maria do Amparo retomou a expressão da ira ao ouvir a voz de Leonora.

— Você é mãe dela! Quer que eu saia daqui para salvar a vida dessa assassina!

— Maria do Amparo — tornou Josefa — perceba quanto tempo você está perdendo. A vida não cessa, e Deus é um Pai amoroso. Você

243

receberá outras oportunidades na vida material. No momento, apenas aceite o auxílio que vem do Alto.

Maria do Amparo estava prestes a ceder. Leonora e Josefa buscavam ampará-la através de orações, quando a mente desequilibrada de Marília se deu conta de que não poderia desperdiçar a chance de manter-se próxima de Renata: "Essa daí também vai ter o que merece! É tão tonta quanto à irmã!", pensou, expressando um sorriso malicioso.

Foi o suficiente para que Maria do Amparo retomasse o ódio como o único sentimento possível para sua existência.

— Saia daqui, Josefa! Não tente mais me convencer com essa história de socorro e de Deus! Veja o pensamento desse demônio em forma de gente! Ela não vai conseguir fazer com minha irmã o que fez comigo! Sumam da minha frente e não voltem mais!

O repúdio de Maria do Amparo à presença de Josefa e Leonora fez com que as duas tomassem a decisão de deixar o ambiente. A imagem dos espíritos que tentavam levar o esclarecimento e o equilíbrio para Maria do Amparo se esvaneceu aos poucos.

— Sinto-me derrotada, Leonora.

— Em qualquer momento de nossa existência, na vida material e espiritual, a luta é contínua, e a derrota, ao contrário, é apenas temporária. Todo espírito alcançará o progresso um dia. Com nossa querida Amparo, não será diferente. Assim também ocorrerá com aquela que abracei como filha na última existência. Vamos voltar ao nosso trabalho. Há muito o que fazer na colônia.

Marília pegou o telefone e cumprimentou Renata de maneira efusiva. Mirtes, que momentos antes presenciara a hiperatividade e o olhar desequilibrado da patroa, ficou surpresa com a mudança no comportamento dela. Marília demonstrava bom ânimo e arrumava os cabelos em desalinho em frente ao espelho.

— Querida, que saudades! Julguei que você havia me esquecido!

Renata riu do outro lado da linha.

— Como poderia me esquecer de você? Você é minha melhor amiga. Sofreu por minha causa. Encontrei seu filho hoje. Ele me disse que você não está bem. O que houve?

— São ainda as recordações daquele dia. Tenho pesadelos horríveis.

— Você precisa de um psicólogo. De um profissional que possa ajudá-la.

— Não tenho como pagar uma despesa dessas no momento. Você sabe da situação em que meu marido me deixou ao morrer. Flávio está começando a vida agora, e meu atual companheiro não consegue se estabilizar. Sou sozinha pra tudo, Renata. Levo uma boa vida, mas não posso ainda ter despesas altas.

— Amigo serve justamente para essas horas. Você ficou ao meu lado naquele dia e acabou sofrendo por minha causa. Enviarei um mensageiro até sua casa. Ele levará a quantia de que você precisa para se manter no momento.

Mirtes ouviu toda a conversa com indignação. Se Flávio soubesse das investidas da mãe contra a chefa, não ficaria nada satisfeito.

Marília sentou-se na beira da cama e cruzou as pernas. Segurando o telefone sem fio pela ponta da pequena antena, devolveu-o a Mirtes. Gargalhava e falava ao mesmo tempo, sem se importar com a presença da empregada.

— Meu Deus! Como uma pessoa com tanto dinheiro pode ser tão burra? Espero que ela não me mande nenhum envelope com trocados ou apronto uma com ela.

Mirtes sentiu-se no direito de interferir.

— Dona Marília, porque a senhora trata as pessoas assim? A chefa do Flavinho gosta realmente da senhora!

Marília olhou com deboche para Mirtes.

— Você não sabe realmente o que é tratar mal a alguém, sua velha caquética! Se quiser experimentar, já disse que posso lhe mostrar!

Mirtes saiu decidida a conversar com Flávio. Gostava de Amílton, mas não confiava nele. Sabia que ele sempre fazia o que Marília ordenava. Não pretendia se arriscar.

Maria do Amparo, ao lado de Marília, chegou à conclusão de que não mais precisaria ficar reclusa naquele quarto. Fora atraída para lá junto com José quando vagavam em Monte Santo após o assassinato. As visitas constantes de Leonora e Josefa deram a ela a certeza de que também poderia se deslocar e acompanhar Marília onde ela estivesse. Faria isso. Ficaria colada à sua assassina. Seria sua sombra espiritual. Tomaria conta de Renata e não permitiria que Marília fizesse nada contra a irmã.

CAPÍTULO 19

Vanessa aguardava por Flávio ansiosamente. A insistência da mãe em fazê-la desistir do romance com o rapaz estava beirando os limites do insuportável. Precisava saber se o rapaz realmente a amava ou se queria apenas uma aventura.

Flávio chegou elegantemente vestido. Uma calça jeans desbotada, sapatos esportivos, camisa clara e um blazer compunham seu visual. Chegou perto de Vanessa e beijou-lhe o rosto.

— Você demorou tanto, Flávio. Já estava preocupada.

Interrogativo, Flávio examinou o relógio de pulso.

— Cheguei dez minutos antes da hora que marcamos, meu amor. Mas, me diga, o que você tem de tão importante para me falar? Aconteceu alguma coisa?

Vanessa segurou-lhe as mãos e fixou o olhar nos olhos do rapaz.

— Ah, Flávio! Se eu pudesse, leria sua alma.

O rapaz riu.

— Ler minha alma? Você só conseguiria ler um nome: o seu.

— Gostaria de ter essa certeza.

— Que certeza, Vanessa? Você está estranha.

— A certeza de que você me ama de verdade.

Flávio ficou em silêncio por alguns instantes. Respirou profundamente como se quisesse ganhar fôlego:

— Também me pergunto todos os dias se você me ama de verdade. Se essa relação não está baseada apenas num entusiasmo passageiro. Gostaria também de ter a certeza de que sou amado na mesma proporção em que a amo.

As dúvidas de Vanessa foram dissipadas: o intenso azul dos olhos de Flávio refletia a sinceridade de suas palavras. Flávio chamou o garçom e pediu uma garrafa de champanhe. Vanessa estranhou o pedido.

— Champanhe? O que vamos comemorar?

— Aguarde a bebida chegar. Logo você vai saber.

O garçom aproximou-se da mesa e dispôs as taças à frente de cada um. Quando ia abrir a garrafa, Flávio o interrompeu:

— Pode deixar. Eu faço isso.

O garçom saiu, e Flávio tirou do bolso do blazer uma caixinha, abriu e entregou-a para Vanessa.

— Esse anel foi de minha avó Leonora. Guardei comigo durante todos esses anos. Acho que ela ficará muito feliz se você colocá-lo no dedo e se tornar minha noiva.

Vanessa estendeu a mão direita visivelmente emocionada. Ali estava a resposta para toda a sua agonia. Flávio colocou o anel delicadamente no dedo da moça e fez um juramento:

— Jamais iremos nos separar, meu amor.

A garrafa de champanhe foi aberta, e os dois brindaram, atraindo a atenção dos outros frequentadores do restaurante.

— Veja só, Flávio, eu aqui preocupada com a verdade de seus sentimentos, e você me chega com uma surpresa dessas!

— Por que você duvidou de meus sentimentos? Nunca lhe dei motivos para isso. Você é o primeiro e único amor de minha vida.

— A cigana, neste caso, não me enganou...

— Que cigana, meu amor? Você acredita nessas coisas?

— Eu não dei crédito na época, mas agora, depois que conheci você, sou obrigada a me render àquela cigana de Andaluzia.

Flávio riu e segurou as mãos da amada.

— São apenas crendices, Vanessa.

— Também achava isso até que conheci você. Eu estava tirando uma semana de férias. Já havia concluído meu trabalho e estava ansiosa pela avaliação da banca. Resolvi fazer uma viagem com amigos e visitei a cidade de Andaluzia. Há muitos ciganos por lá, você sabia?

— Sei disso. Meus avós moraram na Espanha por muito tempo. Já falei sobre eles com você. Morreram num acidente de trem quando

247

retornavam de uma viagem à França. Minha avó Leonora sempre afirmava que os ciganos são enganadores.

— Também pensava assim, mas tive contato com estudos sobre as diferentes tribos ciganas e cheguei à conclusão de que eles apenas buscavam sobreviver numa sociedade preconceituosa.

— Você tem razão. A sociedade costuma valorizar apenas aqueles que se enquadram nela. Eu mesmo fui vítima disso quando meu pai foi à falência. Deixei rapidamente de fazer parte de um grupo no qual gastar era um hábito. Pessoas que dividiam comigo mesas de restaurantes e pistas de dança me viraram as costas. Passaram a me tratar como se eu fosse um nada.

Vanessa olhou com carinho para Flávio.

— Sempre fui contrária a esse comportamento falso, mas me deixe continuar. Eu fui visitar um acampamento cigano Rom em Andaluzia. Esses ciganos são conhecidos no mundo inteiro por possuírem poderes extraordinários, principalmente em relação à adivinhação. Eu e alguns amigos examinávamos peças de artesanato quando uma mulher se aproximou de mim. Ouvi o tilintar das moedas que ela carregava presas à saia e me arrepiei. Ela puxou a minha mão e começou a falar: "Você tem uma boa vida. É rica. Chegou a essa vida para ser feliz".

— Eu ri da mulher. Estava com boas roupas, uma pulseira e um cordão de ouro. Eles são astutos e prestam atenção aos mínimos detalhes. Ela percebeu minha incredulidade diante da predição, mas continuou a falar: "Não acredita na leitura da sorte, não é mesmo? Um dia saberá que tenho razão. A senhorita conhecerá um belo rapaz de olhos cor do céu. Ele será seu primeiro e único amor na vida. Mas o sangue dele trará de volta o passado do seu sangue." Ela, repentinamente, parou de falar. Pedi que ela continuasse, e ela impôs uma condição: "Há espíritos perdidos no meio de sua história com o rapaz de olhos cor de céu. Só posso continuar se me pagar em ouro, senão minha sorte será cortada." Puxei minha mão de forma brusca e perguntei a ela se eu tinha cara de boba. Ela sorriu, deixando à mostra um dente de ouro. "Não paga o ouro que mereço, mas um dia se lembrará de mim. Você se confrontará com seu passado no futuro." Saí rindo, brincando com o grupo de amigos que me fazia companhia, e ela ficou para trás, sacudindo os braços em direção ao céu e repetindo: "*usted se enfrenta a su pasado en el futuro!*[1]"

Flávio ouvia atentamente a história narrada por Vanessa. Não acreditava em adivinhações e leitura de cartas. Jamais havia se interessado por esses assuntos e atribuía o possível êxito de qualquer profecia a coincidências.

— Vanessa, por que você se impressionou tanto com essa mulher?

— Ela deu sua descrição, Flávio.

— E se meus olhos fossem castanhos ou pretos? Você iria dar importância a esse fato?

— Não sei. Mas aquela cena tem chegado muito frequentemente à minha cabeça. A frase que ela repetiu ecoa nos meus ouvidos. De que forma poderia eu confrontar-me com meu passado?

— Esqueça isso, meu amor. Tudo não passa de uma grande bobagem.

Vanessa mordeu os lábios. Uma amiga havia comentado com ela sobre a existência de uma cartomante em um bairro da periferia. Falou muito bem da mulher. Ela queria conhecê-la e também levar Flávio. Sua curiosidade sobre o assunto era grande.

— Flávio, tenho uma amiga que conhece uma cartomante. Vamos até lá comigo. Quem sabe ela não fala algo de proveitoso?

— Perder tempo num lugar desses? Nem pensar, Vanessa!

— Por favor, Flávio. Vamos comigo.

Flávio achou graça no pedido da moça. A namorada era determinada, inteligente, culta e ainda carregava esse tipo de ilusão.

— Está bem. Vou com você. Só assim vamos comprovar que tudo isso é uma grande tolice.

***

Vanessa passou pelo departamento de Flávio e mandou chamá-lo. O rapaz chegou à sala dela. Ele estava sem graça diante do silêncio que todos faziam na presença de Vanessa ou Renata.

— Bom dia, Vanessa.

— Bom dia, Flávio. Vamos tomar um café. Preciso falar com você.

---

1 Tradução: Você se confrontará com seu passado no futuro.

No restaurante da empresa, sentaram-se e foram servidos por uma funcionária. Flávio estava ansioso. Soube por Mirtes que a mãe havia recebido dinheiro de Renata. Temia que isso pudesse afetar seu relacionamento com a namorada.

— Foi bom que você me chamasse aqui, Vanessa. Eu não iria suportar esperar até a hora do almoço para falar com você.

— Eu também não, Flávio.

— Então você já ficou sabendo de tudo?

— Sabendo de quê?

— Das histórias sobre minha mãe. Certamente dona Renata já falou com você sobre isso e...

A moça não deixou que Flávio terminasse. Pouco se importava com as amizades da mãe. Não nutria grande simpatia por Marília, mas isso não a incomodava. Se ela fazia bem para Renata, não colocaria obstáculos na relação entre as duas. Achava até que essa amizade poderia ser de grande ajuda para o namoro entre ela e Flávio.

— Flávio, a amizade e as histórias entre minha mãe são problemas das duas. Não nos diz respeito.

— É que pensei que... Bem, deixa pra lá. Depois conversamos sobre isso. O que você quer me falar? Fiz algo de errado na empresa?

Vanessa teve ímpetos de afagar a cabeça do namorado, porém, se controlou. Relacionamento amoroso entre os funcionários da empresa não era proibido, mas as manifestações públicas de intimidade sim. Ela, como vice-presidente da Dumont & Martins, precisava dar o exemplo.

— Flávio, marquei hora com a cartomante da qual falei. Quero que você vá comigo.

— Não acredito que você vai insistir nessa história!

— Claro que vou. Quero apenas sua companhia. Posso esperar por você no final do expediente? Já verifiquei a agenda de seu departamento, e não há nenhuma reunião marcada para hoje.

— Pode. Claro que pode. Não deixaria você ir a esse lugar sozinha.

— Está certo. Espero você na portaria. Bom trabalho, meu amor.

Flávio voltou ao trabalho, e Vanessa passou o resto da tarde com a frase que a cigana disse em sua cabeça.

Flávio ligou para casa para saber da mãe. Mirtes atendeu e avisou que Marília estava dormindo ainda.

— Dormindo, Mirtes? Já está quase na hora do almoço!
— Pois é, Flavinho. Não adianta nem tentar acordá-la.
— E tio Amílton?
— Está na piscina.
— Que bela dupla eles formam. Minha mãe dormindo, e tio Amílton tomando banho de piscina em pleno dia de semana. Depois reclamam da falta de dinheiro!
— Não sei se estão tão sem dinheiro assim, Flávio. Ontem mesmo, os dois chegaram carregados de sacolas com roupas novas e perfumes caros. Sei disso porque arrumei tudo no armário deles.
— Vai entender, Mirtes.
— Você quer deixar algum recado?
— Diga apenas que chegarei mais tarde.

***

Ao término do expediente, Flávio aguardava Vanessa na portaria da empresa. A namorada chegou sorrindo como de costume.
— Vamos. Estou ansiosa.
— Você vai ver que tudo não passa de uma grande mentira. Vamos lá. Acho que vou me divertir um pouco.
Vanessa estacionou o carro na porta de uma casa de dois andares. No muro, uma placa com os seguintes dizeres: VIDÊNCIA DO PASSADO E DO FUTURO. AQUI VOCÊ ENCONTRA A VERDADE.
— Que lugar esquisito, Vanessa. Chega a ser sombrio.
— Não acredito que você esteja com medo!
— Medo não. Cautela.
Vanessa tocou a campainha e foi atendida por uma mulher de meia-idade.
— Vocês têm hora marcada?
— Temos sim — respondeu Vanessa. — Liguei hoje cedo.
A mulher abriu um pequeno caderno e conferiu o nome e o horário.
— Seu nome é Vanessa Dumont?
— Sim.
— Entrem. A senhora Mayra já está esperando vocês.
Flávio e Vanessa foram conduzidos a um cômodo nos fundos da casa. A decoração de mau gosto causou repulsa a Flávio. Cortinas

vermelhas, dois sofás estampados, uma prateleira com algumas imagens e uma vela acesa cercada por incensos compunham o ambiente. Uma porta localizada em frente ao sofá em que Vanessa e Flávio estavam sentados foi aberta, e Mayra cumprimentou os dois. Flávio observou a mulher com um olhar de extrema crítica. Ela combinava perfeitamente com a decoração da pequena sala: cabelos avermelhados presos em um coque no alto da cabeça, um vestido longo e florido.

— Boa noite. Vamos entrar. Jogo aqui neste quarto.

Flávio e Vanessa entraram, e Mayra apontou para duas cadeiras em frente a uma mesa e sentou-se em outra. Entregou uma caixa forrada com um tecido acetinado e dirigiu-se a Vanessa:

— Trouxe o dinheiro?

Vanessa abriu a bolsa e colocou um maço de notas na caixa.

Mayra embaralhou um bolo de cartas encardidas e pediu a Vanessa para dividi-las em dois montes. Em seguida, dispôs as cartas em fileiras e começou a virá-las em sequência. A moça deixava transparecer toda a sua ansiedade.

— Você e esse rapaz nasceram destinados um para o outro. Serão felizes. Enfrentarão sérios problemas, mas serão felizes.

— Que problemas enfrentaremos, senhora?

— Vocês estão ligados pelo sangue.

Vanessa demonstrou sua contrariedade.

— Como assim? De que forma estamos ligados pelo sangue?

Quando Vanessa fez a pergunta, o rosto de Mayra começou a se contrair. Flávio sentiu um aperto no peito, uma saudade inexplicável, uma espécie de melancolia. A mulher parecia ter iniciado um transe.

— Por favor, chamem minha ajudante. Teremos problemas por aqui.

— Que tipo de problemas, senhora? — perguntou Vanessa assustada.

— Estou sentindo a aproximação de um espírito desconhecido. Não é nenhuma entidade com a qual trabalho. É um espírito que traz muito ódio no coração. Muito ódio e muito amor ao mesmo tempo, e é por você, rapaz. O amor desse espírito é por você. E o ódio é por sua causa. Chamem minha auxiliar. Não posso ficar sozinha com vocês.

Vanessa saiu do quarto e chamou a auxiliar de Mayra. Quando as duas retornaram, Mayra já havia assumido outra postura. Sua fisionomia estava modificada e dirigia-se a Flávio com extrema ternura.

— Amo você, meu filho! Fiz tantos planos. Seríamos tão felizes. Sou sua mãe.

Flávio indignou-se.

— Charlatanismo tem limites, senhora! Vamos embora, Vanessa! Eu avisei que isso não era confiável!

Flávio levantou-se, e Vanessa ia fazer o mesmo quando Mayra os impediu olhando fixamente para a moça:

— Sou de Monte Santo. Nasci lá. Sou a irmã de sua mãe, minha sobrinha. Meu nome, para que vocês não duvidem, é Maria do Amparo.

Vanessa estancou assustada. Jamais havia revelado a ninguém a tragédia do passado. Nem a Flávio.

— Espere, Flávio. Minha tia, irmã de minha mãe, nasceu e morreu em Monte Santo. Deixe que ela continue a falar.

Maria do Amparo continuou a falar através da médium.

— Eu e meu marido José fomos assassinados por uma mulher que se apresentava com o nome de Lurdes. Na verdade, o nome dela é Marília. Ela nos envenenou e roubou nosso pequeno filho. Essa criança, que me foi roubada por essa assassina cruel, é você, Flávio. Sua mãe sou eu. Renata é minha irmã. E Marília é a mulher que me tirou a vida e me roubou você.

Flávio estava atônito.

— Isso é impossível! Vamos, Vanessa!

— Espere, Flávio. Tudo o que ela está falando é verdade. Essa história é verdadeira. Foi um momento trágico do passado de minha família. Ela fala a verdade, Flávio!

***

Quando já haviam saído da casa, Vanessa entregou as chaves do carro para Flávio. Estava nervosa demais para dirigir. Os dois permaneceram em silêncio durante boa parte do trajeto. Foi Flávio quem quebrou o silêncio.

— Meu amor, aquela mulher é uma desequilibrada. Será que você não vê que ela deve ter feito uma pesquisa sobre sua vida antes?

Vanessa pôs uma das mãos sobre o ombro de Flávio.

— Não sei. Quero esquecer esses últimos momentos. Se ela pesquisou a minha vida, pesquisou a sua também. O nome de sua mãe foi citado, lembra?

— Isso é um absurdo, Vanessa! Não faz nenhum sentido nem em romances de ficção!

— Ela falou que estávamos ligados pelo sangue. A mesma coisa que ouvi da cigana de Andaluzia.

— Tire isso da cabeça! Vou deixar você em casa. Amanhã conversaremos quando você estiver mais calma.

Flávio estacionou o carro à porta da casa da namorada e beijou-a no rosto. Embora atribuísse ao charlatanismo a experiência vivida, ficara também bastante impressionado.

— Entre com o carro, meu amor. Vou pegar um táxi. Já está tarde, e amanhã nós dois precisaremos trabalhar.

Vanessa passou para o banco do motorista e rodou a chave na ignição. O portão da garagem já estava aberto, e dois seguranças se colocaram ao lado do carro. Pela janela, a moça despediu-se de Flávio.

— Até amanhã. Preciso mesmo descansar.

Vanessa entrou em casa e encontrou os pais conversando na sala. Observou atentamente os dois: nunca havia presenciado nenhuma briga entre eles e foram poucos os momentos em que notou tristeza nos olhos da mãe ou do pai. Formavam um casal perfeito. Pela mãe, além do grande amor, nutria também uma admiração sem igual. Renata era rígida, disciplinada, objetiva. Não usava meias palavras com ninguém e, por essa razão, tinha poucos amigos. Apesar de ser bem-sucedida profissionalmente, não gostava de ostentações ou de futilidades. Mantinha-se focada na vida diariamente. O pai também não era muito diferente: preferia os livros, o trabalho e a família aos encontros sociais e às festas desnecessárias.

Renata levantou-se para receber a filha com um abraço.

— Vanessa, você ficou tanto tempo fora que ainda sinto saudades de você.

Humberto brincou também, se levantando para abraçar a filha.

— Sua mãe ainda não conseguiu cortar o cordão umbilical. O nome disso é apego.

— Amor não é apego, Humberto!

— Apego ou amor, não importa muito... O importante é que nos amamos e nos apegamos. Ou vocês dois vão brigar por causa de palavras e significados? — interpelou Vanessa.

Giovana chegou à sala e perguntou se poderia servir o jantar.

— Espere um pouco mais, Giovana. Vanessa acabou de chegar.

Vanessa desculpou-se com os pais. Precisava ficar sozinha e pôr as ideias em ordem.

— Se vocês não se importam, vou para meu quarto. Preciso de um banho e de cama.

— Aconteceu algo de errado, filha? — perguntou Renata demonstrando preocupação.

— Não, mãe. Apenas uma enxaqueca. Preciso mesmo é de descanso.

Vanessa dirigiu-se para o quarto, e Renata deu ordens para que servissem o jantar. Sentada à mesa com Humberto, demonstrou sua contrariedade com o namoro da filha.

— Não sei o motivo, Humberto, mas não gosto de Flávio. Ele é esforçado, tem progredido na empresa, mas pressinto que esse namoro pode nos trazer problemas.

— Deixe isso por conta de Vanessa. Tentamos uma aproximação entre ela e Paulo Cesar e não conseguimos. Deixe nossa filha namorar quem ela quiser. O rapaz não é tão mau assim e é filho de Marília.

Pensando na melhor amiga, Renata calou-se, contudo, no íntimo, sentia que odiava Flávio.

***

Flávio entrou desorientado em casa. Não sabia direito o que pensar sobre a experiência vivida à tarde. Não poderia conversar com a mãe. Se falasse com o tio, ele certamente contaria a ela. Flávio sabia que Marília era descontrolada e, no mínimo, faria um escândalo na porta da tal cartomante. Mirtes viu quando o rapaz entrou e foi encontrá-lo.

— Boa noite, Flavinho. Como foi seu dia?

— Oi, Mirtes. Onde está minha mãe?

— Saiu para jantar com Amílton.

O rapaz jogou-se no sofá pensativo.

— Não sei onde conseguem tanto dinheiro, Mirtes. Espero que mamãe não faça com dona Renata o que fez com outros amigos. Estou namorando Vanessa e não quero ninguém atrapalhando meu caminho.

— Ninguém vai atrapalhar seu caminho. Eu não vou deixar, meu filho. Você quer jantar?

— Não, obrigado. Estou sem fome. Tive uma tarde daquelas.

— Se aborreceu no trabalho?

— Não. Não tem nada com o trabalho.

— Vamos para a cozinha, meu filho. Lá fico mais à vontade, e você toma pelo menos um suco. Que tal?

Flávio levantou-se do sofá e envolveu Mirtes, colocando um dos braços sobre os ombros da antiga servidora. Sentou-se à mesa da cozinha, enquanto a governanta preparava-lhe um lanche. O rapaz resolveu contar a Mirtes os acontecimentos da tarde, que empalidecia a cada relato do rapaz.

— Mirtes, sei que aquela mulher é uma dessas trapaceiras que encontramos por aí, mas alguma coisa mexeu comigo. Vanessa identificou-se com a história que ela contou. Ela ficou muito atordoada e confesso que também estou.

— Espere um pouco, Flavinho. Tome o suco e descanse a cabeça. Nervosismo não leva a lugar nenhum.

— Mas Vanessa garantiu que a história que a mulher contou é verdadeira, Mirtes. Dona Renata teve a irmã assassinada e o sobrinho roubado. A cartomante falava com um sotaque nordestino bem carregado.

Mirtes tentava acalmar o rapaz.

— Flavinho, é uma loucura acreditar nisso. Tome seu suco e vá se deitar. Não comente nada com sua mãe ou com seu tio. Você sabe como eles são. Se ficam sabendo dessa história, podem fazer besteira. Vá descansar.

Flávio bebeu o suco e colocou o copo sobre a pia, abrindo a torneira para lavá-lo, mas Mirtes interferiu.

— Nada disso. Deixe esse copo aí. Essa é minha obrigação. Vá se deitar, menino.

Flávio abraçou Mirtes e beijou-lhe a testa.

— Você lembra minha avó. Tive tão pouco contato com ela, mas sinto saudades.

— Dona Leonora foi uma grande pessoa, Flávio. Foi a melhor amiga que tive na vida. Onde ela estiver, está nos protegendo.

— Você acredita que haja vida após a morte?

Mirtes lembrou-se da figura horrenda e sofrida que avistou no quarto de Marília e dos momentos em que parecia ouvir a voz de Leonora dentro da própria cabeça.

— Não sei, Flávio. Sou católica, mas não acredito que Deus tenha tido um trabalho danado para nos colocar aqui para depois ficarmos adormecidos, aguardando esse tal juízo final. Acho que, de alguma forma, continuamos vivos sim. Não sei onde e nem de que forma, mas continuamos vivos.

Mirtes acompanhou Flávio até a sala e só retornou para a cozinha quando ouviu o rapaz fechar a porta do quarto. Lavou o copo que estava sobre a pia, organizou alguns talheres em uma gaveta e puxou uma cadeira para se sentar. A porta que separava a cozinha da copa bateu de forma violenta, assustando-a.

— Nossa! Que ventania é essa! — exclamou em voz alta, levantando-se para olhar o tempo pela janela.

Os pequenos arbustos, que ladeavam a passagem externa entre a casa principal e os aposentos dos antigos empregados, estavam inertes. Nada evidenciava a presença de vento ou de mudança repentina do tempo. Mirtes olhou para o céu e viu estrelas iluminando a noite. Ao retornar à cozinha para se sentar em uma cadeira, deparou-se com a presença nítida de Leonora sorrindo para ela.

— Meu Deus! Essa história do Flávio me deixou impressionada! Já estou vendo coisas!

Leonora fixou os olhos na servidora fiel e começou a falar.

— Mirtes, minha querida amiga! Você não está vendo coisas. Estou realmente aqui. Não tenha medo. Minha presença nesta casa é necessária.

Mirtes tentava falar, mas sua voz não saía. Josefa, que não havia se mostrado, posicionou-se atrás de Mirtes e aplicou-lhe alguns passes para reequilibrá-la. A governanta sentiu imediatamente o resultado dos passes e recobrou a calma habitual. Experimentava imensa paz olhando para a ex-patroa.

— Dona Leonora, é a senhora mesmo? Como isso pode ser possível, meu Deus? A senhora está morta!

257

— Não, minha querida! Não estou morta. A morte não existe, Mirtes. Apenas deixamos o corpo material que nos serve de morada por alguns anos. Você disse isso a meu neto ainda há pouco. Como você afirmou, ninguém fica adormecido aguardando nenhum tipo de julgamento. Deus não nos julga. A nossa consciência, a maneira como agimos conosco e com aqueles que nos rodeiam, os nossos sentimentos são os únicos juízes a nos absolver ou condenar.

Mirtes sentiu lágrimas discretas escorrerem por seu rosto. O medo inicial foi substituído por forte emoção. Não sabia exatamente o que estava se passando, entretanto, tinha certeza de que Leonora estava ali para proteger Flávio.

— O que a senhora quer, dona Leonora? Uma missa?

Leonora riu com brandura.

— Não, minha querida. Embora todas as missas realizadas nos tragam a certeza de que somos lembrados por aqueles de quem nos separamos temporariamente, e as orações feitas com o coração funcionem para nos encorajar, não preciso de nenhuma missa.

Mirtes enxugou as lágrimas com a ponta do avental.

— Por que então a senhora está aparecendo para mim, dona Leonora? Acho que estou ficando louca!

— Você não está ficando louca. Só tive a permissão de me fazer presente porque preciso que você acredite na continuidade da vida.

— E aquele vulto que vi no quarto de dona Marília? Não é um espírito bom como a senhora, não é mesmo?

— Mirtes, você viu apenas uma irmã ainda em sofrimento. Como todos nós, um dia ela irá despertar.

— Despertar? Ela?

— Mirtes, fique apenas com a certeza de que a vida continua e ore bastante. O véu da mentira está prestes a cair. Ore, pois suas orações fortalecem a todos e a você também. Que a paz do Cristo mantenha-se viva em seu coração.

Surpresa, Mirtes observou Leonora desaparecer diante de seus olhos. Trêmula, permaneceu sentada, rezando e pedindo compreensão à Nossa Senhora.

Pouco depois, a governanta encaminhava-se para o quarto. Estava atordoada com a experiência que acabara de viver quando ouviu o carro de Amílton estacionar na garagem. Resolveu apressar-se para não ser incomodada pelo casal. Fechou a janela da cozinha e, quando ia sair, ouviu as gargalhadas de Marília e Amílton.

— Meu Deus! Devem estar bêbados novamente. Se fizerem tanto barulho, vão acordar Flávio, e o menino precisa descansar.

Resolveu aguardá-los na sala para pedir silêncio e avisar que Flávio já estava dormindo. Marília e Amílton entraram abraçados e visivelmente embriagados. Mirtes interferiu.

— Flavinho chegou com dor de cabeça e já está dormindo, seu Amílton. Por favor, não façam tanto barulho.

Marília atirou a bolsa que carregava em cima de Mirtes, esbravejando.

— Cale a boca, sua velha! A casa é minha e faço o barulho que quiser!

Mirtes abaixou-se, pegou a bolsa e colocou-a sobre o sofá.

— Só estou pedindo que não façam barulho porque Flávio está dormindo.

Amílton acatou o pedido de Mirtes, voltando-se para Marília.

— Vamos, meu amor. Mirtes está certa. Já é tarde, e Flávio trabalha amanhã.

Irritada, Marília tirou os sapatos e os arremessou-os contra a governanta, acertando-lhe o rosto. Um corte profundo na testa de Mirtes fez o sangue começar a jorrar, manchando a gola do uniforme. Mirtes levou as mãos ao rosto e soltou um gemido de dor. Amílton segurou Marília pelo braço e a sacudiu de forma violenta.

— Veja o que você fez, sua insana! Você machucou Mirtes! Quer que ela dê queixa na polícia por agressão, sua louca?

Mirtes lembrou-se das palavras de Leonora. Precisava se manter em equilíbrio.

— Deixe, seu Amílton. Dona Marília está descontrolada por causa da bebida. Vou lavar meu rosto.

Marília tentava desvencilhar-se dos braços de Amílton, gritando:

— Louca? Eu? Louca é essa velha que vive se intrometendo na minha vida! Qualquer dia, acabo com ela!

Mirtes modificou sua postura e sustentou o olhar em direção a Marília.

— Vai acabar comigo de que forma? Da mesma forma que acabou com a irmã de dona Renata?

259

Amílton ficou paralisado e soltou o braço da companheira. A pergunta de Mirtes havia atravessado seu coração como uma espada.

— O que você está dizendo, Mirtes? Que loucura é essa?

Mirtes se deu conta do erro que havia cometido. Pela primeira vez na vida, dissimulou um mal-estar.

— O que eu disse? Não me recordo do que falei. Deve ter sido essa dor na minha cabeça. O que houve com você dois? Por que estou sangrando? Levei algum tombo?

Amílton respirou aliviado. Com certeza havia se enganado no que Mirtes dissera. Marília, percebendo a aparente confusão mental da governanta, tratou de escorraçá-la.

— Saia daqui, sua velha maluca! Além de velha, agora ficou gagá! Vou despedir você amanhã.

Os dois subiram, e Mirtes correu para o quarto. No banheiro, lavou o rosto e fez um curativo para estancar o sangue. Não sabia de que forma Marília poderia ter alguma ligação com o assassinato da irmã de Renata, entretanto, passou a guardar essa suspeita como uma certeza. Deitou-se, fez as orações habituais, mas custou a conciliar o sono. A história que Flávio contou, a conversa que ela ouvira tempos atrás, o afastamento de Marília e seu retorno inesperado com Flávio nos braços, a evidente falta de escrúpulos da patroa, as ameaças constantes que recebia, o contato inesperado com o espírito de Leonora, todos esses pensamentos se entrelaçavam. Os primeiros raios de sol anunciavam a manhã quando Mirtes conseguiu, finalmente, adormecer.

***

Flávio olhou-se no espelho do banheiro ao terminar de fazer a barba. Os acontecimentos da véspera o deixaram desanimado. Pegou o primeiro terno que encontrou no armário e vestiu-se rapidamente. Depois, desceu para a cozinha, na tentativa de se reanimar com um café. Estranhou a ausência de Mirtes, que sempre o aguardava com a mesa posta. Chamou-a mais de uma vez e, como não obteve resposta, resolveu procurá-la no quarto. Bateu levemente na porta e arriscou abri-la. Preocupou-se quando a encontrou dormindo e acariciou o rosto da governanta, sussurrando seu nome:

— Mirtes, Mirtes! O que houve? Você está passando mal?

Mirtes levantou-se assustada.

— Flavinho, que horas são? Você já vai sair?

— Já são oito horas. Você está sentindo alguma coisa? Que machucado é esse em sua testa?

— Eu me atrasei, meu filho. Vá para a cozinha, que eu já vou preparar seu café.

— Que machucado é esse?

— Nada demais, Flávio. Bati com a cabeça na quina da janela. Só isso. Me espere na cozinha.

Mirtes chegou à cozinha e encontrou Flávio sentado, pernas esticadas, braços largados sobre o corpo e mãos que dobravam e desdobravam a ponta da toalha da mesa. Ela chegou em silêncio. Sabia o que atormentava o rapaz. Rapidamente preparou o café e serviu Flávio.

— Vamos, Flávio! Não gosta mais do meu café?

O jovem despertou de seu transe silencioso ao ouvir a voz da empregada e sentir o cheiro do café fumegando na xícara.

— Seu café me dá ânimo.

— Como é que um simples café pode dar ânimo a um rapaz como você? Logo você, tão cheio de vida e juventude!

Flávio suspirou, bebeu mais um pouco do café e despediu-se.

— Preciso ir, Mirtes. Tenho a agenda cheia hoje.

Mirtes acompanhou Flávio até a varanda. Decidiu subir para arrumar o quarto do rapaz antes que Marília e Amílton acordassem. Já havia decidido: caso se deparasse com um dos dois, fingiria não se lembrar de nada. A suspeita de que Marília poderia ser uma criminosa oprimiu-lhe o peito. Estava decidida a apurar os fatos e a chegar à verdade.

261

CAPÍTULO 20

Renata e Humberto aguardavam a filha para o café da manhã. Faziam planos para a ampliação da Dumont & Martins. Renata queria transformar a empresa em referência de gestão em tecnologia, e a atuação da filha seria de extrema importância. Vanessa chegou à mesa e cumprimentou os pais sem muito entusiasmo e manteve-se distante da conversa entre eles. Renata e Humberto entreolharam-se, percebendo o aparente desânimo da filha.

— O que há com você, Vanessa? Está sentindo alguma coisa? — preocupou-se Humberto.

A moça apenas balançou a cabeça negativamente e manteve-se em silêncio durante a refeição. Ao terminarem o café, Renata, como de costume, despediu-se do marido e chamou a filha para repassar a agenda do dia. Desde o retorno de Vanessa, elas mantinham uma rotina durante a semana, pois Renata não gostava que funcionários da empresa presenciassem alguma discordância entre elas.

— Vamos, filha, preciso discutir com você algumas ideias novas. Preciso de sua opinião e participação no novo empreendimento que pretendo fazer.

Vanessa acompanhou Renata, e as duas sentaram-se à frente do computador. Renata mostrava para a filha diversos gráficos, algumas estatísticas e os relatórios, e Vanessa mantinha-se inerte, sem esboçar qualquer tipo de interesse sobre os assuntos abordados pela mãe.

Renata, percebendo a apatia da moça, desligou o computador de forma abrupta.

— Por que você fez isso, mãe?

— Porque me irrito com o descaso de qualquer pessoa. Com o seu, então, minha irritação triplica! O que está havendo? Brigou com seu namoradinho? É essa a razão da sua cabeça aluada hoje?

Vanessa ficou em silêncio por alguns instantes e resolveu contar à mãe os fatos da véspera. Havia prometido a Flávio que não faria isso, mas as palavras da cigana de Andaluzia misturaram-se à manifestação do espírito que se apresentou como Maria do Amparo, atormentando-lhe qualquer tentativa de discernimento. Pela primeira vez, quis saber detalhes sobre o assassinato da tia.

— Mãe, posso perguntar uma coisa?

Renata acabara de fechar a pasta que levaria para a empresa e de se levantar da cadeira. Estava claramente irritada com o comportamento da filha.

— Desde que você não me venha com tolices, sim.

Vanessa foi direta.

— Como minha tia Maria do Amparo morreu? Como foi toda aquela história?

Renata desarmou-se diante do interesse repentino de Vanessa sobre o assunto. Durante toda a vida procurou poupar a filha da dor e da revolta causadas pelo assassinato da irmã e o desaparecimento do sobrinho. Por instantes, supôs que Marília pudesse ter contado a Flávio sobre a tentativa de receberem informações sobre o caso.

— Por que você quer falar sobre esse assunto agora? Que bicho mordeu você? Não quero falar sobre isso.

— Mãe, é importante para mim. Preciso saber detalhes sobre a morte de minha tia.

— Me diga o porquê desse interesse repentino, e eu responderei à sua pergunta.

— Quando estive em Andaluzia, fui abordada por uma cigana.

Renata interrompeu:

— Você já me contou essa história, Vanessa. E qual a relação desse fato com a morte de Maria do Amparo? Não estou conseguindo entender.

263

— Procurei uma cartomante ontem. Fui com o Flávio, mais por curiosidade, pois a cigana de Andaluzia me deu a descrição exata dele.

— Não acredito que você tenha levado a sério essa história, Vanessa! Não quero acreditar nisso! Você já se deu conta de como esse povo é esperto?

— Eu também achava isso, mãe.

— Achava? Não acha mais?

— Não! A experiência que vivi ontem me colocou em dúvida sobre a veracidade dessas predições.

— Como assim? Que experiência você viveu? Não vai me dizer que você está se enfiando nesses becos onde se fazem previsões.

— Mãe, me deixe falar, por favor. Depois a senhora emite sua opinião.

Renata tornou a sentar-se numa poltrona e cruzou os braços, esperando a filha falar.

— Como eu estava tentando dizer, fui a uma cartomante ontem, e o Flávio foi comigo. O lugar realmente não era dos mais agradáveis, e Flávio queria ir embora, mas eu insisti, e ficamos. A mulher chamava-se Mayra e, quando ela abriu as cartas, falou que eu e Flávio seríamos felizes, mas enfrentaríamos muitos problemas.

Renata ironizou.

— É o óbvio, você não acha? Um discurso que serve para qualquer crédula como você! Me poupe disso, Vanessa! Vamos trabalhar!

— Ela disse também que estávamos ligados pelo sangue. Flávio ficou revoltado e quis sair.

— Até que ele teve uma atitude sensata!

— Mas a mulher começou a ficar com a fisionomia diferente, até que começou a falar com um sotaque nordestino. Disse a Flávio que era mãe dele e que o amava.

— Isso é ridículo, Vanessa!

A moça prosseguiu a narrativa sem se importar com as interrupções da mãe.

— Mãe, o espírito que tomou o corpo de dona Mayra disse se chamar Maria do Amparo e que era de Monte Santo.

Renata arregalou os olhos tentando entender o que a filha falava. Vanessa continuou:

— Disse ainda ter sido assassinada por uma mulher chamada Lurdes e que essa assassina também lhe roubou o filho. Ela afirmou, mãe, que Marília é essa tal Lurdes, e Flávio é a criança que foi roubada!

Renata estava atônita. "Como alguém que não a conhecia poderia saber de tantos detalhes sobre a morte da irmã?", pensou.

— Mãe, você vai ficar calada diante do que contei?

Renata relacionou o que se passara com a filha ao golpe que sofrera com Marília. Certamente, alguém muito próximo de todos ficou sabendo do caso e, agora, tentaria aproveitar-se da boa-fé da filha para conseguir mais dinheiro. "A melhor solução será acalmar Vanessa, dar crédito ao que ela está falando e conseguir o endereço dessa trapaceira", refletiu.

— Não, Vanessa. Claro que não. Só preciso pensar friamente sobre o assunto. Existem alguns detalhes em toda essa história que podem ter sido apurados quando você marcou essa consulta. Nosso nome é bastante conhecido, e pessoas inescrupulosas costumam se aproveitar disso.

— Flávio pensa da mesma forma, mãe.

— Ele mostra que tem bom senso. Quem indicou essa mulher para você?

— Uma amiga.

— E você confia nessa amiga?

— Claro que sim. Estudou comigo. Por que quer saber?

— A família de sua amiga está passando por dificuldades financeiras?

— Não, mãe. Os pais dela têm o dobro do nosso patrimônio. Se a senhora está pensando que tudo poderia ter sido armado para conseguir dinheiro, está enganada.

— Gostaria de ir até essa cartomante. Existem algumas histórias que só eu e minha irmã sabíamos. Ninguém mais. Nem você, nem seu pai. E, se ela me passar tais informações, acreditarei na veracidade de tudo isso. Ligue e marque uma hora amanhã, mas não se identifique, nem dê meu nome, por favor. Quero ver com meus olhos e comprovar com meus ouvidos essa história. Agora, vamos para o trabalho. Já estamos atrasadas e precisamos dar o exemplo.

***

Mãe e filha se separaram assim que chegaram à empresa. Renata cumprimentou rapidamente a secretária e trancou-se na sala. Os papéis sobre a mesa causavam-lhe sempre extrema irritação.

— Tenho certeza de que, em breve, todo esse material ficará bem mais fácil de acessar com o novo sistema de informática.

Agitada, não parava de falar sozinha. O telefone tocou, ela tirou o fone do gancho e se perdeu em pensamentos. Não estava disposta a falar com ninguém. A história que Vanessa contou não lhe saía da cabeça. Tinha certeza de que a mesma pessoa que a conduziu até aquele galpão deserto, levando o malote de dinheiro e violentando Marília, estava por trás da tal cartomante. Desta vez, agiria de forma diferente. Iria até a cartomante, mas acompanhada de seguranças. Resolveu ligar para Marília. Desmascararia quem quer que estivesse envolvido naquela história. Ana bateu na porta, e Renata levantou-se para abri-la, deixando o telefone sobre a mesa.

— O que você quer, Ana? Não estou muito boa hoje. Fale logo.

— Desculpe-me, dona Renata, mas Vanessa está ao telefone. Ligou para o meu ramal perguntando se aconteceu alguma coisa. Ela ligou, e a senhora atendeu e não falou nada.

— Está certo. Obrigada. Tirei o telefone do gancho e deixei sobre a mesa. Vou falar com Vanessa.

Renata pegou o telefone e desculpou-se com a filha.

— Oi, filha. O que você quer?

— O que houve, mãe? A senhora atendeu ao telefone, mas não falou nada.

— Estava resolvendo um assunto importante.

— Já liguei para dona Mayra. Marquei um horário para a senhora para hoje à tarde.

— Que bom! Assim tiro essa história a limpo. Para que horas você marcou?

— Dezesseis horas. Conferi sua agenda com a Ana antes de marcar. Nesse horário, não há nenhum compromisso. Posso ir também?

— Não. Eu vou sozinha. Se você for comigo, ela vai associar a história. Não quero isso. À noite, nos falaremos. Me passe o endereço.

Renata anotou o endereço da cartomante em sua agenda, encerrou a conversa com a filha e, em seguida, ligou para a casa de Marília.

Mirtes estava na cozinha, preparando o almoço, quando ouviu o telefone tocar. Correu para atender na certeza de que devia ser Flávio. Renata foi seca ao identificar a voz da empregada.

— Quero falar com Marília, por favor. É Renata Dumont.

— Ela ainda está dormindo, dona Renata.

— Acorde Marília e diga que tenho urgência em falar com ela. Tenho certeza de que ela não se importará.

Contrariada, Mirtes apanhou o telefone sem fio e subiu, as escadas. Com a desconfiança instalada no coração, precisaria ficar atenta a todas as atitudes e palavras da patroa. À porta do quarto, examinou a maçaneta destrancada. Se batesse, sabia que nenhum dos dois iria acordar. Respirou fundo e entrou. O ambiente exalava um cheiro fétido: uma mistura de bebida e suor. Marília e Amílton estavam jogados sobre a cama com a roupa que usaram na noite anterior. Mirtes hesitou em acordar Marília. Temia outra agressão e tentou pedir a Renata que ligasse mais tarde.

— Dona Renata — sussurrou —, dona Marília está num sono pesado. A senhora poderia ligar mais tarde?

— Você sabe o que significa a palavra urgência? Acorde sua patroa agora!

Mirtes chegou perto da cama e cautelosamente cutucou o braço da patroa.

— Dona Marília, acorde. Dona Renata está ao telefone querendo falar com a senhora.

Marília, deitada de bruços, virou o corpo lentamente. Olhou para Mirtes e rogou-lhe uma praga.

— Você vai morrer seca, sua desgraçada! Por que está me acordando?

Mirtes apontou para o telefone e ironizou a atitude da patroa.

— Acho melhor a senhora se acalmar. Sua amiga Renata Dumont está ao telefone e disse que era para eu acordar a senhora. A culpa é dela, dona Marília.

Marília tomou o telefone de Mirtes, tampando o fone com a mão.

— Você me paga, miserável! Saia daqui!

Mirtes bateu a porta e percorreu o corredor fazendo barulho propositadamente ao caminhar. Em seguida, retornou para a porta do quarto em silêncio, para ouvir a conversa entre as duas mulheres.

Marília atendeu ao telefone de forma natural e com a voz doce de sempre.

— Bom dia, amiga querida! Se soubesse que era você, já teria atendido, mas a empregada aqui de casa não sabe passar recados.

— Desculpe-me por ligar a esta hora, mas meu dia começa muito cedo.

— Não há horário adequado ou inadequado para os amigos, Renata. Pode falar.

— Preciso que você vá comigo até um determinado lugar. Quero que isso fique entre nós. Pode ser?

— Claro que sim. A que horas?

— Passo por aí às três da tarde.

— Às três horas, estarei aguardando, querida. Será um prazer conversar com você. Meus dias têm sido tediosos. Preciso mesmo da sua companhia positiva.

Marília desligou o telefone e gritou por Mirtes. Ela, que estava com o ouvido colado na porta do quarto, demorou um pouco para atender ao chamado de Marília. Deu alguns passos para trás e caminhou na direção do quarto. Mirtes ouviu com clareza Marília andar de um lado para o outro do quarto, falando sozinha.

— Que ódio dessa nordestina metida. Vou tirar dela tudo que puder. Tirei a irmã, tirei o sobrinho, o cunhado e agora vou tirar o dinheiro, ou ela acha mesmo que gosto de gente metida à esperta? Pelo menos, a irmã dela era tonta e mais humilde. Essa Renata de não sei o quê é um entojo!

Mirtes arrepiou-se da cabeça aos pés. O que ouvira era suficiente para pôr fim a qualquer dúvida. Não sabia exatamente o que fazer. Se pudesse, fugiria daquela casa no mesmo instante. Entretanto, havia Flávio e o pedido de Leonora. Fazia uma breve oração, pedindo coragem e discernimento quando ouviu um novo grito de Marília.

— Mirtes! Velha surda, venha até aqui!

Amílton remexeu-se na cama sem acordar. Na mesa de cabeceira, uma garrafa de uísque pela metade justificava o sono pesado. Mirtes entrou no quarto demonstrando tranquilidade, apesar de sentir o coração saltar dentro do peito.

— Pois não, dona Marília. Posso ajudar?

— Aqui você não me ajuda. Aqui você trabalha, sua galinha velha do rabo arrancado! O café está pronto, inútil?

— Já faz algum tempo que sim. A mesa também já está posta.

— Vou descer. Estou com fome.

Marília empurrou Mirtes para sair do quarto e desceu as escadas pulando os degraus, como se estivesse brincando de amarelinha. A empregada acompanhou-a com os olhos, sem acreditar no comportamento desvairado que presenciava. Na cozinha, Marília sentou-se com as pernas esticadas, apoiando a nuca com as mãos entrelaçadas.

— Sirva-me o café de uma vez, doméstica esclerosada! Quer mais xingamentos?

Mirtes sentiu asco pela figura patética da patroa: a roupa amassada e suada, o rosto borrado pela maquiagem, cabelos em desalinho.

— A senhora não vai lavar pelo menos o rosto?

— O meu rosto é mais limpo que sua cara de pau, criatura trevosa, espírito de cemitério!

Marília comeu com voracidade e sem nenhum resquício da educação que sempre apresentara. Com a boca cheia, falava e cantava sem parar, mostrando total descontrole.

— Vá até meu quarto e separe uma roupa especial para hoje à tarde. Vou passear no bosque, Mirtes, e melhor, o lobo sou eu!

Mirtes lembrou-se de Leonora e orou. Diante daquele quadro, a oração era sua única saída.

— Vou acordar seu Amílton se mexer no armário, dona Marília. Assim que ele acordar, farei isso.

— Faça agora, ser abissal! Vá logo e me dê mais pão. Ainda estou com fome! Antes de escolher minha roupa, ligue o som na sala. Quero música, Mirtes! De preferência, um belo samba!

— Samba, dona Marília? — perguntou Mirtes cada vez mais assustada com o comportamento da patroa.

— Samba sim. Minha vida daria um belo enredo para uma escola de samba, sabia? E eu seria um destaque e tanto!

Resignada, Mirtes subiu a escada. Escolheria a roupa para Marília e, depois, ligaria para o neto. Precisava conversar com alguém sobre tudo o que estava acontecendo. Não suportaria e não teria forças para enfrentar tudo aquilo sozinha.

No quarto, Amílton roncava. Ela abriu o armário e uma pilha de roupas amontoadas caiu no chão. Mirtes abaixou-se para organizar as peças e percebeu entre elas um envelope lacrado endereçado a Renata. Guardou as roupas de qualquer jeito, dobrou o envelope e o colocou no bolso do avental. Desceu e encontrou Marília estirada no sofá da sala dormindo. Abaixou o volume do aparelho de som e foi para os fundos da casa: estava ansiosa por descobrir o que havia no envelope.

Recostada no tronco de uma árvore, Mirtes abriu com cuidado o envelope. Várias cópias da fotografia de uma jovem com um bebê no colo. Ela buscou examinar as características do local: a jovem da fotografia estava à frente de uma casa simples, mas bem cuidada. O bebê estava coberto por uma manta, mas Mirtes não conseguia enxergar-lhe o rosto com precisão. Lembrou-se de que guardava uma lupa para auxiliar quando ela precisava enfiar a linha na agulha. Foi até o quarto e examinou a foto com a lupa. A imagem do bebê aumentada pela lente não lhe deixou dúvidas: Flávio era a criança enrolada na manta. O mesmo rosto que a encantou quando Marília chegou de viagem com ele no colo. Naquele momento, Mirtes sentiu medo. A verdade, conforme Leonora anunciara, começava a tomar forma.

"O que vou fazer com isso, meu Deus? Esse fardo é muito pesado para mim, minha Virgem Santíssima!".

Leonora, Josefa e Pedro buscavam sustentar a leal servidora e amiga através de orações.

***

Às três horas em ponto, Mirtes viu Marília sair da casa e entrar no carro de Renata. Amílton permanecia no quarto dormindo sob o efeito da bebida.

O espírito de Maria do Amparo começou a se dar conta de que estava sendo atraída novamente pela energia de Mayra e começou a gargalhar. Finalmente poderia falar com a irmã e contar toda a verdade.

Marília estranhou o silêncio de Renata durante o percurso. Incomodada com a falta de uma conversação amigável, perguntou.

— O que há, minha amiga? O que vamos fazer e aonde vamos?

— Não posso falar, Marília — respondeu Renata, sinalizando para os seguranças. Não quero detalhes aqui no carro. Hoje, vamos juntas nos vingar da surra que levei e da violência que você sofreu.

Marília desequilibrou-se internamente, mas procurou aparentar calma.

— Vamos deixar isso pra lá. É perigoso. De que forma vamos nos vingar se não sabemos quem fez aquilo?

— Falaremos sobre isso fora do carro.

O motorista avisou que haviam chegado ao destino apontado por Renata. Marília estranhou a rua e o bairro.

— Que lugar é esse, minha amiga?

Renata ordenou que o motorista e o segurança se mantivessem afastados da casa e deu o braço a Marília, caminhando em direção à casa de Mayra.

— Agora já posso falar. Vanessa e Flávio estiveram neste lugar ontem. Vieram saciar uma curiosidade tola de minha filha com uma cartomante. A tal mulher fingiu ter recebido o espírito de minha irmã. Tenho certeza de que investigaram a minha vida para extorquir dinheiro de Vanessa. Se eu estiver certa, ponho as mãos nessa quadrilha hoje mesmo e a entrego para a polícia.

Marília riu aliviada.

— Como esses jovens são tolos, Renata. Onde já se viu acreditar nessa gentinha? Vamos lá. Vamos desmascarar essa mulher.

As duas entraram e foram recebidas pela auxiliar de Mayra e encaminhadas para o cômodo de atendimento. O procedimento adotado com Vanessa e Flávio foi repetido com as duas mulheres. Ao começar a embaralhar as cartas, Mayra olhou com seriedade para Renata.

— Qual das duas vai jogar?

Marília esboçou um sorriso irônico e apontou para Renata.

— Ela.

— Então eu peço que a senhora aguarde do lado de fora.

Marília já ia se levantar quando Renata segurou-a pelo braço.

— Somos irmãs. Ela ficará comigo porque o assunto tratado é do interesse de nós duas.

Mayra tornou a embaralhar as cartas e as dispôs sobre a mesa, enfileiradas em três carreiras. Retirou de cada fileira três cartas e contraiu a musculatura do rosto.

271

— A senhora disse que vocês são irmãs?

— Sim. Somos irmãs — afirmou Renata.

Mayra examinou a sequência das cartas e fixou o olhar em Marília.

— Além de não serem irmãs, há uma luta grande entre as duas. Entre vocês, há o engano, a mentira e a morte.

Renata apoiou as duas mãos sobre a mesa e ordenou com voz firme.

— Diga às suas cartas para serem mais claras, por favor.

— As cartas são claras, senhora. Qual é mesmo seu nome?

— Marcia. Meu nome é Marcia Melo.

— Seu nome não é esse — afirmou Mayra após retirar mais três cartas.

Marília temeu que a verdade fosse exposta por aquela mulher.

— Por que minha irmã mentiria sobre seu próprio nome, senhora?

Mayra juntou as cartas e colocou-as numa caixa.

— Você não está pronta para a verdade, minha filha. É melhor pararmos por aqui.

Renata tirou um maço de dinheiro e mostrou a Mayra.

— Paguei a quantia que me pediu e estou oferecendo mais. Faça sua parte e jogue para mim!

Os olhos de Mayra cintilaram quando ela viu a quantidade de notas nas mãos de Renata. Estendeu-lhe a caixa forrada de tecido na qual Renata, imediatamente, depositou o dinheiro.

— Agora leia suas cartas para mim, por favor.

— Não vou precisar ler as cartas. Há um espírito aqui. É uma mulher que afirma ser sua irmã e que seu nome não é Marcia, é Renata.

Marília empalideceu, mas Renata manteve-se incrédula.

— Você viu minhas fotos no jornal, não é mesmo?

— Nunca vi uma foto sua, senhora. Aliás, não sei ler, a não ser as cartas do baralho. O nome do espírito que está vagando há anos atrás de justiça é Maria do Amparo. Ontem ela conseguiu se manifestar através de meu corpo, mas hoje estou preparada, e isso não vai acontecer. Serei apenas transmissora dos recados dela para a senhora.

Marília começou a tremer de forma descontrolada.

— Vamos embora! Vamos parar com essa palhaçada!

— Sua irmã manda dizer que vocês duas eram muito diferentes em gênio, e que a senhora fazia pulseiras com caroços de milho fingindo que eram de ouro. Os pais das duas morreram em um acidente. A senhora enriqueceu, teve uma filha, e sua irmã foi envenenada por uma mulher chamada Lurdes.

Renata ficou em silêncio, e Mayra perguntou se deveria continuar.

— Continue. Quero ver até onde isso vai.

— É melhor não, senhora. A senhora não está preparada.

— Continue. Eu paguei por isso!

— Seu sobrinho está mais perto do que imagina. Senhora, preciso parar. Há sangue no caminho de algumas pessoas caso eu continue. Vá embora. Pegue seu dinheiro e suma daqui! Vá encontrar a verdade pela voz que proferiu a mentira. Será mais fácil, e é assim que deverá acontecer.

Marília fulminou Mayra com os olhos. Se pudesse, acabaria com ela naquele mesmo instante. Temia que Renata tivesse acreditado na cartomante. Recordou-se das vezes em que conversou com Josefa sobre a eternidade da vida e de relatos sobre a comunicação entre os mortos.

Renata voltou-se para Mayra com raiva.

— Fique com o dinheiro. Você precisa disso para sobreviver, eu não!

Marília aproveitou-se do momento e, demonstrando segurança, dirigiu-se a Renata.

— Vamos. Deixe isso pra lá. Essa daí ainda vai sofrer por mexer com essas coisas!

Já na rua, Renata sinalizou ao motorista para que ele se aproximasse com o carro. Marília buscou entrelaçar-se no braço de Renata para verificar a reação dela. Com alívio, se deu conta de que a empresária não havia acreditado em Mayra. Porém perguntou apenas para se certificar:

— Você acreditou naquilo?

A empresária olhou para Marília seriamente.

— Você acha mesmo que acredito nessas predições? O mundo está repleto de adivinhos falsos e trapaceiros. Essa é apenas mais uma das tantas pessoas que sobrevivem graças à boa-fé das pessoas.

— Mas ela falou do assassinato de sua irmã e da história dos grãos de milho. Descobriu também que não somos irmãs.

— Só comprovei o que já suspeitava: ela pesquisou minha vida. Dei algumas entrevistas à época do assassinato de minha irmã. Para algumas revistas, que vigiam a vida de pessoas bem-sucedidas, falei da história dos grãos de milho. A pesquisa foi bem realizada. Ela associou o nome de Vanessa ao meu. Esse povo gasta dinheiro para saber como enriquecemos, e as revistas ganham muito com isso. Não há outra conclusão ou explicação.

Marília soltou uma gargalhada.

— Você tem razão! Essa daí vai acabar recebendo o que merece!

***

Marília chegou em casa claramente alterada. Mirtes ouviu quando ela bateu a porta da sala e gritou histericamente por Amílton. Nervosa, a empregada decidiu não entrar em novo confronto com a patroa. Com tudo que descobrira, passou a temer a agressividade de Marília. Ouviu Amílton descer as escadas também gritando.

— Marília, pare com essa histeria! Ninguém aguenta mais suas crises!

— Crise? Crise você vai ter quando eu contar o que aconteceu!

Amílton parou no meio da escada sem dar muita importância ao que ela falava.

— Você vive se metendo em encrencas. Não será nenhuma novidade estar envolvida em outra.

— Não é outra. É a mesma!

Mirtes procurou aproximar-se da porta para ouvir a conversa entre os dois.

— Como assim a mesma?

— A mesma de mais de vinte anos! O fantasma de Maria do Amparo parece que me persegue!

— Fale baixo! — pediu Amílton. Quer que alguém escute?

— Que alguém, Amílton? A essa hora, Mirtes está ouvindo as orações naquele radinho cafona. Renata me levou a uma cartomante hoje.

— Cartomante? Que ridículo!

— Pois é. Também achei isso quando me vi naquele ambiente cafona. Mas não foi ridículo! A tal da vidente falou em Maria do Amparo, desmentiu Renata quando ela afirmou que éramos irmãs e ainda disse que havia mentira, engano e morte entre nós duas!

— E Renata? Qual foi a reação dela?

— A idiota não acreditou, graças a Deus. Deus me protege quando coloca pessoas tão imbecis em meu caminho. Mas nós precisamos tomar uma providência, Amílton. Não sei até agora se a tal Mayra ou Mayara, sei lá, é uma trapaceira ou se é verdade a leitura das cartas que ela faz. Por mais que ela tenha pesquisado, os olhos dela ficaram vidrados demais em mim.

— Que providências, Marília? Que providências você vai tomar dessa vez?

— Não sei. Preciso pensar. Preciso pensar e muito.

—Tenho medo quando você pensa!

— Pois você deveria ter medo quando eu não penso. Sou obrigada a pensar por mim e por você!

Mirtes ouviu tudo aterrorizada. Ouvira claramente dessa vez. O envelope que ela havia encontrado, a suspeita sobre a chegada de Marília com o pequeno Flávio no colo, a relação com Amílton.

A mulher encaminhou-se para o quarto. Precisava ficar em silêncio e recolhida. Não sabia ao certo que atitude tomar ou a quem recorrer. Temia pela própria integridade física. Marília demonstrava ser uma assassina cruel e fria. Não hesitaria em atingi-la caso se sentisse ameaçada.

Mirtes adormeceu com o rosário entrelaçado nos dedos das mãos. No quarto, Marília, andando de um lado para o outro, traçou o destino da cartomante para Amílton.

— Ela vai morrer, Amílton! Sabe demais!

— Chega de violência! Temos dinheiro suficiente para sumir daqui. Não vamos mais remexer nessa história!

— Você acha que o que temos é suficiente para quê? Só se for para vivermos à base de pão e manteiga, idiota! Você vai dar um sumiço naquela cartomante cafona. Quero que ela suma! Depois, Flávio casa-se com Vanessa, e eu dou um jeito na empresária nordestina.

— Dessa vez, não, Marília! Chega! Você conseguiu o que queria quando trouxe Flávio para cá. Está na hora de parar! Eu posso trabalhar, e Flávio conseguirá ser feliz com Vanessa.

— Muita ironia do destino, não é? Flávio apaixonado pela prima. Isso tudo é muito engraçado!

— Não vejo graça nenhuma nisso. Tenho até medo de pensar nas consequências disso tudo!

275

Marília parou em frente ao espelho, ignorando o comentário de Amílton.

— Nossa, Amílton! Preciso comprar uns cremes amanhã. Veja, estou com uma ruga bem no meio da testa. Se o creme não resolver, faço uma plástica!

— Você precisa de uma plástica no cérebro, criatura! Pare com isso. Esqueça Renata e deixe a vida correr naturalmente. Flávio precisa ser feliz!

— Meu filho será muito feliz, querido! Tirei do caminho dele aqueles pais com cara de boias-frias e, se for preciso, tiro a boia-fria bem-sucedida também! Nada vai atrapalhar a minha felicidade e a de meu filho!

Maria do Amparo encolheu-se junto à cortina do quarto e começou a chorar. Em mais de duas décadas ligada a Marília pela vingança, era a primeira vez que chorava. O espírito suplicou:

— Meu Deus, tome conta de minha irmã e de meu filho! Se o senhor existe mesmo, me ajude a impedir mais uma tragédia em minha família.

Leonora e Josefa se fizeram presentes no quarto, porém, invisíveis ao espírito sofredor. Uma massa escura de aspecto viscoso saía do corpo perispiritual de Maria do Amparo, dissipando-se no ar. Leonora e Josefa comemoravam o início da recuperação daquele espírito tão sofrido. O pedido de auxílio ao Alto libertava, aos poucos, a alma da mulher encarcerada pelo ódio e desejo de vingança.

Leonora voltou-se para Josefa anunciando a possibilidade de socorro naquele momento. Josefa tornou-se visível a Maria do Amparo, afagando-lhe a cabeça com a ternura de uma mãe.

— Minha irmã amada, não sofra mais. A vida se encarregará de tudo.

Maria do Amparo estendeu as mãos para Josefa.

— E se ela tentar matar minha irmã, dona Josefa? Não quero mais me vingar, só quero proteger Renata e Flávio.

— Renata e Flávio estão protegidos de tudo isso, Amparo. Permita-me ajudá-la em nome do Cristo.

— E o que vai acontecer comigo, dona Josefa?

— Você vai ser cuidada por amigos, Amparo. Quando se recuperar de todos esses anos de sofrimento e angústia, trabalhará em prol do progresso.

— E quanto tempo isso vai levar? Vou poder receber notícias de meu filho e de minha irmã?

— Vai depender apenas de você, querida.

Maria do Amparo olhou para o próprio corpo: usava ainda a roupa com que fora enterrada e guardava a sensação permanente do veneno a lhe cortar a garganta e tirar-lhe o ar. Não aguentava mais viver daquela forma. Estava cansada, e a loucura de Marília atormentava-lhe a alma. Nada poderia fazer para impedir qualquer ato de seu algoz. O contato com Mayra também havia lhe roubado as forças. Precisava e queria ser ajudada. Confiava em Josefa.

— Eu vou, dona Josefa. Confio na senhora.

— Não confie em mim, Amparo. Confie no amor de Jesus pelos homens.

Leonora juntou-se a Josefa para solicitar o auxílio de espíritos socorristas para a condução de Maria do Amparo para a colônia onde viviam. Com o desejo incansável de vingança, a mulher sofredora havia criado seu próprio umbral. Seria, portanto, conduzida ao hospital da Colônia Campo da Paz.

Três socorristas apresentaram-se de imediato a Leonora e Josefa, induzindo Maria do Amparo ao sono, para facilitar o transporte dela até a colônia. Leonora e Josefa agradeceram pela intervenção do Alto na sofrida alma de Amparo e partiram com os socorristas.

***

Renata colocou a bolsa sobre o sofá e sentou-se na poltrona da sala. Giovana chegou prontamente com uma bandeja de prata para servir água à patroa.

— Você me recebe assim há anos, não é mesmo, Giovana?

— A senhora merece. Trabalha muito e sempre é muito justa com seus subordinados.

— Essa é minha obrigação: trabalhar e ser justa.

A empregada ia se retirar quando Renata pediu:

— Sente aqui, Giovana. Quero conversar com você.

A governanta ruborizou de imediato.

— Fiz algo de errado?

— Não. Poucas vezes vi você cometer algum erro nesta casa. Acho que em sua vida pessoal você também é muito correta. Sua história é repleta de bons resultados. Agora se sente. Quero conversar com alguém neutro.

Giovana ajeitou-se com cerimônia na poltrona em frente à patroa, e Renata começou a falar.

— Qual é sua religião?

Giovana foi incisiva:

— Prefiro não falar sobre isso, dona Renata.

— Por quê? É uma pergunta simples com uma resposta que acredito ser simples também. Vamos, qual sua crença?

Giovana abaixou os olhos com receio da reação da patroa.

— Sou espírita.

— Minha secretária também é espírita. Que mal há nisso?

— Na verdade, dona Renata, sou umbandista. Digo que sou espírita porque sempre me tratam com muito preconceito quando afirmo pertencer à Umbanda.

— Não tenho preconceito de espécie alguma. Só não acredito em qualquer coisa ou qualquer pessoa, seja ela espírita, umbandista, católica ou de outra religião qualquer. Acho o princípio da dúvida fundamental para nossa sanidade mental.

Giovana relaxou diante da postura tão aberta da patroa.

— Eu também sou assim. Custei muito a aceitar essa história de mediunidade em minha vida e, principalmente, da forma como necessitei pô-la em prática.

— Como assim, Giovana?

— A Doutrina Espírita foi codificada numa época em que a incredulidade era muito grande. A Umbanda chegou bem depois. Não é codificada e muito menos tolerada por grande parte das pessoas. É a religião dos humildes. Não é preciso ser umbandista para receber auxílio em um centro de Umbanda. Não é preciso ter conhecimento. Aliás, o conhecimento acaba chegando com a prática. Mas por que a senhora está tão interessada nesse assunto?

— Você acredita na leitura de cartas? Acredita que um espírito pode se comunicar através de uma pessoa para nos avisar sobre alguma coisa ou nos alertar?

— Depende muito, senhora. Tanto as cartas quanto os outros instrumentos de adivinhação são apenas símbolos. Na verdade, sempre haverá um espírito intuindo a comunicação do médium. Se o espírito for elevado, a comunicação também será. Se o médium for sério, o alerta pode ser dado sim.

Renata ficou recordando as palavras de Mayra e o gesto que ela fez de devolver o dinheiro. "Seria mesmo uma trapaceira aquela mulher?", pensou.

Giovana levantou-se e apanhou a bandeja.

— Posso ir, dona Renata? Vou verificar como está o andamento do jantar.

— Pode. Muito obrigada pela conversa. Não se sinta envergonhada de sua religião: cada um segue o caminho que bem entender na vida.

Renata subiu para tomar banho. Estava indecisa entre contar a Vanessa sobre o encontro com Mayra. Não queria alimentar a mente fértil e crédula da filha com tolices.

— Podem existir pessoas sérias, mas aquela mulher certamente investigou sobre minha vida! — afirmava em voz alta enquanto abria a ducha.

Renata penteava os cabelos quando ouviu uma batida leve na porta e a voz da filha.

— Posso entrar, mãe? — Vanessa perguntou abrindo a porta com cuidado.

Renata riu. Educara a filha para que ela respeitasse sempre a privacidade de todos. Ela própria jamais entrava no quarto de Vanessa sem fazer a mesma pergunta.

— Claro que pode. Já terminei meu banho.

Vanessa entrou e abraçou-a com carinho.

— E então, mãe? Foi até a casa de Mayra?

— Fui sim.

— Como foi? O que a senhora achou?

Renata ia adiar a conversa.

— Por enquanto, a única coisa que acho é que estou com fome. Seu pai tem um jantar de negócios hoje, e nós duas vamos descer agora para saber se as novas cozinheiras são mesmo boas como Giovana afirmou.

— Novas cozinheiras? E as outras duas? A senhora as despediu?

Renata deu o braço à filha e abriu a porta do quarto.

— Vanessa, as pessoas precisam de férias, sabia? Giovana contratou essas meninas para um trabalho temporário, enquanto as outras duas tiram férias merecidas. Caso se adaptem bem ao serviço, vou contratá-las para se revezarem. Elas se cansam tanto quanto nós ou até mais. Manter uma casa como esta em ordem não é muito fácil, querida. Agora vamos. Estou faminta e curiosa para experimentar novos temperos.

CAPÍTULO 21

Marília saltou do táxi a poucos metros da casa de Mayra. Usava uma peruca com cabelos vermelhos e óculos escuros. À frente da casa da cartomante, leu o cartaz e ironizou em voz alta:

— Quero ver se você consegue prever o próprio futuro agora!

Tocou a campainha, foi recebida pela ajudante de Mayra e implorou aos prantos:

— Sei que não tenho hora marcada, mas preciso de ajuda! Por favor, fale com madame Mayra para me atender! Posso pagar bem.

Mayra chegou à janela quando ouviu o choro de Marília.

— Qual é seu nome, senhora?

— Maria de Lurdes. Por favor, me atenda. É um caso urgente.

— Não posso atender ninguém hoje, senhora. As cartas me mostraram um mau presságio. Não posso abri-las de jeito nenhum.

Marília empurrou os óculos contra o rosto com raiva.

— Pode pelo menos conversar comigo? Preciso de seus conselhos. Não precisa jogar. Quero apenas seu aconselhamento. Pago pelo seu conselho, por favor.

Mayra permaneceu alguns instantes em dúvida, mas se lembrou das contas que já estavam vencidas. Precisava do dinheiro, e a clientela andava escassa.

— Entre. Vamos conversar, e vejo o que posso fazer.

Marília olhou para a assistente de Mayra e pediu num tom choroso.

— Estou muito enjoada. A senhora tem água tônica?

— Não, mas posso trazer um copo d'água.

— Água nem pensar. Tome — estendeu a mão entregando três notas de dez reais à mulher —, compre a água tônica e fique com o troco.

A mulher apanhou as notas e olhou para Mayra, buscando autorização para sair.

— Vá comprar o que ela pediu. Não vou precisar de você agora.

Assim que a ajudante saiu, Mayra apontou a poltrona para Marília.

— Sente-se aqui. Ela vai demorar um pouco. O bar fica um pouco distante daqui. Meu quarto de jogo não será aberto hoje, mas podemos conversar. Qual é mesmo seu nome?

— Maria de Lurdes.

— E qual é seu problema, dona Maria de Lurdes?

— A senhora.

Mayra olhou com espanto para Marília, que permanecia de pé.

— Eu? Como posso ser um problema em sua vida se não a conheço?

Marília abriu a bolsa, tirou algumas notas da carteira e lançou-as sobre a poltrona.

Mayra recolheu as notas, advertindo-a:

— Não se trata dinheiro dessa forma, senhora.

Marília gargalhou.

— Quando o dinheiro não vai servir para ninguém, deve ser tratado dessa forma sim!

Puxou uma faca pontiaguda da bolsa e desferiu um golpe fatal no pescoço de Mayra, que levou as mãos à garganta numa tentativa inútil de manter-se viva. Marília esperou a morte abater-se sobre a cartomante, tirou da bolsa um pano, limpou a faca e guardou-a.

— Agora você não vai mais ler a sorte para ninguém, querida! Nem a sua você conseguiu ler! — repetiu diversas vezes aproximando-se do rosto inerte de Mayra.

Fechando a bolsa, saiu sem ser vista. Andou alguns metros até a estrada principal e entrou no primeiro ônibus que parou no ponto. Precisava sair dali para pegar um táxi. Abriu a bolsa com cautela para pagar a passagem à trocadora do ônibus.

— Quanto custa andar nesta coisa imunda?

A trocadora apontou para uma placa onde estava escrito o valor, e Marília entregou o dinheiro a ela.

— Sua mão está suja de sangue. Está machucada? — perguntou a mulher.

Marília respondeu, limpando a mão na calça jeans que usava.

— A manicure tirou um belo bife de minhas unhas, querida. Deve ter respingado.

Marília sentou-se num banco próximo à porta traseira do ônibus. Recostou-se na janela e respirou profundamente pensando: "Marília, minha querida! Como você é inteligente! Que orgulho sinto de você, sua danada!"

Mais à frente, gritou para o motorista, chamando atenção de outros passageiros:

— Para no próximo ponto, meu amado! Minha viagem nessa lata velha fedida termina aqui!

Saltou do ônibus e avistou um valão à esquerda da rua. Caminhou lentamente até a beira do canal, tapando as narinas com os dedos.

— Que lugarzinho fedorento, Marília!

Tirou a faca da bolsa e jogou na água, que se misturava com o esgoto.

— Que serviço bem-feito, Marília! Você merece uma estrelinha por isso!

Atravessou a rua e fez sinal para um táxi. Para o motorista, deu o endereço de um bairro do subúrbio. Não queria correr o risco de ser identificada por ninguém. Quando chegasse ao destino traçado, se livraria da peruca e dos óculos e pegaria outro táxi até sua casa.

***

Na delegacia, Mirtes aguardava ao lado do neto. Nas mãos, trazia o envelope que havia encontrado no armário de Marília. O inspetor de polícia sinalizou para que ela entrasse.

— O que aconteceu, senhora? Assalto?

Mirtes olhou para o neto, e ele balançou a cabeça pedindo que ela continuasse.

— Não, doutor. Não fui assaltada.

— Violência doméstica então?

— Também não.

— Bom, nesse caso, prefiro parar de adivinhar e pedir que a senhora fale. O que a trouxe até aqui?

— Um crime, doutor. Um crime que aconteceu há muitos anos numa cidade chamada Monte Santo, na Bahia.

Mirtes contou tudo o que sabia e entregou o envelope ao inspetor.

— O que devo fazer, senhor?

O homem coçou a cabeça olhando um pouco incrédulo para as fotos.

— Isso não é uma vingança contra sua patroa, é?

O neto de Mirtes indignou-se.

— Senhor inspetor, minha avó não precisa se vingar de ninguém. Queremos esclarecer um crime que aconteceu no passado e fazer com que a responsável pague por isso. Se o senhor não percebeu, minha avó relatou alguns abusos que vem sofrendo, além das ameaças feitas a outras pessoas por dona Marília. Inclusive com relação a uma senhora que atende como cartomante. Isso tem de ser apurado.

— Se sua avó se sente ameaçada, rapaz, ela precisa se afastar do emprego. E não podemos reabrir o caso por aqui, já que o crime ocorreu em outro estado. Se vocês querem levar isso adiante, precisam ir até a cidade de Monte Santo. Lá, eles poderão reabrir o caso. Aqui em São Paulo não há possibilidade de fazermos isso.

Mirtes levantou-se da cadeira e estendeu a mão para o inspetor, agradecendo.

— Muito obrigada, senhor. Irei até Monte Santo.

O neto de Mirtes estacionou o carro à frente da casa de Marília e voltou-se para a avó.

— A senhora tem certeza de que quer fazer isso?

Mirtes encarou-o com seriedade.

— Quero. Espere aqui. Vou lá dentro separar algumas roupas e deixar um bilhete para o Flavinho. Depois, você me leva direto para a rodoviária. Pegarei o primeiro ônibus para a Bahia. Chegando lá, eu dou meu jeito. Pelo menos estarei mais segura que aqui.

Mirtes escreveu um bilhete para Flávio, alegando que iria fazer uma viagem para visitar um parente doente, mas que retornaria em breve. Colocou as roupas em uma mala e saiu apressada. Não queria encontrar Marília e Amílton e nem cruzar com Flávio. Na rodoviária, despediu-se do neto.

— Fique tranquilo. Darei notícias e lá estarei mais segura do que aqui. Quando tudo estiver esclarecido e dona Marília estiver presa, eu volto para cuidar de Flávio. Ele vai precisar de mim.

***

Marília entrou gritando por Mirtes.

— Mirtes! Venha aqui, sua velha gagá!

Andou até a cozinha e entrou, esbravejando.

— Miserável, venha até aqui! Não finja que não está me ouvindo!

Como Mirtes não respondeu, Marília acabou desistindo. Abriu a geladeira e apanhou um pote de geleia e sentou-se à mesa.

— A velha doida deve ter ido fazer compras. Essa geladeira está mais vazia que meu estômago!

Marília esvaziou o pote de geleia em segundos, lambuzando-se toda e falando sem parar.

— Estou muito orgulhosa mesmo de você, Marília! A cartomante defunta vai ler a sorte no inferno agora! Vai ler a sorte do Diabo! — riu muito ao dizer aquilo.

Amílton entrou e ouviu a gargalhada da mulher. Havia lhe comprado um delicado cordão de ouro pensando em acalmá-la. Apanhou a embalagem aveludada na pasta e aproximou-se da cozinha. Paralisou-se diante da cena e do monólogo estabelecido pela mulher.

— Agora, veja só, Marília, aquela tal de Mayra não sabia nem usar um *blush* e um batom de maneira correta. Parecia mais uma palhaça com a cara toda borrada. Morreu por isso. Onde já se viu uma mulher não saber se maquiar de forma adequada?

Amílton resolveu intervir.

— Marília, espero que isso seja uma brincadeira de mau gosto!

— Que brincadeira, homem de Deus?

— O que você está falando!

— Estou conversando com a sensacional Marília! Sou fã dela, meu querido!

— O que você fez?

Marília largou a colher suja de geleia sobre a mesa e contraiu o rosto, voltando-se para Amílton.

285

— Fiz o que você não iria conseguir fazer, seu idiota! Matei a cartomante num golpe só! Não quero pedras mal maquiadas em meu caminho!

Estarrecido, Amílton custou a acreditar no que a mulher revelava.

— Me diga que isso é uma brincadeira! Você não seria capaz de fazer isso!

Marília afastou-se da mesa, empurrando a cadeira para trás. Limpou as mãos sujas na roupa e olhou para Amílton.

— Você acha mesmo que eu não seria capaz disso?

Amílton sentiu as pernas bambearem. Convivia com Marília há muitos anos e se tornara cúmplice dela por obra do acaso e da covardia dele de encarar a vida. Lembrou-se do assassinato de Maria do Amparo e José, da maneira como ela conduziu o casamento com Pedro, da mentira sustentada por tantos anos, das crises de cólera, das inúmeras armações contra os amigos, do golpe em Renata. Naquele momento, se deu conta do quanto havia feito mal a si próprio e a Marília. Amava-a, mas não aceitaria se tornar, mais uma vez, cúmplice de um assassinato. Sentiu-se invadido pela certeza de que Marília havia conseguido se transformar em um monstro.

Ante o olhar assustado de Amílton, Marília soltou os cabelos presos, como de costume, em um coque e acariciou o rosto do companheiro.

— Não fique me olhando com essa cara, amor. Faço tudo isso para o nosso bem! O que você tem aí na sua mão?

Amílton guardou a caixinha com o cordão no bolso da calça. Estava perdido e sem saber o que fazer. A mulher havia ido longe demais.

— Nada, Marília. Apenas uma pequena caixa para guardar um cordão. Só isso.

— Pensei que fosse um presente para mim!

Amílton respirou fundo. A frieza da companheira causava-lhe enjoo.

— Como você fez isso? Alguém viu você?

Marília recostou-se na lateral da porta e sorriu antes de detalhar a maneira como assassinara Mayra. Depois, tentou envolver Amílton num abraço, que ele rejeitou com raiva.

— Como é que você consegue matar alguém tão friamente e ainda achar isso bonito, criatura? Você só pode estar louca! Não há outra explicação para isso. Vão descobrir você!

— Como irão chegar até mim, meu caro? Me diga: como a polícia vai descobrir? Já não contei o que fiz? Sou inteligente demais para deixar pistas. A prova disso é Renata. Nem com todo o dinheiro do mundo ela conseguiu descobrir algo a respeito da irmã. Hoje é minha amiga, e Flávio namora a própria prima. Meus crimes são perfeitos, e eu sou o máximo!

— Suba, Marília, suba! — apontava Amílton para a direção da escada.

— Está gritando por quê? Vou subir porque preciso tomar um banho e descansar um pouco. Andei num ônibus que cheirava tão mal quanto à velha Kombi de Monte Santo. Só por essa razão, vou subir, querido. Aprenda uma coisa: você é um perdedor! Fiz isso por nós dois e por Flavinho.

Amílton serviu-se de uma dose de uísque e acendeu um cigarro. Sentado na varanda, relembrou as cenas de uma aparente felicidade experimentada no passado. Marília sempre fora bastante geniosa, e o crime cometido em Monte Santo era, para ele, imperdoável. Porém, a convivência naquela bela casa e o amor por Flávio fizeram com que ele esquecesse o pretérito. À época, julgou não ter saída: além da paixão por Marília, não poderia enfrentar a polícia com medo de ser preso. Ao entrar no carro de Rodolfo, naquela madrugada de tempestade, achou que deixara para trás de forma definitiva o passado. O encontro entre Renata e Marília, entretanto, fez com que esse passado viesse à tona. Arrependia-se de forma amarga por ter se submetido às vontades da companheira. Por ganância e pela certeza da impunidade, acatou e pôs em prática o plano para roubar dinheiro de Renata. Achou que, com o dinheiro conseguido, a mulher iria se acalmar e eles poderiam voltar a levar uma vida tranquila. A revelação de Marília terminou com essa possibilidade. Amílton ficou por horas remoendo aqueles pensamentos e calculando meios para sair daquela situação sem correr riscos. Deixava queimar um cigarro entre os dedos para, logo em seguida, acender outro. O uísque surtiu o efeito que ele esperava e a tremedeira nas pernas cessou. Estava perdido e sem saber o que fazer.

Flávio abriu o portão da garagem e entrou com o carro, buzinando para chamar a atenção do homem que o criara com dedicação e carinho, mas Amílton, entregue ao desânimo, não percebeu a atitude do rapaz. Flávio estranhou o olhar perdido de Amílton e sentou-se ao lado dele.

— O que houve tio Amílton? Você e mamãe brigaram novamente? Olha só a quantidade de cigarros que está neste cinzeiro. Está nervoso?

Amílton olhou para o rapaz com extrema ternura. "O que ele faria se soubesse de toda essa história?", pensou.

— Não foi nada disso. Sua mãe já deve estar dormindo, e eu só estou pensando na vida. Só isso.

— Seu jeito não me engana, tio. Sei que a mamãe não é fácil. O que ela aprontou dessa vez?

— Nada. Sua mãe não aprontou nada. Vou subir que também estou cansado. Acho que Mirtes está no quarto descansando. Vá falar com ela.

— Deixe que ela descanse. Jantei com alguns amigos antes de vir para casa. Vou ler um pouco e dormir. Amanhã é dia de pegar no batente, como dizia meu pai.

Os dois subiram juntos as escadas, e Amílton esperou Flávio fechar a porta do quarto. Cabisbaixo, murmurou para si: "Meu Deus! Como ele vai sofrer quando souber de tudo!".

Marília dormia tranquilamente quando Amílton entrou no quarto. Na mesa de cabeceira, um copo com água pela metade e a cartela de comprimidos para dormir tomados diariamente por ela. Enquanto trocava de roupa, o homem falava em voz baixa:

— A consciência dela é adormecida com esses remédios para dormir. O que leva uma pessoa a cometer um crime e agir como se nada tivesse acontecido, sem medo de ser punida? Quem vai acabar louco sou eu. Quem é essa mulher com quem eu dormi durante todos esses anos?

Sem coragem para deitar ao lado de Marília, apanhou uma colcha no armário e a esticou no chão. As doses de uísque serviram para deixá-lo mais relaxado, mas a imagem da companheira relatando detalhadamente o crime cometido fazia com que ele não conseguisse conciliar o sono. Amílton temia por seu futuro e pelo sofrimento de Flávio caso a história fosse descoberta. E pela vida de Marília. Com o antebraço na testa, Amílton ouviu Flávio chamar por ele. Sobressaltado, levantou-se num pulo e abriu a porta.

— O que houve, Flávio? Você está bem?

O rapaz segurava o bilhete de Mirtes na mão.

— O que aconteceu com Mirtes, tio? O senhor disse que ela estava no quarto. Veja, ela deixou esse bilhete. Mamãe fez mais alguma coisa com ela?

Amílton tomou o papel das mãos de Flávio e leu o recado deixado pela empregada.

— Engraçado, Flavinho. Mirtes diz aqui que viajou para visitar um parente doente. Ela falou sobre esse parente com você?

— Não. E acho que isso é só uma desculpa. Ela não volta mais, tio Amílton. Mamãe a maltratava muito. Ela não volta mais — afirmava Flávio desolado.

— Não fique assim, Flávio. Amanhã, nós veremos isso. Ela tem um neto, não tem?

— Tem sim.

— Então amanhã nós vamos procurar esse rapaz e falar com ele. Deve ter sido uma emergência. Ela não sairia assim, sem dar explicações.

— Não sei, mas algo me diz que Mirtes mentiu ao escrever esse bilhete.

Amílton nada falou, mas também tinha essa certeza. A empregada sofria agressões físicas e verbais diariamente. Para ele, Mirtes mentira para não fazer Flávio sofrer.

— Fique tranquilo e durma. Deve ter sido uma emergência. Mirtes não deixaria a casa sem falar conosco se não fosse por algum motivo urgente.

Sem ter mais o que fazer naquele momento, se recolheram.

CAPÍTULO 22

Mirtes saltou na rodoviária de Monte Santo e pousou a mala no chão. O calor era amenizado pelo vento constante. Um menino cutucou-lhe o braço, e ela assustou-se, agarrando a bolsa que levava a tiracolo. O rosto negro do garoto foi emoldurado por um sorriso.

— Vixe, dona! Não vou lhe roubar não! A senhora quer ajuda com a mala? Vai pra onde?

Mirtes envergonhou-se dos próprios pensamentos. Estava acostumada com o medo que rondava São Paulo e a fazia andar sempre em estado de alerta.

— Desculpe, filho. Só me assustei.

— Vixe, mas a senhora não é daqui mesmo. Pela fala, é das bandas lá de baixo.

— De baixo? De baixo da onde, menino?

O menino riu. Reconhecia os turistas pelo sotaque.

— Lá pelas bandas de São Paulo, dona.

— E como é que você acertou?

— É o meu trabalho. Conheço de longe um turista. Carrego as malas, mostro o hotel e, depois, ensino a andar pela cidade.

Ela mostrou-se surpresa com a desenvoltura do garoto.

— Ah, é mesmo? E quanto você cobra por seus serviços, rapazinho?

— Quanto a senhora achar que vale.

Mirtes estendeu a mão para cumprimentá-lo.

— Já que você será meu guia, vou me apresentar. Meu nome é Mirtes, e o seu?

— Pode me chamar de Tonho. Meu nome mesmo é Antônio, mas todo mundo só me chama de Tonho.

— Muito prazer, Tonho. Agora me leve ao hotel mais próximo e mais barato também. Sou uma turista pobre — falou rindo.

O menino apanhou a mala e se colocou ao lado de Mirtes.

— Vamos lá! Vou levar a senhora até o hotel.

Mirtes observava a pequena cidade com encanto. Tudo era muito simples, mas evidenciava o cuidado e o capricho dos moradores. Tonho parou em frente a um sobrado e apontou para ela:

— Aqui, dona Mirtes! Gostou?

A pensão de Gilda havia se transformado num pequeno e confortável hotel. A fachada que guardava traços arquitetônicos históricos fora restaurada. Mirtes olhou para Tonho, puxou da carteira algumas notas e entregou a ele. O garoto sorriu e já ia sair correndo quando ela perguntou.

— Ué, Tonho! O serviço não é completo? Vai me deixar aqui com essa mala pesada?

Mirtes e Tonho subiram as escadas do hotel e foram recebidos por Gilda.

— Dona Gilda, essa é dona Mirtes. Veio de São Paulo conhecer Monte Santo.

Gilda abriu um sorriso e estendeu a mão para cumprimentar Mirtes.

— Vai ficar muito tempo por aqui, dona Mirtes?

— Não sei ainda. Vim conhecer a cidade, mas preciso resolver uma situação pendente há muitos anos.

Gilda franziu a testa. Não era comum a chegada de pessoas para resolver qualquer tipo de problema em Monte Santo. A cidade, apesar do passar dos anos, mantinha-se interiorana. Cresceu, mas sempre direcionada ao turismo. Algumas vezes, um ou outro inventário era aberto, mas a maioria das pessoas que chegava à cidade ficava por pouco tempo para, em seguida, prosseguir a exploração turística da Bahia. A dona da pensão entregou uma ficha a Mirtes e pediu documento de identidade. Mirtes preencheu a ficha e pediu um quarto com televisão e ar-condicionado. Gilda riu.

— Antigamente, isso aqui era uma pensão, e nós só tínhamos ventiladores como luxo. O tempo me fez acompanhar a necessidade dos turistas. Hoje, todos os nossos quartos têm tevê e ar-refrigerado. Se eu não tivesse feito isso, perderia para os dois hotéis mais luxuosos daqui.

— Que bom que a senhora pensa assim. O progresso é necessário mesmo, dona Gilda.

Mirtes procurou inteirar-se a respeito do horário das refeições e apanhou a chave do quarto com Gilda. Estava decidida a descansar um pouco antes de voltar a pensar no caso de Marília. Precisava manter todas as suas ações sob controle. Não sabia ao certo se a patroa mantinha contato ainda em Monte Santo e não queria correr riscos. Depois que descansasse, começaria a investigar o assassinato da irmã de Renata. Iria, primeiro, pôr as ideias em ordem.

***

Flávio entrou no quarto da mãe, estranhou Amílton dormindo no chão e decidiu acordá-lo.

— Tio, acorde! — cutucou-lhe.

Amílton esfregou os olhos e revirou-se na cama improvisada, resmungando.

— Me deixa dormir, Flávio. Não preguei o olho a noite toda.

— Nada disso, tio Amílton. Preciso falar com o senhor. Estou esperando na cozinha. Fiz um café.

Pouco depois, Amílton entrou na cozinha com um cigarro aceso entre os dedos. Flávio olhou para ele com reprovação.

— Nem tomou café e já está fumando? Apague essa coisa.

Amílton abriu a torneira da pia e apagou o cigarro. Flávio entregou-lhe uma xícara de café.

— Vamos, tome esse café. Vai ajudá-lo a despertar.

Amílton sorveu o café num único gole e brincou com Flávio.

— Você pode ser muito bom no seu trabalho, mas seu café é muito ruim. Fale, o que quer de mim tão cedo?

— É sobre Mirtes. Quero que o senhor procure o neto dela. O endereço está aqui neste papel. Não terei tempo hoje para fazer isso.

Amílton pegou o papel, dobrou e colocou no bolso da bermuda.

— Deixa comigo, Flávio. Vou fazer isso sim.

— Por que o senhor dormiu no chão?

— O colchão está muito ruim. Precisamos comprar outro com urgência.

— Pare de mentir, tio! Brigou novamente com minha mãe?

Amílton respondeu em tom de brincadeira, mas de forma direta.

— Isso é da sua conta, rapaz?

Flávio desconcertou-se.

— Desculpa. Não me meto na vida de vocês. Mamãe é muito geniosa e sei que ela se enfurece com facilidade. Por isso, perguntei. O senhor se encarrega do café dela para mim? Sem Mirtes por aqui, se não tivermos cuidado, vamos viver no caos!

— Pode deixar, garoto! Vá trabalhar em paz.

Amílton acompanhou Flávio até o carro e acenou quando ele fechou o portão da garagem. Acendeu mais um cigarro e vasculhou o bolso da bermuda em busca de dinheiro. Examinou as notas e decidiu sair para comprar os jornais do dia. Queria se informar se o assassinato da cartomante havia alcançado as manchetes dos jornais sensacionalistas. Temia que Marília tivesse deixado pistas.

Andou duas quadras até chegar à banca de jornal do bairro. O jornaleiro estranhou a presença de Amílton.

— Bom dia! Dona Mirtes não veio hoje comprar os jornais? — perguntou o homem.

— Não. Ela tirou uns dias de folga para visitar um parente doente.

— O senhor vai querer os jornais de sempre?

— Sim. E todos os outros também.

O homem separou os jornais do dia e Amílton observou que um pequeno tabloide não havia sido colocado na sacola.

— Quero aquele ali também.

— Esse jornal nem eu leio, seu Amílton. Veja só a foto da capa: uma cartomante foi assassinada e o corpo foi encontrado pela ajudante dela.

Amílton tremeu. Apanhou os jornais e pagou ao homem, despedindo-se.

— Até mais. Vou aproveitar meu dia para colocar a leitura em ordem.

— Até mais. Boa leitura.

Amílton subiu a ladeira a passos largos. Abriu o portão da casa e seguiu para a cozinha. Espalhou sobre a mesa todos os jornais e começou a leitura pelo tabloide. Havia uma fotografia da cartomante golpeada no pescoço, com o sangue escorrendo pelo corpo e com os olhos vidrados pelo terror da morte. A notícia discorria sobre a crescente onda de violência na cidade de São Paulo e apontava o crime como mais um caso que provavelmente não seria solucionado, já que não havia pistas consistentes para se chegar até a criminosa. A polícia, através do depoimento da auxiliar de Mayra, chegara à conclusão de que o crime teria sido cometido por uma mulher. Ao lado do texto, o retrato falado da assassina. Amílton respirou aliviado. Nem ele conseguia identificar o rosto de Marília. Se não tivesse ouvido a história da boca dela, jamais lhe atribuiria a autoria do crime. Ele ainda examinou atentamente todos os outros jornais e encontrou a mesma informação. Olhou a hora no relógio de pulso e resolveu acordar Marília. Colocou as folhas com a notícia embaixo do braço e subiu as escadas com fúria, escancarando a porta do quarto e abrindo as cortinas.

— Marília, acorde! — gritou. Veja só as manchetes de hoje: a mulher que você matou virou notícia em todos os jornais!

— Feche a cortina, Amílton! Quero dormir mais! — esbravejou Marília cobrindo o rosto com o lençol.

Amílton puxou o lençol e sacudiu a companheira.

— Não vai dormir mais! Hoje, você vai acordar cedo! Precisamos conversar!

Marília levantou a contragosto, ainda sob o efeito dos remédios para dormir.

— Você sabe que não consigo raciocinar quando acordo! Me deixe em paz!

Amílton atirou os jornais na cama.

— Deixar você em paz? De que forma? Dá uma olhada nesses jornais. O seu crime virou manchete na maioria deles.

— Depois do café, eu leio. Agora não! Estou morta de fome.

— Que café, criatura? Como é que você conseguiu dormir depois do que fez? Como consegue pensar em comer depois de tudo isso, Marília? Eu vi a foto da mulher que você matou. Aquilo foi crueldade!

— Ué! Se eu tivesse matado de outra forma, deixaria de ser crueldade? Quanto cinismo, Amílton! — ironizou Marília.

— Não é nada disso!

— Claro que é, seu cínico! Amparo e José morreram de forma silenciosa, sem sangue. E não se esqueça de que você também já matou, meu querido!

— Matei para me defender!

Marília apanhou um dos jornais e sentou-se na cama.

— Eu também matei para me defender, querido. Mas, Amílton, olhe como a criatura ficou mais feia morta! Deve ter sido enterrada num caixão com forro vermelho e com a boca pintada como um bico-de-lacre. Cafona que só! Nossa! E olhe meu retrato falado: essa não é a Marília, meu anjo. Essa assassina é a Lurdes. Como é má essa tal Lurdes, Amílton.

Amílton estava assustado. Não conseguia acreditar em tudo que estava ouvindo. Quando descobriu o assassinato de José e Maria do Amparo, foi obrigado a acompanhar Marília e Rodolfo. No fundo, buscava desculpar a atitude da mulher pelo excessivo amor dela por Flávio. Aquela história havia ficado no passado dos dois até o encontro entre Marília e Renata. Participou também da extorsão sofrida por Renata e planejada por Marília. A situação financeira dos dois era muito ruim e nenhum mal foi cometido contra a empresária. O assassinato de Mayra, entretanto, causara-lhe repulsa ao comportamento da companheira.

Marília lavou rapidamente o rosto e desceu as escadas gritando por Mirtes. Amílton acompanhou-a, esperando outra reação furiosa quando ela descobrisse a ausência da empregada. Estava se sentindo cansado e sem forças para discutir com a companheira. O que ele falava não surtia efeito na consciência dela. Marília parecia não ouvir nada do que ele dizia.

— Desgraça em pessoa, venha colocar meu café! Estou com fome! Mirtes!

— Não adianta você gritar. Mirtes viajou.

— Como assim? Desde quando empregada viaja?

— Ela deixou um bilhete para Flávio dizendo que iria visitar um parente doente. Sente-se aí que eu coloco seu café. Preciso conversar com você.

Amílton serviu o café a Marília em silêncio, e ela também se manteve silenciosa e com o olhar perdido. Ao terminar, virou-se para ele estranhamente calma.

— Vamos conversar agora. O que você quer me dizer?

— Por que matou aquela pobre coitada?

— Ela poderia estragar nossa vida.

— Você disse que Renata não acreditou na história. Eu mesmo não acreditaria, Marília. Era uma golpista como nós. Só isso. Você foi cruel demais.

— Uma vez, Josefa me falou que os mortos poderiam falar com as pessoas vivas. Maria do Amparo me assombrava muito e foi lá falar com a cartomante...

Os olhos de Marília evidenciaram um lampejo de consciência que foi notado por Amílton.

— Você não se arrepende nunca, Marília?

— Não posso me arrepender. Já matei. Já enganei, menti, agredi. Está feito. Tudo que fiz na vida foi pelo amor que sinto por meu filho.

Amílton surpreendeu-se com a mudança de atitude de Marília, mas logo constatou que ela tentava transformar Flávio em uma desculpa para todos os seus atos.

— Como você pode dizer que foi por amor a Flávio? Esse último crime foi por amor a ele?

Marília encrespou-se, apanhando uma faca sobre a mesa e avançando para Amílton.

— Se eu disse que foi por amor a ele, é porque foi! Pare de me encher o saco! Amparo me roubou o filho! Você queria o quê? Que eu deixasse ela viva? Não mesmo! E a bruxa cartomante? Colocou o nariz onde não era chamada e morreu esfaqueada! Gostou da rima, meu anjo? Como você vê, eu não sou uma assassina qualquer: faço até versos!

— Você roubou o filho de Amparo! Flávio não é seu filho legítimo!

Marília aproximou-se de Amílton, apontando-lhe a faca para a barriga.

— Flávio sempre foi meu filho! Nunca mais repita isso! Maria do Amparo o roubou de mim!

— Largue essa faca, Marília! Não quero machucar você!

— Não vou matar você, meu caro! Mas posso fazer um estrago bem grande! Você está ficando barrigudo, e eu detesto homens gordos!

Amílton torceu o braço de Marília para trás e tomou-lhe a faca.

— Comigo você não brinca, sua louca. Matei um para me defender. Se tiver que repetir a dose, farei sem remorso. Vou jogar fora os jornais que comprei. Espero que ninguém descubra nada. Para o seu bem e para o bem de Flávio.

Amílton saiu, e Marília ficou cantarolando um samba na cozinha, entrecortando a cantiga com frases dirigidas a ela mesma.

— Ninguém dá valor a você, Marília... E você é tão inteligente! Pobre Marília! Tão inteligente e vivendo no meio de pessoas tão burras! O único que valorizava você era seu papai. Só ele compreendia você, meu anjo. E Lurdes. Lurdes também sempre foi sua amiga, Marília. Naquela ali você pode confiar de olhos fechados.

Um número incontável de espíritos galhofeiros girava no entorno de Marília, estimulando-a à loucura. Apesar da saída de Maria do Amparo da casa, o comportamento de Marília atraíra outros espíritos infelizes.

***

Vanessa aguardava Flávio com ansiedade na empresa. Quando ele entrou, surpreendeu-se ao encontrar a namorada sentada em sua sala.

— Bom dia, Vanessa. O que aconteceu? Você nunca fez isso. Veio me demitir? — brincou.

— Não, Flávio, vim por outro motivo. Sempre peço à minha secretária para comprar os jornais. Habituei-me a selecionar diariamente as notícias que interessam à empresa e à minha vida profissional. Minha mãe atribuiu essa função à minha secretária, mas faço questão de ler e marcar o que me interessa.

Flávio lançou um olhar interrogativo à namorada.

— Mas foi publicada alguma matéria sobre a Dummont & Martins? Algo que esteja ligado à minha atuação na empresa?

— Claro que não, meu amor. Não é nada relacionado à empresa, graças a Deus!

— O que é então? Estou curioso.

Vanessa estendeu os jornais a ele.

— Veja você mesmo.

Flávio empalideceu.

— Vanessa, esta não é a dona Mayra?

— É sim. Foi assassinada de maneira fria.

Flávio colocou os jornais sobre a mesa. Não gostava de ler ou se inteirar sobre aquele tipo de acontecimento. Desde criança, sempre que alguma notícia sobre assassinatos chegava aos seus ouvidos, ele tinha a mesma reação: sentia o coração disparar e as pernas bambearem.

— Não gosto de ler esse tipo de notícia, Vanessa. Fico descontrolado. Sempre fui assim. Chego a virar o rosto quando passo perto de bancas de jornal que atraem o povo ostentando tragédia. Se a notícia é exibida na tevê, trato de desligar.

— Também fiquei chocada. Ela foi morta três dias depois de nossa ida até lá. É estranho quando acontece isso com alguém que conhecemos, mesmo superficialmente, não é?

— Aquele bairro é cercado pela violência. Cheguei a ver alguns homens armados quando chegamos. Vai ver ela tentou enganar alguém ou entraram lá para roubar, e ela reagiu. Sei lá. Não gosto nem de pensar sobre esse tipo de coisa.

Vanessa recolheu os jornais e voltou-se para Flávio, insistindo no assunto.

— A polícia divulgou o retrato falado da possível assassina. Segundo a senhora que a auxiliava, não era uma cliente conhecida. Não foi roubo, pois o dinheiro e os pertences dela não foram levados. Havia também uma quantidade de notas espalhadas pelo sofá. Não sei o motivo, mas fiquei com o coração oprimido quando li essa notícia.

— Mas a auxiliar dela não estava na casa na hora do assassinato?

— Pelo que li, não. A tal mulher pediu que ela fosse comprar um refrigerante ou coisa assim. Quando voltou, a assistente se deparou com dona Mayra morta na poltrona da sala.

— Como eu disse, Vanessa, deve ter sido por vingança. Ela inventava tanto que deve ter atingido alguém com os ânimos mais exaltados. Aí, o resultado foi esse.

Vanessa indignou-se.

— E você acha isso certo, Flávio? Tirar a vida de alguém assim, de forma tão cruel?

— Claro que não! Eu não disse isso. Só acho que ela foi morta por esse motivo. Espero sinceramente que a assassina seja encontrada e colocada na cadeia.

Vanessa levantou-se e dirigiu um olhar carinhoso para Flávio.

— Que tal nos encontrarmos hoje à noite? Estou com saudades.

— Acho uma boa ideia. Mirtes viajou para visitar um parente, e minha mãe não tem jeito para a cozinha. Melhor mesmo jantarmos juntos hoje.

Vanessa brincou.

— Então é só pela comida, meu amor?

— Claro que não, minha princesa! Amo você. Mas um jantarzinho vai cair bem. Te encontro na saída. Mais uma coisa.

— O que é?

— Joga esses jornais fora. Essa energia faz mal a qualquer um. Esses jornais vivem vendendo a desgraça alheia!

Vanessa se despediu de Flávio e pegou o elevador com os jornais embaixo do braço. Não sabia o motivo, mas a história de Mayra não lhe saía da cabeça. Sempre que via o retrato falado da assassina, encontrava algo de familiar. Decidiu procurar pela mãe e mostrar a notícia.

— Ana, minha mãe está ocupada?

A secretária observou a apreensão de Vanessa.

— Ela está com alguns diretores da empresa. Posso ajudar?

— Acho que não. Só estou um pouco apreensiva com uma notícia que li agora há pouco.

— Em relação à empresa?

Vanessa riu. Todos sempre julgavam que suas preocupações estariam relacionadas apenas aos negócios da família.

— Acabei de ouvir a mesma pergunta, Ana. Vou mostrar a você uma coisa. Quero que me diga se encontra alguma familiaridade neste retrato.

Vanessa abriu um dos jornais e apontou para o retrato falado de Marília. Ana examinou atentamente o jornal e sentiu um aperto no peito. Vanessa percebeu a mudança na fisionomia da secretária e insistiu na pergunta.

— Então? Encontrou algo familiar nesta foto?

Ana respirou fundo e pediu auxílio ao Alto. Pressentiu uma energia muito pesada envolvendo toda aquela tragédia. Sem saber o porquê, relacionou o acontecimento ao assassinato da irmã de Renata.

O espírito de Mickail, imediatamente, pôs-se ao lado dela, e Ana olhou fixamente para Vanessa, mudando por completo seu tom de voz habitual.

— Vanessa, não se prenda nunca a fatos desse tipo. A morte chega da forma como deve chegar para todos. Essa mulher precisava morrer dessa forma, e encontrou alguém predisposto a cometer esse tipo de desatino. Uma coisa atrai a outra. É assim mais ou menos que funciona.

— Você está afirmando que dona Mayra escolheu morrer daquela forma?

— Não. Não é exatamente isso. Mas alguma coisa dentro dela, na consciência, mais dia, menos dia, atrairia esse tipo de acontecimento.

— Então, a criminosa deve ser perdoada?

— O perdão só cabe à consciência humana. É a própria consciência que condena ou absolve uma pessoa. A justiça humana só determina o afastamento social dos que não estão ainda aptos a viver em grupo.

— E Deus? Ele não julga e condena os criminosos?

— Deus determina a evolução como ordem para a organização universal. O progresso chegará a todos. Materialmente falando, já estamos bastante adiantados. Saímos das toscas cavernas, descobrimos como dominar o fogo, participamos de guerras, ora ganhando, ora amargando a derrota; alcançamos, pouco a pouco, o domínio da tecnologia e a cura de inúmeras doenças. Muitos de nós, entretanto, ainda nos mantemos escravizados pelo ódio, pela ganância, pelo poder que submete, através da força, outros irmãos nas sendas da humilhação e do sofrimento. Deus, entretanto, está inserido em nossa consciência. Somos parte Dele, e Ele é parte de todos nós. Quando todos assumirem isso como a única verdade existente no universo, alcançaremos a evolução. Sem dor ou sofrimento.

Vanessa estranhou a maneira como Ana discorreu sobre o assunto e tentou retomar a pergunta inicial.

— Mas você encontrou algum traço conhecido nesta mulher?

— Encontrei um sentimento conhecido. Só isso.

— Não entendi, Ana.

— O tempo vai fazer com que você entenda tudo isso, Vanessa. Mantenha-se, por enquanto, na paz e no equilíbrio. O resto vem com o tempo. Veja, os diretores estão saindo. Sua mãe poderá atendê-la agora.

Vanessa saudou Renata rapidamente e colocou sobre a mesa os jornais com a fotografia de Mayra. Renata levou as mãos ao rosto, expressando horror.

— Meu Deus, Vanessa! Que coisa abominável! Quem poderia ter feito isso com aquela pobre mulher? Ela só garantia o próprio sustento, porque as pessoas a procuravam.

— Olhe aqui, mãe. Olhe o retrato falado da assassina.

Renata olhou atentamente para o retrato.

— Estranho, filha. Parece que conheço essa mulher...

— Também tive a mesma sensação.

— Pode ser apenas o choque pela notícia. Essa morte horrível. Nada da casa foi roubado?

— Não, mãe. A assistente dela afirmou para a polícia que uma mulher chamada Maria de Lurdes ficou a sós com dona Mayra enquanto ela saiu para comprar algo.

— Parece vingança, Vanessa. Ela pode ter cobrado por algum trabalho que não surtiu o efeito esperado ou enganado alguém.

— Isso não seria motivo para matar ninguém.

Renata juntou os jornais e colocou-os no lixo.

— Vanessa, não é da nossa conta. Fico horrorizada com a violência, mas não quero saber os motivos da morte dessa mulher. Vamos deixar isso bem distante de nós, minha filha. É melhor assim. Agora vá cuidar de seu dia. A vida não para e é bastante exigente com quem fica esperando a banda passar.

Renata esperou que Vanessa saísse e pegou os jornais da cesta de lixo. Tirou da gaveta um delicado óculos de leitura e fixou o olhar no retrato falado da assassina. Recordava-se de já ter visto aquela fisionomia antes, só não sabia exatamente onde havia cruzado com aquele rosto. Guardou cuidadosamente os jornais na gaveta. Acompanharia as notícias através da mídia. Fechou os olhos e rezou pela alma de Mayra silenciosamente.

***

Mirtes desfez as malas e arrumou as roupas cuidadosamente no armário. Abriu as janelas do quarto e deitou-se, experimentando uma sensação de liberdade. "Passo tanto tempo em meio às loucuras de dona Marília, que esse lugar parece até o paraíso", pensou. Terminou por adormecer. Despertou quase na hora do jantar, lavou o rosto, vestiu-se e encaminhou-se para o pequeno restaurante. A comida era caseira e, quando ia começar a servir-se da sobremesa, Gilda parou a seu lado.

— E então? Gostou do quarto? — perguntou sorridente.

— Gostei sim, dona Gilda. Bastante confortável e acolhedor. O movimento em seu hotel é muito grande também. Parece que há muitos hóspedes por aqui.

— Sim, tenho muitos hóspedes. Mas são todos para um ou dois dias. Monte Santo é apenas uma passagem para os turistas. A maioria prefere buscar divertimento em Salvador e outras cidades baianas. A senhora vai ficar quanto tempo mesmo?

— Não sei ainda. Dona Gilda, a senhora tem esse estabelecimento há quanto tempo?

— Quase trinta anos. Muito tempo, não é?

— É sim. Deve ter vivido muitas histórias por aqui.

— Vixe, minha nega! E como! Algumas cabeludas que só! Todos os dias o vento me traz umas historinhas bem boas.

— E as ruins? O vento também traz histórias tristes?

— Não, nega! São as pessoas que trazem as histórias tristes. Monte Santo é uma cidade pacata, com gente simples, mas feliz. O progresso trouxe coisas boas e ficamos mais felizes ainda. Mas sempre tem alguém para manchar a nossa bandeira.

— Aqui não há muitos crimes?

— Há muitas brigas provocadas pela bebida. O povo da roça gosta de uma cachacinha, sabe como é. Mas tirando isso, a cidade é calma mesmo.

Mirtes percebeu que Gilda era de conversa farta. Decidiu arriscar.

— Mas nunca aconteceu nenhum crime bárbaro por aqui? Em São Paulo, diariamente, o jornal vem marcado pela tragédia.

— Só uma vez, há muito tempo. Mais de vinte anos.

O coração de Mirtes acelerou: era o crime cometido por Marília.

— E o que aconteceu, dona Gilda?

— Uma jovem linda chegou aqui dizendo que precisava se recuperar de uma desilusão amorosa. Ficou aqui na pensão até conseguir uma casa num bairro mais afastado. Fez amizade com algumas pessoas e passou a frequentar o lar de um casal muito querido por aqui:

Maria do Amparo e José. Vinha até a cidade, fazia compras e não desgrudava de Maria do Amparo um só minuto. Ela engravidou.

— Quem engravidou? Maria do Amparo ou a moça?

— Maria do Amparo. Essa tal Lurdes esperou a pobrezinha ter o bebê, batizou a criança e, numa noite de tempestade, envenenou o casal.

Mirtes fingiu surpresa diante da narrativa de Gilda.

— Meu Deus! Que horror! Ela foi presa?

— Não. Nunca ninguém descobriu o paradeiro nem dela e nem do amante. Ele era meu hóspede. Não parecia ser um marginal. Essa tal Lurdes ainda roubou o bebê de Maria do Amparo. Sumiu sem deixar nenhuma pista. A irmã veio de São Paulo, colocou detetive particular e tudo, mas nada deu em nada. Uma tristeza mesmo!

Mirtes ficou com o olhar perdido, e Gilda desculpou-se.

— Vixe! Eu falo demais, dona Mirtes! Desculpa. Acabei roubando o tempo de seu jantar com essa história que marcou meu coração.

— Tenha certeza de que a senhora não tomou meu tempo.

— É que essa história nunca foi esquecida. Até as crianças que nasceram depois dessa tragédia sabem disso. O Tonho é um que vive levando turista pra conhecer a casa de Maria do Amparo.

— E a casa ainda existe? — perguntou Mirtes curiosa.

— Existe sim. A irmã de Maria do Amparo paga uma pessoa pra cuidar da casa, pintar, fazer reparos. A casa continua da mesma forma que antes. Renata é muito rica. Casou-se com um moço que conheceu numa festa junina, tirou o sobrenome de pobre e colocou Dumont. Ficou muito tempo sem aparecer por aqui e, quando veio, descobriu que a irmã tinha sido assassinada junto com o cunhado.

— Eu gostaria de conhecer essa casa. Será que Tonho me leva até lá amanhã?

— Leva sim, dona Mirtes. A que horas a senhora quer ir?

— Logo depois do café da manhã.

— Pois eu mando chamar o moleque. Ele fica rondando a rodoviária desde cedo, em busca de trocados.

— Ele não estuda? Passa o dia inteiro assim?

— Estuda! Diz que vai ser guia de turismo. Isso dá dinheiro?

— Se ele for dedicado, vai viver com dignidade sim.

— Bom, dona Gilda, vou dar uma volta na praça. O vento aqui não dá trégua, não é mesmo?

— E é bom que não dê mesmo! Quando o vento para, ronca trovoada e alaga tudo.

Mirtes despediu-se de Gilda. Perdera o costume de conversar em função da convivência conturbada com Marília. Desceu as escadas e dirigiu-se à praça. O movimento era grande: crianças jogavam bolas e jovens namorados comiam pipoca e trocavam olhares carinhosos. "Que belo lugar. Quanta calma, meu Deus! Monte Santo faz jus ao nome!", pensou. Escolheu um banco para se sentar e por lá ficou pensando nas providências que deveria tomar a partir do dia seguinte. Não poderia adiar a intenção de colocar Marília na cadeia. Sabia que Flávio sofreria e que Amílton também seria preso, mas não tinha como evitar. Marília era uma psicopata altamente perigosa, e ela estava convicta de que Renata seria o próximo alvo da patroa. Um bocejo anunciou o sono. Mirtes retornou ao quarto do hotel, tomou um banho e adormeceu. Sonhou com Leonora e Pedro. Os dois estavam sentados juntos dela e acompanhados por uma senhora e um rapaz com feições muito claras e cabelos negros. Mickail, Josefa, Leonora e Pedro velaram o desdobramento de Mirtes durante o sono para fortalecê-la e dar-lhe ânimo para a empreitada que enfrentaria.

CAPÍTULO 23

Vanessa e Flávio conversavam descontraidamente nos jardins da casa de Renata. O céu estrelado aumentava o romantismo entre os dois. Faziam planos para um casamento futuro, quando Flávio alcançasse uma posição melhor na empresa. Giovana aproximou-se para oferecer um lanche aos dois.

Vanessa chamou por Giovana, brincando com a governanta.

— Deixe de formalidades. Sabe muito bem que não gosto de cerimônias. Você não é um guarda inglês. O que há de bom aí nessa bandeja?

Giovana colocou a bandeja sobre a mesa.

— O que vocês jovens mais gostam: sanduíches.

Vanessa levantou a tampa de prata que protegia a travessa ovalada.

— Que cheirinho bom. Venha, Flávio. Venha sentir o aroma dos sanduíches de Giovana. Já disse a ela para se transformar numa assessora culinária. Vai ganhar muito mais do que aqui e não enfrentará a rigidez de mamãe.

Giovana franziu a testa.

— Sua mãe precisa ser rígida. Se não tivesse sido dessa forma, não teria chegado aonde chegou, Vanessa. Também prefiro trabalhar com pessoas que me estimulem e me levem ao desempenho máximo. Gente mole não produz.

Flávio recebeu as palavras da governanta como uma facada no coração. Fora criado cheio de mimos. O pai fazia tudo o que ele queria, e a mãe não era rígida, era grosseira. Gostava muito de Amílton, mas ele era também uma pessoa sem ânimo.

— A senhora está certa, dona Giovana. Todos nós precisamos de estímulo e ordem na vida. Só assim produzimos alguma coisa que valha.

Vanessa interrompeu a conversa.

— Vamos parar com esse papinho e vamos atacar esses sanduíches, meu amor.

Quando puxou a tampa da travessa, Vanessa sentiu o estômago embrulhado. Colocou as mãos na boca e correu para dentro. Flávio foi atrás para acudir a namorada. Giovana recolocou a tampa sobre a travessa e resmungou.

— Aí tem coisa! Ninguém enjoa assim do nada! Se for o que eu estou pensando, dona Renata não vai gostar nadinha disso.

Vanessa saiu do banheiro, pálida. Segurou as mãos de Flávio com firmeza.

— Me ajude a me sentar, Flávio. Estou tonta.

— Você está com as mãos frias, meu amor! Vamos ao médico! — exclamou.

Giovana, retornando com a bandeja, voltou-se para Vanessa.

— O que está sentindo? Vou ligar para sua mãe.

— Não ligue para minha mãe. Ligue o ar-refrigerado e tire essa bandeja daqui. Esse cheiro está me deixando mais enjoada ainda.

A governanta ligou o ar e fechou as janelas da antessala, saindo em seguida com a bandeja para a cozinha. Ouviu quando o carro de Renata estacionou na garagem da casa. Trabalhando por tanto tempo com aquela família, distinguia, com exatidão, a maneira de estacionar dos patrões. Humberto sempre deixava o carro logo depois do portão e entregava as chaves para que um dos empregados manobrasse o veículo. Vanessa saltava do automóvel ainda do lado de fora e era acompanhada pelos seguranças até o interior da casa. Apenas Renata entrava e estacionava o próprio carro, sempre com extremo cuidado.

Giovana abriu a porta da sala para Renata, cumprimentando-a e apanhando a bolsa e a pasta de trabalho, companheiras inseparáveis da patroa.

— Boa noite, dona Renata. Já venho com sua água.

— Boa noite, Giovana. Tive um dia cheio hoje. Vanessa já chegou?

— Já chegou faz tempo, senhora. Está na antessala com o namorado. Parece que a menina não está muito bem.
— O que ela tem? — perguntou preocupada.
— Não sei.
Renata foi encontrar a filha e assustou-se. Ela estava pálida demais. Ignorando Flávio, que se levantou prontamente para dar lugar à sogra, Renata segurou as mãos da filha.
— O que houve?
— Apenas um mal-estar, mãe. Já estou melhorando.
— Mas que mal-estar? O que você sentiu?
Flávio adiantou-se à resposta de Vanessa.
— Ela ficou enjoada, dona Renata. Vomitou bastante e teve uma tontura. Acho que eu vou levá-la ao médico.
Vanessa olhou para o namorado com seriedade.
— Não é necessário. Almocei em um restaurante diferente hoje. Algo não me caiu bem. Já estou melhorando, mãe.
Giovana chegou trazendo água com gás para os três.
— Vanessa, beba essa água. Vai lhe fazer bem.
A moça apanhou o copo da bandeja e bebeu a água aos poucos. Renata e Flávio foram servidos por Giovana.
— Já estou melhor. Essa água faz milagres.
Renata se pegou olhando para Flávio. O rapaz ostentava traços delicados e olhos profundamente azuis. Sentiu o coração descompassar-se e, desconcertada, desviou o olhar e levantou-se, dirigindo-se à filha.
— Vou pedir que Giovana prepare alguma coisa leve para você jantar, mas, amanhã, você vai ao médico.
Renata falou com a empregada e foi para o quarto. Vanessa aguardou a mãe se afastar e lançou um olhar de preocupação para Flávio. O jovem intrigou-se com a expressão da namorada.
— O que houve, Vanessa? Você parece preocupada. Não melhorou? É melhor irmos ao médico agora.
Vanessa acariciou o rosto de Flávio e baixou os olhos.
— Acho que estamos com problemas, meu amor.
— Que tipo de problema?
— Minha menstruação está bem atrasada. Sempre tive problemas com isso, mas, dessa vez, acho que há um motivo para esse atraso.

Flávio ficou pálido. Gostava realmente de Vanessa e tinha planos para se casar com ela. Pretendia, entretanto, consolidar a própria situação profissional e financeira. Não queria repetir a história do pai ou sobreviver dos favores da sogra.

— Será que isso é possível? Sempre fomos tão cuidadosos e você toma pílulas.

— Pois é, Flávio. Sei disso e nunca deixei de tomar nenhum comprimido. Mas o que venho sentindo é muito estranho. Uma espécie de certeza de que, apesar de todos esses cuidados, engravidei.

— Tire isso da cabeça. Amanhã procuraremos seu médico. Tudo não passa de impressão sua.

Renata descia as escadas quando viu os dois se beijando. Nutria uma espécie de repulsa pela personalidade frágil de Flávio. Tinha outros planos para a vida da filha e a esperança de que o gênio forte dela prevalecesse ante a apatia do namorado, separando-os.

— Vamos jantar. Humberto está trabalhando.

— Todos os dias, mãe? Papai tem chegado tarde todos os dias!

Renata riu do exagero da filha.

— Não seja exagerada, Vanessa! Seu pai janta conosco diariamente. Como eu, ele também tem compromissos profissionais. Está participando de uma licitação para a reforma do Porto de Santos e só retornará amanhã. Ele voltará vitorioso como sempre.

Flávio encabulou-se ante a afirmação da sogra. Gostaria de ter sido criado naquele ambiente onde prevaleciam a determinação e o amor pelo trabalho. Apesar de amar a mãe e o tio, culpava-os por não ter se dedicado à própria vida como Vanessa fazia. Aprendeu a não valorizar o dinheiro e a desprezar o trabalho e os estudos. Apenas após a falência e a morte do pai, quando viu a fortuna da família transformar-se em miséria, tomou coragem para procurar emprego. Ao conhecer Vanessa, se deu conta do tempo perdido com futilidades. Todos os dias, buscava empenhar-se no trabalho e mudar antigos hábitos. Seu sonho era se tornar parecido com a família de Renata. Em seu íntimo, reconhecia-se nos três. Para ele, a família de sua namorada era o grupo com o qual sempre sonhara conviver.

— Doutor Humberto e dona Renata trabalham bastante, Vanessa. Você puxou a eles.

Renata olhou para Flávio fixamente, esboçando um sorriso forçado no canto da boca. Vanessa cutucou-lhe a perna por debaixo da mesa, e ela desviou o olhar do rapaz.

— Vamos jantar. Deixaremos os assuntos relativos ao trabalho para outra hora.

Renata fez companhia a Vanessa e a Flávio por alguns minutos após o jantar. Desculpando-se em função do cansaço, foi para o quarto e apanhou uma caixa de madeira para organizar. Entre os muitos papéis, uma fotografia da irmã. Ela se emocionou ao examinar o rosto juvenil de Maria do Amparo e a imagem de Flávio chegou-lhe à cabeça. Encontrou ligeira semelhança entre os dois e lembrou-se das predições de Mayra. "Meu Deus, que loucura! Os últimos acontecimentos acabaram me sugestionando!".

***

Flávio, bastante preocupado, chegou a casa. Um filho não estava em seus planos naquele momento. Queria primeiro firmar-se profissionalmente. Abriu a porta da sala na esperança de reencontrar Mirtes e se deparou com a desordem: pilhas de roupa suja espalhadas pela sala, pratos com restos de comida sobre o sofá, copos sujos. O ambiente exalava o cheiro fétido de comida azeda. Indignado, subiu as escadas à procura da mãe e de Amílton. No quarto de Marília, o cenário não era melhor. Teve a impressão de que mãos invisíveis haviam movido tudo do lugar.

— Mãe, a senhora está aí?

Ouviu a voz de Marília vindo da varanda.

— Estou aqui, meu filho. Está muito quente e vim aproveitar o fresquinho da noite.

Flávio assustou-se com o estado da mãe. Despenteada, com uma camisola velha e rasgada, ela o recebeu com um sorriso reservado apenas para ele.

— O que houve, mãe? Parece que passou um furacão por aqui! E na sala? O que aconteceu naquela sala, mãe? Que sujeira é aquela?

— Pois é, Flavinho. Estou exausta de tanto trabalhar. A ingrata da Mirtes não apareceu e tive que limpar tudo sozinha. Passei a tarde toda

309

fazendo isso. Eu arrumava, e alguém desarrumava. Você já jantou? Eu estou com tanta fome!

O rapaz compadeceu-se do desequilíbrio de Marília. Atribuiu aquele comportamento a uma evidente briga com Amílton.

— A senhora brigou com tio Amílton, mãe? Onde ele está?

— O ingrato foi embora pra sempre, Flavinho. Também me deixou. Todos me deixaram. Só tenho você agora.

Flávio abriu o armário de Amílton e constatou o que a mãe falara. Ele havia deixado também a casa, assim como Mirtes fizera.

— Ele disse para onde foi, mãe?

— Não, meu filho! Apanhou as roupas e foi embora. Aquele covarde já deve estar longe! Melhor assim. Ficaremos só nós dois agora.

Flávio aproximou-se de Marília para beijá-la e sentiu forte cheiro de suor.

— Vamos, mãe. A senhora precisa tomar um banho. Está muito calor.

— Nada de banho, Flávio. Não gosto de banhos. Acho que minha alma é francesa. Prefiro os perfumes caros.

— Que história é essa, mãe? Isso é folclore! Os franceses tomam banho, e a senhora também vai tomar! — ordenou encaminhando-se com a mãe para o banheiro.

Marília entrou debaixo chuveiro com a roupa que estava usando. Negou-se a tirá-la na frente do filho. Flávio abriu a torneira e deixou a água cair no corpo da mãe. Apanhou um sabonete e esfregou- o corpo e os cabelos da mulher. As lágrimas do jovem misturavam-se à água do chuveiro.

— Vamos, mãe! Troque essa roupa — disse-lhe, estendendo um roupão.

Marília estava com o olhar nublado e perdido. Flávio tentou animá-la.

— Tio Amílton vai voltar, mãe. Vamos descer que eu vou preparar um sanduíche para a senhora e, depois, eu dou um jeito nessa bagunça.

— Amílton é covarde. Não volta mais. Sumiu no mundo. E não adianta tentar arrumar essa bagunça. Eles vão desarrumar de novo.

— Eles quem, mãe?

— Não sei quem eles são, Flávio. Primeiro, era só uma peste que me atormentava. Ela foi embora, mas mandou outros para cá. Aquela mulher de cara borrada também está aqui.

— Que mulher, mãe? Não há mais ninguém aqui. Só estamos nós dois.

— Não sei, Flávio. Não sei mais nada.

O rapaz tentou, em vão, falar com Amílton pelo celular. Esperou a mãe adormecer para pôr ordem na casa e limpar toda a sujeira. Exausto, constatou que havia conseguido acabar com o mau cheiro. Apanhou o telefone e dirigiu-se para a varanda. Precisava conversar com alguém sobre o estado da mãe. Tinha certeza de que algo de muito sério estava acontecendo com ela. Acomodou-se no primeiro degrau da escada e olhou para o telefone.

— Será que Vanessa já está dormindo? — interrogou-se em voz alta. Apertou as teclas pausadamente. Do outro lado da linha, identificou a voz de Renata.

— Desculpe-me, dona Renata! Sei que já é tarde, mas preciso falar com Vanessa.

Renata lembrou-se da semelhança entre ele e a irmã, atendendo-o de forma mais carinhosa.

— Oi, Flávio. Vanessa dormiu assim que você saiu daqui. Posso ajudar em alguma coisa? Como está sua mãe?

Flávio resolveu desabafar com Renata. Ela já havia demonstrado por diversas vezes a sincera amizade por Marília. Compreenderia a agonia dele.

— É minha mãe, dona Renata.

— O que aconteceu com Marília? Ela está doente?

— Acho que sim. Tio Amílton foi embora de casa e acho que ela teve uma crise nervosa.

— E como ela está agora?

— Adormeceu. Acho que se desgastou tanto que não deve acordar tão cedo.

— Não se preocupe, Flávio. Amanhã falarei com Marília e marcarei um encontro com ela.

Flávio agradeceu e desligou o telefone. Ficou parado, olhando o jardim e relembrando cenas da própria vida. Sentiu saudades do tempo em que era criança e brincava com Amílton na piscina, enquanto Marília e Leonora os observavam de longe. Pedro, ao lado de Flávio, tentava acalentar o rapaz que criara como filho e que, por toda a vida, amou como filho. Flávio reequilibrou-se com a presença do pai de criação.

311

Resolveu dormir. No dia seguinte, precisaria dividir-se entre a desconfiança da gravidez de Vanessa e a crise emocional de Marília.

Pedro auxiliou o desdobramento de Flávio durante o sono físico. Ele seria orientado e receberia esclarecimentos importantes com relação aos fatos do porvir. O diálogo entre os dois levou Flávio à emoção.

— Pai... Meu pai, que saudades!

— Estamos sempre juntos, meu filho!

Na casa de Vanessa, Mickail auxiliava o desdobramento de Renata.

Pedro e Mickail amparavam Flávio e Renata num campo gramado. O contato com a relva fresca e a natureza facilitaria a conversa entre eles. O céu estrelado encantou Flávio.

— Este céu... Gostaria muito que este céu pertencesse a todos... Como eu gostaria que minha mãe amasse essa grandiosidade.

Renata direcionou um olhar terno para ele.

— Eu também, meu querido. Esse é o nosso verdadeiro mundo, a nossa verdadeira pátria. Esse é o céu que pertence a todos nós.

— Espero que sim — completou Flávio duvidoso.

— Não duvide, meu querido. Mantenha-se firme. Tudo se encaminhará da melhor maneira possível. Abandone a fraqueza e se fortaleça. Marília precisará de seu apoio. Vanessa também, e eu estou disposta a abraçá-lo como um filho.

— Mas e minha mãe? O que acontecerá a ela?

— A vida se encarregará disso. Ela violou muitas leis humanas e divinas e arcará com as consequências dos muitos desequilíbrios que provocou, inclusive a ela própria. A você, ou melhor, a todos nós, cabe apenas a compreensão de que vivemos em degraus diferentes no que se refere à evolução. Cada um tem seu próprio tempo para amadurecer e superar imperfeições. Por enquanto, procure desapegar-se, aos poucos, dessa relação distorcida entre você e sua mãe. Entenda que somos indivíduos que vivem e convivem juntos, entretanto, temos as nossas próprias histórias para escrever. Liberte-se, Flávio.

Pedro e Mickail procuraram não interferir, mas notaram o desconforto de Flávio diante das palavras de Renata. Era preciso encerrar o encontro naquele momento. O objetivo já tinha sido alcançado: Renata reconheceu em Flávio a afinidade que não pensava encontrar, e o jovem, por sua vez, despertaria mais fortalecido e confiante para enfrentar a batalha. Os dois aventureiros do pretérito, Pedro e Mickail, reconduziram ao corpo físico Flávio e Renata. Nenhum dos dois despertaria com a consciência do encontro. Guardariam apenas as sensações necessárias para a mudança de comportamento.

***

  Flávio acordou cedo e ligou para Vanessa. Sentia-se descansado e revigorado, apesar do desgaste físico e emocional da véspera. Passou pelo quarto da mãe para verificar se ela ainda dormia e desceu a escada. Na cozinha, preparou o café e deixou a mesa arrumada. Estava mais animado e tinha certeza de que Marília acordaria também melhor. Ligou para Vanessa e relatou a conversa com Renata na noite anterior.
  — Se você quiser, vou ao médico sozinha, Flávio. Você precisa cuidar de sua mãe.
  — Nada disso, senhorita! Vamos juntos. Dona Renata me garantiu que marcaria um encontro com mamãe hoje.
  — Então, me espere. Passo por aí de carro para buscá-lo.
  — Não é melhor fazermos o inverso?
  — Não. Há um hospital bem próximo de sua casa. Fica mais fácil dessa forma.
  Flávio havia acabado de desligar o telefone quando ouviu os passos de Marília descendo as escadas. Correu com o intuito de ajudá-la. Esperava encontrar Marília abatida e ainda desolada com a separação de Amílton, mas surpreendeu-se: ela aparentava estar bem disposta e agia como se nada tivesse acontecido no dia anterior.
  — Bom dia, meu filho! Como passou a noite?
  — Bem. Passei a noite muito bem, mãe. Sonhei com papai. E a senhora? Dormiu bem?
  — Muito bem, meu filho! Estou me sentindo ótima! Mirtes já voltou?
  — Não.
  — E o safado do Amílton? Ele deu as caras?
  — Sinto muito pelo que aconteceu entre vocês, mãe. Tenho certeza de que tio Amílton vai voltar.
  — Se ele não voltar, o problema é dele. Vou sair para fazer umas compras.
  — Dona Renata disse que ligará para senhora. Espere até ela ligar, por favor.

313

— Não vou sair agora. Vou esperar a ligação dela. Fique tranquilo.

Marília arrumou uma bandeja e foi sentar-se no jardim. Flávio custava a acreditar que a mãe tivesse tido uma crise nervosa na noite anterior. "Acho que eu delirei ontem!", pensou. Apanhou a pasta, vestiu o paletó e saiu para esperar por Vanessa no portão.

***

Vanessa aguardava, ao lado de Flávio, sua vez para se consultar com o médico. Quando a atendente chamou o nome dela, os dois levantaram-se com ansiedade. Vanessa relatou ao médico suas desconfianças e os métodos contraceptivos que utilizava. O médico olhou para o casal e sorriu.

— Pílulas não falham, dona Vanessa. Há uma possibilidade mínima de isso acontecer. Vou solicitar um exame de sangue. É a maneira mais certa de sabermos o resultado.

— E quando sai o resultado? Vai demorar muito?

— Não. É um exame simples. Temos nosso próprio laboratório aqui no hospital. Acredito que, em algumas horas, a senhora já tenha tirado essa dúvida da cabeça.

O médico despediu-se do casal e os acompanhou até a porta, solicitando à enfermeira que chamasse outro paciente.

Flávio observou o nervosismo de Vanessa. Ela torcia as mãos sem parar.

— Calma, meu amor. Tudo vai dar certo.

— Quero muito ser mãe, Flávio, mas um filho agora não estava nos meus planos.

Flávio abraçou-a com carinho.

— Seja qual for o resultado, estarei ao seu lado. É melhor irmos para a empresa. Não gosto de chegar atrasado. Preciso acreditar que tenho um futuro, meu amor.

— Você tem um futuro bastante promissor, Flávio. Continue se dedicando. Tudo vai dar certo.

***

Renata cumprimentou Ana e pediu que ela fizesse uma ligação para Marília e transferisse para ela. Ana notou o comportamento tenso da empresária.

— Posso ajudar em mais alguma coisa, dona Renata?
— Pode sim. Acordei com uma sensação estranha.
— Que sensação?
— Sonhei com Flávio. Eu e ele conversávamos muito, mas não consigo me recordar do teor da conversa. O lugar era agradável: grama verde, céu infinitamente estrelado e uma brisa, que jamais senti, nos envolvia.
— Mas esse foi um sonho bom. Flávio me parece ser um bom rapaz. Tem se esforçado bastante.

Renata parou em frente à secretária. Ana trabalhava para ela há algum tempo. Era dedicada, cumpria à risca as ordens recebidas e, em alguns momentos, adequava essas ordens para melhor atender às necessidades da empresa. Confiava nela cegamente.

— Sei que foi um sonho bom. Mas você é inteligente e deve ter percebido minha resistência em aceitar Flávio como namorado de Vanessa. Sinto uma espécie de aversão por ele. Algo que não consigo explicar. Pela mãe dele sempre nutri grande simpatia. Marília tornou-se uma grande amiga, mas... não sei se devo continuar, Ana. Não gosto de me expor dessa forma.
— Continue, dona Renata. Às vezes, é preciso dividir alguns sentimentos. A senhora sabe que pode confiar em mim. Tudo o que me contam, independente de quem seja a pessoa, é ouvido pelo meu coração, e eu aprendi a transformá-lo num coração sem conexão com a língua.

Renata riu da resposta criativa da secretária. Já constatara o comportamento discreto dela.

— Depois desse sonho, acordei sentindo um carinho enorme por Flávio. Algo na expressão dele se tornou muito familiar para mim.
— Isso é bastante comum, dona Renata. As afinidades são despertadas em algum momento de nossas vidas. E esse carinho é bastante providencial, não acha?
— Espero que sim. Não quero alimentar grandes expectativas em relação a ele. Uma decepção poderá mudar completamente os rumos da história dele com Vanessa.
— Posso perguntar uma coisa?
— Claro, Ana. Pergunte.

315

— A senhora tem certeza de que dona Marília é uma pessoa confiável?

— É sim. Muitas atitudes dela em relação a mim me deram essa certeza. Mas por qual motivo você me fez essa pergunta?

— Por nada. Em muitos momentos de minha vida, comprovei que os fatos e o óbvio nos trazem enganos. Apenas por isso. Vou ligar para dona Marília e transferir a ligação conforme a senhora me pediu.

Renata sentou-se à frente de sua mesa e abriu a gaveta para apanhar alguns documentos da empresa. Remexendo os papéis, encontrou os jornais sobre o assassinato de Mayra. O telefone tocou, e ela atendeu. Era Ana.

— Dona Marília aguarda na linha. Posso transferir a ligação?

— Claro que sim! Transfira.

Ana fez a transferência para o ramal de Renata rindo. "Ela detesta as perguntas desnecessárias, e eu ainda não aprendi isso!", pensou.

— Bom dia, Marília! Como você está passando?

— Muito bem. Só estava sentindo sua falta.

— Andei muito atarefada, querida. Perdoe-me pela ausência nesse momento tão delicado de sua vida.

— De que você está falando? Não estou vivendo nenhum momento delicado! Estou muito bem!

Renata desconcertou-se ante a afirmação de Marília. Flávio fora claro quando relatou a crise da mãe em função da separação dela e Amílton.

— Marília, somos amigas, não somos?

— Claro. Somos amigas de infância!

Renata achou graça no comentário de Marília.

— Claro, querida. Nós nos conhecemos há pouco tempo, mas parece mesmo que somos amigas de infância. Então, se somos amigas de infância, não há motivos para guardarmos segredos. O que houve entre você e Amílton? Vocês brigaram?

— Não! Eu e Amílton estamos nos dando bem. Muito bem, por sinal. Ele acabou de me preparar o café e de me servir como uma rainha.

Renata calou-se. "Será que Flávio lhe mentira?", indagou intimamente com o coração oprimido. Resolveu mudar o foco da conversa.

— Você soube o que aconteceu com aquela cartomante, Marília?

— A tal da cara manchada por tanto *blush*? Soube sim. Eu sabia que isso ia acabar acontecendo. Ele teve um fim merecido.

Renata ficou paralisada ao ouvir as palavras duras da amiga.

— Como assim? Foi um crime bárbaro!

Marília respondeu com ironia:

— Foi bárbaro mesmo o assassinato dela.

— Que alívio, Marília. Pensei, por um momento, que você estava de acordo com essa violência toda!

— Jamais, minha querida! Nunca gostei de violência e não suporto ver nem sangue!

— Que Deus nos proteja! As grandes cidades estão nas mãos de bandidos!

— Que Deus a proteja mesmo! Ele precisa mesmo protegê-la.

— Vamos almoçar juntas hoje?

— Claro. Quero mesmo sair de casa. Sei que Amílton não vai se importar.

— Então, mando meu motorista apanhá-la às treze horas. Está bom esse horário para você?

— Está sim. Vou esperar. Até mais tarde.

Renata desligou o telefone. Estava intrigada. Não sabia se acreditava em Flávio ou em Marília. Tiraria a prova dos nove na hora do almoço. Examinou os jornais sobre a mesa mais uma vez. A sensação de que o rosto da assassina lhe era familiar deixava-a atordoada.

— Preciso tirar isso da minha cabeça! — exclamou, apanhando os jornais para colocá-los no lixo.

***

A recepcionista do hospital chamou pelo nome de Vanessa com o exame nas mãos. Flávio adiantou-se e apanhou o envelope.

— Vamos abrir juntos. Tenho certeza de que o resultado é negativo.

Os dois se entreolharam pálidos. O exame confirmava a gravidez de Vanessa. Lágrimas discretas brotaram dos olhos da jovem.

— O que vamos fazer, meu amor?

— O que vamos fazer? Vamos nos casar, nosso filho será saudável, eu vou me empenhar no trabalho, e seremos felizes. É isso que vamos fazer, Vanessa.

317

Trocaram um beijo terno diante do olhar emocionado da recepcionista. Flávio segurou a mão de Vanessa, fazendo-a levantar-se da cadeira.

— Agora vamos. Preciso mais do que nunca de meu emprego, e minha chefa não costuma dar moleza para ninguém.

Saíram abraçados sob o olhar atento e o aceno da recepcionista.

— Boa sorte para vocês. Que essa criança traga alegria para os dois.

Flávio sinalizou com o polegar para agradecer.

— Trará. Tenho certeza de que trará. Muito obrigado.

No carro, Vanessa segurava o envelope sem acreditar no que viveria a partir daquele momento.

— O que há, Vanessa? Seremos felizes, você vai ver!

— Sei que sim, meu amor. Tenho medo da reação da minha mãe. Meu pai não se importará tanto, mas minha mãe nos trará aborrecimentos.

— Aborrecimentos não duram para sempre, sempre acabam passando — afirmou Flávio confiante. — Agora, precisamos voltar para a empresa e trabalhar. À noite, conversaremos com seus pais. Tudo vai dar certo.

— Hoje não, Flávio. Vamos esperar um pouco mais. Preciso me restabelecer e pensar bastante.

— Pensar? Não há o que se pensar mais. A sua gravidez é um fato, e dona Renata, gostando ou não, precisará apenas aceitar. Aliás, a aceitação de qualquer pessoa neste instante não é importante. Poderá somar. Subtrair, minha querida, nunca!

Vanessa olhou admirada para Flávio. A convicção e a firmeza do namorado deixaram-na surpresa.

***

Ana anunciou a chegada de Marília.

— Dona Marília já está aguardando a senhora lá embaixo.

Renata apanhou a bolsa e saiu. O motorista abriu a porta do carro, e Renata entrou. Marília não parecia descontrolada ou emocionalmente abalada. Estava adequadamente vestida, bem maquiada, penteada e com um discreto brinco de ouro branco com o qual Renata havia lhe presenteado. Aparentava bom ânimo e em nada evidenciava o descontrole narrado por Flávio na véspera.

Renata ensimesmou-se: "Espero que esse rapaz não esteja querendo se aproveitar de minha amizade com a mãe dele para tirar proveito de alguma coisa". Marília percebeu a pequena ruga na testa de Renata.

— O que houve, minha amiga? Está preocupada com alguma coisa?

Renata disfarçou.

— Nada, Marília. Apenas os muitos compromissos da empresa. Nada demais. Vamos a um restaurante para comer frutos do mar? O que acha da ideia?

— A sugestão não poderia ser melhor.

Renata e Marília passaram o trajeto até o restaurante conversando amenidades. Marília, nas curtas pausas da conversação, traçava mentalmente um plano para ficar com a fortuna de Renata. "Conquistei o homem da irmã dela, fiquei com o sobrinho dela e, agora, essa empresária de tanto sucesso vai ficar sem o marido e sem a vida também. Vou dar meu jeito para acabar com a raça dela e depois consolar o viúvo".

Durante o almoço, Marília falou sobre o assassinato de Mayra.

— Aquela cartomante deveria ter algum desafeto, Renata. Ninguém morre daquela forma a troco de nada.

— Também acho. Pelo que li, nada foi roubado e ainda encontraram uma boa quantia sobre o sofá. Quem cometeu o crime fez por vingança.

— Ela devia ter algum inimigo. As pessoas agem assim mesmo se encontram alguém para atrapalhar seus planos. Matam friamente.

O brinco que Marília estava usando chamou mais uma vez a atenção de Renata.

— Engraçado, minha amiga. Estamos aqui falando sobre essa barbaridade, e eu não me canso de olhar seus brincos. Foram os que lhe dei?

— Sim. Seu bom gosto é tanto que não me canso de usá-los.

— Fico feliz que tenha gostado. Desculpe-me por perguntar mais uma vez, mas está tudo bem mesmo com você? Seu companheiro não lhe aprontou nada? Lembro-me muito bem daquela marca em seu rosto. Pode se abrir comigo.

Marília esboçou um sorriso carregado de doçura para responder.

— Sou uma mulher feliz. Feliz e realizada. Aliás, feliz, realizada e lindíssima por conta desses brincos que estou usando.

Elas riram, e Renata, internamente contrariada, chegou à conclusão de que Flávio estava tentando algum tipo de golpe, usando a amizade e o respeito entre elas. Naquele momento, decidiu fazer o possível para Vanessa desistir daquele namoro.

CAPÍTULO 24

Mirtes estava parada à porta da casa que pertencera a Maria do Amparo e José. Tudo estava muito bem conservado. Tonho mantinha-se ao lado dela, numa posição de guarda. A mulher achou graça da responsabilidade do menino.

— Por que você está tão grudado em mim, Tonho?
— Preciso tomar conta da senhora, dona Mirtes!

Mirtes acariciou a cabeça do pequeno e brincou.

— Por quê? Corro algum perigo?
— De verdade bem verdadeira a senhora não corre perigo não!
— Então, por qual motivo você fica como um soldado ao meu lado?

Tonho foi rápido na resposta:

— Para meu trabalho ficar mais importante!

Mirtes surpreendeu-se com a sabedoria do menino. Abriu a carteira, puxou algumas notas e entregou nas mãos de Tonho.

— Você vai longe, menino! Vai dar muito orgulho para seus pais! Agora vá. Não quero que você perca o horário da escola. Sei como voltar.

Tonho pegou o dinheiro e piscou para Mirtes.

— Tenho que dar orgulho para mim mesmo, dona Mirtes! Depois, dou para meus pais! A senhora vai ficar bem?
— Vou sim, Tonho. Pode ir tranquilo.

Mirtes observou o menino sair em carreira pela rua. Apanhou o envelope com as fotografias na bolsa e comparou com o que estava vendo. Apenas o asfalto e o calçamento estavam diferentes. O sol estava forte, e ela buscou abrigo na sombra de uma amendoeira localizada no terreno de uma casa aparentemente abandonada. Uma senhora aproximou-se dela com um sorriso.

— Bom dia!

Mirtes respondeu ao cumprimento.

— Bom dia.

— Se está apreciando a casa de Maria do Amparo, é turista!

— Sim. Me falaram do caso, e eu quis vir aqui. Que coisa triste, não é?

— Se foi, minha senhora. Foi a coisa mais triste aqui de Monte Santo. O pior é que ficamos aqui no bairro com essas duas casas-fantasmas! A de Maria e a da assassina.

— Qual era a casa da Lurdes?

— Essa daí, onde a senhora está encostada! A de Maria fica assim, sempre bonita o ano todo. A irmã é rica e paga pra cuidarem. A da monstra virou uma casa assombrada pela maldade. A proprietária nunca mais conseguiu alugar. A pobre não consegue nem vender. Parece que o mal mora aí! Desculpa, esqueci-me de me apresentar. Meu nome é Joana e sou dona daquele mercado ali. Se a senhora quiser, vá até lá depois.

Mirtes decidiu seguir com Joana. Já havia comparado as fotos e conseguiria mais informações no mercado do que ficando parada ali. Olhou para a casa onde Marília tramara a morte da irmã de Renata e se arrepiou.

— Parece mesmo ser a morada do mal, dona Joana. Meu nome é Mirtes e acho que não consigo mais chegar a tempo para o almoço no hotel. Vou até o seu mercado. A senhora vende refrigerantes lá?

Joana espalhou os braços, colocando-os na cintura em seguida.

— Vixe, mulher! Vendo é de tudo lá. Dá até para a senhora comer alguma coisa. Não é nada de luxo, mas é tudo limpo. Estou com quase oitenta anos, mas ainda tenho muito gosto pelo trabalho. Vamos comigo!

Mirtes acompanhou Joana, e ela relatou todos os detalhes da vida de Maria do Amparo e da convivência com Lurdes.

— Bem que eu tentei avisar Maria sobre aquela mulher. Mas não adiantava nada, dona Mirtes. Todo mundo na cidade achava a Lurdes um doce de pessoa. Esse foi o nome que a rameira deu pra todo mundo. Já chegou aqui com documento falso e tudo. Já chegou sabendo o que queria fazer. Maria e José caíram na lábia da safada e acabaram mortos. Todo mundo ficou com o coração doído. Josefa, uma senhora lá da pensão da Gilda, ficou tão triste que acabou morrendo. Acho que foi por infelicidade, sei lá. O povo fala. Eu só escuto.

Mirtes decidiu-se: iria à delegacia naquele mesmo dia. Não poderia mais esperar. Ela tinha em mãos as provas. Tomaria as providências necessárias para pôr fim aos desatinos de Marília. Depois, cuidaria de Flávio.

— Dona Joana, muito obrigada pela conversa. O lanche estava ótimo, mas preciso ir.

— Se gostou da merenda, volte mesmo, viu? Monte Santo agradece! — exclamou Joana, guardando o dinheiro no caixa e apontando para Mirtes.

— Veja! Vem lá uma condução para a senhora. Deus lhe acompanhe!

Mirtes saltou na praça da cidade e encaminhou-se para o hotel. Na recepção, Gilda a recebeu de forma calorosa.

— Senti sua falta na hora do almoço! O que há, dona Mirtes? Parece aflita!

— E estou mesmo, dona Gilda! Onde fica a delegacia aqui de Monte Santo?

Gilda preocupou-se.

— Aconteceu alguma coisa? Alguém lhe fez alguma maldade?

— Não. Ninguém me fez nada.

— Por que quer ir à delegacia então?

— Logo você vai saber. Aliás, você pode ir comigo? Vou precisar de você.

Gilda chamou um auxiliar para cuidar da recepção e seguiu com Mirtes para a delegacia. Ao chegarem, um dos policiais assustou-se.

— Aconteceu alguma coisa, dona Gilda?

— Não sei ainda. Estou apenas acompanhando minha hóspede.

O policial dirigiu-se para Mirtes.

— Em que posso ajudar, senhora?

— Preciso falar com o delegado.

— Será que não posso ajudar a resolver?

Gilda sinalizou com o olhar para Mirtes, e a mulher compreendeu.

— Pode sim. Estou aqui em Monte Santo para resolver um caso que aconteceu há muitos anos. Um caso que destruiu uma família e abalou toda a cidade.

323

Gilda levou a mão à boca, demostrando surpresa. O policial puxou uma cadeira para Gilda e outra para Mirtes.

— Agora, me diga, primeiramente, seu nome.

Mirtes puxou a identidade da bolsa e entregou.

— Meu nome é Mirtes. Mirtes Mendes. Sou de São Paulo.

O policial examinou o documento de Mirtes e pediu que ela falasse.

— Como eu disse, sou de São Paulo, estou aqui para denunciar a assassina de Maria do Amparo e José.

O policial resolveu ponderar. Julgou que Mirtes era alguém querendo receber a recompensa oferecida por Renata.

— Isso já aconteceu há mais de vinte anos, dona Mirtes. O caso só será reaberto se a senhora tiver, em mãos, provas suficientes para isso. E tenho certeza de que a irmã da vítima só pagará a recompensa se...

Mirtes não permitiu que o policial terminasse a frase. Apanhou o envelope da bolsa e tirou duas fotografias de Marília: uma da época em que ela chegou com Flávio nos braços e outra atual. Colocou-as sobre a mesa e dirigiu-se a Gilda.

— Você reconhece essa mulher, Gilda?

Gilda apanhou as fotografias e olhou para Mirtes.

— É ela, policial! Essa é a Lurdes! Essa é a mulher que assassinou Maria do Amparo e José e ainda levou embora o bebê dos dois.

— A senhora tem certeza, dona Gilda? — interrogou o policial.

— Tenho sim, meu filho! Ela foi minha hóspede na pensão. Eu a reconheceria em qualquer lugar. E veja essa foto atual: ela quase não mudou! Meu Deus, o Senhor ouviu as preces de Monte Santo! Obrigada, meu Deus!

— Venham comigo. É melhor mesmo que o delegado converse com a senhora.

Gilda olhou agradecida para Mirtes.

— Quem é você, afinal, Mirtes? Um anjo que veio fazer justiça? Josefa, uma amiga antiga, antes de morrer, afirmou que essa história seria desvendada.

Mirtes abaixou a cabeça.

— Não sou um anjo e não gostaria de ser o instrumento dessa justiça. Você vai ouvir minha história e entenderá o porquê da minha tristeza em esclarecer essa tragédia.

O delegado tomou o depoimento de Mirtes, comparou as fotografias e adotou as medidas necessárias para reabrir o caso. Despediu-se de Mirtes, parabenizando-a:

— Tenha certeza de que seu nome será aclamado em Monte Santo, dona Mirtes. E pode ficar tranquila: a imprensa local não vai ser informada sobre nada até que o caso seja concluído e sua patroa seja presa. Aconselho apenas que a senhora fique por aqui até tudo ser concluído.

Gilda e Mirtes caminharam em silêncio até o hotel. Na recepção, ao apanhar as chaves do quarto, Mirtes dirigiu um pedido a Gilda.

— Conto com seu silêncio.

Gilda abraçou-a.

— Não precisa pedir, Mirtes. Fique tranquila e descanse.

Mirtes tomou um banho e trocou de roupa. Ao deitar-se, rezou, pedindo desculpas a Leonora. A ex-patroa e amiga afagava-lhe os cabelos prateados, agradecendo-lhe o concurso para que Marília fosse impedida de acumular outros débitos.

— Você é meu anjo de guarda na Terra, Mirtes. Em nome de Jesus, eu agradeço por tudo.

***

Vanessa resolveu retornar mais cedo para casa: estava decidida a interromper a gravidez. Um filho atrapalharia todos os planos entre ela e Flávio, sem contar a fúria com que a notícia seria recebida pela mãe. Na cama, em posição fetal, viu toda a firmeza que julgava possuir ir por água abaixo. Precisaria encontrar algum lugar para fazer o aborto. Não contaria nada a Flávio. Faria o aborto e depois alegaria ter perdido o bebê naturalmente.

***

Na Colônia Campo da Paz, José encontrava-se adormecido, com a consciência quase totalmente frenada, para facilitar o processo reencarnatório pelo qual estava passando. Pedro, Mickail e Josefa amparavam o corajoso irmão. Ele, logo após ser socorrido, trabalhou pela própria recuperação. Ao se ver completamente recuperado, decidiu pela reencarnação, para se reunir novamente ao filho. Os amigos acataram sua decisão e passaram a acompanhar sua empreitada na viagem de retorno à carne. Pedro mostrou-se preocupado.

— Vejam, meus amigos, nosso irmão está sentindo a rejeição de Vanessa. Sei que devemos respeitar o livre-arbítrio de nossos irmãos encarnados, mas não poderíamos fazer alguma coisa? Vanessa é uma pessoa esclarecida. Essa decisão não é permanente e pode ser mudada.

Mickail e Josefa procuraram acalmar Pedro.

— Pedro, você é meu companheiro de longas datas. O impulso sempre foi sua marca registrada, mas, no mundo espiritual, precisamos agir com cautela. O que podemos fazer neste momento é pedir a intervenção do Alto para que o nosso irmão José não perca a oportunidade de trabalho junto aos seus.

Josefa concordou com Mickail.

— É isso mesmo, Pedro. Mickail está certo. Vamos, primeiramente, emanar energias para José e Vanessa. Neste momento, eles precisam delas, pois estão muito vulneráveis.

José, que antes apresentava expressão de choro, acalmou-se com a oração dos amigos. Vanessa conseguiu adormecer e, desdobrada apenas alguns centímetros do corpo físico, foi recebida por Josefa.

— Vanessa, a maternidade é fruto da confiança depositada pelo Pai nos filhos da Terra. Tudo ficará bem. Você é forte e irá superar tantas dúvidas. Não existe a hora certa para ser mãe. O que existe é a necessidade de se tornar mãe. Para vocês e para o filho que está gerando, a hora é essa. Não esmoreça. Torcemos por você.

Vanessa relaxou o corpo e dormiu pesadamente. Acordou com Giovana batendo na porta e pedindo licença para entrar. Ela abriu os olhos, sentindo-se inexplicavelmente fortalecida.

— Pode entrar, Giovana.

A governanta entrou e ficou parada olhando para Vanessa.

— O que é? Por que está me olhando dessa forma? Viu passarinho verde? — Giovana aquiesceu.

— Acho que sim, menina.

Vanessa sentou-se na cama, impaciente.

— Fale logo, Giovana. Fico preocupada quando você faz essas caras.

A governanta olhou-a com ternura.

— Tem certeza de que posso falar?

— Claro que pode. Mas, por favor, fale logo. Sou curiosa.

A mulher passou as mãos pela cabeça de Vanessa.

— Ajudei a criar você. Tenho-a como uma filha, e você sabe disso.

— Sei sim. Também tenho um carinho muito grande por você.

— Então posso fazer um pedido de mãe?

Vanessa estranhou. Giovana nunca pedia nada.

— Faça. Eu vou atendê-la, juro.

Giovana puxou o ar e ganhou coragem para falar.

— Se você realmente estiver grávida, como eu imagino que esteja, desista da ideia do aborto.

Vanessa ficou pálida.

— Flávio falou com você?

— Não. Minha intuição de mãe foi quem falou comigo. Ela é a melhor voz a ser ouvida neste momento. Não aborte este filho que você carrega no ventre.

— Giovana, não tenho outra saída. Minha mãe não vai entender. Não poderei crescer profissionalmente, e Flávio...

A governanta não deixou que Vanessa continuasse. Enxugou as lágrimas que escorriam pelo rosto da jovem e tornou a voz firme.

— Se sua mãe tivesse pensado dessa forma, nem você teria nascido e, talvez, nem ela tivesse se transformado na pessoa que se transformou. Eu não vou falar da questão do aborto como crime, Vanessa. Isso você já sabe. É mais estudada do que eu. Vou falar do aborto como uma questão de covardia espiritual. Há, no seu ventre, um ser que escolheu você para voltar à matéria e concluir um trabalho em nome do progresso. Interromper esta gravidez, em termos práticos, é como demitir um empregado que tem capacidade de crescer e fazer uma empresa crescer com ele. Nesse caso, minha filha, você estará negando a oportunidade de trabalho a este ser.

As lágrimas de Vanessa cessaram imediatamente. Giovana havia usado argumentos simples e convincentes. Levaria a gravidez adiante e, junto com Flávio, formaria uma nova família.

Em Campo da Paz, Josefa, Mickail e Pedro presenciaram José apaziguar-se.

— Vamos, Vanessa. Tome um banho, lave bem esse rosto e desça. Daqui a pouco, seus pais chegarão, e tenho muita coisa ainda para fazer.

327

Vanessa nada disse, apenas abraçou Giovana com força, chorando emocionada pela decisão que tomou.

***

Renata chegou perguntando pela filha:

— Giovana, você sabe de Vanessa? Ela não atende o celular e saiu mais cedo da empresa sem me falar nada.

— Ela estava com um mal-estar, dona Renata. Só isso. Ainda há pouco subi e constatei a boa disposição dela. Já melhorou. Daqui a pouco, vai descer.

Mal a empregada acabou de falar, Renata virou-se para a escada, ouvindo os passos da filha.

— O que aconteceu, Vanessa?

A jovem desceu e beijou a mãe no rosto.

— Nada, mãe. Só me senti um pouco mal. Resolvi sair mais cedo e descansar. Vou ligar para Flávio. Precisamos falar com a senhora.

— Eu é que preciso falar com você. Vamos até a biblioteca.

Renata relatou o telefonema de Flávio e a forma como encontrou Marília.

— Acho que a mãe de Flávio tem problemas. Problemas emocionais. Nunca fui muito com o jeito dela. Flávio já me contou cada coisa...

Renata indignou-se.

— Será que você não percebeu ainda, Vanessa? Esse rapaz é um aproveitador! Não quero mais esse namoro! Marília age de forma correta e ama o filho de maneira incondicional! Tudo o que ele me contou ontem sobre ela foi mentira! Detesto mentiras!

Vanessa surpreendeu-se com a atitude da mãe.

— A senhora quer minha infelicidade?

— Sua infelicidade será casar-se com uma pessoa aproveitadora! Isso sim é infelicidade!

— Pois não abro mão de Flávio. Até porque não posso mais fazer isso!

Humberto abriu a porta da biblioteca e se deparou com a discussão.

— Vanessa e Renata, que gritaria é essa? Vocês estão descontroladas! O que está havendo?

Mãe e filha falavam ao mesmo tempo até que a jovem gritou para os dois:

— Estou grávida! Sabem o que é estar grávida? Pois bem, eu e Flávio vamos formar uma família, e isso já foi decidido por mim e por ele!

Renata colocou as mãos na cabeça. Nunca fora o tipo de mulher ligada a valores ultrapassados, mas estava certa do interesse de Flávio pelos bens da família. O problema não seria exatamente a gravidez da filha, mas a relação dela com Flávio.

— Diga que isso é uma brincadeira, Vanessa! Não posso acreditar e nem aceitar isso!

— Eu não brincaria com uma coisa dessas, mãe!

Giovana ouviu, pela primeira vez em todos os anos na casa, uma briga em família. Com a palma das mãos viradas para cima, orou:

— Divino Mestre Jesus, dê equilíbrio e paz para esta família!

Vanessa bateu a porta da biblioteca bruscamente. Não aceitaria uma intervenção daquele tipo em sua vida afetiva. Respeitava os pais, e foram poucos e tolos os contratempos entre eles. Aquela era a primeira vez e, para Vanessa, seria a última. Apanhou a bolsa e saiu. Precisava pôr a cabeça em ordem. Estacionou em frente à casa de Flávio e ficou à espera dele. Havia uma reunião marcada no departamento dele, e ela sabia que o namorado chegaria mais tarde.

***

Renata tentava explicar a Humberto as conclusões a que chegara após conversar com Marília, e ele a apoiou.

— Sei que você confia plenamente em sua amiga. Tudo indica que Flávio quis ganhar sua simpatia.

Renata exaltou-se.

— Ganhar minha simpatia falando mal da mãe, Humberto? Que maneira mais sórdida de conquistar uma pessoa! Ele é um aproveitador barato! No que depender de mim, farei tudo para separá-los.

Humberto contemporizou:

— E a gravidez de Vanessa? Você quer que nosso neto seja criado longe do pai?

— É melhor essa criança ser criada longe do pai do que ser criada por ele e assimilar seus defeitos.

329

— Querida, vamos jantar. Acalme-se. Amanhã conversarei com nossa filha e com Flávio. Vamos ver a conclusão a que chegaremos. Vamos fazer isso de maneira equilibrada como sempre agimos em situações difíceis.

— Lamento, Humberto. Perdi a fome. Vou para meu quarto. Minha cabeça está explodindo.

Renata subiu, e Humberto sentou-se sozinho à mesa de jantar. Giovana serviu-o silenciosamente.

— Você ouviu a discussão, Giovana?

— Não, senhor.

— É claro que você ouviu. Seu profissionalismo é que não permite essa afirmação. Está na cara que o namorado da Vanessa é um mentiroso. Marília é muito equilibrada. Ele mentiu sobre a mãe.

Giovana colocou água na taça do patrão e o alertou:

— Cuidado, seu Humberto. Lobos sempre vestem pele de cordeiro.

Humberto viu a governanta sair e sussurrou:

— Tenho que considerar isso. Giovana é muito observadora.

***

Flávio viu o carro de Vanessa parado à frente de sua casa. Parou o próprio veículo e dirigiu-se a passos rápidos para encontrá-la.

— O que houve? Saudades de mim?

Vanessa olhou para ele chorando.

— Mais do que saudades, Flávio. Problemas.

Vanessa contou tudo a Flávio que tentou, em vão, justificar o comportamento da mãe. Quanto mais ele falava sobre Marília, mais Vanessa se irritava.

— Sua mãe faz um jogo com você. Não é possível que ninguém enxergue isso!

— Minha mãe é frágil! Já sofreu muito!

— Está certo. Concordo com você. Só que essa fragilidade e inconstância dela nos causaram um sério problema.

Flávio olhou para o banco traseiro do carro e viu uma mala.

— Pra quê essa mala?

— Vou para um hotel. Preciso esfriar minha cabeça senão ela vai explodir.

— Deixe-me guardar o carro e pegar algumas roupas. Vou com você.

Flávio entrou em casa e viu Marília dançando ao som de uma valsa.

— O que aconteceu? Tio Amílton voltou?

— Não e quero que ele vá para o inferno. Lá é o lugar adequado aos demônios covardes como ele.

— Vou passar uns dias fora, mãe. A senhora vai ficar bem?

— É bom mesmo que você passe uns dias fora, Flavinho. Sozinha, penso melhor. E eu preciso pensar muito. Aliás, vou colocar Lurdes para pensar por mim.

— Quem é Lurdes, mãe?

— Uma velha amiga do interior. Fomos criadas juntas. Aprendi muito com ela.

— Que história é essa de amiga do interior? Pelo que sei, a senhora nasceu e cresceu aqui nesta casa.

— Lurdes era filha de uma antiga empregada, meu filho. Vá com Deus e não se preocupe comigo.

Flávio deu de ombros e subiu.

***

Renata não conseguia pegar no sono e ligou a televisão do quarto. Conhecia bem o marido: ele não tocaria mais no assunto de Vanessa até o dia seguinte. Humberto não era o tipo de pessoa que ficasse remoendo acontecimentos até resolvê-los. O melhor que ela poderia fazer seria assistir à tevê. Renata foi mudando os canais até se deter em um. O repórter falava do assassinato de Mayra. Novamente o retrato-falado da assassina apareceu, preenchendo toda a tela. Um calafrio percorreu-lhe o corpo. O brinco usado pela suposta criminosa era muito parecido com o que presenteara Marília. "Meu Deus! Estou enlouquecendo de verdade! Será que é essa a semelhança que eu sempre encontrei nessa fotografia?", interrogou-se, num misto de incredulidade e desconfiança. Seu coração ficou apertado durante o resto da noite. Ligava insistentemente para o celular de Vanessa, e ela não atendia, o que só aumentava o desespero de Renata. Lembrou-se das palavras da cartomante: "Há mentira, engano e morte entre vocês". A afirmação de Marília de que Mayra tinha recebido o que merecia também martelava

331

em sua cabeça. Humberto entrou no quarto e tentou aproximar-se para beijá-la. Ela o rejeitou.

— Humberto, durma, porque eu já sei que não pregarei o olho esta noite!

Humberto conhecia o gênio da mulher. Tinha certeza de que ela só se acalmaria no dia seguinte, apresentando uma solução ponderada e definitiva. Virou-se para o lado e dormiu.

No dia seguinte, o abatimento da esposa chamou a atenção de Humberto. Ela estava com profundas olheiras e um ar de cansaço.

— Renata, fique em casa hoje, minha querida. Descanse um pouco.

A mulher abaixou a cabeça num ar de desolamento.

— Não fique assim. Nossa filha está grávida. Vamos aumentar a família. Alegre-se. E se Flávio for mesmo uma pessoa irresponsável e aproveitadora, Vanessa descobrirá com a convivência.

— Acho que fui injusta com Flávio, Humberto.

— Por que você acha isso, meu amor?

— Marília! Uma suspeita grande nasceu em meu coração, ontem à noite, quando estava assistindo a um programa de tevê.

Renata esmiuçou tudo o que se passara com Vanessa, Flávio, ela e Marília na consulta com Mayra. Em seguida, contou sobre o assassinato da cartomante.

— E o que a sua amiga Marília tem com tudo isso? Não estou entendendo.

— Marília ameaçou a pobre mulher em minha presença. Quando comentei com ela sobre o crime, ela afirmou saber que aquilo iria acabar acontecendo.

Humberto se impacientou.

— Seja mais clara, Renata. Você está suspeitando de Marília? O que você me relatou não é um motivo cabível para uma pessoa como você!

— Há alguns meses, presenteei Marília com um par de brincos de ouro branco, cravejado por delicadas esmeraldas. No retrato falado divulgado pela polícia a assassina usava brincos muito parecidos.

— Ora! Olhe bem o que você está afirmando. Para aceitar Flávio, você não precisa exterminar a outra parte. Há milhares de brincos por aí, espalhados pelas joalherias e pode até mesmo ser uma bijuteria. Como a assistente saberia?

— Mas a peça é personalizada: mandei fazer em minha joalheria de confiança.

— Joalheiros querem vender joias, e outros podem copiar peças com facilidade, assim como as fotocopiadoras copiam livros. Você quer realmente uma opinião de minha parte?

— Sempre.

— Esqueça esse assunto e tente fazer contato com Flávio. Tenho certeza de que ele atenderá você.

Renata concordou balançando a cabeça. Humberto estava certo. Ligaria para Flávio e marcaria um encontro com ele. Daria uma chance ao rapaz para se explicar. Daria uma chance para a felicidade da filha.

Renata apanhou o telefone e dirigiu-se ao jardim. Ligou para a empresa e passou orientações a Ana.

— Anotou tudo, Ana?

— Sim, dona Renata. Fique tranquila e descanse. Se acontecer qualquer problema, ligarei para a senhora. Pode deixar.

— Ótimo. Faça isso. Agora, transfira a ligação para o ramal de Flávio. Você sabe me informar se ele já chegou?

— Chegou cedo e já passou aqui pela sala à sua procura.

— Transfira a ligação, então, por favor.

Flávio atendeu ao telefone em sua sala.

— Alô.

O rapaz identificou a voz de Renata. "Ela certamente vai me passar uma descompostura, e eu estou disposto a enfrentar!", concluiu em pensamento.

— Flávio, bom dia. É Renata Dumont. Preciso conversar com você.

— Eu também, dona Renata. Preciso muito conversar com a senhora.

— Bom, já que nós dois precisamos dessa conversa, aguardo você em minha casa o mais rápido possível. Sua agenda está muito cheia?

Flávio manteve-se firme.

— Só tenho horário agora pela manhã. Pode ser?

— Venha. Estou esperando.

Flávio fechou a porta da sala e pediu à secretária do departamento que transferisse qualquer compromisso para a tarde.

O rapaz desceu pelo elevador, entrou no carro e saiu, ansiando por não encontrar nenhum engarrafamento. Quando chegou em frente à mansão, os seguranças abriram os portões imediatamente. Flávio encontrou Renata sentada na sala, com algumas fotos na mão, entre elas algumas fotos de Maria do Amparo.

— Bom dia. Vim o mais rápido que consegui.

— Que bom. Sente-se, Flávio. Falarei primeiro. Depois de me ouvir, você fala. Está bom assim para você, rapaz?

— Sim. Está bem, desde que a senhora me chame sempre pelo nome — replicou Flávio.

— Estive com sua mãe, Flávio. Fiquei preocupada com sua ligação naquela noite. Vou ser bem direta com você. Não acho que Marília tenha nenhum tipo de desequilíbrio emocional. Ela me afirmou também que Amílton não saiu de casa. Quando a encontrei, ela estava maquiada e arrumada, como habitualmente anda. O que você tem a me dizer sobre isso? A sensação que tive foi a de você estar se aproveitando da minha amizade com Marília para conseguir algum benefício. Esse é o primeiro ponto. Agora, fale. Depois eu volto a falar.

— Dona Renata, convivo com o desequilíbrio e o gênio forte de minha mãe desde muito cedo. Perdi meu avô, minha avó e meu pai. Logo após a morte de meu pai, perdemos tudo, inclusive a dignidade. Ela e tio Amílton passaram a viver juntos. Não me opus e nunca perguntei o porquê de ela ter se envolvido justamente com um empregado da casa. Sinto vergonha de dizer, mas ela começou a sobreviver aplicando pequenos golpes e usando a mentira para escapar dos credores, sempre se fazendo de vítima. Quando soube de sua amizade por ela, temi que a senhora se transformasse em mais uma vítima. Nossa empregada, Mirtes, recebeu tantas agressões morais que acabou desistindo e indo embora. Tio Amílton também foi. Quando minha mãe está em casa, sempre apresenta um comportamento diferente, inadequado mesmo: grita, xinga, quebra objetos. Já se feriu diversas vezes nesses momentos de crise. Ela ingere comprimidos para dormir como se fossem docinhos inofensivos. É esse o comportamento dela. Não menti para a senhora.

Renata examinou todos os gestos de Flávio. Ele parecia realmente dizer a verdade.

— Você já procurou tratamento para ela?

— Já tentei, mas ela diz que só precisa dormir bem. Ontem mesmo, quando cheguei, ela estava dançando valsa sozinha na sala.

— Vou conversar com ela. Quem sabe não consigo sucesso?

Flávio não respondeu, mas reiniciou a conversa falando de Vanessa.

— Agora eu posso começar a falar, dona Renata?

Ela foi pega de surpresa pela atitude do rapaz e apenas balançou a cabeça afirmativamente.

— Como a senhora sabe, Vanessa está grávida. Apesar de ter convivido com a fraqueza e as perdas, amo sua filha. Vou me casar com ela e ter a minha família. A senhora pode escolher entre pertencer a esta família ou não. A escolha é sua.

— E vocês vão morar aonde? Aqui?

— Não necessariamente. Também não ficarei em minha casa. A criança que vai nascer precisa de um ambiente saudável para crescer com saúde. Se eu não for demitido, me dedicarei inteiramente ao meu trabalho para garantir o sustento de minha família. Caso a demissão venha após esta conversa, encontrarei outro emprego e trabalharei da mesma forma.

Renata estava impressionada com a atitude madura de Flávio. Boquiaberta, não teve palavras para responder ou argumentos para apresentar.

— E então, dona Renata? É sua vez de falar.

Ela, procurando ganhar tempo, levantou-se para chamar Giovana, e as fotografias caíram de seu colo. Flávio abaixou-se para pegá-las, apanhou uma e fixou o olhar.

— Quem são, dona Renata?

— Minha irmã e meu cunhado. Veja esta foto, o rosto de minha irmã aparece mais. Ela era muito linda. Linda e decidida. Ela e José eram muito decididos. Você me recordou até o jeito de minha irmã falar. Ela e o marido acreditavam no amor, assim como você.

Renata se arrependeu do comentário, e Flávio percebeu.

— Sua irmã era muito bonita.

Renata olhou para a foto mais uma vez. Seu coração disparou ao reconhecer semelhanças entre Maria do Amparo e Flávio. As mesmas atitudes, a maneira de falar, os mesmos sonhos. Lembrou-se novamente de Mayra: ela dissera que Vanessa e Flávio estavam unidos pelo sangue. Arrepiou-se só de pensar nessa possibilidade.

— Você nasceu em São Paulo, Flávio?

— Não. Minha mãe engravidou, mas meu pai não sabia. Ele iria se casar com outra mulher. Ela ficou desgostosa e viajou, só retornando após meu nascimento.

Renata procurou encerrar a conversa. Já estava confusa com tantas informações coincidentes.

— Volte ao trabalho. Diga a Vanessa para voltar para casa. Conversaremos outra hora.

Flávio saiu, e Renata passou o resto do dia introspectiva. Ora pensava na irmã, ora em Flávio e Vanessa. O rosto de Marília se confundia com a fotografia do jornal, e uma dúvida cruel passou a brotar em seu íntimo.

CAPÍTULO 25

Giovana dava ordens ao jardineiro quando um dos seguranças avisou que havia um inspetor de polícia querendo falar com Renata. A governanta dirigiu-se ao portão.

— Posso ajudar?

— Preciso falar com dona Renata Dumont. A senhora pode chamá-la?

Giovana olhou com desconfiança para o homem. Um segurança cochichou para ela que checara a documentação do homem e ele era mesmo da polícia. Ela ordenou que deixassem o policial entrar e foi chamar a patroa.

— Dona Renata, há um policial lá fora querendo falar com a senhora.

— Comigo?

— Sim.

— Mande-o entrar. Aguardarei na biblioteca.

O policial foi conduzido até a dona da casa.

— Bom dia. Sou Renata Dumont, e o senhor?

— Inspetor Moura.

— O que o traz aqui, inspetor?

— A história de sua irmã.

— Como? Esse processo já foi arquivado há anos. Alguma outra pista falsa ou alguém reclamando uma recompensa?

— Dessa vez, não, dona Renata. O inquérito policial foi reaberto porque uma testemunha fez uma acusação formal. Identificaram a assassina de sua irmã. Mais de vinte anos depois, a mulher que roubou seu sobrinho será presa e pagará pelo que fez.

Renata tremia dos pés à cabeça.

— Isso não é mais um golpe?

O policial reagiu.

— Senhora, sou um policial, não um golpista.

— E qual será o procedimento agora?

— Aguardar, senhora. Há uma diligência a ser feita para prender a assassina. Peço que aguarde nosso contato. E o mais importante: não fale sobre isso com ninguém. Nem com seus melhores amigos, nem com seus familiares...

***

Vanessa e Flávio faziam planos para o nascimento do bebê e para o casamento. Renata sentia os dias passarem com extrema lentidão. Após a visita do inspetor de polícia, nenhuma outra notificação fora feita. Ela já começava a achar que tudo não passara de uma ilusão.

Flávio tornava-se cada dia mais produtivo na empresa, e Renata passou a admirá-lo. Vez por outra, ele se queixava dos desequilíbrios da mãe. Renata, para tentar amenizar o sofrimento do rapaz, organizou um almoço de domingo e convidou Marília. Quando Flávio anunciou à mãe o encontro, ela deu pulos de alegria, batendo palmas como uma criança.

— Finalmente! Finalmente vou conseguir o que quero!

— E o que a senhora quer, mãe?

Marília desconversou.

— Ora, Flavinho! O que eu quero? Conversar com minha amiga e passar um dia agradável! Só isso!

— Arrume-se de forma simples. Será um almoço em família. E, por favor, quando comer alguma coisa aqui em casa, lave sua louça!

Marília pegou os pratos e copos que estavam espalhados pela sala e arremessou-os um a um contra a parede.

— Eu não lavo louça, querido! Eu quebro louças! Dizem que dá sorte!

Flávio, mais uma vez, ficou frente a frente com a loucura da mãe. Esperou ela se acalmar e recolheu os cacos espalhados pelo chão. Marília subiu as escadas cantando um samba-enredo e ensaiando passos de dança. Flávio chorou naquele momento como nunca havia feito antes.

***

Estavam todos reunidos em torno da piscina. O dia estava agradável. Sol e brisa alternavam-se. Flávio passava a mão na barriga de Vanessa, enchendo-a de mimos. Marília, Renata e Humberto conversavam animadamente. Giovana acenou para a patroa, chamando-a. Renata levantou-se e foi ao encontro da governanta, que parecia nervosa.

— O que há, Giovana? Algum problema?

— Aquele inspetor de polícia está lá fora e quer permissão para entrar pelos fundos.

— Pelos fundos? Por quê?

— Não sei, dona Renata. É melhor a senhora ir até lá.

Renata saiu sem que ninguém notasse e foi ao portão.

— Como vai, senhor? O que aconteceu? Alguma novidade?

— A senhora logo vai saber se me deixar entrar pelos fundos com mais dois homens.

— Por quê?

— Dona Renata, hoje será um dia inesquecível para a senhora.

Renata autorizou a entrada da polícia pelos fundos da casa e foi encontrá-los na cozinha.

— O que está havendo? Quem é essa senhora?

— Eu sou Mirtes, dona Renata. Trabalhei na casa de dona Marília. Vim ajudar.

— Ajudar Giovana?

O inspetor interferiu para que não perdessem mais tempo.

— Quero sua autorização para substituir Giovana por Mirtes. Não me pergunte nada. Apenas siga minhas orientações.

Mirtes vestiu o uniforme de governanta e conversou em voz baixa com o inspetor.

— Quero que a senhora assista a tudo bem de perto, dona Renata. A polícia lhe deve isso. Volte para a piscina e aja naturalmente. Aconteça o que acontecer, não reaja, por favor. Meus homens estarão de prontidão.

Renata não teve forças para resistir. Voltou à piscina e reparou que Marília estava se insinuando para Humberto. Se fosse num outro momento, ela certamente colocaria a amiga para fora. Mas não sabia o que estava para acontecer. Julgou que Amílton estivesse na casa para atentar contra Marília. Viu quando Mirtes se aproximou com o carrinho de bebidas. Caminhava de cabeça baixa, de forma que ninguém visse seu rosto. Abordou Marília por trás, perguntando:

— Dona Marília, a senhora vai beber seu uísque de sempre?

— Eu não bebo, Giovana.

— Mas eu preparei do seu gosto, sem gelo.

Marília voltou-se para brincar da insistência da empregada quando se deparou com o rosto de Mirtes. Num salto, empurrou o carrinho contra a mulher. Humberto tentou reagir, mas Renata o impediu.

— O que essa velha desgraçada está fazendo aqui? Velha safada, você roubou o emprego da outra escrava de Renata?

— Não. Não roubei o emprego de ninguém! A senhora sim, roubou a alegria e a felicidade de algumas pessoas. Roubou até a vida, não é mesmo?

— Velha nojenta, vou matar você!

— Como vai me matar? Com faca ou veneno?

— Você merece as duas coisas, desgraçada! Vá embora daqui!

— Não vou não, dona Marília. Sabe quem me mandou aqui? A bruxa cartomante e Amparo. Essas suas amigas me mandaram servir à senhora.

— Elas estão mortas, idiota! Uma deve estar sangrando até agora e a outra já deve ter secado por causa do veneno!

Renata, Humberto, Vanessa e Flávio estavam abraçados. Os quatro choravam sem parar.

— Então seu nome não é Marília — afirmou Mirtes.

— Não! Meu nome nunca foi Marília! Matei Marília faz tempo! Meu nome é Lurdes, sua idiota! Como Lurdes, matei os nordestinos e roubei o meu filho. Como Maria de Lurdes, matei a bruxa de cara borrada! E, agora, como Marília, vou matar você! — gritou, apanhando uma faca na bandeja e a direcionando para Mirtes. Os policiais chegaram e deram voz de prisão a Marília. Renata e Flávio aproximaram-se dela. Os dois, abraçados, observavam a cena doída da loucura e maldade da mulher. Foi Flávio quem procurou falar, limpando as lágrimas que caíam por seu rosto.

— Mãe, por que fez isso?

— Por amor a você, meu filho! Aqueles caipiras não iriam cuidar de você da forma como eu cuidei!

Renata olhou com piedade para a mulher.

— Você é doente, Marília!

Ela, espumando de raiva, esbravejou:

— Eu? Doente? Matei sua irmãzinha sim, minha cara amiga sem sal! Envenenei ela e o marido dela, o tal do boia-fria chamado José. Faria tudo de novo! Antes de matar, dormi muitas noites com seu correto cunhadinho e mais um pouquinho conseguiria dormir com seu maridinho também! Trouxe o bebê nos braços. Tão lindo! Tão rosado! Tão pequenino! Olha, e ainda digo: o seu titio Amílton, meu Flavinho, correu por medo de ser preso! — esbravejou, voltando-se para Flávio. — Ele é que deu aquela surra na sua sogrinha e simulou meu estupro! Bem que eu gostei, tanto dos carinhos que ele me fez — enquanto essa tonta estava desmaiada — quanto dos dólares que chegaram em minhas mãozinhas de princesa. Seus imundos, vão me pagar! Vocês todos vão me pagar!

O inspetor Moura interrompeu a cena. Já havia conseguido a confissão de Marília. Poderia, finalmente, colocá-la na cadeia e entregá-la para a Justiça. Leonora, Mickail, Pedro e Josefa apoiavam o grupo com orações.

A partir daquele dia, a justiça finalmente seria feita.

341

CAPÍTULO 26

Marília foi condenada e transferida para um presídio. Apenas Flávio fazia-lhe visitas periódicas. Após uma dessas visitas, Marília despiu-se e, com as pernas da calça comprida que usava, enforcou-se. Seu desenlace foi imediato e doloroso. Ela foi arrastada para as regiões mais sombrias do umbral. Na escuridão, gritava por socorro e xingava os que ela julgava terem sido seus algozes.

Amílton foi, igualmente, condenado e preso.

***

Na colônia espiritual Campo da Paz, Mickail, Pedro, Leonora e Josefa comemoravam o nascimento do filho de Vanessa e Flávio. Maria do Amparo aproximou-se discretamente do grupo.

— Gostaria de comemorar com vocês, mas, antes disso, tenho um pedido a fazer.

Leonora olhou-a com a ternura de sempre.

— Fale, Maria. Qual é o pedido?

— Quero socorrer Marília.

Josefa alertou sobre a possibilidade de Marília não estar ainda em condições de ser socorrida.

— Não faz mal, dona Josefa. Quero tentar. Alguém pode me ajudar? Sei que vou precisar de ajuda e da permissão dos dirigentes da colônia.

— Nós vamos — avisou Mickail. Eu e Pedro vamos com você. Fazemos parte também dessa história.

— E a permissão? — perguntou Maria do Amparo. Quem vai nos dar a permissão?

Mickail sorriu:

— O responsável por esta permissão aqui na colônia sou eu. Vamos até lá. Se Marília estiver em condições, virá conosco. Vamos tentar. Não custa!

Leonora olhou agradecida para Maria do Amparo.

— Que bom que você a perdoou, Maria.

— Se eu não perdoasse Marília, ficaria acorrentada a uma situação que não existe mais. A vida se encarregou de resolver tudo. Quero que Marília se recupere como eu e fique bem. José já está de volta. Está perto de Flávio. Tenho planos para, no futuro, retornar também e me juntar a eles. Quem sabe da vida é a vida. Seria muito bom que eu, José e Marília fôssemos educados por Flávio, Vanessa, Renata e Humberto. Esse quarteto é porreta de tão bom!

Josefa, Leonora, Pedro e Mickail riram da espontaneidade de Maria do Amparo, e ela ficou sem graça.

— Desculpem. Eu ainda não me acostumei a falar como o povo do céu.

Mickail, Pedro e Maria do Amparo partiram para o resgate de Marília. Naquele momento, o futuro do grupo estava sendo alinhavado pelo perdão. Maria do Amparo caminhava na frente com alegria.

— Vamos logo! Precisamos fazer tudo por amor!

A caravana partiu para as densas zonas do Vale dos Suicidas. A partir daquele momento, um novo ciclo começaria, no qual o perdão de todos seria testado. Mas, no íntimo de cada um, havia a certeza de que o perdão mútuo já havia acontecido.

FIM

CAMINHOS
cruzados

MAURÍCIO DE CASTRO

Romance ditado pelo espírito Hermes

CAMINHOS
cruzados

Somos seres em busca da felicidade, somos partes do universo. Somos plenos sozinhos, mas buscamos a companhia do outro para nos sentirmos completos. E, nessa busca, somos confrontados muitas vezes pelo preconceito e pela ignorância da sociedade.

Assim aconteceu com Sérgio e Fabrício, dois jovens que tiveram seus caminhos cruzados na cidade litorânea de São Sebastião. A amizade entre os dois foi instantânea e, pouco depois, já estavam dividindo as tristezas e alegrias do cotidiano.

Enredados pelas teias do destino, os jovens, contudo, serão desafiados a enfrentar as dificuldades da vida que, em sua sabedoria, sempre oferece as lições necessárias e os companheiros ideais para a jornada rumo à verdadeira felicidade.

**Este e outros sucessos, você encontra
nas livrarias e em nossa loja:**

www.vidaeconsciencia.com.br/lojavirtual

GRANDES SUCESSOS DE
ZIBIA GASPARETTO

Com 19 milhões de títulos vendidos, a autora tem contribuído para o fortalecimento da literatura espiritualista no mercado editorial e para a popularização da espiritualidade. Conheça os sucessos da escritora.

Romances
pelo espírito Lucius

A força da vida	O matuto
A verdade de cada um	O morro das ilusões
A vida sabe o que faz	Onde está Teresa?
Ela confiou na vida	Pelas portas do coração
Entre o amor e a guerra	Quando a vida escolhe
Esmeralda	Quando chega a hora
Espinhos do tempo	Quando é preciso voltar
Laços eternos	Se abrindo pra vida
Nada é por acaso	Sem medo de viver
Ninguém é de ninguém	Só o amor consegue
O advogado de Deus	Somos todos inocentes
O amanhã a Deus pertence	Tudo tem seu preço
O amor venceu	Tudo valeu a pena
O encontro inesperado	Um amor de verdade
O fio do destino	Vencendo o passado
O poder da escolha	

Crônicas

A hora é agora!
Bate-papo com o Além
Contos do dia a dia
Conversando Contigo!
Pare de sofrer
Pedaços do cotidiano
O mundo em que eu vivo
Voltas que a vida dá
Você sempre ganha!

Coletânea

Eu comigo!
Recados de Zibia Gasparetto
Reflexões diárias

Desenvolvimento pessoal

Em busca de respostas
Grandes frases
O poder da vida
Vá em frente!

Fatos e estudos

Eles continuam entre nós vol. 1
Eles continuam entre nós vol. 2

Sucessos
Editora Vida & Consciência

Amadeu Ribeiro

A herança
A visita da verdade
Juntos na eternidade
Laços de amor
O amor não tem limites
O amor nunca diz adeus
O preço da conquista
Reencontros
Segredos que a vida oculta vol.1
A beleza e seus mistérios vol.2
Amores escondidos vol. 3
Seguindo em frente vol. 4

Amarilis de Oliveira

Além da razão (pelo espírito Maria Amélia)
Do outro lado da porta (pelo espírito Elizabeth)
Nem tudo que reluz é ouro (pelo espírito Carlos Augusto dos Anjos)
Nunca é pra sempre (pelo espírito Carlos Alberto Guerreiro)

Ana Cristina Vargas
pelos espíritos Layla e José Antônio

A morte é uma farsa
Almas de aço
Código vermelho
Em busca de uma nova vida
Em tempos de liberdade
Encontrando a paz
Escravo da ilusão
Ídolos de barro
Intensa como o mar
Loucuras da alma
O bispo
O quarto crescente
Sinfonia da alma

Carlos Torres

A mão amiga
Passageiros da eternidade
Querido Joseph (pelos espírito Jon)
Uma razão para viver

Cristina Cimminiello
A voz do coração (pelo espírito Lauro)
As joias de Rovena (pelo espírito Amira)
O segredo do anjo de pedra (pelo espírito Amadeu)
Além da espera (pelo espírito Lauro)

Eduardo França
A escolha
A força do perdão
Do fundo do coração
Enfim, a felicidade
Um canto de liberdade
Vestindo a verdade
Vidas entrelaçadas

Floriano Serra
A grande mudança
A outra face
Amar é para sempre
Almas gêmeas
Ninguém tira o que é seu
Nunca é tarde
O mistério do reencontro
Quando menos se espera...
A menina do lago

Gilvanize Balbino
De volta pra vida (pelo espírito Saul)
Horizonte das cotovias (pelo espírito Ferdinando)
O homem que viveu demais (pelo espírito Pedro)
O símbolo da vida (pelos espíritos Ferdinando e Bernard)
Salmos de redenção (pelo espírito Ferdinando)
Cheguei. E agora? (pelos espíritos Ferdinando e Saul)

Jeaney Calabria
Uma nova chance (pelo espírito Benedito)

Juliano Fagundes
Nos bastidores da alma (pelo espírito Célia)
O símbolo da felicidade (pelo espírito Aires)

Lucimara Gallicia
pelo espírito Moacyr

Ao encontro do destino
Sem medo do amanhã

Márcio Fiorillo
pelo espírito Madalena

Lições do coração
Nas esquinas da vida

Maurício de Castro
Caminhos cruzados (pelo espírito Hermes)
O jogo da vida (pelo espírito Saulo)

Meire Campezzi Marques
pelo espírito Thomas

A felicidade é uma escolha
Cada um é o que é
Na vida ninguém perde
Uma promessa além da vida

Priscila Toratti
Despertei por você

Rose Elizabeth Mello

Como esquecer
Desafiando o destino
Livres para recomeçar
Os amores de uma vida
Verdadeiros Laços

Sâmada Hesse
pelo espírito Margot

Revelando o passado

Sérgio Chimatti
pelo espírito Anele

Lado a lado
Os protegidos
Um amor de quatro patas

Stephane Loureiro

Resgate de outras vidas

Thiago Trindade
pelo espírito Joaquim

As portas do tempo
Com os olhos da alma
Maria do Rosário

**Conheça mais sobre espiritualidade
com outros sucessos.**

 vidaeconsciencia.com.br 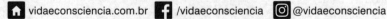 /vidaeconsciencia 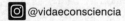 @vidaeconsciencia

Rua das Oiticicas, 75 — SP
55 11 2613-4777

contato@vidaeconsciencia.com.br
www.vidaeconsciencia.com.br